山峡

宗教　神と人間を巡る物語

米沢希保
YONEZAWA Mareyasu

文芸社

目次

山岫

この作品は、宗教史をテーマにした、昭和前期が背景の小説です。そのため、現在では差別的とされ、あまり使われなくなった言葉も使用している場合がございます。ご了承ください。

山峡

秋毫

一　一九四四年

一九四四年、九月も終わり、十月に入ろうというとある月曜日の午後、一台の古びた中型馬車がフルビン郊外の低い森林地帯をくぐり抜け、小高い丘の上にさしかかろうとしていた。馬車の上には一組の男女が小一時間以上も経つというのに口きくこともなく、黙りこくっていた。

「ニァーイ、ニァーイ」、崖の下、遠く離れた高粱《コーリャン》畑では農夫は叫び、白い驢馬《ろば》のような窶《やつ》れた満州馬は薄く千切れた布切れで目隠しされたまま、ノロノロと脱穀機の石臼をまわしていたが、もとより二人の耳には入らなかった。

南から東へ、東から北へ、馬車はゆっくりと回り、粗い白樺の林を過ぎると拉林線の踏切を越えた。小さな渓谷はあらわれ、ヤマナラシやカエデ、朝鮮カラマツの木々が赤く黄色く燃えるように映ってきた、「とうとう、とうとう、お会いしましたわ」、固く、いがらくザラつくような女の声だった。

「方子《まさこ》、方子」、遠く山の上、乾いたような雲を見つめながら、男の声はいっとき、透けるような頭上、葉が落ちてくる槲《かしわ》の梢の間をすり抜けていった。

「明日こそは、明日こそはと、長いこと、長いこと、思っていたことが、とうとう実現しましたわ」

女のてのひらは差し出され、その手を男が握ったとき、一瞬女は激しく身を震わせると顔をゆがめた、やわらかな掌はあらがうことなく男の手に握られていったが、やがてそれは深く静かに握り返されていった、溢《あふ》れる涙が頬を濡らしていた。

木蓮河は小さく流れて、地図にも載っていない渓谷は浮かびでて、ヤチダモやニレがあらそうようにつづいた、「子供が、子供が生まれたら」、「決して恋などさせませんわ」、「恋することは死ぬこと、苦しむこと、人生のすべてを失うことなんですもの」、そして方子は嗚咽すると馬車の前幌につっぷした、紅いミゾソバの花は揺れ、カヤツリグサはサワサワと鳴っていた。


川の向こうには小さなしぶきはあがり、赤い忍冬《にんどう》の実は鈍く光って対岸の草むらに消えた、松の木が一本、ひねこびて狂い、よじれたように大枝が風に揺れていた。

駁者《ぎょしゃ》は馬の背に鞭をたらした、誘われるように馬は勢いよく走りだした、「フリストースバスクレッセ！　フリストースバスクレッセ！（基督復活！　基督復活！）」、けだるくものうく方子はつぶやき、空を見た。

アブラススキは川面に一面生え、オガルカヤの穂先は爪立ち、青黒い淵はのぞいていた、弾かれたように馬車は右に曲がり、左に走り、そして坂を下りて、またかけ登っていった。

「そうよ、あれがあなたのふるさと、あの四国の山の中、あの吉野川のほとりの街道だって、いまはもう、あれと同じ車が走っていますよ」

馬車がもう一度、坂を下り、上り、そして三度小高い丘の上にさしかかろうとしたとき、かすれるような声で三郎は叫んだ、「ほうら、ほうら、吉野川、どこまでもどこまでもつづく吉野川」

崖の下、ネギ畑の向こう、阿城に向かうアスファルト道路の上をノロノロと走る木炭バスを指さして、三郎はもう一度、のどにからまる声で叫んだ、「吉野川、吉野川、どこまでもどこまでもつづく吉野川」、しかし、しかし、方子は答えなかった。

馬車は野菜畑を走って、くぬぎ林を抜けて、そしてまた小高い丘の上を走っていた、崖の下、アスファルト道路の上には、木炭バスはただひたすら走っていた。

「死んだわ、死んだのよ、吉野川は死んだわ」、西の空、雲ははかなく山に飛ばされ、晴れた青空が頭上に拡がっていた。

「あの川、あの水、あの岸辺、あんなにも、あんなにも、緑豊かだった吉野川」、ががが、ががが、がらがらと回る車輪の音とともにまた聞こえてくる男の声。だがそれも、やがては馬車の側面から吹いてくる風のうなりとともに消されていった。

「死んだわ、死んだのよ、吉野川は死んだのよ。第一、ここは満州、吉野川ではないわ、みどり乏しく乾いた満州」

「かえっては来ない、かえっては来ない、もう二度とかえっては来ない」、「結局、私たちはあれほど約束しながら、ただの一度もあの川のほとりを肩を並べて歩くことさえしなかったわ」、「そうよ、北の雪降るあなたのふるさと、あの最上川のほとりだって、私はたった一人で歩いたわ、誰一人見守る人とてなく」、「十一月のうそ寒いあの冬の陽のさす雪の下、河原の石に足をとられながら、私はたった一人で歩いたわ、〝よっちゃならねぇ、近づいちゃならねぇ、足さぁ踏み外したら心臓マヒで死ぬだけだぁ〟」、「岸に括り付けられた平田舟のなかからは、重い蓑囲いのお爺さんが飛びでて来て、無理やり、私を土手の上に引き揚げてくれたわ」、「あのときの足袋の爪先の、遠くなった感覚の冷たさのここちよさ」

「そうよ、そうよ、いまさら恐れることなどはなにもないわ、滅びのときが来たのよ、この丘の上、あの丘の上」

「ほおら、ほおら、あの青い雲の上、あそこにこそ、私たちの青い教会はあるのよ」

白い、白い雲は流れて、畑の上、そこだけ一か所、青く日差しを受けて綿のように薄く盛り上がっていた。


なおも馬車は走り、方子が指さす先、イワノカリヤスの尖った葉は絡みつき、小さなニラの青い花は咲き、ギシギシやスイボの小草は震えていた、四輪軽装、幌付きの屋根無しの二頭立て馬車は、シズシズとその上を進んでいった。

オオバコのしがみつく道には小さな虫は跳ね、川べりには朽ち果てた古材が一本、野桑は凭れ、崩れたワラ小屋はその横に沈んでいた、タチヤナギはよじれ、草むらの尖ったツルスゲの穂さき、川向こうにまた飛沫があがり、つる性のゴミシの実は熟れて、青黒く貧性な実をつけたサルナシの木がそこここに葉を茶色に焦がしたまま、南面の岩にまでのび、ヤマハギの花はその下でつつましく美しく咲いていた。「フリストースバスクレッセ！　フリストースバスクレッセ！（基督復活！　基督復活！）」、けだるく方子はまたつぶやいた。「フリストースバスクレッセ！　フリストースバスクレッセ！（基督復活！　基督復活！）」、三郎もまた低く応じて繰り返した。

「パイーシス・バスクレッセ！（実《じつ》に復活！）、パイーシス・バスクレッセ！（実《じつ》に復活！）」、十五年前、初めて東京のニコライ堂で逢った復活祭の夜が思い出された、まだ明けやらぬ寒い夜だった。

暗くて広い堂内のそこここには、ロウソクが灯《とも》るなか、最後のステヒラ（讃詞）も絶え、聖歌隊も散り、少なくなった人影のなか、府主教セルギーの差し出す十字架への口づけも終わり、赤いタマゴを片手に暁方の庭に出たとき、そこにまた再び、南面、あの大階段上の木陰の下に立っていた三郎の姿を見つけたとき。そしてこのときは方子はことさら無視するように、西を向いて帰ってきた。彼はあの復活祭のとき、彼女のすぐ後ろに立っていた。

燃えるような明るいモミジの下を馬車は走っていったかと思う間もなく黄色いモミジの下を通り抜け、それはまた暗く赤いモミジへと変わり、ウルシの木がせせりでて、濡れた苔《こけ》が犇《ひしめ》く岩の間、青黄色く濡れた小径《こみち》へと駆け出していた。

かつてこのあたり、帝政ロシア時代、豪奢を極めた東支鉄道の役員たちが乗り回していた馬車だった。脇腹にはアキレスやパリス、ヘレナなどギリシア神話の人物が描かれ、革命前のフルビン社交界の姿をとどめていた。

二人の馬車は、いつの間にか後ろの山なみに追い越されていた、赤茶けた雑草に囲まれた沼が一つ、かなたの小高い道の上にあった、そこだけが野道は塞がれるように蔦《つた》に被われ、まだ残っていた夏の終わりを告げるように蒼黒《あおぐろ》く栄えていた。

「待ったわ、待ったわ、ただ待ったわ」、「長いこと、長いこと、あなたと繋《つな》がりのないことには一切無関心」、「いかなる人ともとけあわず、ただただ固い笑顔のなかに過ごしたわ」、「そうよ、女にできることはただ一つ。待つこと、待つことだけなのよ」、「恋が実るかどうか、それはすべて男の人次第」、「だけど、だけど、その恋がいつまで、いつまでつづくか否か、それはすべて女の心一つ」、「女の心さえ変わらなければ、その恋はいつまでもいつまでも、つづくものなのよ」、ヒョロヒョロ、雲はちぎれてただ南の空、海にただよう大烏賊《いか》のように飛んでいった。ロシア人馭者の顔は長く、黒いヒゲのなかに埋まっていた。

「孤児よ、孤児なのよ、身なし児同士の恋、親の喜び知らず、ただうじうじと時を過ごすのみ」

二　木杁子＝ムパーズ

遠く離れた崖の下、高粱畑ではなおも支那人の雇用農夫は叫び、驢馬のような窶れた満州馬は、なおも千切れた布で目隠しをされたまま、重い脱穀機の石臼をまわしていた。

高い、高い、幾重にも幾重にも高く、三角形に積み上げられたばかりの高粱の刈り束の山、その刈り束の山裾に、一人の少年はぽかんと口をあけたまま、なにをするでもなく座っていた、その前を別な少年の引きずる脱穀用の石製のローラー・石頭轆子（シートウ・クンズ）は音を立てながら驢馬とともに進んで行く。カタカタ、カタカタ、脱穀用の石製のローラー・石頭轆子は音を立てながら進んで行く。

少し離れた遠方、そこでも同じような小孩（子供）は、こちらはもうしゃんと姿勢を立てて進んでいく。子供だって、子供だって、あんな小さな小孩だって、背筋はしゃんとして、あんなにもしゃあんとして、進んでいかぁ。へたり込む小孩、口はあけてはぽしゃる小孩を見やるその視線、いやはや、そんな仲間は見向きもしない。背筋は伸ばしたまま、視線は真っ直ぐ、小袖を立てて進んで行く。

幾重にも幾重にも近接して、積み上げられた北満の農家の圃《ほ》場での高粱の刈り取り風景、脱穀用の移動性の石臼・石頭輾子（シートウ・クンズ）は、いま驢馬に引きずられながら転がってくる、コロコロ、コロンコロン、戻ってくるローラー。

脱穀用の移動性の石臼、右側はやや細く、左側は太い、必然的に引きずる驢馬の動きは旋回運動になっていく、五十がらみの痩せた雇用農夫が、驢馬が近づいてきたと見定めるや、あわてたように飛び出し、つぶしやすいようにと、脱穀する高粱の穂柄を圃場に拡げるために大仰に木扠子（ムチャーズ＝落ち穂を集める木製のフォーク）を振り回し始める、ひょろひょろ、ひょろひょろ、五十がらみの痩せて背の高い男。

青い、青い、すべては暑くなりそうな秋の空、少し離れた南側の圃場でも、十二、三歳の少年は石頭輾子（シートウ・クンズ）の手綱を取りながら、驢馬の左脇をとぼとぼと歩いていく。藍色の濃い農衣を着込んだ背の高い雇用農夫は、そこでも同じようにまた木製の大型フォーク・木杈子（ムパーズ）を手にしたまま待ち受け、畝《うね》に散った高粱の飛び稈《かん》を集めようとしている、あさり尽くされ、搾り尽くされたような季節雇用農夫たち、日焼けした額には汗がしたたり落ちていく。

三　セェルピィ＝鎌月

「セェルピィ（鎌）、セェルピィ（鎌）」、ロシア人馭者は雲を見ながら叫んだ、「セェルピィ（鎌）、セェルピィ（鎌）」、金色の雲は西の空に輝きながら、くっきりと漂っていた。

「あれがあの夜のコォッスイ（大鎌ども）」、ひとしきり馬はいななき、葦毛《あしげ》の縞目《しまめ》をさらすと風の中へと進んで行く、「コォッスイ（大鎌ども）、コォッスイ（大鎌ども）、あれがあの夜のカアッサァ（大鎌）さ」。西から東、そして北から南へ、風は冷たく吹いてくる。寒い、寒い風だ、寒い風が冷たく吹いてくる。

「コォッスイ（大鎌ども）、コォッスイ（大鎌ども）、あれがあの夜のカアッサァ（大鎌）」。刈り取られていない高粱畑は広がる。高い、高い、高くふさふさと繋っている。

「すべてはあの夜かぎり、あの夜かぎりで」、「俺もお前もいまでは毒の花、毒の麦、毒の草」、「棄《す》てられるのが定めの毒の草となってしまった」

冷たい、冷たい、冷たい風だ、風が吹いてくる。北から、西から、冷たい風はただ吹いてくる。

「奪うこと以外には何一つ、本当に、本当に、彼らは奪うこと以外には何一つ、何も持ってはいなかった」、「ただただ、武器だけは持っていた」

「都会からやって来た、裸一貫」、「あの夜の前線からの赤衛軍とやらいう戦線離脱の兵士たち」、ふさふさ、ふさふさ、高粱畑、おお、ふさふさ、ふさふさ。高粱畑、丈高く、なおもまだ畑には立ち騒ぐ高粱の穂並みたち。

「裸一貫、裸一貫、文字通りの裸一貫、何ものも持たずにやって来たあの夜の前線からの戦場離脱、脱走してきた兵士たち」

「略奪、革命」、「それがすべての、あの夜の前線離脱、脱走の赤衛軍の兵士たち」、「死んだ、死んだ、ただ、死んだ、奪われ、殺され、ただ、ただ、死んだ」

「ああ、あの夜の赤衛軍の戦場離脱の兵士たち」、「脱走してきたばかりの略奪兵士たち」、「彼らは奪うこと以外には何一つ、本当に何一つ持たずにやって来た」、「あの夜の前線からの戦線離脱の脱走兵士たち」、「ルンペン・プロレタリアートの兵士たち」、「都会地からやって来た食い詰めもののルンペン・プロレタリアートの兵士たち」

「すべてはあの夜、あの夜から」、「そうよ、乞食だったあの夜の前線からの離脱、脱走の兵士たち」

「都会地でかき集められては送られてきたルンペン・プロレタリアートの赤衛軍の兵士たち、レーニン、トロツキー、トハチェフスキー、そうさ、彼らはリガやワルシャワ、リヴォフやヴィルナ、そこで彼らは反ロシア分子をかき集めては送り込んできた、怪しげなルンペン・プロレタリアートの兵士たち」、ふさふさ、ふさふさ、両側にはなおも丈高い高粱の穂並み、繁っている、繁っている、枯れてはいない、なおも丈高く、おお、続く高粱の穂並み。

「そうよ、あの夜のルンペン・プロレタリアートの兵士たち」、「税物徴収の脱走兵士たち」

「すべてはすべて、あの夜の食物略奪戦争から始まっていった」、「奪っては殺し、殺しては奪い、掠《かす》め取っていった」、「彼らはただただ毟《むし》り取っていった」

「そうさ、すべてはあの夜の赤衛軍の税物徴収の兵士たちの略奪、徴収から始まっていった」

「ああ、ああ、だが、だが、いまとなっては、すべてがすべては、反革命」

「俺もお前も反革命、反革命分子、毒の花、毒の草」、「棄てられ、刈り取られるのが定めの毒麦、毒芹、毒かずら」、大波、小波、前も後も、右も左も、縦波横波、だが、だがいまも、いまもなお、ここには刈り取られずに残っている高粱畑。

「都会地を食い詰め、農村に糧を求めてやって来た、あの夜の前線からの赤衛軍の略奪脱走兵士たち」、「前線離脱の乞食兵士たち」

「最初はこっそりと」、「夜やって来ては食物を掠めていった」

「そしてそれから」、「ああ、そしてそれからやって来たのは、あの外国からの流れ者」、「イギリス人、フランス人、トルコ人、オーストリア人、中国人、そしてラトビア、エストニア、フィンランド、ポーランド人」

「赤衛軍、赤衛軍、不思議だった赤衛軍」、「どこから、どこから、あんなに沢山、資金が出てきたのか」、「そしてどうしてあんなにも沢山、赤衛軍に雇われて、奇態な外国人はやって来たのか」

「彼らは真っ昼間、追いすがりざま」、「いいや、最初から正面から狙撃しながらやって来た」、「撃ってきた、あの日、あの顔、あの口元」、「バルトからの流れ者、トルコ人、中国人、そして多数」「すべては外国からの流れもの」、「四つ目、五つ目、六つ目の小悪魔たち」、「彼らはすべて、故郷を持てない男たち」、「故郷を棄ててしまった男たち、ああ、ああ、だが、だが、いいや、だが、いまは、この俺も」

「いまではここで、この俺も」

「故郷を持てない男の一人、故郷を失ってしまった男」、「棄てられ、潰され、殺され、死んでいくのが定めの毒の花、毒の草、毒かずら」、風だ、風だ、風が吹く、ふさふさ、ふさふさ、性懲りもなく風は吹く、高粱畑に風は鳴る、「死んだ、死んだ、ただ、大量に」

「村のはずれのあの大きな共同井戸のほとり、ただ、ただ、村の農作物を守っただけの男たち」、「そこで彼らは白衛軍の兵士とされ、縛り首にされていった」

「あの夜、あの夜の暗い、夜空に出ていた左三日月」、「片割れ月だけがすべてを見ていたよ、丈高い村の外れの共同井戸の細い釣瓶のほとりで」

「吊るされた共同井戸の桁」、「すべては、すべては、ただじっとその横から、見ていたよ」、「蒼い、蒼い、蒼い左半月、右欠け月」

「明け方近くには、月は場所こそ変えてはいたものの」、「すべてをじっくり、じっくり、あの夜のことは見ていたよ」

「ウランゲリ、デニキン、コルチャック、光り輝いていたロシアの花、ロシアの香り」、「みんな、みんな、潰れていった」、「ロシアの誇り、ロシアの力、白衛軍の精鋭たち」

やって来る、やって来る、まだまだ刈り取られていない高粱の穂並み、葉擦れ、絹擦れ、穂擦れ。高い、高い、高い高粱の穂並み、そうか、そうだ、まだまだ、刈り取られていない高粱の穂並み。ひょっこり、ひょっこり、そこにまたひょっこり、いやまたもう一人、小さな小さな一人の農夫が、大きな編笠を被ったまま、これまた、同じような小さな満州馬もろともに、すっぽりとその下に隠れては消えていく。

あれ、あれは、穂並み、葉並み、葉擦れ。さわさわ、さわさわ、そうか、そうさ、ここは満州、なにごともない、なにごともない、ここは満州、満州さ。

四　イズパ＝農家

「棄てられ、壊され、潰されていったあの夜のロシアのイズパ（農家）」

金色に輝く空の雲、馭者よ、馭者よ、いつまでお前は嘆くのだ、あの空、あの雲を見ろ、いいや、いや、馭者は唄う、馭者は唄う。

「白い、白い腕だった、あの夜のお前の白い腕、地主屋敷の森の繁みに隠れて、ひっそりと、あの夜のお前の腕は白かった、月の光りにくっきりと、光り輝いていた、それもいまでは」

「ああ、ひび割れ、あかぎれだらけ」

唄うな、唄うな、馭者よ、唄うな、いまさらなんだ、いまさらなんだ、やくたいもない。おお、おお、だが、なんという大きな黒い馬だ、黒い、黒い、黒い大きな馬が、全身を揺るがしながら走ってくる。

黒い、黒い、大きな馬、それがいま、葦毛に変わる、葦毛色だ、葦毛の大きな馬の尻、光る、光る、汗が、汗が、光る汗が、葦毛の毛の先にしたたり落ちる、ひっきりなしに、ひっきりなしに、ただひたすら走る葦毛の大きな馬、その葦毛の先からは、汗は光り輝いている。

おお、いつの間にか、電信柱が過ぎていくぞ、一本、二本、三本。
「カアッスィ（大鎌）、カアッスィ（大鎌）、そうさ、それがあの夜のカアッスィ（大鎌）さ」、風はひっきりなしに馬の背中に汗をこすって行く。
「カアッスィ（大鎌）、カアッスィ（大鎌）、それがあの夜のカアッスィ（大鎌）さ」、寒い、寒い、寒くてたまらぬ、馭者よ、唄うな、馭者よ、唄うな。飛ばされて風が側面を走り抜けていく、痛い、痛い、そして胸苦しい、うっすらと二頭の馬は背中に汗をかいたまま、頭を垂れて、ただ、ただ、黙々と南の空へと翔んでいく、深い、深い金冠色の雲、輝く闇、おお、そして一瞬、あの一瞬の、おお、あの一瞬の背中を走る熱い熱戦。

いつまで、いつまで、だがいつまで。飽きもせず、果てもせず、今日まで、この大地を駆け抜けてこられた喜び。かみしめるように、ふみしめるように、うれしげに、二頭の馬は駆け抜けていく。この大地、この原野。今日まで無事に生きて来られた喜び。風にまくられながら二頭の葦毛の馬はなお駆け抜けて行く。

その走るさまを、暖かく、柔らかく、木の目隠れに太陽は迎えては、さらなる明日の生存を予言してくれる。おお予言よ、前兆よ、来たかと思えばすぐ消える、夢よ、希望よ、たまさかの嵐にも似たひらめき、そしてはためき。あらやしき（阿頼耶識）、せつなげに、うれしげに、二頭の馬はなおもけなげにも、あきもせず、こりもせずに、地面に頭を垂れたまま、あえぎもせずに駆けて行く。踏みしめながら、噛みしめながら、大地、大地、豊かなる大地、その大地をはかなげにも固い公地を、二頭の馬は駆け抜けて行く。

秋、秋、ものみなすべては収穫に入る秋、だが、しかし、秋には秋の定め、馬には馬の定め、人には人の定め、いつまでも、いつまでも、生き永らえるものぞえや。わななき、戦慄、一瞬の赤い網膜を走る熱線、印星多畳、偏印倒食、正官重畳。

暗い、暗い、飛び散る火花、赤い闇、天法政勤、人身御供、夢ではない、幻ではない、なお、汝、いま劫財の如き前兆よ。

走り輝く太陽、空にはまだまだ光り輝く太陽、その輝くものを目指して、はかなげにも、せつなくも、いま、二頭の馬はがっちりと足を踏み揃えながらも走って行く。

低い、低い大地、薄い公地、前方には、拉林線の踏切は見える、ひるむこともなく二頭の葦毛の馬は一瞬のうちにその公地へと足を踏み入れると、さらにその先、さらなる白樺林へと駆けて行く。

北から南へ、南から北へ、二頭の馬は林の中を存分に駆け巡ったあと、やがてまたひっそりと南の方へと去って行った、ゴミシやガマズミ、ヤマナラシやカエデ、小さな渓谷はあらわれて、ミズナラや朝鮮カラマツの木々が赤く黄色く燃えるように映って来た。

五　カヤツリグサ

ナナカマドは赤く色づき、カヤツリグサは薄く汚れて、その下でサワサワとなっていた。

「横浜よ、横浜よ、すべては横浜教会よ」、「横浜教会が力をもって来て、とうとうセルギー府主教を追い出してしまったのですわ」。へりが薄く垂直に垂れ下がった円頂形の帽子・クローシェの下で、走る古馬車に身をまかせると、微笑むように方子は言った。

「満州事変なんぞのまだまだ起こる前、あの平和だった頃」。浅い、浅い川原は西にそれていく。

「昭和五年、そうよ、あの年の復活祭も、四月でしたわ」。山並みがくっきりと浮かび上がって来る。

「その年の春に、初めて上京し、その日の晩に、神田・ニコライ堂の復活祭に参加して、あなたにお会いしましたわ」。白い、白い、雪を被ったような白い雲。

「四国の山の中、吉野川のほとり。明治の初めに追われ追われて、北海道に逃れた稲田侍。そして四国に残ったひとむれ。この四国に残ったひとむれの残党が脇町につくったちゃちな教会、あの木造の二階建ての日本家屋の教会」、「いつもいつも東京の方を見ていたわ」。

「私は東京に来たわ、それから四年、いろいろな集まりにも参加して」、「そして昭和九年の四月」

「貴方との別れとなったあの年の復活祭も」、「復活祭は四月、四月でしたわ」

外れる、外れる、ただ外れる、馬車はただ外れて行く、西へ、西へ、「たった四年、たった四年間のお付き合い」。

両側には白楊《どろ》の木は並び、二頭の馬はひずめの音を残して進んで行く、「あれから何年、横浜教会は徐々に徐々に力を持って来て、ついに教会は分裂しましたわ」、叫びを放ってカラスが山へと羽ばたいていった。

「そしていつしかあなたは二度と、東京には姿をお見せにならなくなっていましたわ」、ひずめの響き、軽い、軽い。

「あなたはフルビンに渡り、新設された邦字新聞の記者をしていると聞きましたわ」、カラコロ、カラコロ、ゴムの輪を履いた馬車は車輪を引きずりながら、なおも走っていく。

「肺浸潤が中学一年のとき発見され、いまもレントゲン写真にはその影が残っているとか、だからいつも徴兵検査の時にははねられているとも知らされたわ」

薄い、薄い、前方には薄い木の芽がくれ、淡い葉群れのような楡《にれ》の木陰の下を、浅い陽光を浴びながら馬車は走って行く、カラコウロ、カラコウロ。五たび六たび、色は剥げ抜けてゆがんでしまった青楊《あおやなぎ》の葉は、なおも三郎の背面を叩いたまま落ちていく。

六　大聖堂・大階段（きざわし）

「貴方が来なくなってからのあの教会、そうよ、しかし、誰が来なくなっても、あの太陽、あの太陽は、必ず、必ず、朝になれば教会の東の外れ、聖橋通り越えのあの大通りを抜けて教会の東の森の上から上ってまいりましたわ」

「高い高い教会、丘の上の大聖堂」、「その丘の上の白壁の大聖堂の上を、ゆっくりゆっくりと、必ず必ず太陽は上って参りましたわ。そうよ、誰が来なくなっても」

「丘の上のあの大聖堂の南側は低い教会敷地、そこの小さな広場と少し離れたところには教会学校」、「くすんだこの南側の低地と、丘の上の光輝く北側のあの大聖堂」

「この二つを繋ぐのは大きな大階段、大きなきざわし（大階段）」

「それは幅広くゆったりと、北の坂にかかっていましたわ」

「この大階段の上を、この大きなきざわしの上を、いま、太陽は東の方から、ゆっくり、ゆったりと上ってくるのですわ」

「東の方、小さな森は、聖橋通りの大道路沿いにこびりつき、そこにはいつも小花や小草が」、「小さな小さな森、そんな小さな森の上にも太陽は、微笑《ほほえ》みながら、いつもゆっくり、ゆっくりと上ってくるのですわ」

「赤や緑、金色や白金、白や紫、青やオレンジ、藍色には黄色、様々に様々に、草花は一様に昨夜の雨に露を含んで、光り輝いているわ」

「そうよ、復活祭」、「〝フリストース バスクレッセ！（基督復活！）、フリストース バスクレッセ！（基督復活！）〟」

「いつも復活祭のときには鉄道省は、毎年毎年、特別に省線電車の終夜運転の配置をしてくれたわ」、「〝フリストース バスクレッセ！（基督復活！）、フリストース バスクレッセ！（基督復活！）〟、そして、〝パイシス バスクレッセ！（実《じつ》に復活！）〟」

「そうよ、いまはもう、復活祭も終わったわ、鉄道省配慮の終夜電車の運転もとうに終わっているわ」、「それどころか、もう平常運転の始発一番電車も二番電車も出て行ってしまったというのに」

「眠い、眠い、ただ眠い、堂内はただ眠い」、「そうよ、復活祭の徹夜の勤行は終わったのよ」

「リトウルウギア（聖体礼儀）も終わった、終わった、終わったのよ」

「あれほど聖堂一杯、立錐の余地もなく溢れていた人波も、いまは散って」、「ふふ、真夜中の勤行の最中には、実はひそかにこっそりと、教会の外に出てはタクシーを拾っては、家に帰っていっていた人たち」、「そしてそんな人たちも、終わり頃には、いつの間にか戻って来て、澄ました顔をしている人たち、そんな人たちの姿も、いまはまだどこにも見えやしない」

「眠い、眠い、ただ、眠い」、「教会に残っている人たちはただ眠い」

「そしてなかば眠っている眼をこすって、教会の内と外を見やれば、そうよ、まだまだ、教会の内外には」

「そうよ、教会の内と外には、まだまだ幾人も信徒は残っていて、丘の上や崖の下、北や南」

「そしてその二つに架かる大階段の右や左」

「寝そべってはうたたね、そこにはやがては来る、あの東の森の上から昇ってくる太陽を見守ろうとする人々もいるわ」

「庭のそこここ、いえいえ、あの丘の上の大聖堂の、森の木々の根元や石のベンチの上」、「花壇の脇や井戸の釣瓶、あちらこちら」、「あの大階段の冷えた石段の上にさえも」

「人々はまどろみ、寝ころんでは待っていましたわ」

「待っていたわ、待っていたわ、そうよ、まどろみ」、「あのまどろみ、あのときのまどろみ」、「聖体礼儀（リトウルギア）はもう終わっていたのよ、〝フリストースバスクレッセ！　フリストースバスクレッセ！（基督復活！　基督復活！）〟」

「寒い、寒い、ただ、寒い、そして朦朧とした頭の中」

「いいわ、いいわ、いいのよ、あの朝、あの教会でのパスパ（復活祭）、いつまでもいつまでも、教会の庭石に凭《もた》れ込んでまどろむなんて」

「いいわ、いいわ、それもいいわ、まどろみ、まどろみ」、「ただ、ただ、まどろみ」

「そうよ、人生なんて、ただ、まどろみ」、「昇ってくる、昇ってくる太陽、ゆっくり、ゆっくりと、太陽は昇ってくる」、「復活祭の朝、それこそが復活祭の朝なんだわ」

微笑み、そして両手を広げると、方子は馬車の後ろの方へ、ソファへと身をもたせかけた。

単調に、単調に、馬車は車輪の音を出しつづける、カラコウロ、カラコウロ。木々の梢《こずえ》からは薄い陽光は流れ、鳥は啼《な》いている、どこへ、どこへ、ここはどこ、満州、満州よ、満州の鳥が啼いている、カラコウロ、カラコウロ、単調に単調に馬車の車輪は鳴りつづけていく。

「どこ、どこ、ここはどこなの」、車輪は鳴り続け、鳥は啼いている。「満州、そうよ、満州、ここは満州」

満州の鳥は啼いている、カラコオロ、カラコオロ。

再び車輪は満州の土の上で音を立てる、あの鳥、あの鳥は、山の中で啼いている、遠く重い鐘つき堂の屋根の上で、見知らぬ鳥は啼いている。

「どこ、どこ、ここはどこ」、知らない、知らない、知らないわ、カラン、カラン、屋根の上ではなおも鐘は鳴っている、高い、高い、高い屋根の上では、なおも鐘は鳴っている。八百八丁、おちこちから、鐘の音を聞いては、信徒は集ってくる。鐘、鐘の音はなおも続いている、遠い、遠い、そして高い屋根の上での鐘つき堂、そこに通じるために張りめぐらされた会堂の屋根の横梁からは細くて曲がりくねった外階段。

「鐘楼に通じる階段はニコライ堂にもありましたわ」、「それは危なっかしかったあの二階ロビーへの階段」

「復活祭のときはいつも、そうよ、あの二階ロビーの席は、そここそは上野教会、日本橋教会、浅草教会、本郷教会、本所教会、それらの分教会の人々が集まっていたわ」、「危なっかしくて、登るにも怖かったあの曲線階段」、「だけど、だけど、そうよ、その下こそは、あそここそは、復活祭のときには別天地」

「復活祭は真っ盛り、徹夜祷、徹夜祷、しかし、それも夜中も二時を過ぎれば、あれほど満員だった聖堂の中も、いまはもう人はいない」、「目につくのは神品と詠隊の人だけ」、「そして他の大勢の人たちは、もう、とっくに浅草、上野などの分教会の人たちは二階で寝ている」

「そして一階にいるはずの人たちは、それはもういまはみんなどこかに散ってしまう」

「だけど、だけど、しかし、そうよ、あのあたり」、「一階から二階へ登るあの階段のあたりだけは」、「あの聖堂の片隅には、毛布を敷いたり」

「ストーブ前のあのリノリウームの場所こそは、天保生まれや安政生まれの人たちにとっては」、「真夜中でも大威張りで占領して」、「そして無邪気に」、「いまではみんな、いつまでもうたたねしていているわ」

七　ロシア人集落

馬車はいまロシア人集落を去ろうとしている。通りに面した小さな教会の屋根の上では鳥が啼いている。尖端を三角形に尖らしただけの細長い小板を紐で結んだだけの木柵、それは勝手勝手に、だがよく見れば互い互いに一定の方向を見定めてつづいている。十五、六軒ほどの農家、古い、古い、ロシア風の古い造り、蔬菜畑は裏にあり、その先には家畜小屋。

十九世紀半ばまではこのあたりはまだ人跡稀《まれ》な大地、シベリア大陸の続きだった。満州虎や満州豹《ひょう》が跋扈《ばっこ》するタイガ地帯、原住の狩猟人を除けば定住などは誰もしていなかった、その頃に移り住み、開拓していった人々の末裔《まつえい》。

いまある道路はずっとそのあと、十九世紀の末、東清鉄道が開通する間際、その鉄道関係者が到来して、それまでにあったその古い農道を拡げただけのもの。

疎《まば》らな木々に取り囲まれた丘の上には粗末な教会、その屋根の横に突き出た鐘楼小屋が木々の隙間から見える、鳥はなおも啼いていた、シャンシャン、シャカシャカ、チンチン、カンカン、森の国ロシア、人々はすべて勝手気儘《きまま》、遠く遠く、離れ離れに去っていく、その去ってしまった人たちを集めるためには、高い、高い、高く昇らなければならない教会の鐘。

いま馬車はロシア人集落を去ろうとしている。ロシア人家屋の敷地内では家畜小屋や菜園はよく手入れされ、家畜小屋はさらに後方にもまたあるらしく、かつては豊かだったと思わせるものがあった。木柵の下を小さな用水は流れ、草花が散っていた。別な水路もはるか後方、それでも敷地らしいところに見え隠れしていた。こんもりとした葉群れに隠れた小山のようなものが見えて来た、水車と水小屋だけは共有らしかった。放たれた乳牛が一頭、去り行く馬車をじっと眺めていた。

森だ、森だ、大きな森だ、大きな森はあらわれてきて、右へ、右へ、馭者はこれまでのすべてを無視するがごとく走らせて行く、川があらわれて、ごろた石原がつづき、さらに右へ、右へ、平地であるにもかかわらず馬車は密かに、密かにブレーキを引き上げ走っていた。

乾いた湿原はあらわれ、満州ハンノキやヤチノキの群れがつづき、薄く弱い太陽がそれをかい抱いていく。大きな雑草はふいに飛び込み、葉切れが二人の手元を傷つけていく、甲虫が一匹、それまで必死に幌にしがみついていた甲虫が一匹、風に飛ばされていった。

雪の少ないこの地方特有の現象、厳しい冬の霜で根元が浮き上がってしまったあとにあらわれる現象、スゲの根立ち、ヤチボウズ、谷地坊主もあちらこちらに見え隠れしてきた。

見知らぬ雑草の花はなおも小さな野麦の穂とともに馬車のなかに入り込み、やがては耳元できしんでいた羽虫の音も聞こえなくなってしまった。

「山、山、あの白い山はなあに」、ふいに方子はあどけなげに乙女心を起こしたかのように右指をあげると左前方を指差した。

〝キュルキュル、キュルキュル〟、奇妙だ、奇妙な音が聞こえる、〝キュルキュル、キュルキュル〟、幾束も、幾束も、雑草はなおも馬車の中に飛び込んでくる、〝キュルキュル、キュルキュル〟、奇妙だ、奇妙な音だ、しかし、この奇妙な音に馭者は気づいていない、ただ、ただ、低くブレーキは引き上げられたまま走っていった。

軼詩

一　裾街道

「あなたが四年間住んでいた江戸の果て、あの王子街道、海街道」、聞こえる、聞こえる、また聞こえる、〃キュルキュル、キュルキュル〃」

「海から見上げれば高い、高い山の上、その江戸湾沿いの崖の上には補陀落《ふだらく》街道」、「紀州街道」、馬車はいま、ごろた石道をさけ、沼地と湿地の川岸から離れようとしている。

「江戸湾添いの波打ち際には、ときには海水に洗われる裾街道、そしてこの崖の上とその中間には、ただただ一日、陽も当たらずにコウモリだけが徘徊している陰気な脇街道」

「荒涼としたこの江戸湾の奥手、海街道の沿岸に、そうよ、いまから一六〇〇年ほども前に、西暦でいえば三五〇年頃」、「そうよ、北上して、当時、漸《よう》く、中原に独自の民族圏を形成しつつあった漢民族」、「この漢民族なる集団に追われて、北支那にいたアリアン人の一派は逃れてきたんだわ」

「緑豊かだったユーラシア」、「とりわけ、カスピ海とアラル海との間に横たわっていた豊穣なあの湧水地帯」、「水は至る所から湧き出し」、「そんなところに生まれ、育ち、発展、やがて四散していったアリアン人」

「ホラサン、ホラズム、バクトリア、みんなみんな左派宗教の源泉地よ」、「奴隷制反対、動物虐待阻止」

「この一角にこそは、人類最初の農耕民宗教、イェジイット教は生まれたわ」

「まだまだ人類は鍬《くわ》も鋤《すき》も持てなかった、そこで農耕を助けてくれたのは、そうよ、それはただ地中を徘徊する蛇よ、そんな地中生物」

「だから最初の農耕種族は、蛇やみみず、そのほかの地中動物を慈しんだわ」

「しかしそのあと、様々な農機具が開発され、大型動物すら飼育され、やがてはその利用、虐待すらが始まる」

「左派よ、左派よ、ユーラシアの宗教は左派よ」、「ゾロアスター教やマニ教、キリスト教ネストリウス派や、そしてあの大乗仏教」、「すべてはすべて、左派宗教はここユーラシア、中央アジアで生まれ、育成、生成していったわ」

「緑、緑、すべては緑、そして水。しかし、やがてそれは失《う》せて、人々は西へ、東へ、そして南へ」

「アリアン人は四散していったわ、西に行ったアリアン人はウラルからロシア」

「南西に行ったアリアン人ペルシアからアナトリア」、「さらにはカッパドキアから、エーゲ海、そしてギリシア」

「ギリシアに行ったこのアリアン人は、そしてさらにシチリア、地中海各地へ」

「一方、別に南下したアリアン人はインド、セイロン」

「そしてこのとき東に来たアリアン人は、渤海《ぼっかい》沿岸」

「いいえ、いいえ、東に来たもう一つのアリアン人は、匈奴《きょうど》よ」

「彼らは様々な紆余《うよ》曲折の果てに、西暦三一九年にはアリアン国家、後趙も立てたわ、五胡十六か国時代」

「だけどだけど、このアリアン人国家の寿命は短かった、南方からは漢民族は押し上げてきて、西暦三一九年には設立者石勒《せきろく》が死去すると、あとはただ大混乱。後主石虎も西暦三四九年には死去、そして翌年、配下だった漢人の冉閔《ぜんびん》は、西暦三五〇年には背き、アリアン人はただ大虐殺され、殲滅《せんめつ》、奴隷化」

「こうして東アジアに来ていたアリアン人国家は」、「北支那にあった胡人国家は」、「後趙は消えていったのだわ」

「歴史書なんていうのは大嘘よ、滅びてしまったものについては何一つ語らない、でもでも、このとき、漢人冉閔の大虐殺を逃れたアリアン人の一部は、遠く遠く、そうよ、江戸湾の奥手、紀州街道、あの海街道の山を越え、利根川や荒川の緑なす湿地地帯」、「その間の小山脈うねる山麓地帯にたどり着いていたわ」、「そこは海から見れば、高い高い山の上」

「時代はそれから一千年、モンゴル帝国の最終末期」

「多民族国家モンゴル、モンゴル人は知っていたわ、だって彼らは西も東も南も南西も」、「みんなみんな征服していたのですもの、だからどの民族、どの文化、そしてその民度も」

「知っていた、知っていたわ」、「一方、一方、大陸の東南端、そこに住んでいた部族は、自分のことしか知ろうとはしなかった、井の中の蛙」。「この漢民族をモンゴル人は徹底的に馬鹿にしていたわ」。

「だから、モンゴル人はこの民族を、モンゴル帝国支配下での最下層民族として扱ったわ、侮蔑、差別」、「でもでも目端の利く人間はどこにでもいるわ」、「窃盗、強盗、詐欺、塩族、革命、盗賊」、「そして朱元璋は人一倍、目端が利いたわ」

「だから彼は、為政者モンゴルに馬鹿にされていた漢民族の宗教などは見向きもしなかった、モンゴル人好みの西方宗教へ」

「とことん目端の利くのは朱元璋よ、右派もだめ」、「当局に覚えめでたいだけの右派などは、一般民衆は誰も信用しない」

「そんな御用宗教などではなく、目端の利く人間は、一応は左派」

「反体制派か革命派の宗教よ」、

「だから、勿論、表面は奴隷制反対、動物虐待阻止派」。

「マニ教よ、白蓮教よ、キリスト教ネストリウス派よ」、「いやいや同じくキリスト教のなかからとするならばやはり左派のパウロ派よ」

「抑圧された民衆のなかで、革命を叫ぶならば、それには少しは国際的な左派」、「それならモンゴルも、それほど敵視はしないわ」

「しかし、しかし、モンゴル、かつてはあれほどまでに左派に好意的だったモンゴル」、「そのモンゴル皇室も、時代を経てしまえば、いつまでも左派に好意的ではないわ」。「堕落、転落、密教化」、「呪教化、ラマ教化」

「変転は始まっていたのよ」

「変転のなかでも、表面はなおがっちりしていたモンゴル。そのモンゴルに気兼ねして、なおも反体制派とはいいながらも」、「左派でいるとは」、「この現世執着の強い漢民族の中で」

「そうよ、それでもなお国際派、反体制派左派を生きるということは」。

「しかし、まだモンゴル体制は強固、そこでの無邪気な漢民族土着の宗教主張は危険よ」。

「だから外来左派の宗教主張」、「それが無難よ、それが無難よ。そしてそれにはマニ教はぴったりの左派宗教よ」

「奴隷制反対派、動物虐待阻止派」、「中国ではマニ教は白蓮教といったわ」

「この紛れもない、だが徹底して外来の左派宗教、奴隷制反対派」、「動物虐待阻止派の宗教」

「野心に満ちて、目端が利いて、いまはすっかりこの外来左派宗教の活動家になっていた朱元璋」、

「なによりも正義の味方」

「そして革命騒ぎ」、「正義の味方、左派の革命家朱元璋」、「白蓮教はこの目端の利く男が紛れ込むにはぴったりだったわ」

「まず白蓮教はモンゴル人の大嫌いな中国固有の宗教などではない、だからどこか大目に見てくれた」

「そして革命は成功した、長い占拠で凡庸になっていたモンゴル人はついに追っ払った」、「そしてその直後、彼のしたこと、それはなによりも同志殺し」、「かつての仲間、マニ教徒殺し、白蓮教徒殺し」

「そうよ、大事なことは同志殺し」、「なによりも裏切り、背信」、「裏切りの心なくしては革命は成就しないわ」、「苛烈なものがなによりも勝つ、過酷なものがより勝つ」

「だから、だから、革命家はどこでも、いつでも、政権奪取をしたあとは必ず、まずはこれまで共に戦って来た最大の同志を処刑する」、「殺したわ、朱元璋はただ殺した」、「裏切り、背信、嘲笑」

「殺人者朱元璋、彼にとっては、同志こそ本来の敵」

「ましてやモンゴル人、もとより全く同志でもなかったモンゴル人たち。そんな逃げ損なったモンゴル人などは」

「もとは一見、左派のマニ教徒らしく装っていた朱元璋。そんな殺人者の心などは読みきれず、帝国崩壊の土壇場になってもなおウロウロ、一片の甘言を頼りに、逃げも切れもせずにいた親漢派のモンゴル人」

「いいえ、いいえ、それよりも、さらに苛烈だったのは、この甘い甘いモンゴル人の同盟者だった在漢、居残りの西方人」

「彼らにはただただ徹底した奴隷化」、「そしてその婦女子階層とその子孫一系には、永久売春職業種族への固定化」、「朱元璋、こんな彼の造った明王朝」

「暗い暗い明王朝」、「それでも逃げたわ」、「一部の人は逃げた、海へ、海へ」

「ただ東、そうよ、たどり着いたのは、土佐湾を大きく迂回して、房総の奥手、江戸湾の懐深く、海から見れば高い、高い山の上、補陀落街道、紀州街道」

「誰にも知られずにたどり着いていたわ、室町中期、そうよ、誰も知らないマニ教徒はたどり着いていたわ」

「左派、左派、もとより左派、かつてはあの朱元璋が属し、そして利用して、彼に裏切られた左派、マニ教徒、白蓮教徒」

「江戸湾の奥手に、こっそり、こっそりと室町中期にたどり着いたこの逃亡集団。彼らこそは日本にやって来た最初の本格的な左派集団だったわ」、「奴隷制反対、動物虐待防止」

「彼らはいまは身禄《みろく》教団、白蓮教徒集団、富士講信徒よ」


「でもでも、そうよ、このときのマニ教なんかよりもさらに一〇〇〇年も前、あの西暦三五〇年にも」、「そのときの亡命者はあの後趙から、石勒の後趙から」、「左派よ、彼らは左派よ、ゾロアスター教徒だったわ」、「左派の流れは、日本にも黙々と流れ着いていたのだわ」

「ゾロアスター教は左派よ。だけどだけど、このゾロアスター教はペルシアの国教」

「だからペルシア本国以外では、ペルシア人でも、簡単にはゾロアスター教徒を名乗ることは許されなかった」、「そこでペルシア本国以外ではペルシア系人は様々に名乗り、取り繕い、それがいまでも、中央アジアにはいろいろな名乗りの左派教団が潜伏、介在する一因となっているのだわ」

「結局、ペルシア系人はペルシア本国以外では、ソグド人でもバクトリア人でもエフタル人でもみんな、みんな本当はゾロアスター教徒なのよ。動物虐待阻止集団、動物愛護派集団」、「だけど、だけど、彼らは表向きは外地では様々な宗派、マニ教信徒などと名乗っていたわ、それが中国では白蓮教よ」

「マニ教は白蓮教よ」、「そしてこのマニ教こそが日本に伝わって来た最初の本格的な左派集団、それは室町中期」
「そしてそれに続くのが徳川初期、徳川初期のキリシタン左派のドミンゴやオラトリオ、彼らはたしかに左派だったわ」
「そしてこのキリシタン左派のドミンゴとオラトリオ」、「彼らはたしかに奴隷制反対を表明していたわ」
「しかし、彼らよりは先にやって来ていたイエズス会やフランシスコ会は、彼らは右派よ」
「奴隷制推進派、そして彼らは日本でのカトリック教徒による武器販売ルートの独占、いいえ、その拡大派」、「しかし、これら先発のキリシタン右派と、後発のキリシタン左派、ドミンゴ派などとの間にはどのくらいの違いがあるのか、いまだって、一般の日本人にはなんの認識もない」
「いくら説明しても、日本人にはなにもよく分からない」
「しかし、しかし、関が原戦も終わり、戦乱も消えてみれば」、「イエズス会やフランチェスコ会、アウグスチヌス会士らのキリシタン右派、彼ら武器販売人や奴隷商人のあこぎさが」
「日本人のキリシタンだって、奴隷商人や武器販売人の協賛者ばかりではないわ、奴隷売買反対派、武器販売嫌悪派だって沢山いたわ」
「だけど、だけど長崎市内では、もう関が原戦争も終わったというのに、まだまだイエズス会やフランシスコ会の息のかかった連中は、夢を見ていたわ」、「彼らは右派のキリシタン大名たちと、どっぷり手を結んでは、今度はルソン、南蛮、台湾へ、動乱を求めては、そしてさらにもう一つの余禄商売へと」

「そうよ、いくら奴隷制反対派が声をあげてみても、新参のドミンゴやオラトリオ会なんかは旧来の連中のあざけりを受けるだけ。それでもそれでも彼らは、そしてまたイエズス会やフランチェスコ会から脱退して来た奴隷制反対派たちは、長崎市内で今は必死の活動」、「心あるキリシタンたちはドミンゴ会の指導のもとにロザリオ会を結成、反奴隷制、反武器売買の左派活動を実施したものの」、「遠い、遠い、キリシタン以外の日本人にとっては所詮は遠い」、「なんだ、それは、ただのキリシタン同士の内輪争い」

「日本人にはその違いなんてなにもよく分からなかったわ。ただただ、キリシタンは人さらい、そして冷酷無残な武器販売人と」

「そうよ、ドチリナ・キリシタンの時代は終わっていたのよ、夢のように楽しかったあのドチリナ・キリシタン時代」、「純朴、無邪気、淡い憧れ、ただただ無知から来る初期の頃の無限の幻覚、そんなものはすでにとうに去り、いまはただただ恐ろしい人さらい、冷酷無残な武器販売人との実態は暴かれ、ののしられ」

「そしてまた事実、なによりも戦乱なくしては、教会維持もままならない」、「キリシタン教会を支えていたものはただ武器販売、硝石販売」

「いまではキリシタンこそは内戦惹起、永久戦争希求派と、強い強い憎しみと嫌悪の誹《そし》りを受けるだけ」、「それでもそれでも我欲の強い大名や大商人たちはなおも、イエズス会やフランチェスコ会にすり寄ってはいくが、肝心の関が原に大勝した家康は、いまは仏心を出し、すでに人身売買禁止令」

「家康もこの頃になって漸くドミンゴ会やオラトリオ会の実態を認識し、わざわざ呼び出してはその愛護を伝えたものの、もうすでに遅い」、「イエズス会やフランチェスコ派の足掻《あが》きは止まることなく、ついには岡本大八事件」

「やがてはキリシタンはすべてイエズス会やフランチェスコ会、アウグスチヌス派などと一緒くた」、「すべてはすべて一蓮托生《たくしょう》、両者の違いなどは一般の日本人には分からなかったわ」

「だからだから、幕末以前の日本には確として存在した左派宗団は結局は身禄教、富士講、白蓮教、これのみだったわ」

「そしてこれとて、本心隠し」、「修験道や神道、仏道を装わざるを得なかったのですわ」

二　草いきれ

「様々な文明が跋扈していた中央アジア」、「イェジイット教団やゾロアスター教、マニ（摩尼）教やキリスト教ネストリウス派、さらには大乗仏教」、「ユーラシアこそは左派の牙城よ」

「けれどもやっぱり、左派宗教の中心はゾロアスター教よ、それが西に行ってはカタリ派となり」、

「南西方面、カッパドキアやアナトリア、ビザンツに行ってはキリスト教ネストリウス派、あるいはついにはキリスト教パウロ派となり」、「そして東、中国に来てからは平等宗教、あのマニ（摩尼）教の中国名白蓮教となったのよ」

「いずれ劣らぬ左派宗教」、白い、白い雲、微笑むように方子は空を仰いだ。

「カナート（運河）、あれがカナート（運河）」、けだるくもものうく、もう一度、方子はつぶやき、三郎も空を見上げた。

「あれがアラル海、あれはバルハシ湖」、「どちらもどちらも、いまよりはずっと大きかった」

「あそこには湖は沢山あった」、「水量豊かだった湖たち、そして石橋、眼鏡橋、様々な建築技術も発展していたわ」、「メロンやイチジク、スイカやブドウ、様々な農耕技術」、「たわわに実っていたアリアンの大地、中央アジア」、「人類文明の基盤はすべて緑、緑なのよ、その緑が失われる、どうすればいい、どうすればいいの、人類は、どこへ、人は、どこへ」

「野を去り、山を越え、森を棄て、川を渡り」、「豊かだったあの大地はもうない」

「失われてしまったカナート（運河）、湧水地」、「逃れ逃れて、東にもやって来た一派、そこで築いた後趙王国、五胡十六か国時代」

「やがてそれもすべては失せて、殲滅されて、やっと逃れた少数者」、「今度はどこ、今度はどこへ」、「東のはずれ、江戸湾のほとり、海から見れば高い、高い山の上」、「あの高い山の連なり、王子街道、紀州街道、そうよ、高い尾根街道、そしてそこは一度、その山を越えてしまえば、あとはただただ豊潤な利根川や荒川の支流は交錯して、その後方は、ただ広範な湿地と剣呑な台地」

「高い、高い海際の崖。寒い、寒いわ、いつ来ても姫小松は風に吹かれている。しかし、しかし、一度、一度そこを越えてしまえば、あとは背後には、ただ無数の川や湿地と草いきれ」

「古い、古い話だわ。そうよ、四世紀頃、まだまだ古江戸時代の話よ」

「白蓮教が流れ込んできたのはそのあとよ、それは中江戸時代。中江戸はもう豊島氏時代、天狗の鼻よ、その天狗の鼻には城館もあった」。

〝キュルキュル、キュルキュル〟、聞こえる、また、聞こえてくる、〝キュルキュル、キュルキュル〟、白い、白い峰だ、方子の指さす方向、白い、白い峰、けだるげにものうげに、またいつの間にか馬車は、もと来たごろた石道を走っていた。

谷間の蟋蟀《こおろぎ》

一　市電19番

「終わった、終わったのよ」、「今日一日の労苦、苦悩」、「そんなものはすべて終わった、終わったのよ」、赤い、赤い、赤い夕陽がいま沈もうとしている、〝キュルキュル、キュルキュル〟、奇妙だ、奇妙な音がまた聞こえてくる、〝キュルキュル、キュルキュル〟、長い、長い坂だ、ずっと、ずっとつづく長い坂。坂の中腹にはやぶれ地蔵、こわれ神社、低い靄は坂下の森を覆っている。高い、高い崖だ、後ろの高い崖、北から南へ、南から北へ、市電19番は、いま赤い西からの夕陽をまともに横腹に受けながら黒い、黒い、狐かなにかのようにそこを走っている、南や東の小村には、紫色や灰色のやみ、薄汚れた川べりの粗い採石場では、農具や食器を洗う女たちの姿、うなだれる乳牛たち。

こわれてしまった太陽、くずれてしまった太陽、丘のそこここ、点在する馬方小屋。疲れた、疲れた、やって来る、またやって来る、丘のそこここ、点在する馬方小屋、渦巻き、かすれてしまった太陽、ゆがんでしまった太陽、阿鼻叫喚、狭苦しくも暑苦しくも寝苦しい、低くも狭くも、小さくも、二階建ての馬方小屋。やって来る、やって来る、またやって来る、丘のそこここ、点在する馬方小屋、せいぜいが三年か四年、長くても五年か六年の命。

やって来る、やって来る、またやって来る、息も絶え絶え、あえぎあえぎ、寝苦しくも暑苦しい、すべては小さく、小さな二階建ての馬方小屋。

疲れてしまった太陽、くずれてしまった太陽、こわれかけた窓からはこれら、すべてを、じっと見つめている亡命ロシア人たち。人の良さそうな、諦めきった微笑、人なつかしそうな、赤く剥き出しになった礫石《れきせき》の川べりには、うずくまるカワウソ、対岸の草むらには隠れるイタチ。

くすんでよどんだ沼、ザラザラとした礫石は、そこら一帯に散らばっている。そしてまた真新しくも、真新しくも建てられたばかりの成金農家の屋根が丘の上に見える。やって来る、やって来る、またやって来る、決して永くは生きられない、それを見つめる、けだるくものうくも、時折見せる異邦人たちのやさしい仕種、微笑み、諦め。そうさ、ここは日本、ここは日本、遠い、遠い、駆けめぐる犬、飛び交う鳩、泣き叫ぶ赤子、いとおしげに、いとおしげに、したわしげに異邦人たちは見つめる。

くずれる穂草、ながれる藻、本所・小名木川あたりから通ってきた馬は、この新しく切り開かれた道、散乱する礫石。なつかしげ、心得気顔に、馬丁たちの寝泊まりする阿鼻叫喚の中へ、屋根も低い粗雑な二階建ての馬丁小屋へと、脚を運ぶ。

低い屋根裏があるだけの馬方小屋。丘の上には、また、新しい馬方小屋と二階建ての成金農家が建っていく。

本郷肴町、馬方の町。あんなにも、あんなにも沢山、かつては、ここは正教会が近いからと、大勢の白系ロシア人たちが寄留していた、いま、彼らはどこへ、どこにいってしまったのかしら。

やって来る、やって来る、またやって来る、倒れそうになりながら、馬方馬が、やって来る。かつてはあんなにもあんなにも、沢山いた白系ロシア人たち、いまはどこ、みんな、みんな、いまはどこに行ってしまったのかしら。湯島、本郷、駒込、田端、西ケ原、みんな、みんな、どこへいってしまったのかしら。

あえぎつつ、のたうちながら、倒れそうになりながら、馬方馬はやって来る。黒い、黒い、西から見上げる東の空は黒い夕雲、その黒い雲の下を市電19番は、高い、高い山の上、西からの赤い夕陽を、いま、まともに横腹に受けながら、赤い狐かなにかのように、高い崖の上を走って行く。

赤い夕陽だ、東の崖下から見上げる西の空は赤い、その赤い夕陽の下を、黒い、黒い、いまは黒い狐のように市電19番は、北から南へ、南から北へと、尾根街道の上を影絵芝居かなにかのように走っていく。黒い、黒い、黒い狐が走って行く。「そうよ、ここは左派街道、将門街道、獄門街道」「弥勒《みろく》街道なのよ、救済街道なのよ、そうよ、大丈夫、もうここは左派街道、白蓮街道、身禄街道、富士街道」、「やって来る、やって来る、またやって来る、谷の合間から、草の茂みから、ひょこ、ひょこと、顔を出し、首を出し、頭を傾げては、やって来る、やって来る、また、やって来る」

草は生えているよ、丘のあちらこちら、あの丘、この丘、重い荷物を背負った荷方馬車馬は、あえぎもせずにまたここにやって来る。

「王子街道、紀州街道、そうよ、ここは補陀落街道」、「弥勒街道、ゾロアスター教街道」、「左派街道なのよ」、疲れた、疲れた、こわれてしまった太陽、くずれてしまった太陽。

知らぬ、知らぬ、なんにも知らぬ、ただ、ただ、赤い狐は神社の周りを回っている、知らぬ、知らぬ、知りたくもない、トカゲは神社の壁にうずくまり、ハタネズミはいつまでもいつまでも、神社の石段下の白菜畑で立ちすくむ、「富士神社、革命神社、将門街道」

「とうとう身禄街道まで来てしまったのよ、ゾロアスター教神社、弥勒神社、富士神社」、「ここは白蓮教神社、マニ教神社」

「そんなもの、そんなもの、そうよ、もう」、「今日一日の労苦、苦悩、そんなものは、そんなものは」、「すべては、すべて、終わった、終わったのよ」

ああ、だが、またやって来る、あえぎつつ、のたうち、よろけながら、荷方馬。馬車方馬はやって来る。壊れてしまった、欠けてしまった神社の鳥居、朽ち果ててしまった屋根瓦、くずれた太陽、ゆがんでしまった太陽、輝くことのなくなった太陽、かつては、かつては輝いていたあの太陽は、いまはどこ、いまはいずこ。

木々は弱々しく、焦点はずれて、光は届かず、壊れてしまった、棄てられてしまった革命神社。赤い夕陽は、いま西に沈もうとして沈めず、ただ市電19番は黙々とその赤い夕陽の下を、畑の上を、丘の上に走っていく。

ロシア、ロシアよ、果て知らぬロシアの原野。おお、おお、ロシア、ロシア、丘陵地、あの森、あの寺院、高い、高い鐘楼、いななく馬、駆けめぐる犬、うずくまる乳牛、ロシア、ロシアよ、いいえ、違う、違うわ、ここは日本、日本なのよ。

本郷肴町、丘の上、谷の下、にごって、よどんだ川の水、どこまでも、どこまでもつづく沼地、草むら、立ち騒ぐあひる、うずくまるにわとり、そして舞い上がる鳩。

夕陽はいま沈む。あの太陽、丘の上には、真新しくも輝かしくも成金農家の高い納屋、太陽はいま、どこ。

よじれてしまった車輪、こびりついてしまった泥、〝キュルキュル、キュルキュル〟、聞こえる、また聞こえる。〝キュルキュル、キュルキュル〟、車輪が鳴っている、車輪が鳴っている。どこ、どこへ、この馬車はどこへいくの、鳴っている、鳴っている、車輪はなおも鳴っている。どこ、どこ、この馬車はどこへ。そうよ、光の山、あの光の山、光の穂、光の輪。どこ、それはどこ、知らない、知らない、誰も知らない、ただただ北の山、ただただ大きな、大きな光の収束、それは輝く大きな光の山、そこが終点なのだわ。

どこ、どこ、それはどこ、いいえ、あなたの行くところ、ただただ、あなたの行くところ、そうよ、そうなのよ、大きな、大きな、ただ大きな光の収束、光の山、光の輪、そこを目指して、そこを目指して走る、走るわ、ただ走るのよ、草原、草原を馬車は駆け抜ける、つぎからつぎと、見知らぬ花や穂、名も知らぬ草や茎がつぎからつぎと馬車の窓枠を飛び越えては三郎や方子の頬や額や唇を叩いていく、〝忘れないで〟〝忘れないで〟、〝棄てないで〟〝棄てないで〟、まだ見たこともない穂、誰にも知られぬまま、消えていくしかない雑草たち、声をたてては、音をたてては、笑い合い、五たび六たび、つぎからつぎと、彼らは飛び込み、走り去っていく。

馬車はいま止まり、こびりついて離れない泥を馭者は降りて、かき落とそうとしている、〝キュルキュル、キュルキュル〟、また聞こえてくる。

屋根の上には雲が流れている、〝キュルキュル、キュルキュル〟、奇妙な音はまだ聞こえてくる。

三郎と方子は馬車を降りると切り落ちた崖ぎわに立っていた、凄まじい音を立てながら、二頭の馬は尿《いばり》を泄出していた、泥をかきだす馭者の金具の音はまだ消えない、かきっ、かきっ。

丘陵地、丘陵地、どこまでもつづく丘陵地、はるかな足もと、ススキの穂波の間からは、たったいま別れてきたばかりの川が、一筋の光となってゆらゆらと揺れていた。

〝ギィリギィリ、ギィリギィリ〟、馬車は再び走り出した。〝ギィリギィリ、ギィリギィリ〟、違う、違う、こんな音ではない。しかし、しかし、馬車は走り出している。濡れた岩は道を塞ぎ、青く苔むす岩肌の横をいま馬車は通り過ぎていく。〝ギィリギィリ、ギィリギィリ〟。違う、違う、こんな音ではない、木の葉は舞い、落葉は消え去る。白い、白い、白い枯葉が一瞬、戸惑ったあと、また舞い上がっては、思い返したように馬車を追ってくる。

二　富士街道

「帝大前のあの通り、十一月ともなればいつも銀杏《いちょう》の葉っぱでいっぱいだったわ」、「癲狂院《てんきょういん》前のあの通り、本郷三丁目を過ぎれば、そこはもう落第横町一丁目。そしてそのあとは落第横町二丁目、そしてその次が府立癲狂院前よ。落第横町二丁目のあとは癲狂院入り、これが天才の通り相場、凡才、凡俗はしあわせよ」、「本郷追分、酒屋の前、そして駒込蓬萊町、お寺の前」、「本郷肴町、吉祥寺前、富士神社前、上富士交差点、あの通りはいつもいつも、十一月も末ともなれば銀杏の葉っぱい、ただただ市電の車輪はカラ回り」

「パン屋、フトン屋、カバン屋、眼鏡屋、時計店」、「なぜかあの通りはそんな店ばかり」

「お寺、お寺よ、たしかにあの通りは寺前通り、しかし、しかし、違うわ、違うのよ」

「見えない、見えないのよ」、「本郷肴町は馬方町、馬車馬町」

「左派街道、あそこは左派街道よ。将門街道、稲荷街道、白蓮街道なのよ」、「たしかに、たしかに、あそこは海寄りの王子街道とは違う。海寄りの王子街道、そこは亡命街道、それは海寄り、東街道」。

「たしかに王子街道は亡命街道よ、将門街道よりは、そこは西の富士街道よりは急峻、東にちょっと離れているわ」、「そここそは遠い国、あのバクトリアから、アラル海」、「アラル海から、海を渡って、逃れてきた小月氏、東月氏」

「まだまだ特定の種族の支配など、そんなものの固定していなかった北東アジア」

「白匈奴、赤匈奴、青匈奴、黄匈奴、茶匈奴、北方種族は様々にいた。そこへ、そこへ、それまではそれまでは、南方」、「アッサムやビルマ、タイ、雲南あたりに住んでいた南方種族」、「彼らが北上を開始して、ついに両江の間」、「黄河と揚子江の間」

「そこに中原なるもの、漢王朝の起源なるものを造成したわ」、「三品彰英博士のこの学説、信じるに足るわ。そしてそれまでのアリアン系民族であった秦王朝は西に去り」、「正しいわ、この説は正しいわ」

「そうよ、朔北、南満州、そこにはパルチア、キンメリア、サカ、スキタイ、北方ユーラシアの各種族が居住していた」、「南方、漢民族などはまだまだ、そこには到達していなかった」、「そうよ、中原はまだまだ民族形成途上中」

「北方には多数のアリアン系人もいた、しかし、しかし、これらの諸民族は、やがてはビルマ、雲南からやって来た南方種族主体の漢民族が長江周辺に形成されるとともに」

「そうよ、追われて一部は、江戸湾の奥、王子街道、紀州街道へ」

「飯島忠夫博士は発表したわ、中国暦学形成研究史」、「結局、中国暦法というのは、あれはあのマケドニアのアレキサンドル大王の東征、そしてその結果、中央アジア、あの東のバクトリア王国成立とともに、東方にもたらされたギリシアの学問」

「すべてはそれに依存しているという」

「そうよ、そうなのよ、中国古来、それは中国自成のものなどではない」、「中国文化というのは、それほど古くはない」、「ギリシアからバクトリア、トルキスタン、アラル海東方までは一瀉千里」、「のちになってイスラムとやらが占拠して、遮断してしまったから、それ以降の人々には、すべてが見えなくなっただけ」

「東アジアの北方、寒冷密林地帯、そこにはいまも全くの、全く別の、南方諸種族とは、別種の文化地帯」、「あの五胡十六か国時代の前趙」、「そのときの厥《けつ》族は、あれはアリアン人よ。そしてこの東方のアリアン人は、このとき漢民族に大虐殺され、殲滅されていったわ」

「王子街道は救済街道よ、海からの民を拾う。一方、一方、そのちょっと西の山の中の尾根街道」、「そこは内国街道、革命街道、将門街道、稲荷街道、左派街道」

「この二つは全く別、王子街道は亡命街道」、「そこはバクトリア街道、アラル海街道、東月氏街道」

「高い、高い、江戸湾上から見上げれば高い、高い海の上、そこには松の木のつらなる果てなる高い山の連なり、そしてそこをさらに分け入ったさきに広がるのは豊かな渓谷と水」

「市電19番はいま、その高い高い山の上を、渓谷の上を、走っていくわ、走っていくのよ」

三　春三月　復活祭

「寒い、寒い、春、三月といっても、根津のつつじはまだまだ」、「しかし、ここ、高い、高い山の上、もう桜はあちらこちら、ほころび、やがては散る季節」

「尾根街道の上にもあたり一面は春がすみ、その花たちが、たな引く谷の上を」、「さくら咲く曇り空の下、市電19番は、尾根街道を走って行くわ」

「復活祭、復活祭が来たのよ、こんな山の中でも、木々は一斉に芽吹くとき、復活祭（パスパ）、復活祭（パスパ）は来るのよ」

「春三月、まだまだ、寒い、外は寒いのよ。しかし、しかし、それでも芽吹く春、猫柳を片手に」、「そうよ、そして春四月、春四月こそは本格的な復活祭（パスパ）」、「でも、でも四月でも、復活祭どころか、まだまだ、外は寒い」

「けれど、けれどもあの三月にだって、復活祭の来る年はあるのですわ」

「三月の復活祭、それは本当に寒い、ただ寒い」、「しかし、あの年、そうよ、あの年の復活祭、四月だったわ」、「あなたと最初にお会いしたあの年の復活祭」

「寒い、寒い、復活祭の夜明け前、外はまだ真っ暗。でも、でも、もうそのときには」

「朝の三時過ぎには、いっときはあんなにも人影の少なくなっていた聖堂内、それがいまはもう人も、ぽつり、ぽつり」

「勿論、まだまだ、ほんの少数」

「そしてこの人気のない聖堂内では、ただただ片隅に徹夜のお灯明」、「眠気まなこで、ただ周辺をまさぐるこの一瞬こそは」

「人気のない正面聖障脇の花置きからは、ただただ強い百合の香り、白い、白いユリの花の群れ」、

「人の気配はそれから徐々に戻り、周辺がいつの間にかすっかり活気づくのは、いつ頃かしら」

「人気のない真夜中、ひっそりとした聖堂内で、あのストーブ前の特等席だけは全く別」、「二階ロビーへの回り階段下、リノリウーム敷きのストーブ前」、「そこに老人たちは床に毛布を敷いてはぐっすり眠り惚《ほう》けて」

「ついさっきまで賑やかだった堂内のお祭り騒ぎなどは忘れたよう」、「いえ、いえ、真夜中のあの十字行なども、忘れ去ったかのよう」、「あちらこちら、ただしょんぼりと、イコン前のロウソクの炎だけがチラチラ、かぼそく、そして沈んで行く」

「いいのよ、いいのよ、これでいいのよ、すべてはこれから、そうよ、すべてはこれから」

「外は真っ暗、ただ真っ暗、そして聖堂内は、聖堂内は人影などない」、「そしてこれから、これか

ら」

「いつの間にか、あちらこちら」、「たしかに、たしかに、ついさっきまでは」、「うしろの壁ぎわに寝そべっていた人々を除いては誰もいなかったはずなのに」

「それがいつの間にか」、「どこから沸いてきたのかしら」

「そうよ、そうなのよ、それまで、近所の旅館などで、うたたねしていた人たちも」、「いや、それだからこそ、彼らは誰よりも早く、やがては始まる聖障前の聖行列の準備へと並びだす」

「鐘、鐘よ」、「気がつけば鐘は鳴っている」

「高い、高い、鐘楼の上ではもう、ひっきりなしに鐘は鳴っている」、「〝フリストースバスクレッセ！フリストースバスクレッセ！（基督復活！　基督復活！）〟」

「燭台は、天蓋の下では、何十ときらめき、いやましに人々はざわめきだす」

「華やかに、早くも、正面聖障の前には、長く長い、痛悔の聖行列」、「そしてさらにまたもう一つ、別の離れた小さな第二聖障の前にも、こちらは府主教さんはいない、ただただ聖餅を受けるためだけの聖行列」

「暗い、暗いわ、外はまだ暗い」、「しかし、いま聖堂の中、ただただ明るい」、「華やかにただただ明るく、そしていや増しに人々の数は増えだして、ざわつきだす」

「暗い、暗い、宙天」、「外は宙天」

「天蓋の窓から覗《のぞ》ける外はまだ漆黒の闇」、「そのくらい天外のうち、ここ、聖堂内の天井は輝き、ただ堂内を照らす、〝フリストースバスクレッセ！　フリストースバスクレッセ！（基督復活！　基督復活！）〟」

「そうよ、大半の人々はただ、府主教さんがくれる赤い卵をもらうためだけに並ぶ」

「そしてそのあと、そのあとは、別棟の控室」、「そこにはもう、そこにはもう、ちんまりと最前の聖堂のストーブ前にいた老人たちは座っていて、遅れてくる同輩たちには挨拶したり、若い私たち信徒たちにはあちらこちら指図をしたり」、「そのときの座席移動」、「笑いながらのあの落ち着かなくて、にぎやかで、楽しかったこと」

「やがて補祭さんや司祭さんや、そして府主教さんも入ってきて、そこでまたひとしきり、〝フリストース・バスクレッセ！　フリストース・バスクレッセ！（基督復活！　基督復活！）〟」、「そして〝パイーシィス・バスクレッセ！　パイーシィス・バスクレッセ！（実《じつ》に復活！　実《じつ》に復活！）〟」

「ワイワイ、ガヤガヤ」、「ザワザワ、ガヤガヤ」、「クリーチも蜜飯もぶどう酒も、みんなみんな、勝手に持ち寄り、陽気に手をつけながら」

「あとは、あとは、ただ、もう一番電車まで」

「外は暗い、外は暗い」、「暗いですなあ」、「いや一番電車はまだです」、「まだ、まだですか」

「そして他愛ない四方山ばなしに、また時を過ごすのですわ」

「復活祭、復活祭、そうよ、これがニコライ堂の復活祭よ」

「鉄道省は毎年毎年、この復活祭のために終夜運転の臨時電車を出してくれたけれども、市電19番組は見向きもしない」

「いいえ、市電19番組は、須田町返しの一番電車や二番電車どころか、七番電車、八番電車の来るところまで、ただただ、だべるのですわ」
「そうよ、それこそがこの国での数少ない同信者同士」
「その心の中のなごみ、信頼」
「年一回、それがこの朝の復活祭の集いに凝縮しているのですわ」、「日本人やロシア人だけではない、アッシリア人やセルビア人、ブルガリア人やルーマニア人、ペルシア人やギリシア人、エチオピア人も」
「そして空がすっかり明るくなった頃、ぽつりぽつりと席を立ち、家路を急ぐ人が出てくるのですわ」
「互い互いに持ち寄った菓子や飲み物」、「二、三時間はあっという間に過ぎてしまう」
「あの坂の多い尾根街道、そこを走る市電19番」、「乗る人はみんな聖橋の大通りを、銀杏並木を背に固まって真っ直ぐ、真っ直ぐ」、「省線お茶の水駅は横目に見て、神田明神下の停留所まで歩くのですわ」
「寒い、寒い、四月のパスパ」
「復活祭、そうよ、四月の復活祭（パスパ）はもとより、三月末のパスパ（復活祭）などは骨身に染みる寒さよ」、「足踏みしているところに須田町返しの八番か、九番電車は来るのですわ」、「なぜかまだ誰も乗っていない電車が来るのよ」
「いつもいつも、大きくて新型揃い、素敵な電車よ」、「誰もいないことをいいことに、止まるや否やわれさきにと真っ先に、笑いながら乗り込んで」、「寒い、寒い、寒さから隅に固まりながらの、またそこでの果てしないおしゃべり」、「他国者同士でありながらも同信者同士が醸し出す信頼といたわり」
「そして見知らぬ他国者同士への、まだ見ぬよその国への関心と疑問」、「人の心のうちとそと」
「板橋への18番に乗り換えるためにザクルスカヤさん一家は本郷肴町で」、「駒込動坂に住むクリコフさん一家は上富士前町で」、「ドビジンスキーさん一家は霜降橋で」、「そしてビルチンさん一家は滝野川区役所前で」
「少しずつ、少しずつ減っていく、あの獄門街道、将門通り、尾根街道」
「革命通りよ、稲荷街道、弥勒街道よ」
「しかし、しかし、この左派街道も、滝野川区役所前で終わり」、「市電を降りて北に歩けば、そこはもう、眼下には広大な大平原」
「いいえ、いいえ、そこはかつては広大な大海原」、「いまその大海原を眼下にして、左には、小さな小さな省線上中里駅」
「その駅の上にはただの藪《やぶ》、その藪の中には大きな大きな平塚神社」
「源氏の氏社様よ、将門神社ではないのよ」
「でもでも、この行き詰まりこそが、革命街道の成れの果て」、「そこはかつてのあの大谷吉継の盟友、平塚為広の出生地」
「右手を見れば、昔の海沿いの断崖地、上野、日暮里、田端」、「補陀落街道、紀州街道、応仁の乱の頃まではその真下は海だった」

「離れたうしろからは迫る山の中は弥勒街道、山街道、富士街道、そうよ、そこは二つの街道の合流地点」、「眼下にはいまも、くねくねと曲がって流れる荒川、おわい舟はゆっくりと漂って行くわ」

「これで、これで、私たちの救済街道は終わり、そしてまた、弥勒街道、白蓮街道も」

「戻りましょう、戻りましょう、市電滝野川区役所前まで戻りましょう」

「あとはただ残り、一里塚、飛鳥山、王子駅前」

「本当、本当は富士街道は十条まで」、「まだ、まだ続くわ、続くのよ」

「でもあんな辺鄙《へんぴ》な人影のない上中里駅前で合流した補陀落街道、紀州街道、そしてそれを受け入れてくれた山街道。でもでも、これから先は、さらに」

四　ミロク史観とミスラ史観

「決してここが終わりというわけではないのよ」

「左派はミロク、救済史観、左派はユーラシア史観よ」

「一方、一方、右派は、極西史観」、「ミスラ史観よ」

「右派は奴隷制是認、動物虐待礼賛」

「そうよ、西に行けば右派、そして東は左派」

「同じユーラシアに発した思想でも、西ではカトリック、東では正教」

「ミロクは左派よ、富士思想」、「しかし、この左派のミロクと対立する右派のミスラとは、それはあのキリスト教を是認する前のローマ帝国を制圧していた、あの牛殺し礼賛のミスラ史観よ」

「左派のミロクと右派のミスラ、もとを質せば、同じ、同じよ」

「ともにユーラシアから出た、ゾロアスター教から出た、そして東に残ったミロクはいまも左派」、「そして西に行った一派は、西欧、そしてあの北アフリカに行った一派は」、「右派、右派よ、奴隷制是認、動物虐殺礼賛」

「西とは何、何なの、そしてその分派、あのアメリカンスキーとは」

「いえ、いえ、そんなことよりも、ついにいまは完璧に砂漠化してしまったサハラ砂漠、あのサヘル砂漠を背景にしていた北アフリカ、あのカルタゴ文明とは」

「変わる、変わる、なにもかにも変わるわ。そうよ、ただただ牛を苛烈に扱って、それが英雄とされた極西文化史観」

「ただ、ただ、それを得意がっては見せびらかす」、「これがイエブローパーやアメリカンスキーの兵士宗教、ミスラ教よ」

「そしてこのローマの兵士宗教を否定しきれなかったのが、西欧のローマン・カトリック教会よ、動物虐待喜悦宗教、それは必然的に奴隷制是認宗教、カトリック、カトリック教会となるわ」

「こんなカトリックとは必然的に、究極には対立することになったのが東の正教よ、ユーラシア世界なのよ」

「北アフリカやイエブローパー、アメリカンスキー、ただただ、動物虐待の中に喜び、陶酔、その兵士宗教。西に行ってしまったもと左派宗教」、「中央アジアで生まれた左派宗教ゾロアスター教。それも西に行っては、あのように」
「西と東では、すべては逆」、「アングロサクソンでは牛いじめ、熊いじめ、馬いじめ、猿いじめ、狐いじめ、ねずみいじめ」
「アングロサクソン貴族の最大の喜びは動物虐待」
「西と東では、ユーラシア大陸の西と東では、こんなにも、こんなにも、どうしてこんなにも大きな違いが出来てしまったのかしら」
「水よ、水よ、アラル海、カスピ海」
「豊かな湧水地帯、そこに生まれたアリアン人、みんなみんな同じ救済宗教だったはずのものが」
「なぜ、なぜに、西に行って」、「北アフリカやイエブローパー」、「なにもかにも変わったわ」

五　両国・緑町

「そうよ、あなたが教会に来なくなってから四年目、本所・両国・緑町、賑やかだったあの四つ角を奥に入った伯母の家、材木店のあの二階に間借りしていた私は、引っ越したわ」
「滝野川の西ケ原、一里塚に引っ越したわ」、「湯島、本郷、駒込、西ケ原、あんなにも、あんなにもかつては沢山、住んでいた白系ロシア人たち、彼らが居住していた街道」
「私は何度、その一里塚でパスパ（復活祭）を迎えたことかしら」、「やがて戦争は拡大して、白系ロシア人たちの姿はいつの間にか見えなくなってしまいましたわ」、「消えた、消えた、なにもかも消えてしまいましたわ」

走れ、走れ、なだらかな草原を馬車は走る、イワノカリヤスやノギス、さらにはまだ見知らぬ草花までもが、昨夜の雨に濡れたまま、二人を迎えては争うように飛び込んでくる、〝生きている、生きている、生きているわよ〟、〝刈り取らないでくださいな、切り殺さないでくださいな〟、ノギスやアブラススキ、次から次と尖った口先を開きながら、穂は様々な言葉を発しつつ、うなずきあってはささやき、方子の指にからみつきながら、互い互いに身をすり合わせては、やがては去っていく。

「市電19番、それもいまでは市電33番」、「変わる、変わる、なにもかにも変わっていく」、「そうよ、変わっていくのよ」、「だけど、だけど、そうなのよ」、「いいえ、いいえ、変わっていくのは人の心」、「人の心なのよ」、「人の心さえ変わらなければ」

「そうよ、そうなのよ」、「違う、違うわ、違うのよ」、「いいえ、人の心が変わっていくのではない、人の心が変わっていくのではない」、「ただただ、時のうつろい、時の流れによって、人の心がはっきりしてくる」、「それだけ、それだけなのですわ」

差し出される方子のはかなげな白い指先、薄い日差しがそこにあたる。

小さな、小さなマンシュウウネジアヤメの葉、いま、その葉元のかたわらに倒れて、揺れている青いニラの花、弱い、弱い、弱い用水路の溝辺で震えているイワノカリヤスの根元を掠めるように、軋むように馬車は走っていく。

「そうよ、人生とは」、「そうよ、そうなのよ、結局は人の心」、「人の心がどう変わっていくのか」、

「それを見定めること」、「それだけ、それだけなのですわ」、「変わっていく、変わっていく、ただ変わっていく」、「そしてその変わっていく人の心、その変わっていく過程」、「それをどう、端は諦めて受け入れていくのか」、「それだけ、それだけなのですわ」。雲はいま、レモン色から洋梨色に変わろうとしている。汗ばむ馬の背中、湯気は立ち、走りながら馬はまた糞尿を垂れ流していく。そしてまた一つ、雲の下、そこにはレモン色の雲が。

夏の日

第一部

一　リトウルギア

夏の日のリトウルギア（聖体礼儀）、誰も来ない教会の正午すぎ、壁の大理石はじっとりと汗ばみ濡れている。棄てられて、こわされて、ひゃっとして汗ばむ冷たい岩のような、一瞬の闇に浮き出る暗いロウソクの中の聖画像。片隅には、へし折られて、ゆがんでしまった聖幡（基督の顔を描いた教会旗、祭事日に掲げられるのぼり）、その横にはやがてこの日、配られる予定の聖行列用のレモンが数個、ウラル産の漆器に包まれてひっそりと台に収められていた。プレ・オブラジェンスキー祭（プレ＝変わる、オーブラジェツ＝顔、つまり変容祭）、八月十九日だった。

「裏切り、裏切りよ」、「人は結局は、最後には、必ずみんな裏切るわ、特に軍管学校だとか、お役所だとかに勤めている人は」。カタカタ、カタカタ、秋の日の馬車は、車輪を鳴らしては走って行く。

「あのときの横浜教会の背後には、四谷教会がいたわ」

馬車は山の斜面にかかっていた、赤く黄色く汚れた石は顔を出し、耳障りなブレーキ音をスギやアカマツの疎林に残しながら、滑るように車輪を落として行った。下からは吹き上げる風、負けまいと必死に押さえる方子のひさしの少ない帽子、円方形の素直なクローシェのふちはへし曲がっていく。そのへし曲がる帽子のへりにしがみついた方子の白い、白い、洋裁ダコの付いた指先。けだるげにものうげに、ぼおっとかすむような遠い眼差しで三郎は見つめていた。「左派は棄てられていく、忘られて行くのよ」。低い、低い、低く冷たく、刺し貫くような日差しの少ない風の下、なおも馬車は滑るように車輪を落として行く。

「父と子と聖神《せいしん》、三位一体派の教会」、ものうくけだるい方子の声だった。

「ロシアとビザンツ、そして日本の正教会」、「三位一体、そうよ、三位一体派よ、奴隷制を否定する三位一体派の教会」、チリチリ、チリチリ、蛾虫が一匹、夏の日の教会の闇の中で跳ねていた。こわされて、散らされて、潰されてしまった聖画像の前、ゆれる、ゆれる、ゆれるロウソクの前で、はねて、はねて、忘れられようとしている教会。

フルビン郊外、昭和十九年八月十九日。すでに日本特務機関員の手で蹴倒され、踏み潰され、やがては捨てられようとしている教会。司祭はいま一人、剥き出しにされたまま、引きちぎられたままの正面聖障の前で、プレ・オブラジェンスキー祭は執行されようとしていた。

二十人足らずの参祷者数、うち十二、三人は聖歌隊員。そのわずかな聖歌隊員は四手に分かれ、女声の二つは見せしめのように日本特務機関員によって持ち出され、溶かされて、鐘がなくなってしまっていた北西側、右手鐘楼に通じる階楼の下に立っている。

「左派よ、左派なのよ」、「日本とロシア、ビザンツの正教会」、「そしてペルシア、アッシリア、メソポタミア、アナトリアの正教会」

「三位一体派の教会よ、奴隷制反対派の教会よ、それはいまも昔も、そしてこれからも」、モンゴルナラの幹、鱗《うろこ》は絡まり始めていた。そのモンゴルナラの林の中に、アカマツの粗林がいま侵入し始めていた。崖の中ほどにある傾斜地の上には落葉は溜まっていた、それは少しずつ少しずつ、色を濃くしていく。補祭さんだ、補祭さんだ、そうか、帰ってきていたんだ、いつの間にか聖障の脇をすりぬけたぞ、ヨダレをたらし、木靴を引きずりながら、おびえたふうもなく、幸せそうに間延びした口をあけ、あちらこちら、したわしげに、聖画像の前に立ち、一人一人、聖人たちとは立ち話をしながら、たわむれている、帰ってきたんだ、帰ってきたんだ。

二　山よ、山よ、ついに汝は

「山よ、山よ、山にありて光栄に満ちたるフリストース（基督）や」、「ついに汝は山を降りて」、「我ら、罪の子、人の子、奴隷の子を救わんと決意するか」、崩れかけた北西隅、鐘楼に通じる階段下、ひしゃげた柱のたもとには、たった四人ばかりの女声コーラス。

「子よ、子よ、汝、罪の子、人の子、奴隷の子」、「いいや、いや、汝、神の子、神の子とかや」、ふいに激しく、すぐ横手、となりに並んだ三人ばかりの第二の女声コーラスは分け入ってくる。

「神の子、神の子とかや」、「されば人の子、罪の子、奴隷の子は」、四人ばかりの第一の女声コーラスは立ち騒ぐ。

「フリストース（基督）、フリストース（基督）や」、「いま、汝は、神の子とかやの座を振り棄てて」、五たび六たび、二つの女声コーラスは沸き立ち、そしていつの間にか消し去られて行く第二の女声コーラス。

「そうよ、そうよ、いま、汝、神の子とかやの座を振り棄てて」、再び五たび六たび、二つのコーラスは沸き立ち、やがてはまた消えて行く第二の女声コーラス。

「神の子、神の子、いいえ、奴隷使用者側の子よ」

高い、高く聳《そび》え立つ木々だ、下を行くちゃちな車馬などは見向きもしない、高く聳え立つ木々、それはいま大きく羽ばたく、白い、白い、白く汚れた石だ、赤い、赤い石だ。そして黄色い、黄色く汚れた石は左右から突き出し、道を塞ぐ。一瞬うろたえたようにたじろぐ馭者。

「人を殺し、人を割き、人を奴隷として売り飛ばして恥じぬ神」、高い、高い木々、なおも高い木々だ。両手を拡げて高い木々は車馬の行く手を遮る。

「人を殺して、人を割き、人を奴隷として売り飛ばして恥じぬ神」

騒ぐ風、弾ける梢、見えぬ、見えぬ、人など見えぬ。ただ一羽、突き出された裸枝に停まったままの大カラス。

「そうよ、人を割き、人を殺し、人を売ってはほほえむ」、「汝こそは父、父なり」、再び分け入る第一の女声コーラス。

「神というは奴隷主、奴隷使用者のことなり」、ちゃちな、ちゃちな南西側、聖堂二階にある張出し回廊、その下から上に通じるひしゃげてこわれた階段のたもとからは、再び激しくそしり上げる太くて重い、たった二人ばかりの男声コーラス、「父、父とは、汝、奴隷使用者のことなり」

「父、父とは」、はげしく切なげな第二の女声コーラス。

「誰、誰のこと」、「父とは、父とは」

「汝、フリストース（基督）、汝にとっての父とは」

「父とは、父とは、奴隷使用者のことなり」

あるかなきかも分からない、小さな二階回廊、張出し回廊。そこに下から通じるらしい半ば崩れた直線階段。その階段下、闇の階段下から響く太くて重い四、五人ばかりの第二の男声コーラス。

「父とは、父とは、憎しみても余りある奴隷主のことなり」、スルスル、スルスル、いまにも崩れ落ちてきそうな小さな小さな、二階張出し回廊の柵を、唖《おし》の堂役はくぐり抜ける。交々、下ではいま、交錯して、対立して歌う二つに男声コーラス、その頭の上を、スルスル、スルスル。

唖の堂役は、南西側、階段上からすべり降りてくる、腐りかけた崩れ穴に右足の指を掬《すく》われないように気を遣いながら、そして途中、左足を差し伸ばすと、中指の爪先で、なにかを取る、周囲をそっと見回し、素早く押さえてポケットに納めて行く。

「父よ、父よ、我ら」、「汝を父と唱えし我ら、いつまで、いつまで」

「汝は奴隷主、汝は神」、「フリストース（基督）や、フリストース（基督）、我らいつまで、いつまで、この汝を神と」

「人を割き、人を殺し、人を売ることを嘉《よし》みとする神」、「このような汝を、父、父と」、小さな、小さな聖堂、暗い、暗い聖堂のなかを、いつまでもいつまでも四つの合唱は交錯していく。

細い、細い小道だ、細い小道を馬車は行く、こちょこちょ、こちょこちょ、よろけながら、細い小道を馬車は行く、高い、高い木立だ、そそり立つ高い木々はいま、じっと見下ろし、そしてさらにその上には太陽、道はただ荒れ果てている。

「一神教、一神教の神、奴隷商人の神」、「なにゆえ汝は人を裂き、人を殺し、人を潰すのや」、「なにゆえ汝は、人の家庭を破壊することを嘉みとするのや」、二つの女声コーラスは交錯する、堂内のロウソクは消え、左側、壊れかけた回廊の隙間からは生暖かい風が入ってくる。

「神、神、なにゆえに汝は神」、「汝、神と名乗るものは、人を裂き、人を殺し、人を売るもののためのものの命となるのや」、パタパタ、パタパタ、どこだ、どこだ、ふん、どこかで閉まらぬ扉の音がする、壊れてしまったトイレの扉だ、どこだ、どこだ。

三　来たか、見たか

「山よ、山よ、山にありて光栄に満ちたるフリストース（基督）や、ついに汝は山を降りて」、「我ら、人の子、罪の子、奴隷の子を救わんと決意するか」、崩れかけた北西隅、鐘楼に通じる階段下、ひしゃげた柱のたもとに立つ、たった四人ばかりの第一の女声コーラスは歌う。「子よ、子よ、汝、罪の子、人の子、奴隷の子」

「ふん、奴隷主の子の座など」、「棄てよ、棄てよ」、「いまこそフリストース（基督）や」

「いまこそ、汝、そのような奴隷主の子の座などは、棄てよ、棄てよ」、暗い、暗い、暗い闇の中、鐘楼への階段下に蠢《うごめ》く二つの対立する女声コーラスの群れ、ロウソクの炎は風に吹かれては消える。「ふん、神の子の座など、ふん、奴隷主の子の座など」、それに応じて、激しくせせら笑う男声コーラスの声、それはその反対側、南西側、二階回廊に通じる、あのせせこましい直線階段下から響いてくる。

「見たか、聞いたか、フリストース（基督）」、「ついに汝、罪の子となりて」、「われら罪の子、人の子、奴隷の子のために」

「憎むべきはあの掟《おきて》、あの奴隷主の作った掟、いま汝、ついに汝はその掟を破り、おのれ自ら十字架に架かりし幻見たり」、くさい、くさい、実にくさい、壊れたトイレの匂いだ、そうか、そうか、それがこの世の味、奴隷を殺し、奴隷を使ってしか繁栄するしかすべのないこの世の掟。だが、だが、聖堂に風を巡らすこの回廊、おお、その回廊とは、聖堂に灯るロウソクの明かりを消すための風をも通すのが役目。

くさい、くさい、実にくさい、臭気を運ぶ風だ。捨てられ、壊されて、ひっくり返ったソファが五つ、六つ、七つ、八つ、ひっそり、ひっそりと、聖堂の通路の片隅には切り裂かれて棄てられて、外革からはボロ切れや中の藁《わら》の切れ端がはみ出ている。

見つけた、ついに見つけた、罪の子、人の子、奴隷の子となりて、はじめて見しはこの幻、おお、善なる神（父）と悪なる神（父）と、救う神と貶《おとし》める神と、ついに汝はこの世に、二つの神の在りしことを、さればこそ、さればこそ。

〝イリストオォース（救世主）、ふぅうかつ（復活）し、死（十字架）をもって、死（父・神＝奴隷制）を滅ぼおし、墓（奴隷身分）にあるものに生命（奴隷身分からの解放）をたまえーり〟、鳴れ鳴れ、鐘よ鳴れ、チンチン、ジャンジャン、シャカシャカ、シャンシャン。

鐘よ鳴れ、鐘よ鳴れ、ただただ鐘よ鳴れ、消えてしまったあの鐘、こわれてしまったあの鐘、いま闇の中から、いんいん、しんしんと、鐘は鳴っている、鐘は鳴っている、誰、誰が鐘を打っているの、誰、誰なの。

そうよ、そうなのよ、〝イリストオォース（基督）、ふぅうかつ（復活）し、死（十字架）をもって、死（父または神＝奴隷制社会）を滅ぼおし、墓（奴隷身分）に在るものに生命（解放）をたまえーり〟。

「ロシア、ロシアよ、三位一体派の史観、ビザンツの史観、父と子と聖神（聖霊）」

「そうよ、そうなのよ、しかし、神（奴隷主）、神（奴隷主）も、また人（奴隷）」

「人（奴隷）、人（奴隷）も、また神（奴隷主）」

「憎むべきはあの神（奴隷主）」、「しかし、しかし、その奴隷主（神）をも、その神（奴隷主）をも、奴隷（人）そのものとして、同格にしてしまうこの教義」

「そうよ、そうなのよ、これこそが、これこそが、奴隷解放の本義」

「ついに、ついには、汝、この耐えがたきまでの奴隷解放の本義、三位一体の本義を知ってしまったか」
「知ってはならぬこの本義、漏らしてならぬこの本義、神は憎むぞ、神は怒るぞ、成り上がりのあの神（奴隷主）め」、「奴隷主は怒りたぎるぞ、奴隷主は怒りたぎるぞ」
「だが、だが、いいや、いいや、奴隷主のためだけにあるのが神」
「憎むべきはその神」、「汝、その本義を知らざるや」、「いいや、いや、この神（奴隷主）を越えた聖神（聖霊）の流れを」

「人を売り、人を殺して、人の命をかすめては、そっと生計《くらし》を立てているだけの哀れなユダヤ人ども」、「貧しきはこの奴隷商人、この哀れなあの一神教徒ども、彼らの生計は」、「汝、貧しきあのユダヤ人どものなりわいを奪うのかや、フリストース（基督）や、フリストース（基督）」
「土地はなく、国もなく、ただ一片の紙切れ（タルムード・旧約聖書）とひとつまみの小切手だけ、それを頼りにくらしを立てて行かざるを得ないあの哀れな貪欲者ども」
「憎むべきは奴隷商人、生きる、生きる、それでも彼らは生きる」
「この哀れな、憎むべき一神教徒ども」、「汝、その生業を奪うのかや」、「それでもフリストース（基督）、フリストース（基督）や、そして汝、この貧しきユダヤびとどもをなお慈しんでいるあの造物主ども」

「まことにまことに汝こそはフリストース（基督）、罪の子、人の子、奴隷の子」

「ついに汝は神の子、奴隷主の子の座を棄てて、罪の子、人の子、奴隷の子となってしまった」、「裏切り、裏切り、汝、罪の子、人の子、奴隷の子」、「神は怒るぞ、奴隷主は許さぬぞ」、「まことに、まことに、汝こそは、十字架の子」、太くて、激しく第一の男声コーラスは闇のなか、考えるいとまも与えぬように圧してくる、合間、合間には、幾たびか、うずくように弱々しく、二つの女声コーラスはすすり泣いては悲しく呼応してくる。

「棄てよ、棄てよ、フリストース（基督）」、「まことにまことに、いまこそは汝は我らのもの」、「罪の子、人の子、奴隷の子」

低い、低い、低い第一の男声コーラス。壊れた階段下からはそれに応ずるように、また第二の男声コーラス。だが、だが、どうしたというのだ、おお、どうしたというのだ、司祭は。隠れたまま、おびえて、姿を見せない、ひるんで、至聖所の奥に潜んで、体を縮めている。

ふん、それで隠れたつもりか、締め切った扉の奥に潜んだつもりか。至聖所の空隙、壊されてしまった聖障、その裂け目からはくっきりと、黒い上衣は覗き、白い煙は立ちのぼっている、卑怯な奴、そんなに十字架に架かるのが怖いのか。

ほおれ、ほおれ、これがさっき、日本軍が壊していった扉の閉まらぬトイレの臭いだ、腹いせに日本特務機関は、はぎ取り、蹴破り、燃やしていった、残っているのは応急処置でやっと間に合わせただけのペナペナのベニア板で張り合わせたイコン、その幾つかは、すでにもう糊の性は失い、垂れ下がっている、正面聖障（イコノシスタス）、ボール紙を貼り合わせただけのイコン、間に合わせだ、間に合わせだ、なにもかも。

聖堂脇の裏手にある柏の木に囲まれたトイレの扉はとうにズタズタ、いまはそこからも見える至聖所の奥には、司祭は隠れたまま出てこない、あんなにも、あんなにも、壁がズブズブで丸見えの至聖所の奥で。

「右派よ、右派よ、カトリックは右派よ」、「そしてカトリックはアンチ（反）正教、カトリックはいま、全力で正教会破壊に乗り出してきたわ」、遠い、遠い、空を見上げて方子はさわいだ、薄い木立が山の終わりを告げようとしている。

「そうよ、人の子キリスト、カトリックはこの人の子キリストを破壊として、神の子キリスト、神としてのキリスト、奴隷主としてのキリストを」。

ゆっくりとゆっくりと白い雲は、いま山の上で割れようとしている。割れて、割れて、かすれて、北の空に消えようとしている。「カトリックは右派、カトリックは奴隷制賛成派、カトリックは一神教派、カトリックは三位一体を否定しようとしているわ」。

微妙な笑いが方子の頬をかすめていた。手にしたバッグ、それをかたわらに置くと、座席の後ろ、幌に掛かった飾り紐を取ろうと身を伸ばした。「あんなにもあんなにも、ヒトラーを持ち上げていたカトリック、ナチスはピオ十二世のお蔭で政権にありつけたんだわ」、ぼおっと霞《かす》んで晴れやらぬ青い空、そしていままた西の空には棚引く白い雲。

夏の日

第二部

一　クテシフォン教会

どこへ、どこへ、この馬車はどこへ行くの、揺れる、揺れる、ただ揺れて。

「そうよ、そうよ、カトリックのお蔭で政権にありつけたヒトラー、だからこそ彼はカトリックへの恩返しのためにもロシアに攻め込んだのだわ」、馬車は坂を落ちて行く、うしろにはくっきりと二本、轍《わだち》が残されていった。

凍てつく微笑みが幌の中、屋根から吊るされた飾り紐を片手に握る方子の頬に浮かぶ、古代ギリシア風の、馬車をせかせるパリスの像が彫ってある飾り紐だった。「奴隷制を可能とするためならばカトリックはなんでもした、ついに、ついには人の子キリストをも神にも仕上げていったわ」。

いやだ、いやだ、トロヤに帰るのはいやだ、必死に抗う浮き珠の中には、馬車をせかせるパリスの像があった、跳ねて、跳ねて、跳ね回り、黒檀の木に彫ったパリスの像は、方子の掌の中でなおも跳ね回っていた、「右派、右派よ、カトリックは右派よ」。

どこへ、どこへ、この馬車はどこへ行くの。揺れて、揺れて、ただ揺れて、赤い石だ、いいや、黄色い、黄色い石だ。しかし、しかし、白い石はまた、馬車の行く手を遮ろうとしている、白い、白い石だ。

「そうよ、対立は対立を生み、抗争は抗争を生み、分派は分派をつくり、次から次と」、「奴隷制是認のアリウス派、単性論者、そしてカトリック恩寵派のアウグスチヌス一派」。

「奴隷制否定派の左派だって、ネストリウス派やパウロ派はやがて、離脱していったわ」、「彼らは敵国だった隣国、あの左派宗教の国、ゾロアスター教を国教にしていたササン朝ペルシアに、キリスト教極左派の彼らは亡命していったわ。当然のように彼らはそこに根を下ろし、そこでより明快な左派理論、それがクテシフォン派のキリスト教会よ。左派、左派、左派中の左派教会」。

「そしてそこに彼らはローマやコンスタンチンノープル（君府）と並ぶ、古代三大のキリスト教拠点地を築いていったわ」。

「すでにペルシアには、彼らが亡命する以前から根を張っていたキリスト教各派、トマス派やら、エデッサ派やら、さらにはもっと古い形態の東方キリスト教派のグノーシスの各派、彼らは当然のようにそれらと融合して、左派中の左派理論、キリスト教パウロ派は形成されていくのですわ」。

二　イコノクラスムス（聖像破壊運動）

「対立、分派、それからそれへの離反活動とその反復。そうよ、これがキリスト教世界」、「しかし、

しかし、それにしても、あのイコノクラスムス（聖像破壊運動）」、「あれは一体なあに」

「イコノクラスムス（聖像破壊運動）とは、あれは一体なあに」、「いろいろみんな言っているわ」

「しかし、簡単よ、誰に税金を払わせるか、それだけ、それだけのことなのですわ」、「大貴族や大修道院は、もとより税金を払う気などはさらさらない、彼らは特権階級。でも、でも、国家財政は」

「そこで大貴族や大修道院は、これを左派」、「国境警備という軍役任務の代わりに免税処置を受けていたあの左派の東部軍管区の兵士、屯田兵《とんでんへい》兵士に支払わすことを思いついたのよ」

「左派、左派をつぶせ」、「左派は敵だ、税金は左派に、テーマ（屯田兵制度）兵士に」

「しかし、しかし、この左派、この左派こそはビザンツの根幹」、「ビザンツが存立していられるのは、このテーマ（屯田兵制度）があったればこそ」

「テーマ（屯田兵制度）なくしてビザンツの存立はありえない」、「それに第一、はじめこそはたしかに免税だったわ」、「しかしいまはむしろ、彼らこそは国家にとって最大の安定した納税階級となっていたわ」

「そしてなによりも彼らは、いつもいつも、土壇場になれば、ビザンツが国家存亡の危機に追い込まれたときは、必ず、必ず東方から駆けつけては、祖国を救う」、「これがビザンツの恒例、テーマ（屯田兵）制度の本質だったわ」

「後年、第一次イコノクラスムス（聖像破壊運動）騒動も収まってからの後年」、「その頃はイスラムの方がむしろ混乱していた。北アフリカのイスラム・ベルベル圏の方が混乱していた」

「それでもそのイスラムは、紀元八〇〇年頃には、なんと海を渡って」、「その頃の地中海キリスト教文明の、最大の拠点地だったカルタゴ、そこをイスラムは、キリスト教世界から奪取したかと思うと、あっという間に素早くそこにアグラム朝を成立させて、さらに八二七年には、今度は南イタリア・シチリアに上陸、ナポリ、ローマ、ジェノバまで占拠」

「当時の西欧などは、まだまだ、氷河期の名残りもあって、半ば未開、すべてはあっという間に、イスラム化されてしまうのではないかと思われたとき」

「そうよ、まだビザンツ領だったイタリア半島の南東端カラブリア半島、そこの首都防衛のために、はるばる小アジア、東アナトリアから駆けつけては、ついにカラブリア地区の首都バーリを防衛したのは、それはこのビザンツの東部軍管区の兵士」

「まだまだ全イタリアがビザンツ領だった八八五年当時、あの南イタリア」、「ビザンツ帝バシリウス一世の時代だったわ」

「危機になれば、いつもいつも、ビザンツが土壇場になれば、イコノクラスムスの兵士は遠方から駆けつけては危難を救う。これが左派、ビザンツ左派の核心、東部軍管区の兵士。そうよ、そして彼らにはいつも同じ左派仲間、マニ教（ゾロアスター教徒）の兵士やキリスト教パウロ派（ネストリウス派）の兵士もついていた。いつもいつも彼らは同じ同志となって、ビザンツの国士を護《まも》っていったわ」

「彼らがいたればこそ、ビザンツの国土はあれほど永く保たれたのだわ」、「左派、左派、左派中の左派、東部軍管区の兵士」

「そうよ、彼らにはまた同じくイスラムを逃れて東部にすまわっていたマニ教徒、その兵士集団」、「さらにはパウロ派（ネストリウス派）の兵士」、「この左派連合、彼らがいたればこそ」

「しかし、しかし、このことが右派、奴隷制是認派の右派、大貴族や大修道院にとって、どれだけ許せないことだったことかしら。もとより税金などの払う必要のないこれら右派、そしていまはもっともっと利益が欲しい右派、これら大修道院・大貴族にとって、左派、こんな自立した小農・零細、民兵組織なんて」

「これがイコノクラスムス（聖像破壊運動）、聖像破壊運動（イコノクラスムス）のすべてなんだわ」、「たったこれだけ、たったこれだけよ、イコノクラスムス（聖像破壊運動）騒動とは、右派と左派との対立」、走れ、走れ、馬車よ走れ。馬車は走る、馬車は走る、どこへ、どこへ、しかし、またどこへ。

左派国家ビザンツ

一　三十年戦争

「それにしても長すぎたわ、三十年戦争」、「ゾロアスター教ササン朝ペルシアと正教ビザンツとの戦い」、「勝ったり負けたり、そして最後は、一応はビザンツ側が勝ったような形で終わったけれども」
「三十年戦争、三十年戦争」、「これがどれだけ両国国民の生活、特に国境地帯の民衆には、深い打撃と破壊と荒廃、貧困と苦悩をもたらしたか」
「容易なことでは癒えぬ苦痛と苦難」
「漸くいま、平和は来たとはいうものの、それだけではなにも解決はできない」
「そんなとき、そんなときに、すうっと、この解決できない苦難の編み目に」
「各地では、様々に発生する流言や飛語」
「面白がってはさらに、だからこそそのいっそうの不安を醸し出すために、弾き出される予言や奇跡」、
「明日の生活のために、何がなんだか分からぬうちに」、「野心を秘めた異端や宗派は」
「とりわけ国境地帯では」、「変事を喚いては、異事を唱える」
「生活苦に便乗する様々な反体制派」、「そしてそれに無邪気に同調する楽天主義者たち」、「そんなところに突如、全くの突如」

「あの異邦地、緑などはとうに失せ、いまはすっかりの荒廃地、砂漠化」、「耕作の土などはもうどこにもない、ただただ岩だけが残っている、そんな荒廃地の中から突如」

「略奪品以外には、いまはなんの生存のすべも見いだせない、繁栄の道などは、とうの昔に消えてしまったこの荒廃地。ただただ略奪を主業とするしかない、そんな砂漠の民」

「昼間は、訪ねて来た見知らぬ旅人にはすべては愛想良く」、「そして夜になると、一転、するりと追いかけ、身ぐるみ剥ぎ取り、殺人も厭《いと》わぬ」

「強奪を生業とするしか生きるすべのなくなってしまっていたこの砂漠の収奪者、ベドウィン族とやら」、「こうした生活の果てに、とうに、かねてから生き抜いてきた砂漠の民の中から、突如として掲げられた宗派とやら」

「イスラムよ、イスラム教よ、緑なき民、水なき砂漠の民」、「彼らの掲げる単純率直」、「全編、略奪礼賛の教義」、「収奪の民ベドウィン族とやら」

「いまや彼らは、国境の民には、なにがなんだか分からぬものを掲げて、押し寄せてくる」、「疲れた、疲れた、ただ、疲れた、疲れ果てたる古代帝国の栄華の果てなるところにいる国境地帯の民」

「押し寄せてくる、押し寄せてくる、なにがなんだか分からぬものを掲げて、押し寄せ、押し寄せてくる」

「なあにあれは」、「あんなもの」、「砂漠の略奪民、ただの略奪民」

「はっは、はっは」、「笑うな、笑うな」

「ええ、ええ」、「砂漠の略奪民」

「粗野な奴ら」、「結局は、ただ、ただ、略奪を主業としていた砂漠のやつらではないか」、「笑って、笑って」

「ビザンツやペルシアの文明国民は反主流派も主流派も、ただただ笑って、舐めてかかった」

「しかし、しかし、三十年戦争に疲れ果てて、疲弊していた両国国境地帯」、「二つの文明国民、ペルシアとビザンツ」、「そこに押し寄せてくる砂漠の略奪民」

「略奪是認民を馬鹿にしていた、ただ、ただ、舐めていた、あんな砂漠の収奪民なんて」

二　六三六年　マムルークの会戦

「押し寄せてくる、この砂漠の財産移転強要主義者、しかし、しかし、なお、彼らなどには頓着せずに、そしてただただ、いまも笑って、しかし、徒労感の消えやらぬ国境地帯民」

「二つの戦後大国、彼らも国境地帯民の、生活の安定化には全力を尽くしていた、東ローマ帝国とササン朝ペルシア帝国」

「しかし、しかし、三十年戦争の後始末とは、そしてなお疲弊と困窮に喘《あえ》ぐ一般民衆」

「ふーん、ふーん。なにがなんだか訳が分からぬ、ふーん、ふーん、イスラムだと」

「みんなが笑っていた」、「すべてがすべて、はじめは面白がって笑っていた、あんなもの、あんなもの、どうということはない」

「特に思い入れする人もいない、しかし、しかし、砂漠で、ただただ永年、略奪をこととしていて、いまこの新しい事態に、新しい旗を掲げて侵入してくるこの民は」、「なにやら、喚《わめ》いているよ、なにやら」、「喚いている、喚いているよ」、「そして武器は持っているよ」、「武器の扱いは手慣れているよ」、「迂闊《うかつ》にはもう、いまは手出しはできない」、「だが、なにを言っているのだ、なにを騒いでいるのだ」、「聞いてやろう、聞いてやろうじゃないか」

「そして、そして、すべてはせせら笑って、ただ、やり過ごす、あんな奴ら、野蛮な奴ら」

「そして傍観、すべては舐めてかかっていた」

「そんな中を、ただひたすら暴力を掲げて、武器をもって、押し寄せてくる砂漠からの掠奪民」

「ここに至って、漸く、事態が容易ならぬものと悟った対ペルシア戦争の勝利者、英雄、あの東ローマ帝国皇帝のヘラクリウス一世」

「しかし、もう、このときはすでに」、「帝国内のかなりの部分のなかにも、彼らは入り込んできていて、エジプトは大半、シリアも半分までは浸透されていた」

「こんなにも急増の略奪の民、ヘラクリウス一世はいまは、遅ればせながらも」

「最終的には、あのシリアの原野、マムルークの原でこの略奪民の群れを迎え撃つことになりますわ」、「マムルーク、マムルーク、マムルークの原の会戦」

「武器も兵力も、圧倒的にビザンツ側は優位。誰もが誰もが、ビザンツ側の大勝利と信じて疑わなかった戦い」、「しかし、しかし、結果は無残、無残だったわ。六三六年八月のことよ」

「兵力的には圧倒的、武器も優勢。相手はただの砂漠の略奪民、簡単に簡単に蹴散らせたはずだったのに」、「結果は、結果は無残よ。こうしてビザンツは帝国最大の穀倉地帯だったあのシリアとエジプトを喪失するのだわ」

三　そして左派。自主、自立のテーマ設立

「喪失してしまったビザンツ最大の穀倉地帯、シリアとエジプト」、「しかし、しかし、ヘラクリウス一世は果断だったわ」

「けれど一方、最後の最後まで、ベドウィンなどはただの砂漠の略奪民、強盗を主業としている盗賊集団と侮って、馬鹿にしていた誇り高き古代ペルシア帝国の栄光を持つササン朝は」

「ヘラクリウス一世はこのとき、すべてを見定めると」、「潔くさっさと両地を諦めて、ただただ、脱出してきたエジプトとシリアの精鋭の兵士と農民をかき集めて、まだまだ残っている未開の大地」、「ユーフラテス河とチグリス河上流のこちら側、東部国境地帯」、「さらにはその奥地、東アナトリア、東カッパドキアの原野を」、「避難してきた彼らに開拓させて、そこには農地開拓と国土防衛の二つを担わせる屯田兵制度、テーマを開設したのよ」、「税金ははなから免除する、代償はただ国土防衛」

「こうして、こうして、自給自立、自主独立」、「誰にも頼らない国土防衛組織、テーマ（屯田兵制度）は発足したのよ」、「左派、左派、自給自立の左派集団」

「一方、一方、イスラムなんかは馬鹿にして、最後の最後まで、新しい対応の取れなかった国々は、ビザンツのほかのほとんどの国は、後手に回ってしまって」

「どこの国にもいるわ、一部の新しがり屋は」、「ただただ、当初は、ぽかんと口を開けて、そしてそれから、この新来の略奪民に媚《こび》を売る」

「いまはもう、あとからあとから、ただただ、次から次と勢いに乗ってやって来るこの砂漠の略奪者、その暴力の波に飲み込まれて、気づいた時は遅かった」

「こうして、こうしてビザンツのみ、ビザンツのみがただ一つ、生き残れたのよ」

「なぜにビザンツは生き残れたのか、それはテーマ（屯田兵制度）、ただただテーマ（屯田兵制度）よ」、「すべてはこのテーマ（屯田兵制度）、テーマ（屯田兵制度）のおかげよ」

「こうして、こうしてこれからあとのビザンツは」

「だから、だからなぜ、なぜ、ビザンツは左派なのか、すべてはすべて、これで分かるわ」

「これからあとのビザンツは、何度も何度も、国家存亡の危機には見舞われるわ」、「しかし、そのたびに、これら左派集団は、西であれ南であれ、土壇場になれば」、「必ず、必ず駆けつけては、国を救ったわ」

「これがこの東部軍管区の兵士よ、そしてそこには」、「あの誇り高かったペルシア、いまはイスラムに制圧されてしまったあの誇り高きペルシア」、「そのゾロアスター教の地から、いま後発の征服者イスラムの軛《くび》きを逃れてビザンツに亡命してきた人たち」、「そこの二つの誇り高き軍団、一つはペルシア伝来のゾロアスター教徒の集団」

「でも彼らがゾロアスター教徒と名乗れるのは祖国ペルシアにいるときだけ、亡命地ビザンツはペルシアではない。そこで彼らはもう一つの別称、マニ教徒を自称していたわ」

「そしてさらに大事なこと、それはもう一つ。これもまたペルシアから亡命者。しかし、皮肉なことには彼らは、かつてはビザンツで弾圧を受け、隣国ペルシアに亡命せざるを得なかった人たち。元はビザンツ内の反主流派のキリスト教徒集団、ネストリウス派やらグノーシス派やらの各派。彼らは隣国ペルシアでは盛大に受け入れられて、隆盛を極めていたわ」、「そして彼らは、いまではそのペルシア帝国の首都クテシフォンの名から、キリスト教クテシフォン派と名づけられていたわ」

「ペルシア帝国の首都クテシフォン、そこは、東の新都コンスタンチノープル（君府）や西の旧都ローマと並び、古代キリスト教の三大拠点地とまでいわれるようになっていたわ」

「いまはそのペルシア帝国がイスラムに制圧された」、「そしてペルシアの旧都クテシフォンも、イスラム下にある」

「イスラムの弾圧を逃れて、かつてのキリスト教徒ネストリウス派信徒は、いまはビザンツに逆戻り」、「そしてこの再亡命地ビザンツでは、彼らはパウロ派と自称していたわ」

「左派、左派よ、勿論、左派」

「そしてこの左派三派、彼らはいつもいつも、ビザンツがいざというときには駆けつけて」、「一致団結、共通して危急を救ったわ」

走る、走る、馬車は走る、森が見える、林は過ぎ、小さな小川がかたわらにあった、丘は消え、弱々しく枯れた木々が、峠の上にさびしく小枝を突き出していた。

ただ一本、それは外皮は強く引きちぎられ、中身を白く剥き出しにされて残っていた、枯れた枝葉は掌を縮めていた。

四　イスラムなんていまはもう

「そうよ、イスラムなんて、いまはもう、四分五裂」、「こんなとき、こんなときに、東部軍管区だなんて」

「ありがとう、ありがとう、いや、永いこと、永いこと。しかし、もう、いいよ、本当に永いこと、ご苦労さん」

「もとより税金なんか、払いたくない大貴族や大修道院」、「彼らにとって、いまだに、彼らと同じ処遇を受けているらしいこの小農集団。零細民集団、テーマ（屯田兵制度）だなんて」

「彼ら大貴族や大修道院にとって、どれほど邪魔なことかしら」、「いい土地を持っているではないか、その土地は俺たちにおくれ、俺たちならばもっと、もっと、うまく運営できるよ」、「ええぃ、この貧民、零細民ども」

「イスラムに征服されたペルシア」、「イスラムはそこでは、もうすっかり、表面はたしかにもう、すっかり征服したつもりのその土地で、しかし、しかし、いまなお旧来のペルシア系住民による必死の抵抗に直面していたわ」

「旧ゾロアスター教徒や旧仏教徒たち、土着の彼らによる必死のイスラム支配への抵抗、反撃」

「イスラムは、ペルシア各地では、さんざ手を焼いていたわ」、「そしてこの必死、必死に抵抗する旧ゾロアスター教徒や旧仏教徒たちには、それはそれは、ビザンツ側からの効果的な支援活動」

「そしてそれを抑えるための今度は、イスラム側からのビザンツへの働きかけ」

「いまやいまはキリスト教徒側も、受身一方ではないし、かつての東部軍管区兵士頼りだけではないわ」、「ご苦労さん、ご苦労さん、いや、ご苦労さん」


「それにしても、まあ、お前さんたち、それでは東部軍管区のお百姓兵士さんたちとやら」、「まるで俺たち大貴族様や大修道院様と同じではないか」

「そりゃ、俺たち大貴族や大修道院様が税金を払わないのは当然だ」、「だって俺たちは特権階級なんだから。しかし、お前たちは」、「そんなことでは国家は衰亡するよ」

「そうよ、大貴族・大修道院たち」、「彼らは左派ぎらい。彼らはいまはなんとしてでも、このビザンツ国家、その左派体制国家の存続のカギ、それを破壊したかったわ」

「そうよ、これこそがあのイコノクラスムス（聖像破壊運動）のポイントなのよ」

越えた、越えた、山は越えた、白い山が浮かんでくる、波のようなはかない山波は遠く離れて薄く流れていく。

五　ユーラシアと奴隷制

「奴隷制、奴隷制が必要なのは都市と鉱山。それだけ、それだけよ、あとはいらない」

「奴隷制なんて、農村世界には不要だわ。だけど、だけど、この奴隷制のいらない農村共同体社会に、奴隷制を無理やりに押し込もうとしたのが、シビリゼイション（文明）なのよ」

「文明（シビリゼイション）、文明（シビリゼイション）とは、それは奴隷制強要史観」

「そしてカルチャー（文化＝農耕）、カルチャー（文化＝農耕）とは、それは奴隷制否定史観」

「農耕文化には奴隷制なんかいらない、カルチャー（文化＝農耕）には、そんなものはいらない」

「この奴隷制のいらないカルチャー（文化＝農耕）、農耕文化思考地帯に武器を持って、勝手に入り込んできては、〝俺たちは武器を持っているぞ〟〝お前たちを護衛してやるぞ〟、〝だから保証金をおくれ〟、これが〝シビリゼイション（文明）〟よ」

「文明（シビル）、文明（シビル）なんて、シビリゼイション（文明）なんて、奴隷制是認思考」

「奴隷制是認思考世界では、人間には一切の自律性、自主性は不要」、「ただただ他人のために動き死ぬ」

「そこには家族も、自分の意思も、一切は存在しない」

「自分の意思を持つものは徹底して排除する」、「被雇用者でありながら、自主性を持つものなどの存在は一切不要、許されない」

「だからこそだからこそ奴隷制は、人間の意識など持たなくても成功するようなあんな特殊な風土、アメリカ合衆国南部のような、特別に立地の良い風土でしか奴隷制は存立しえないのよ」

「あとは、あとは、あのチグリス・ユーフラテス河下流地帯のような深い深いデルタ地帯」

「あのような特別に立地の良い土地」、「そこでしか、そこでしか」

「アメリカ南部のあの黒人奴隷制地帯」、「あそこでは、あそこでは奴隷には妻も夫も存在しない」、

「彼らには一切が無所有」

「なにかの間違いで奴隷女に子供が生まれたとすれば、それはすぐに奴隷主に取り上げられて」

「奴隷主が命じたお気に入りの黒人女奴隷、この女中頭のもとに新たな奴隷種として育てられる」、

「これだけ、これがアメリカの奴隷制」

「だからここでの奴隷主家族とは、とにかく極少人数」

「本当の特権階級とは、極少人数でなければならない」、「特権階級は人数を増やしてはならない」

「貧乏白人などは人間の屑《くず》である」、「彼らを支配階級の中に入れてはならない」

「特権階級が特権階級ではなくなる」、「特権階級は人数を増やしてはならない」

「貧乏白人を人間のなかに入れてはいけない」、「ましてや、ましてや、奴隷家族などが存在しては」

「奴隷者同士の話し合い、そんなことは絶対に許せない」、「反乱が怖い」、「奴隷家族が増えたら怖い」

「自立思考の人間が増えたら、奴隷制世界は成立しない。だから、だから妻や夫のある奴隷家族制などは絶対に許せない」、「これがアメリカ南部の奴隷制社会の鉄則よ」

「動けなくなった奴隷は死ねばいい」、「そのあとは、そのあとは、買えばいい」

「不足すれば買えばいい」、「余ったら捨てろ、余ったら捨てろ」

「だから、アメリカ南部の黒人奴隷の生命はせいぜいが三十歳くらいまで」、「いつもいつも奴隷は不

足していたわ」、「そしてそしてそれが、奴隷商人の存在価値を高めてくれる」

「アメリカ南部の奴隷制社会では一切が人間としての価値など認められていないわ」

「だから、だから、そんなところで働く以上、いかなる人間としての工夫も努力もいらない」、「ただ、ただ動く、働くのではない、ただただ動く」

「命じられたように動ければいい、働く必要などはない、動くだけ」、「これが鉄則、これだけ、これだけよ」、「これが真の奴隷制社会」

「日本人はなにも分かっていない、なにも分かっていないわ。日本人はよく辛い労働を奴隷労働とか言うわ」、「違う、違う、全く違うのよ」

「そんなことを言うから、真の奴隷制の凄さ、苛烈さが分からないのよ」

「真の奴隷制下では、人は考えてはいけない」、「ただ、ただ動く、牛馬の代用品、智恵ある奴隷なんかはいらないのよ」

「だから同じアメリカでも風土が悪くて、働く人間の自発性や努力がなくては物が育たなかった北部では、こんな奴隷制は存在しえなかった」

「そうよ、普通の農村地帯、あのアメリカですら」、「北部のように耕作者の工夫や努力が必要なところでは不可能」、「全く駄目」

「ただ、ただ南部のような、放っておいてもなにもかもよく育ち、収穫できるような、牛馬だけでも済むような土地でないと」、「絶対、絶対に成立しないわ」

「そうよ、そうなのよ」、「奴隷制というのは普通の土地、普通の立地の農村地帯では絶対にだめ、だめなのよ」、「ただただ、アメリカ南部のような」、「そしてもう一つ」、「かつての、あのチグリス・ユーフラテス河下流のような豊穣地帯、デルタ地帯」

「そんな特別な立地のところでないと絶対に成立しない」、「だから、だから奴隷制には普遍性はない」「普遍性はないのよ」

「普通の農村地帯では無理」、「あとはただ都市と鉱山」、「地下炭鉱」

「鞭と殺戮」、「そこでは人格無視でも成り立つ」、「それだけ、それだけなのよ」、「それなのに、それなのに、農村で、いまシビリゼイション（都市）化、都市文明化を、進歩社会だなんて」、「いまの農村社会をそんなにいいものだとは全く思わないけれども」

「いらない、いらない」、「こんな奴隷化、都市文明化社会なんて」

「しかし、しかし、この都市文明化社会を」、「なんとかして、なんとかして」、「農村共同体社会にも押し込もうとしたのが、あのアウグスチヌス派一派よ」

微笑みながら三郎は聞いていた、白い雲、あの山、あの丘、微笑みながらもなおも三郎と見交わす方子の目は、遠くをみつめて、いつまでもいつまでも白い峰から離れなかった。

葦笛

一　親ペルシアの左派カリフ・マムーンの時代

「変わったわ、変わったわ、イスラム世界だって変わるわ」、「そうよ、いまやイスラム世界は挙げての反アラブ、反ベドウィンの時代」

「あんな野蛮な、あんな無知蒙昧、文化知らずのベドウィン」、「もうそんな時代は終わっていたのよ」

「かつては反ペルシア」、「ペルシア的なものならばなんでもかんでも、ただ一切、すべては抑圧していたベドウィン・アラブ全盛時代」、「ゾロアスター教的な動物愛護精神などはひどく毛嫌いして、ゾロアスター教徒かと見れば、ことさらに面前で犬を虐待してみせて、それに抗議でもしようものならば直ちにイスラム教徒を侮辱したとして、これ幸いと全財産を没収、略奪処分を推奨していた、こんな野蛮な時代は終わっていたのよ」

「実り豊かだった古代ペルシア」、「大地には緑があった、そうよ、いまはその古代ペルシア時代の復興よ、復興期だわ」

「いまはシーア派全盛時代、人間復興、人間再興期」、「左派よ、左派、左派のある文芸再開期」

「アブドラー・マイムーン、ねぇ、あなた、ご存じ、このアブドラー・イブン・マイムーン、彼は左派よ、そして唯物論者だったわ」

「九世紀当時、世界最大の唯物論者。母はペルシア人。そうよ、キリスト教世界を含めて、ちょっとその頃、他に類のないくらいの大唯物論者だったわ」

「この彼が西暦八一三年にアッバース朝第七代目のカリフになったのよ。そしてイスラムはそれまでの反ペルシアを捨てて、そうよ、イスラム世界は親ペルシアの時代に入ったのよ」

「それからのすべては、イスラム世界では」、「やがてシーア派イスマイル派が科学思想界の中心となって発展していく」

「中世イスラム、中世イスラムの科学精神」、「中世イスラム科学全盛時代の幕開け」、「だから、だから、あのイスラム科学全盛時代というのは、そうよ、それはあくまでも、中世イスラム・シーア派全盛時代の産物なのよ」

「中世イスラムの、あの親ペルシア派思考全盛時代の産物なのよ」

「だから、だからいまの、あの反ペルシア、反シーア派全盛時代の、いまのイスラムとは、全く別物」

「いまのイスラム、そうよ、あのスンニ派思考絶対の、いまのイスラム・イデオロギーからは、こうした科学思考は絶対に生まれない」、「一神教派的なあのスンニ派の思考からは、科学精神などは絶対に生まれない」

「でも、でもねぇ、あなた」、「そうよ、このイスラムのシーア派思考とは、そしてその科学精神とは」

「それは結局はキリスト教」、「その根元はネストリウス派思考なのよ」

「ペルシアの地には、イスラム教などが乱入してくる以前から、そうよ、とうにその昔から存在していたキリスト教」、「ビザンツやローマに弾圧されてパルチアやササン朝ペルシアに亡命していったキリスト教ネストリウス派やグノーシス各派」

「さらにはこれにもう一つ」、「もっと古くから、このペルシアの地にあった左派思想、ゾロアスター本来教」、「これらが相互に影響し合いながら、形成していったものなんですわ」

「イスラム科学主義とは、これらの流れが、あの一時代に相互に影響し合いながら造り上げていったものなんですわ」

「勿論、勿論、これらの諸派、特にあのキリスト教ネストリウス派の思考、これを受け入れるだけの度量の広さ、これは特筆すべきものだわ。そしてそれがあのイスラム教シーア派、彼らには、それがあったのよ」

「これが中世イスラム」、「あの略奪万能だった第一期イスラムからは想像もできない」

「遠く遠く離れて、大きく大きく脱皮していった第二期イスラム」、「初期の反ペルシア史観から、親ペルシア史観へと大きく、大きく転換したあとの第二期イスラム、中世イスラム、親シーア派史観のイスラムなのよ」

二　イスラム恋愛文学横溢時代、ハッサン二世

「そうよ、あなたに初めてお会いしたのは昭和五年でしたわ」

「寒い、寒い、早春の、あの復活祭の夜」、「忘れはしないわ、そしてそれから四か月後」、「今度は暑い暑い、夏の日の火曜日の昼下がり、昭和五年八月十九日」、「主の顕栄（変容）祭の日」

「終わりかけていたわ、あとはただ一つ」、「この日の記念、セルギー主教さんの前に行き、この日の聖行列の最後の終わりに、あの聖障前での祝福の果実、オリーブを一つ貰うだけ」

「でもでもまだ長い、聖障前のこの日の最後のお別れの聖行列は長い長い」

「暑い暑い夏の日の昼の祝典、なぜか私はそのとき、ふらっと」、「汗ばむ長い行列から離れて、外に出た、暑い、暑い夏の昼」

「白い聖堂の庭の木陰を巡って歩いているうちに、いつしか丘の上、あの庭の坂の上と下をつなぐ大階段の上にある脇の井戸、桜の木のほとり。あなたはそこにいて、一瞬はびっくりしたような表情、そのくせまるで用意していたかのように、不器用に不器用に」、「あわてたように手渡された〝トリスタンとイゾルデ〟の本。ずうっとずうっと、私を待っていたのかしら」、「待ち望んでいた巡り合い」、「そしてこれこそは恋愛文学の頂点」

「〝トリスタンとイゾルデ〟こそは恋愛文学の頂点よ、そしてそれは」、「それはイスラム教シーア派

の文学」

「原型はペルシア、もとより古代ペルシア・ゾロアスター教世界から生まれたもの」、「これを中世イスラムは、ペルシア・シーア派の文学世界は」

「そうよ、そしてこれを、あの侵略者、悪事を働くために中東に入り込み、さんざ悪行を重ねたあの中世西欧のキリスト教世界。そこの悪魔的な西欧中世キリスト教世界の根幹の十字軍は」

「その中では比較的に親イスラム的、親アサシン派的だった、あの遅れていた西欧略奪集団世界の中では、比較的文化度の高かったテンプル騎士団」

「そうよ、その一派が、密かに持ち出し、それを中世西欧社会へと普及させていったのよ」

「まだまだ西欧には恋愛文化などはなかった時代」

「いいえ、いいえ、日本にはいまだって」、「恋愛文化なんかは全くないわ」

「そうよ、恋愛と結婚とは、全くの別の世界」、「これはいまも、いいえ、明日も通じる」

「結婚は生活、しかし、恋愛は」。走れ、走れ、ただ、走れ、走って、走って、走って、あの山の彼方へ、馬車よ走れ、走って、走って、あの青い山の彼方へ。


「〝トリスタンとイゾルデ〟、シーア派イスラム文化の花、いいえ、いいえ、もっと詳しくいえばあのシーア派の中のイスマイル派」、「さらにもっと詳しくいえば、ニザル派よ。あのイスマイル派の中からのさらに分派」

「イスラムには深い分裂はあるわ」、「あのとき繁栄していた左派は、さらにもっと、幾つも幾つもに分かれてしまった」、「ニザル派、ニザル派よ、ご存じ」

「そこの指導者、ハッサン・サッバーフー。彼の名前、ご存じ、ご存じ」、「徹底しているわ、徹底しているわ」、「コーランなんて、コーランなんて、あんなもの、徹底して馬鹿にしていたわ」、「アルッラー、アルッラー、そんなものは、彼はてんから馬鹿にして、無視していったわ」、「勿論、勿論、マホメットなんかは、ハナにもかけない」、「彼、ハッサン二世は、これらすべてを無視、抹殺していったわ」


「これが中世イスラム、シーア派全盛時代のイスラムの風潮なのよ。当然、当然、恋愛文学礼賛」

「この親ペルシア派風潮時代のイスラム、そうよ、これこそがイスラム第二期。イスラム科学精神横溢時代の第二期イスラム」

「しかし、しかし、それにはすぐ、いえ、いいえ、やがて、間近に来る、あの大反動時代」

「そして来てしまったこのイスラム第三期。不幸で、無知で盲目的な、あのただただ、ただの大反動時代への幕開けとなっていくのだわ」

三　イスラム左派時代終わる

「明るくて輝かしかった左派時代。しかし、この少し、やや錯綜しかかった左派時代というのは、いつでも、どこでも、やがて終わるわ」、「そしてやって来たのは、予想もしなかった苛烈な反動時代よ」

「あのイスラム科学絶頂時代、イスラム恋愛文学絶頂時代」、「終わったわ、終わったのよ、そんなものは」、「すべては終わったのよ。そして、その後、やって来たのはイスラム第三時代」

「新興イスラム、あの新興スンニ派時代、新イスラム略奪称賛時代」

「中世イスラムの科学精神、中世イスラムの文芸全盛時代、そんなものはもう二度と来ないわ」

「来たのはただただ、反ペルシア、反ホラサン、反ホラズムのスンニ派自尊時代」

「かつてのあの栄えた中央アジア、湖沼地帯、豊かだった湖沼文化地帯などは忘却、蔑視」

「いまはもう、そこはいくら重ねて行っても、ただただ、ただの砂地、砂漠地帯になってしまっているわ」、「私たちはイスラムを、いまは近代化に失敗した宗教として取り扱っているわ。近代化に失敗した宗教……」

白い、白い雲、どこまでも、どこまでも、つづくあの白い峰。あの山、白い雲、あの峰、その奥にはなにがあるのだろうか。

可逆

第一部

一　移り雲（不信の者を打ち破れ）

「〝不信の者の軍は打ち破れ！　その家と財は焼き払い、仏像は叩きつぶせ〟、〝その場はモスクとなし、その家の息子と娘は汝の奴隷・奴婢とせよ〟」、「〝収奪したものは汝の財庫に入れよ、かくすれば汝の富は増し、汝の名は揚がる〟、〝汝自身もまたよきものとなれる〟、〝されど、されど、ムスリムには向かうな、手出しはならぬ〟、〝ムスリムはムスリムとは兄弟たれ、兄と弟は争うな、仲良くして尊重せよ〟」、「これがイスラムよ、イスラムの本質、砂漠の思想」

「水はない、すでに半ば砂漠化してしまっていたかの地、遊牧トルコ族の本貫地、半砂漠化が進展するこの草原で、草原の民トルコ族は西暦九七〇年頃、イスラム教に集団改宗したわ、そして、そして受け入れた略奪思想」

「たしかに、たしかにいっときはイスラムも、シーア派全盛時代には略奪離れを起こしかけたときはあったけれども、結局はスンニ派時代には立ち返って、またもとに戻ってしまった」

「略奪思想、収奪返り、これこそはイスラムにとっては、そしてそれはいまに至るまで、多分、イスラムにとっては、居心地のいいことなのかもしれないわ」

「そうよ、そしてそのとき、ことさらにこれに魅かれたらしい」、「そうよ、そしてあの目下、砂漠化進行中の地域での新規改宗者、草原の改宗者トルコ族」

「こうしてイスラムは、この新規改宗志願者を獲得した結果、一気に第三期に入るわ」

「第三期のイスラム、これはまた苛烈な略奪是認主義への復帰、そして反ペルシア、反科学主義」

「そうよ、第三期に入ってからのイスラムは、それはただひたすらな第二期、あの中期イスラム、そのシーア派イスラム思考の全否定」

「あの科学尊重、文芸尊重のイスラム。そうよ、その中期イスラム、シーア派思考全盛時代のイスラムの全否定」、「それはただひたすらな反科学主義、反ムータジラ派思考、そしてただひたすらな軍事技術優先思想の近代イスラム」

「ユースフ・ハース・ハージブー、ご存じこの名前、その人となり」

「彼の書籍、彼の文書、それは〝クタドク・ビリグ〟よ」、「それこそはあの略奪肯定本、略奪推奨本の典型」

「そしていままではイスラム聖典扱い」

「禍々《まがまが》しい本よ、そしてこの本が出現したのは、それは西暦一〇六九年頃とか。それはあの運命のマンツケルトの会戦、あの一〇七一年の二年前だわ」

二　走り雲（あなたと私の恋愛）

「変わる、変わる、何もかにも変わるわ、歴史はただ繰り返しながらも、進展していくとかいう人もいるけれど、嘘よ、嘘だわ、ただただ、そう思いたい人がいるだけ」

「そして時は、時は」、「ただたしかに去っていく」、「あなたと私の恋愛、そうよ、それも」、「こうしてただ時は去って行く、時は流れて行く」

「ビザンツだって、東ローマ帝国だって、ただただ時は流れていった、そしてまたイスラムもいつの間にか一転していった」

「略奪肯定のイスラムに」、「いいえ、いいえ、ただもとに戻っていっただけのイスラムに」

「それは新来のトルコ族、そしていまや彼らはマドラサという武器、それこそは略奪肯定、聖戦推奨の新設学園施設、そのマドラサなるものを各地に造り上げる、暴力肯定の新学校」

高い、高い雲だった、そしてまた遠くには白い雲。

「恋とは、恋愛とは、消えようとしても消えぬもの」

「恋愛とは、恋とは、それは結婚したあともなお、なおも続くもの、恋は恋」

「そして結婚とは」

「結婚とは生活よ」

「本当に、本当に、恋愛とは結婚したあともなお、続くものなのかしら」

「恋は二つ世、しかし、結婚は一つ世」

「二つ世かけてもなお恋は残る」

高い、高い雲だった、高くて遠い雲を見つめて、二人は何も云わなかった、ただただ遠く、高く、高い山、それがいつしか、二人の間に、間近にそびえ立っていた。

三　行く雲（落ちぶれた第一期イスラム）

「シーア派に権力を奪われて」、「いまや乞食同然にまで落ちぶれてしまった第一期イスラムとその残党」、「そしてつい先日までは、絶頂を極めていたものの、気づいてみたら、いつか頂点は過ぎようとしている第二期イスラム、シーア派史観」、「そしていま、そこに割り込んで来ようとしている第三期の新興イスラム」

「混乱はすべては中央アジアよ」

「いまは半砂漠地帯からの流れ者、そこであわててイスラムになった新規改宗者のトルコ族、すべては彼らの南下、浸透によるもの」

「しかしこの時期、このイスラム世界に起こった大混乱を、ただただ喜び、これをイスラムの分裂、弱体化だと」

「いまやイスラム世界は分化、分裂している、脆弱《ぜいじゃく》化していると」、「そしてその最大の要因である中央アジアからの難民、移民の発生の根源には眼を向けなかった」

「しかし、いまやその難民、流民は、否応なしに、イスラムの隣にあるこのビザンツ国境地帯にも」

「しかし、しかし、なおビザンツは、空前の繁栄に酔いしれていたわ。そしてそれはなおも明日もつづくものと」

第二部

一　止まり雲（ビザンツ絶頂期バシリウス二世）

「このビザンツ絶頂期を形成していた皇帝はバシリウス二世よ、謹厳実直」、「真面目だった彼は、徹底して虚飾、虚栄を戒めたわ」、「しかし、彼の死後、結婚もしなかったこの謹厳実直な皇帝バシリウス二世」、「その死後は遊惰な弟が継いだわ、そしてさらにその後継者たち」

「でもでもまだまだ続くビザンツの繁栄、それが世界帝国のその栄誉」

「しかし、その堅実な繁栄の中に後を継いだ継承者たちは」、「それは永遠に続くものと勘違い」、「やがて虚飾、虚栄、乱費」

「ただただ楽しく懶惰《らんだ》に明け暮れる皇帝たち。そしてそれに取り入る」、「それによってこそ生まれた新興大貴族、大商人たち」

「やがて行き詰まるわ。しかし、しかし、帝国は万全、繁栄はなおも明日もと夢見る彼らは、いまも虚飾の中、虚構の中に住むわ」

「虚飾の乱費は限界に達した」

「しかし、なお彼らは昨日の規範に従って、明日も生きねばならぬ」

「残された道は、そうよ、虚構、幻覚の消費。そしてなお繁栄するものとの創造史観。残された道はただ一つ、それはまだまだ残っていたあの資産、東ローマ帝国創設以来のあの根幹、あのテーマ」、

「そのテーマからの収奪よ」

「東部国境地帯のテーマ、その土地、その土地こそ」


「イスラムなんて、もうガタガタ。それなのに、それなのに」

「まだ、まだ、東部アナトリア、そこにテーマ（屯田兵制度）だなんて」

「無駄な税金のつぎ込みよ」

「そんなテーマ（屯田兵制度）への補助金なんかのつぎ込みよりも、われわれ、いまこの国の繁栄を、担っているわれわれ」、「その明日の生存こそを」

「テーマ（屯田兵制度）、テーマ（屯田兵制度）だって、国境警備」、「我々に任せておくれな」

「もっと安く、もっと安く仕上げて見せるよ」、「傭兵、傭兵がいいよ」

「第一、彼らは戦争の専門家だよ、テーマなんかは素人ではないか」、「それにこれは内輪の話だけれども、実はあの東部軍管区の兵士、いやだねぇ、左派、左派だよ、左派兵団、見るのもいやだね」

「いつもいつもやつらは、われわれ大貴族・大修道院・大商人様を目の仇にしているよ」、「奴らはい

つも、俺たちのやることにはなんでも反対、でも武器は持っているし」

「いやいや、ご苦労、ご苦労さん」、「本当に、本当に、長いこと、よく国境地帯を護ってくれたね」、

「しかし、しかし、もういいよ、ありがとう、ありがとう」、「だから、だから、その土地は」、「われわれ、大貴族、大商人、大修道院様におくれな」

「大丈夫、大丈夫だよ、上手に、上手に、それはもっと上手に」

「土地の運営は、プロだよ」、「上手にやってみせるよ、国境警備、大丈夫、大丈夫だよ」

二　吊るし雲（繁栄に酔いしれる大貴族、大商人）

「絶頂期というのはどこの国だって左派よ、左派全盛時代。どんな国だって、いつの時代だって、絶頂期というのはみんな左派時代。篤民尊重、小農重視、細民擁護」

「ビザンツだって全盛時代はすべて左派、テーマ（屯田兵制度）保持、テーマ保存、そしてそれこそは質実剛健時代」、「これはどこの国だって絶頂期の特徴よ」

「そしてこれにつづいて来るのは繁栄期時代」

「しかし、それはいっとき」、「やがて来るのは浪費、乱費の時代」

「ただただ放縦に酔い痴れる。そこでいわれることはただ浪費は美徳、消費は素敵」、「そしてこの自壊の時期にこそ、必ず生まれてくるのが新興、新造の成金。大貴族、大商人」

「乱費は続かない。やがて新造、急増の大貴族、大商人たちの販路は行き詰まり」、「いまは消えてし

まった明日の展望」

「しかし、しかし、まだまだ、いまが盛りと思わなければ」、「そしてこの見てくれの繁栄に贅を尽くす成り上がり者、新造、急増の大貴族、大商人」、「テーマ（屯田兵制度）だよ、テーマ（屯田兵制度）があるじゃないか、あんなもの」

「あそこには土地はあるさ、行き詰まったこの時代に、あんなもの。もう四〇〇年も前の遺物だぜ」

「あんなものがまだ、いまの時代に」

「イスラムなんて、もう、とっくに大混乱だよ」、「敵なんていなくなっているよ、それなのに、それなのに」

「まだまだテーマ（屯田兵制度）だなんて」、「それにそれに本当に、やつらは嫌いだね」、「やつらは左派だよ、時代遅れの奴ら、これまでもいつも俺たちには刃向かってきやがった」

「その土地は俺たちにおくれ。俺たちなら、もっともっとうまく、活用してみせるよ。われわれを効果的に使ってみてよ、さすればこの国には、まだまだ明日という新しい日が」

「そうよ、そうよ、こうして大貴族、大商人たちは」、「反対派を押し切って、気がついたときはいつの間にか、東部軍管区兵士（テーマ）の土地に対しては、金銭による納税制度を導入していたわ」

「生意気なテーマ（東部軍管区）の兵士め、借金づけにすればいいんだ。たとえ当面は税金は少額でも、そのうち必ず、払えぬ奴らが出てくる」

「その土地は吐き出させろ」、「さすれば、さすれば、大貴族や大修道院様は豊かになる」、「そしてその富は、廻り廻り回って全国民に。国民も国家も豊かになるよ」

「彼らは囁《ささや》いたわ、こうしてかつての精鋭、左派兵士たちを育成していたあの土地、テーマ（屯田兵制度）の土地は」

「金銭納税制によって税金が払えない」、「離農、離散」

「荒れる、荒れる、ただ荒れる」、「荒れたその土地を、わらわらと、かき集めては大地主化していく新造、急増の高級官僚、高級軍事官僚」

「彼らは首都に居て、現地などには決して住まず、集めた土地の管理はすべて代理人にまかす」、「代理人はやがてその土地を、遠く異境からたどり着く難民、移民に託す」、「そしてその難民の中から生まれて来た有力者たちは、やがておのが縁故の遠い見知らぬ余所者の警護隊員たちを引き連れてくる」


白い、白い、白い山だ、いつかどこかで見た、白くて遠い山だ。


「ビザンツの東の国境線は、ユーフラテス川の上流とアクラセス川上流の西岸」

「そこでイスラムとは対峙して永く永く国境線を護っていたこの東部軍管区の兵士とその家族たち」

「しかし、いまその国境地帯は、すでに虚栄と虚飾の夢破れた新興成金、それにもかかわらずなおもいま急増して行く大貴族、大商人たち。彼らの跋扈によって、穴はあいてしまっていたわ、底は抜けてしまったのよ」

「しかし、しかし、こうして土地を取得した新興、新造の大貴族、大商人、彼らにとってそれでいいかなる展望があろう。消えてしまった好況時代」、「浪費は美徳」、「その果ての借金は素敵、この幻想の中でこそ急増できた新興成金、大貴族、大商人」

「しかし、彼らは当面の苦境、そこからのいまの脱却の夢は忘れなかった」。「ただただ実直だった昔の時代、その慣習が残る地域を前に、その土地はよこせ、その土地はおくれ」、「東部国境線は抜けてしまうのよ」

第三部

一　からす雲（山賊ノルマン出現）

「ビザンツの絶頂期はバシリウス二世のときだったわ。混迷の一〇六〇年代から見れば、それはもう、四十年も昔。しかし、しかし、ビザンツは頂点を過ぎても、なお見せかけだけは大繁栄」

「バシリウス二世が死んだのは一〇二五年よ。そしてその頃、実はひそかに、未開だった西のほう、あのアルプスの彼方では、北からの凶賊ノルマン、山賊が」

「そうよ、いまでこそ、ビザンツ史に興味のある人ならば、東のセルジューク・トルコと並んで、もう一つ、ビザンツの宿敵はと問われれば誰もがそれは西のノルマンとローマのカトリックの総主教と答えるわ」

「ノルマン、ノルマン、そうよ、彼らこそは、爛熟期を過ぎたこのビザンツにとっては」

「いま、そのノルマンはこのときとばかり決死のアルプス越え。財産などはなにも持たず、ただ刀だけ、それだけを頼りに南へ南へ、ただイタリアへ。そうよ、そしてやっと氷河期を抜けたばかりの西欧ではただ一つ」、「文化の光り輝いていたあのイタリア、南のイタリアの地へと、南下を図っていたのよ」


「凶悪、無尽、略奪常習、彼らがいま必死になって南下を図っているときに」

「そうよ、そのとき、もう一つ」、「あのビザンツから」、「そこからの必死の自立を目指していたのがローマのカトリックの総主教」、「いまでこそ彼らはローマ法王とやらを名乗って、西欧キリスト教世界の最高代表づらをしているわ、このローマのカトリックの最高指導者」

「君府（コンスタンチノープル）からの独立の野心に燃えた歴代のローマ教会の総主教たちは、素早く南下してきたこの凶賊に接近、イタリア半島各地に、当時はまだまだ多数あったビザンツ帝国支配下の諸地域の占領、奪取を示唆、教唆していったわ」

「南下してきた凶盗ノルマン」、「彼らはこのローマ総主教たちの教唆のもと」、「そしてまだまだ、優雅と安逸に耽《ふけ》っていたビザンツ宮廷の油断を突いて、南イタリア各地を劫略、跋扈」

「こうして、彼らはまずは西からビザンツ帝国の支配圏の安定を揺るがす」

「とはいえ、とはいえ、まだまだ君府政権下の下風にあったローマ教会」

「しかし、しかし、その爛熟の果ての懶惰から、すでに彼らにとっての宿敵ビザンツ帝国の弱体化は予測していたローマ教会」、「バシリウス二世時代には遠い遠い。遠い夢と見ていたその変転をすでに確信しだしていたわ」
「いまやおのが教権の独立権の確保のためには、なによりも土地の確保、所有権が第一と」
「やってきたのは流れ者のノルマンよ」
「暴力だけは一丁前、その彼らが奪取したビザンツ教会側の土地は、それはただただ、ローマ教権側の布教権を受け入れることを条件に、あっさりと、実にあっさりと、ローマ総主教側はそこはノルマンの郷田と、その俗世支配権を認める」
「こうしてこうして、狭い海峡を挟んで、今日はあちら、明日はこちらと、相互に行き来し、遊惰と懶惰に明け暮れていた旧来のビザンツ政権の大貴族、大商人層たちは、あれよあれよ」
「君府（コンスタンチノープル）側上下の無能と懶惰を背景に、南イタリアにあったビザンツ側の領土はいまは北から侵入してきた山賊ノルマンと、それに便乗したローマン・カトリック側に奪取されていったわ」

「それでもそれでもなお懶惰と遊惰の夢が忘れられないビザンツ側の大貴族・大商人。さすがに時折、硬骨感の左派皇帝はあらわれても、その皇帝が気がついたときは、もうすでに陰謀で彼らは失脚寸前という寸劇は続出」
「それでもなお、放埒《ほうらつ》、遊惰。明日もまた繁栄はつづくという前提が捨て切れぬ大貴族、大商人。そしてその跋扈の果てに、東では、すでにあのビザンツの骨幹、ビザンツ伝来の左派、その基盤、左派のテーマ（屯田兵制度）は」

「いえ、いいえ、それよりも早くいまや西では、ノルマンやカトリックが跳梁《ちょうりょう》」

「勿論、勿論、こんなノルマンや、カトリックの跳梁には、在地、在イタリアの左派思想家、親ビザンツ派の貴族や農民は激しく抵抗」、「簡単、簡単にはカトリックの思いどおりには行かなかったわ」、

「永く、永くつづく、カトリックとの、その親西欧派とのイタリアでのパルチザン戦争」


「でもでも東よ、そここそはなによりもビザンツの根幹」

「しかし、そこではなんとなんと、もっと東のあの旧来のイスラム支配層とやらが、いまはどこから来たのかも分からぬ新来のセルジューク・トルコ族とやらが勃興してきて瓦解」

「いまではその新来族が東の国境線近くまで」

「さすがにさすがに君府でも、この新来族には対応は必要との声がないでもないが、それは一部」

「大部の大貴族、大商人にとっては、そんなことよりもテーマ（屯田兵制度）、テーマ（屯田兵制度）だよ」

「ええ、イタリア、そこでのノルマン、ノルマンか」、「ノルマンなんか、俺の土地には遠いよ。イタリア、イタリアなんか、そこにいる同族に任せればいいよ」

「東だって、イスラム、まだまだ脆弱な新来の侵入族」、「そんな実態を推測して、それよりはいまはただおのが直接の政治権力の基盤となる東部国境地帯での新たなる専有地の確保にと狂奔する首都圏在住の大貴族・大商人たち」、「崩れ行くテーマ（屯田兵制度）よ」

「一方、直接の権力からはちょっと離れた西では、こうした海峡を隔てた東の支配層の迷妄の果て

に」「南下してくる凶賊ノルマン。そしてそれを利用してイタリア各地にいまこそ支配権を拡大して行こうとするローマン・カトリック」

「ローマの総主教は、ただただイタリア各地でのノルマンによるビザンツ領土の簒奪《さんだつ》、侵攻を歓迎、推奨していったわ」、「そして彼らはついに、それまでは彼らの風上にあった君府の政権、そこからの分離、離脱」、「独立へと、動き出していったわ」

「行き着く果ては相互破門」、「それが一〇五四年よ。まだまだ、あの一〇七一年のマンツケルトの会戦までは十七年も前のことよ」

二　迷い雲（大貴族が誘う移民、難民、テーマの破壊）

「そうよ、ビザンツ帝国の絶頂期を築いた皇帝はすべて左派、レオン三世、コンスタンチン五世、みんなみんな左派、彼らはイコノクラスト（聖像破壊主義者）、小農重視派、細民擁護派」

「レオン五世やニケフォロス一世、さらにはロマヌス一世だってみんな左派。小農擁護、細民重視派」、「ビザンツでの偉大なる皇帝はすべて左派、テーマ（屯田兵制度）保持派」

「そしてビザンツ最絶頂期の皇帝は」、「バシリウス一世とバシリウス二世」、「もとより二人とも小農重視派」

「しかし、しかし、この小農重視派」、「それはバシリウス二世の死後には変わったわ」

「左派皇帝がいなくなってからは、それはあまりにも早い転換、そして没落、衰退」

「西ではノルマンが跳梁し出しても、まだまだ東では」、「ビザンツ本国では未曾有の繁栄、そしてこの三十年近い絶頂期が終わったあともなおもまだ」

「バシリウス二世死後もなお三十年近い絶頂期、その爛熟期に生じた新興、享楽中心の大貴族、大商人」

「しかし、しかし、その繁栄の果てに」、「すべては虚飾となった」、「いまや彼らの究極の願いは」、

「ただただそのみせかけの繁栄の永続」

「当面はただただ、糊塗」、「しかし、いつまで、いつまで」

「あの爛熟時代の利益重視、拝金主義の行き着く果ては、奴隷制よ」

「否応なしの一神教史観」、「すべてはすべては奴隷制の再興よ」


「西ではノルマンが跳梁、しかし、東ではまだイスラムは混乱。そこにつけ込んでの新規改宗者、流れ者のトルコ人、彼らはイスラム圏での勢力拡大を誇示。そして力余っての時折みせるビザンツ東部国境線の無視、攪乱《かくらん》」

「なあに、なあに、あんな新興の流れ者なんか、それよりも国境周辺のその土地は俺たちにおくれ。俺たち、金持ち、金を稼げる大貴族、大商人様に」

「ビザンツの神話、テーマは崩れたわ」、「ビザンツ、ビザンツ、東の国境線は抜けた」

「西欧キリスト教会にとっては、奴隷制是認こそは隠れた秘密兵器よ。だからこそいつも大貴族、大

商人は土壇場になれば親西欧派になる。これはビザンツ内の親西欧派でも同じよ」

「これを知らない後世になってからの西欧のビザンツ研究者、彼らはこの西欧の、この最も内奥の内密な、一面を理解できないのよ」

「だからだから彼らのビザンツ理解はいつものピンボケ」

「なによりも彼らは三位一体というのがなんなのか、この一番のポイントが分かっていないのよ」、

「だから滑稽、そして無邪気」

「無邪気だからこそ、いつまでもいつまでもおのが本宗、あのカトリック教会を良きものと錯覚しているわ」

「西欧人の言説を信じてはいけないわ」、「彼ら西欧人には、キリスト教内における左派と右派との根本的な違いが何なのか、なにも分かっていないのよ」

「そして彼らはいつもビザンツを勘違いしている、根底から勘違いをしている」

「彼らは奴隷制を否定しているビザンツを遅れたものと錯覚している」

「そして二十世紀のいまになっても、彼らはビザンツの衰亡、滅亡を望んでいる」、「そして愚かにも無邪気にも、ただただビザンツのカトリック化、西欧化を、良きものとして希求している、この西欧の正教会のカトリック化待望論」

「馬鹿らしいのはあの英語よ、とくに英語で書かれたビザンツ史書よ、彼らはなんにも分かっていない」

「ドイツ人やフランス人やロシア人なら知っている程度の事柄すらも知らない。英語は世界の言語だ

と自惚《うぬぼ》れて、他の言語を知らないから、どんな勘違いを書いても分からない」「それをまた有り難がる他国の痴者もいる」、「滑稽なほどの勘違い、無知を書いて平然としている」、「でも、でも傲慢さだけは一丁前よ」

「ここから来る英米系文書の信じられないほどの反ビザンツ主義、反正教主義」、「彼らは結局はただの奴隷制推進派、奴隷制礼賛主義者なのよ」

「それにしてもなぜ、アングリカン・チャーチ（英国国教会）はあれほどまでに反正教、反ビザンツなのかしら」

「ビザンツの左派皇帝、小農重視派皇帝を、なぜ、なぜ、あれほどまでに憎むのかしら。われわれにはまだ分からない、深い、深い、特別な」

「そうよ、そこにはアングリカン・チャーチ特有の。正教とは決して両立しえない、なにか特別な理由があるのですわ」

高い、高い山だ、そして白い、白い山はなおもまたつづいてくる。あの峰、あの雲、三郎はただただ、いまは沈黙のその方子の沈黙に付随して黙っていた。揺れる、揺れる、ただ揺れる、馬車は揺れていった。揺れて揺れて、そしてまた揺れてゆく。

「テーマ（屯田兵制度）なんか、そこの兵士は借金づけにすればいい、たとえどんな小額でもいつか税金は払えなくなる、その土地は吐き出させろ、さすれば大修道院や大貴族は豊かになって、廻りまわってその富はすべての全国民に」

「大修道院こそは最大の大企業、農産物も工産物も、すべてはすべては大修道院が造っていたわ、税金などは生まれつき一切、払ったことのない大貴族の次三男坊は、大修道院に就職していったわ」

「その彼らがいま、おのが世界が衰退期と悟ったとき、目をつけたのはテーマ（屯田兵制度）よ。かつては精鋭兵士の土地だったあのテーマ（屯田兵制度）」

「税金を払えなくさせろ、税金は払えない」、「荒れる、荒れる、税金は払えない、離農、離散」

「その土地をわらわらとかき集めては大地主化していく成り上がり大都市の新興、新造の高級官僚、そして高級軍事官僚」

「彼らは首都にいて収得した土地の管理は現地の代理人に任す」

「収益を上げるために代理人はその土地を、見知らぬ異境からたどり着く難民、流民に託する」、「そしてそこからは、見知らぬ余所者の警護隊員が生まれる」

方子はなにも言わないし、三郎は沈黙した方子を見た。

遠い、遠い土地だ。たしかにどこかで見たことのあるような、遠い土地だった。


金曜日よ、金曜日よ、一〇七一年八月十九日は、テーマ（屯田兵制度）はもう、大貴族、大修道院、大商人の思惑どおり、崩壊させられかけて、いまはすっかり荒廃してしまっていた東部軍管区地区。そのテーマ（屯田兵制度）、東部軍管区地区へ、いまはイスラム教徒世界だけの内紛から、ついに隣のキリスト教徒世界へと。

西のノルマンと並んで東での難題者、あのイスラムへの最近の新規改宗者セルジューク・トルコ族、彼らとの抗争が始まっていたわ。

とはいっても戦いはいつも一方的、セルジューク・トルコはただただ逃げるだけ。しかし、しかし、ビザンツ軍が引くと、いつの間にかすうっと元に戻って来ていて、そして領土には」、「徒労に明け暮れるビザンツ軍、右派皇帝たちは君府への恋情もだし難く、いい加減に手を抜く、するとまたいつの間にかトルコ族」。

そんなところに颯爽と登場してきたのは左派皇帝のロマノス四世よ、彼は改革を主張した。爽やかな容貌、死亡したばかりの前皇帝の妃エドウキアは一目惚れ。

前皇帝の妃エドウキアを妻にして即位した新皇帝ロマノス四世は、歴戦の英雄。そして彼はこれまでの皇帝と違って、戦えばいつも本気で勝った。

左派皇帝は、そのとき、少しばかり贅沢な衣装をして東部軍管区地区へ向かった、敵は素早く逃れていた、暑い、暑い夏の日、金曜日、一〇七一年八月十九日。

三　はぐれ雲（一〇七一年マンツケルトの会戦）

「裏切った、裏切ったのよ。そうよ、ここで左派皇帝ロマノス四世に名をなさしめては。土壇場、土壇場で大貴族、大商人たちは裏切ったわ」。「戦場での、そのときが最も肝心な場面になると思われる所にいた大貴族、大商人軍」、「彼らは敵のいない方向に向かって、大躍進」

「土壇場での、この思い切った大貴族、大商人軍の裏切りにあって、いまは思いも寄らなかった捕虜」、「ロマノス四世は、セルジューク・トルコ軍の捕虜になってしまったわ」

「最高司令官が敗北の果ての逃走ならまだしも事後処置の統治もできようものが、捕虜、捕虜では」

「一切の統治権は喪失、国家は大混乱」、「そこにつけいる敗北を惹起した右派連合、大貴族・大商人たち」

「左派は負けたわ、左派は負けたのよ」、「この空隙に乗じて、ビザンツでは次から次からと新しい権力者、新しい権力機構は生まれる」、「混乱は混乱を生み、それに乗じてさらに別の右派が」、「彼らが要求するのは、ただただ当面のおのが利権、特権の拡大」

第四部

一　たかり雲（パロイコイ・修道院農奴）

「農村世界に奴隷なんていなかったわ、奴隷なんて」、「あれは都市国家特有のものよ」

「働きたくない市民が戦争捕虜を殺す代わりに、労働者として使った、そしてその労働者を奴隷と呼んだ」、「都市以外には、だからだから、必要としたのは大都市が保有する鉱山や工場、これくらいのものなんだわ」

「たとえ表面はローマ帝国に属してはいても、辺境は、農村世界は、まだまだ共同体世界。だから大都市所有の鉱山・工場を除いては、あとはただ家内労働をする下僕がいる程度」、「それを奴隷と呼んだのよ」

「そこにカルタゴ、カルタゴは登場してくるのよ、先進国カルタゴ」

「彼らは、南の先進国、隣国、あのヌミディアなどから、奴隷制なるものをすでに伝授されていたわ」

「そしてカルタゴはそれをやがて東から、海を伝わってやって来た東方の新文明の国、オリエント外淵のギリシア人世界へと。そしてそれからさらに、遅れてやってきたローマ人世界に」

「あっという間に蔓延した毒牙。しかし、しかし、それに」、「やがては執拗に反対することになるキリスト教史観」、「そしてこのキリスト教史観が、やがてはキリスト教帝国、あのビザンツ帝国の国教となる」

「しかし、しかし、このビザンツ帝国にも、いつしかパロイコイ（修道院農奴）」


「すでに安定化し、国教化してしまっていたキリスト教」、「そしてこの安定化し、国教化してしまっていたキリスト教、その大修道院に就職するのは、それは大貴族の次男坊や三男坊」、「彼らは働くことが嫌いだったのよ。第一、働くということの意味が分からない」

「だから、だからこうした彼らを収容した大修道院とは、それは凡庸で怠惰、そして経費のかかる大修道院」、「運営するためには、働くものは必要、必要なものは必要なのよ」

「奴隷といっても、そこはアメリカ南部やユーフラテス河下流地帯のような肥沃な地帯とは違う。そこではそれなりに、働くものの工夫も必要」

「だから、だからあんなにも殺伐とした、機械的な構造とは違う、奴隷とはいっても思考力は必要、尊重される。だから、だから結局は、彼らは奴隷ではなくなっていく」

「それにしてもビザンツ、あのビザンツは、まぎれもないキリスト教世界、キリスト教は奴隷制にはあくまでも反対」、「だからたとえ、一時的には右派勢力が勝っても、やがてビザンツは、ビザンツ世界は、奴隷制反対の声をあげて闘ったわ」

「一方、カトリック、特にあのアングリカン・チャーチは」、「すべてはすべて、それをからかいの目でみて、表面的だとかなんとかいって、おのが奴隷制是認の思考を弁護する」

「そうよ、三位一体派と一神教派とでは全く違う」、「だから、一神教派は」、「やがてはイスラム教とは野合して、中央アジアでのあの左派キリスト教、ネストリウス派を殲滅させていったわ」

白い、白い、白い山がぐんぐんと迫ってくる。

「最初の奴隷制発生の地は多分、アフリカよ。中部アフリカ、古い、古い、あの古い文明の痕跡のあるニジェール川中流周辺」

「つまりは地球上では、最も早く隣接地が砂漠化していった地域よ、そしてその苛烈な思考はやがて北上して」

「北西アフリカよ、あの奴隷制猖獗《しょうけつ》の根源は、やがてはさらにそこから北上して、東西南北、タッシリ砂漠を越えて、はるかな海をも見て、北アフリカ地中海沿岸一帯、ジブラルタルをも越えて、極西ヨーロッパへ」

「どうやらこの奴隷制修得は、生得のものかもよ」

「決して決して、一時的な他地域などからの搬入物などではないわ」

「暗い暗い、本質的な、そしてその底にはなにか享楽的な」

「そうよ、あの大西洋沿岸地帯特有の南北共通の、その土地特有の深い、深い人の心の底から吹き上げてくるもの」

「中央アジアや北東アジア、他地域に住む人間には、納得できない、なにか深いものがあるわ」

山だ、山だ、山がまた、迫ってくる。

二　わたり雲（ユーラシア・湖沼文化）

「正教とカトリック、二つの対立、二つの流れ」、「キリスト教三位一体派とキリスト教一神教派」

「キリスト教はその発生直後から、そしてそれはキリスト教がローマ帝国の国教となったその直後から」、「宿命的な対立、ひび割れ」

「何度も表面化し、ついにカトリックは、一二〇四年には謀略をもって君府（コンスタンチノープル）を征服し、ラテン帝国なるヤクザ国家すらもでっちあげたわ」、「ラテン帝国、ラテン帝国」、「カトリックによる醜悪な傀儡《かいらい》国家」、「そうよ、でもそれはたったの五十七年」

「あの一二〇四年の創設からはたった五十七年、一二六一年には終わってしまいましたわ」

「しかし、しかし、カトリックはこのことを、いまも決して忘れてはいない」

「それから何年、いまは西暦一九四四年よ、昭和十九年」

「キリスト教の歴史も二〇〇〇年も近いわ、そしてカトリックと正教、その相互破門。それは一〇五四年、キリスト教の歴史のほぼ半分だわ」

「あなた、ねぇ、あなた、この対立」、「この対立、あと何年、あと何年、つづくのかしら」。白い、白い雲だった。白い雲がなお、西の空に漂っている。


「つづくわ、人の世がある限り」、「右派のカトリックと左派の正教、宿命的なこの二つの対立」

「右派は北西アフリカから極西ヨーロッパ」、「左派は東、ユーラシア派よ」

「左派はアリアン、ユーラシア大陸北辺。そこはペルシア・ゾロアスター教地帯」、「そしてホラサン・ホラズム、マニ教地帯。さらには仏教、西域仏教地帯」、「なによりもそこには東ローマ帝国、ビザンチン帝国の三位一体派キリスト教地帯」、「そしてさらにより深く、より深くには、ネストリウス派のあの中央アジア・キリスト教地帯」、「シリア、アッシリア、アナトリア、スキタイ、ロシア」、「古い、古い、左派宗教の流れ」

「一方、右派は」、「右派の流れは、それは結局は西北アフリカから、タッシリ砂漠を越えて、西地中海一帯、さらには西アジアの乾燥地帯まで」

「右派とは、左派の反対派よ」、「それだけ、それだけよ」

「結局は中央アジアでの牛、馬の大動物の飼育が始まったあと、その大動物」、「牛、馬への、その虐待の実態、それへの反省、苦悩」、「そこから宗教は始まったのだわ」

「おのが行為、その実態、それへの苦悶」

「内なる動物愛護への心、左派的思想の原点よ、ゾロアスター教よ」

「最初に大動物飼育が始まったのはこの中央アジア」、「カスピ海周辺、アラル海周辺、そこでこそ生まれたゾロアスター教」

「牛殺し、牛飼育の実態への熾烈な嫌悪から生まれたゾロアスター教」、「左派、左派よ、動物愛護のゾロアスター教」

「そしてそれは広まっていったわ」

「しかし、しかし、この中央アジア的な、その動物愛護史観への反発」、「そうよ、それも生まれていたわ。それは動物虐待の是認、さらには礼賛へと」

「まずは左派思想が生まれて、そしてそれから、それへの反発、右翼思想は生まれてくる」

「幼児の行動は常に左派よ」、「左派は古い、古い。赤子や幼児の行動は常に左派的、それは生物発祥の日から」、「人類発生の根源地、そこにもすべては、左派的な活動の集積。バビロン、マルドゥク教、その流れはあるわ」

「しかし、しかし、都市文明、そこにシビル（都市文明）史観は流れ込んできて、やがてはそして、そこは砂漠化し」、「苛烈なあのタッシリ砂漠、北西アフリカ、ニジェール河中流域、すでにそこには最初の金鉱産業、原始的な、人類初の奴隷狩り文明の花は咲いていたわ」

飛躍、いささか飛躍、方子の話は錯綜してきた。気づいた方子は苦笑し、三郎は微笑んだ。

「奴隷文明など、緑ある地域には、そうよ、農耕文化地帯には」

「ましてや大家族制度地帯では、父や母を早くから喪失していても、そこでは共住する親類縁者、あるいは情けある人の保護のもとに、たとえ早期に親をなくした孤児でも、充分に育成されていた」、

「その大家族制度地帯に奴隷制なんて」

「ましてや、ましてや、それほど地味も豊かでない地域では」


「アラル海とカスピ海の間、緑たぎる中央アジア、そこにこそは人類最初、現人類最初の高度な思索宗教が花咲いた地域、奴隷制なんかではなかった、カルチャア（農耕）文化地帯よ」、「みどりは豊か、湖沼文化地帯」

「しかし、しかし、やはりそこでは大動物の飼育は始まりかけていた」、「動物虐待は生まれかけていた」、「牛は飼われ、その飼育、そしてその虐待に涙し、救済を呼びかけた。それこそが、それこそがゾロアスターよ、ゾロアスター教よ。こうして、こうして、宗教は生まれた。人類最初の救済宗教、中央アジア、アリアンの宗教の始まりよ」

「ゾロアスターが涙したとき、それは紀元前一六〇〇年頃、いまから三六〇〇年前」、「まだまだアリアン人はアラル海とカスピ海との間、さらには中国北辺、北朔に居住していた」、「緑たぎるあの中央アジア」

「湖沼地帯、東は北満州から、西はウラル山脈の果てまで、この沼沢地帯に、ユーラシア大陸北辺に、

アリアン人種は分布していたわ」、「そうよ、そこにこそゾロアスター教は生まれた。紀元前一六〇〇年頃、いまから三六〇〇年ほど昔」、「中央アジアの人々は、彼らのかなりは、やがてこの救済宗教を奉じた」

「いっときの全盛期、そしてそれから、乾燥期はやって来て、アリアン人は四散」、「一部は南へ、一部は東へ、一部は西へ」「西に行った一派はスキタイ人、ロシア人、ゲルマン人」

「そして南西には、その前に、彼らは地中海に、ペルシア文化の外延がギリシア文化よ」

「もちろん、すぐ、南下していったのはペルシア人。そしてそこからはさらに別な一派は、奥深い山岳地帯、カフカスへ」

「さらにはカフカスを越えてもっと西に、東地中海へ」、「彼らはさらに別行動、やがて南から、地中海沿岸にやって来た全く別のグループとも邂逅」

「様々なグループとの邂逅と離別、和解と戦い」、「和解と別離は、アリアン同士とは、そしてまた全く別なグループとも」、「中央アジアを経ない人種、ヌビア人、ヌメディア人とも」

「フェニキア人はペルシア湾沿岸で生まれたわ。彼らも西進、地中海に入り、そして別種の北西アフリカ人のヌミディア人と結合、カルタゴ人は生まれてきたわ」

「そして彼らはギリシア人やローマ人が地中海に来て覇権を握るまで、約四〇〇年の間、地中海の支配権を握っていたわ」

「最初の地中海支配権、勿論前例などない。それゆえにこそ、永遠と思われたこのカルタゴ」

「しかしすでに奴隷制はそこにはあった。そしてこれを倒した初期ローマ共和国」、「決して、決して奴隷制は、ローマ帝国だけの産物ではないわ」

「ローマ帝国が、いいえ、いいえ、その前のギリシア都市国家群が、あの北西アフリカ、あの南西地中海沿岸地域と接する以前までは」。ふふっ、ふふっ、ふいに方子はくすりと笑った。〝なにを言っているのだろう〟〝なにを言っているのだろう〟、おかしそうに方子は、口を押さえて、またくすりと笑った。〝おかしい、おかしい、なにかおかしい〟。

三　憶い雲（遠い左派皇帝テオドシウス一世時代）

白い、白い山だ、白い山はすぐ消えた。似ている、似ている、あのキリスト教と仏教、救済宗教、その大本は、それはユーラシア大陸、ペルシアのゾロアスター教。

「そうよ、ユーラシア大陸の宗教はすべて左派」、「そして北アフリカ、西地中海、アラビア半島の宗教はすべて右派、奴隷制是認宗教」。白い、白い山だ、白い山が、また追いかけてくる。いつまでも、いつまでも白い山。

「キリスト教が誕生した頃のローマ帝国、そこはまだカルタゴ全盛のあと、あの北西アフリカの影響も受けて、奴隷制は絶頂期」

「しかし、しかし、この奴隷制への疑問は、すでにそれはあの、東の文化尊重気配のギリシアの時代から始まっていた」

「微妙な時期、この頃に、キリスト教はローマ帝国に入っていったのよ。だから、だから奴隷制に疑問のキリスト教への弾圧」

「でもでも、すでにその頃のローマ帝国は、それなりの経済成長、つれてつれて、増大する中産階級、中産階級は当然ながら左派よ」

「当然すぎるほどに強まる倫理志向」、「この左派志向の波に乗って」

「ライバルとの最終決戦に赴いたコンスタンチヌス一世は三一三年、ついには左派キリスト教を是認」

「とはいえ、とはいえ、ただ弾圧を止めただけ」、「それなのに、それなのに」、「ああ、なんとそれなのに」

「それから六十六年後の西暦三七九年には、ついに左派皇帝テオドシウス一世によってキリスト教以外の異端は禁止」、「そしてさらに十三年後の西暦三九二年には、奴隷制そのものをも廃止。そしてその上、その上」、「なんとこの奴隷制廃止要求宗教を、国教、国教と定めてしまったのよ」

「それがどんなに大変なことか」、「ええ、あんな、あんな、奴隷制廃止派の宗教が、それが国教となる。馬鹿な、馬鹿な、そんなことが」

「あんな奴隷制廃止派の宗教、三位一体派の宗教が、国教となる」

「しかし、しかし、それは、ローマ皇帝が定めたことなのよ」

「そしてそれから起こった大混乱。ただただ、ローマ皇帝に反発する旧来派、奴隷制是認派、そしてそれにかくれて、実はそこにいた奴隷制是認派のキリスト教徒の一派」

「分かります、分かります、この決定、それがどれだけ、どれだけ大きな意味を持つことか」

「そして、そして、それはすべて、この奴隷制廃止運動」

「あの左派志向が強かった頃のビザンツ皇帝権力の時代、左派皇帝テオドシウス一世の権力によって、粛然と進められていったのよ」

「阻止しようとする反キリスト教派勢力」

「当然ながら、当然ながら、そこにはいろんな一部の隠れキリスト教徒勢力もいたわ」

「いいえ、いいえ、一部どころか、実は、実は、キリスト教徒ながらも奴隷制を認めようとする一派、のちの西方キリスト教派の一派、それがそこには強烈にいましたわ」

「深い、深い対立。それがいまも、いまもつづく、東西キリスト教世界の対立」

「この対立はいまも残っているわ」、「勿論、その間には様々な折衷派や分派」

「それはいまも、いまも介在してはいるけれども」

「オリゲネス派は左派よ、まがいようもない左派。それはキリスト教が国教化する以前から存在していたグループ」、「そしてこれに執拗に反対する右派、それはエピフォニオス派」、「そしてこの右派にやがては合流しようとしていた未来のカトリック派」、「奴隷制是認派、それが右派よ」

「そしてそれこそが、いまの西欧キリスト教の源流」

「それはやがて来る将来のローマン・カトリック派の原型となる、ヒロエムス派」

「さらにはその周辺には、アリウス派やら単性論者やら、西欧世界は、極西世界史観一派は、奴隷制の復活を望んでいましたわ」

「都市化が進展していた当時、最大の基幹産業は奴隷産業よ。それをいま、廃止しようとするビザンツ皇帝、左派皇帝。しかし、しかし、奴隷産業など、すでに悪などとは到底、思ってもいなくなっていたキリスト教の一神教支持者、そしてユダヤ人や北西アフリカ人」

「いまも昔も、最大の奴隷産業は鉱山業」、「奴隷商人なしには成立しないこの基幹産業、それを廃止しようとする皇帝とは、いらない、いらない、そんなものはいらない」

「いっときの小市民感情、左派ムードに乗ったユーラシア思考者なんて」

「いまや新興荘園の保持者、高級軍人や高級公務員上がりの貴族生活者たちは、そして既存の生活様式者は、みんなみんな、こんな左派皇帝を見限り、打倒派へと回っていったわ」

「ああ、奴隷制廃止国家となってしまったローマ帝国、こんなローマ帝国なんて」

「こうしてこうして、多くの新興荘園の奴隷制余得者は、実はユーラシア発祥、ペルシア発祥の左派宗教ながらも、いまはすっかり動物虐待推進派の右派宗教に様変わりしていたあのアトン教やミトラ教、そしてさらにはそれらの流れでもある、あの幾多の反ゾロアスター教系の諸団体、それらの主催する動物虐待礼賛集会や奴隷制是認集会に積極的に参加していったわ」

「そしてそこに西北アフリカにあった一部の古くからの宗教、それこそはつまりはいまのローマン・カトリックの前身よ」

「そしてなお、別に東方にいても、そこでもなお、奴隷制是認に憧憬を抱く連中、ローマの兵士宗教、牛殺し陶酔、動物虐待是認のアトン教やミトラ教の信者」

「それは当然のように東方にもいた東方キリスト教系の単性論者」、「さらにはまた別の西方のアリウス派系のキリスト単性論者、右派連合は結成されていったわ」
「最有力者は勿論、当時の最大の経済基地であり、最大の食糧生産地でもあったエジプト、そこのアレキサンドリア生まれで、エジプト・キリスト教単性論の指導者テォフィロスよ」
「テォフィロス、テォフィロス、このエジプト・コプト派の指導者」
「彼は反君府、そして奴隷制否定の阻止を叫び、西方のローマン・カトリックやその他の各種指導者たちの賛同を得て、執拗に、執拗に、ビザンツ、君府派への異議を唱えていくのですわ」

左派宰相ポンパル

一　一七五八年誕生

「そうよ、左派宰相のポンパル」、「その頃はまだまだ右派、勿論、カトリックの一大根拠地だったポルトガル」、「そこに左派宰相は生まれたのよ」

「ポンパル、ポンパルよ」、「彼はすぐさま、カトリック右派の最大の策源地、そしてそれはいまも世界ファシズム最大の根源地イエズス会」、「その解体に着手したわ。そして一七五八年には、彼はそれを実現してしまったのよ。いまから一八六年も前のことですわ」

「左派による右派の解体」、「それが一七五八年。たしかにたしかにこのときから、実は、没落しかけていた右派連合」

「しかし、二十世紀になって、いま、右派は復活してきたわ」

「ポーランド、ポーランドよ」、「そしていまこのポーランド・ファシズム、いえポーランド・カトリックによる一大反撃」

「そうよ、そうなのよ、二十世紀最初のファシズム国家はポーランドよ。そしてその元首はピウスキー元帥」

「彼こそは、彼こそは、近代最初のファシスト」

「そして、それに続いたのがイタリア・カトリックのムッソリーニ。三番目がフランス・カトリックのウェイガン将軍やペタン元帥の新フランス運動。とどめがドイツ・カトリック」

「ヒトラー・ドイツのナチズムなどは、この流れなんだわ」。白い、白い雲、そして白い山、あの峰、あの丘、あの森。「あなた、あなた、ねぇ、あなた、明日も明日も、満州国、こんな満州国。あると思って」。ものうく、けだるく、探るような目つきで、方子はじっと三郎を見つめた、たなびく白い雲。


「ファシズムというのは、ピウスキー元帥の新ポーランド運動のことよ。そしてそれに続いたのがウェイガン将軍やペタン元帥。すべてはすべて、結局は」、「ただのカトリックによる反ロシア策動、反正教活動」

「反マルクスだとか、反レーニンだとか、反トロツキーだとか、いろいろごたくは並べてはいたけれども、本音はただ一つ」、「カトリックによる反ロシア、反正教運動なのよ」

「すべてはこれ、これだけ」、「あとはこじつけ、ただただ単なる反奴隷制主義派への嫌がらせ」

「そして気の利いた、そこには小細工の利いた破壊活動、それだけにすぎないのよ」

「すべてはポーランド、十七世紀初頭のあの大動乱時代のロシア、そのとき、そのときのあのいっときのモスクワ制圧」、「その夢が忘れられないポーランド・カトリック」

「それなのにそれなのに」、「なんとそのあと、逆にカトリックのポーランドは、正教ロシアに併合された」

「そしていま、その彼らは、ロシア革命の混乱に紛れて、いや、それだからこそ、ついにそれに乗じてロシア革命のどさくさのなか、独立」

「独立を果たしたばかりのカトリック・ポーランド」

「そうよ、西欧は十九世紀一杯、いえいえ、実はその前から、十八世紀は進歩の史観」、「そしてその進歩史観に触れてカトリックは」、「カトリックのお化け史観は」、「進歩とは正反対のカトリックのお化け史観は」

「カトリックは偏屈していったわ」

「しかし、しかし、この偏屈、この迷妄こそが、そうよ、これこそが後の十九世紀、二十世紀、あのお化けのカトリックの生みの親」

「ナポレオンに引っかき回されたあとのこの十九世紀こそは、迷妄」、「そして極端なまでの反動がのさばっていった時期」、「カトリックはその反動思想を、その極限にまでに凝縮、熟成させていったわ」

「それはやがて、その世紀後半になって発酵、爆発」

「そしてこの溜め込んだ究極の思想、右翼思想」

「それこそが二十世紀になって、あの教皇無謬《むびゅう》論なのよ」、「究極の反動思想、教皇無謬論」、「それはすでに十九世紀後半には提示されていた。そして二十世紀に暴発、一般民衆化」、「それが現代のファシズムなんだわ」

「十七世紀、その頃は進歩主義時代」、「そして西欧は一見、圧倒的に中世正教世界などには優越に立っているように見えたとき、この十七世紀」

「ポーランド・カトリックは、一見、この勝ち馬らしき西欧なるものに乗って、勝ち誇っていたわ」、「たしかに隣の正教は低調、君府はすでに没落、そしていまロシアはボリス・ゴドノフの農奴制導入によって大混乱」「カトリック・ポーランドはロシアに侵攻したわ。そしてモスクワは制圧」

「いま、イエズス会が正教世界に跳梁しようとしている」

「しかし、しかし、イエズス会がモスクワを制圧する」、「カトリックがモスクワを壟断《ろうだん》する」、「そこで起こった凄まじいばかりのモスクワ市民の反ポーランド、反カトリック感情」

「カトリックは、ポーランドは、叩き出されたわ」、「しかし、ポーランド、そしてカトリック、その野心は、それが永遠の火をつける」

「ロシアへの侵攻、正教世界簒奪の夢」

「これなくして、この世における、いかなるポーランドの存在意義」

「ロシアの制圧を除いて、カトリック・ポーランドに存在理由などというものは、なんにも残らない」

「ただただカトリックによる、正教ロシアへの侵攻、侵略、帰正、それだけが、それだけがすべての存在意義」

「ずっと遅れて発足した西方キリスト教世界。しかし、しかし、この頃はもう、いまはただただ東方教会への優越感」、「奇怪なカトリック世界の独善。幻想、幻覚、奇態な自己本位の東方教会帰一運動」

「そうよ、すべてはヒトラー・ドイツによるロシアへの侵攻、侵略。そのすべてはカトリック教会による焚きつけ」

「カトリックなどは君府よりはずっと遅れて出発したにすぎない後発の教会組織。しかし、このときは東方教会はもう、すっかり衰退、西方教会はただ優越感」、「この幻想、幻覚、これこそがカトリックの東方教会帰一聖省よ」

「それはロシア革命の末期、その混乱の真っ最中に生まれたわ」

「のちのファシズム、ナチズム、それを支えたものはすべて、すべてはこの奇怪なカトリックの東方教会帰一聖省」、「その幻想、幻覚の中から」

「そうよ、あのロシア革命、そしてその混乱の中からこそ、生まれ得た新生カトリック・ポーランド」、「そしてその新生ポーランド、それが造り出したエネルギー」

「この幻覚、その幻想にこそ、いっとき誑《たぶら》かされたのがドイツ・ファシズム、ドイツ・ナチズムなのよ」

二　ナポレオン　奴隷貿易復活

「ナポレオン一世は裏切り者だったわ。ナポレオン一世は野心家」、「ポルトガルのあの左派宰相ポンパルによって、一七五八年には禁止されたはずのあのイエズス会」

「しかし、それは結局はあの裏切り者、フランス革命の後のどさくさ紛れに政権を握った裏切者、あのナポレオン一世によって、すべては怪しげとなり、なによりもなによりも、あのフランス革命政権が実施した奴隷貿易禁止。それはこの皇帝となった野心家によって、一八〇二年花月の三十日には、すべては、奴隷貿易は再開されているわ」

「そしてなによりも肝心なことは、この野心家ナポレオン一世によって、あのイエズス会は復活」、「いえいえ、復活の気運を見させたことによって」

「そうよ、十八世紀の、あの十八世紀の、フランス革命のあの精神などは消え失せ、やがては復活したイエズス会は、当然のように素早く奴隷貿易を始める」

「最初のファシストはナポレオン一世よ」、「でも、でも、やはり二十世紀」、「二十世紀最初のファシズム国家は、それはポーランド」、「やはり、カトリック・ポーランドなのよ」

紅い、紅い花は咲いていた、ひっそりひっそりと道端では、紅い花が咲いている。そしてそれはいま、馬車が走っていくそのかたわらで、道のほとりで、小さく、小さく、昨夜の雨に濡れたまま、しかし、勢一杯、力のかぎり、葉を拡げようとしていた。

三　メルボルン放送＝スタリングラットの会戦終わる

「すべては消し飛んでしまいましたわ。カトリックによる正教世界併合の夢、そんな願望は、そんな熱望は、すべてはあの日、あの朝、つまりは一九四二年十一月十九日」、「昭和十七年の十一月十九日」、「すべては消し飛んでしまいましたわ」

「そうよ、昭和十七年十一月十八日、つまりは一九四二年十一月十八日」、「その夜のうちに完成してしまっていたスタリングラッツ市内にいたドイツ軍への、ソ連軍による逆包囲網の完成」

「すべては消し飛んでしまいましたわ。カトリックの野望、すべてはすべて消し飛んでしまいましたわ」

「奴隷制推進のためならば、ついにはキリストも、神にもこね上げることも辞さなかったカトリック」

「いいえ、いいえ、それどころかおのれ自らが、教皇みずからが、神にも、のし上がって行こうとしたカトリック、その野望」

「そうよ、でも、この傲慢、この傲慢さこそが、この野望こそが、ある種の人々には、堪え難いほどの快感だったたわ。それこそが、このカトリック、あの教皇無謬論を支えていたわ」

「こんなカトリックにとって、お前らがカトリック（普遍）だなんて、お前らはただの剽窃《ひょうせつ》者、簒奪者」、「そんなことを言う正教会なんて」

「キリスト教の正統派は、お前らカトリックなんかとは別さ、しかもそういう連中は、カトリックなんかよりはずっと古い」

「ずっとずっと古い、そしてこれら正統派は、一神教派なんかではなくて三位一体派」、「こんなことを言う正教会派を、どうして、どうしてカトリック、彼ら一神教派が認めることができるかしら」

「おのれ一身、おのれ一身、ついにはおのれ一身を、神にも仕上げてしまっていた教皇無謬論」

「こんな教義に凝り固まってしまっていたあのローマ教皇。悪僧パト（総主教）・ピオ十二世にとって」、「正教会とは、正教会派とは、どれだけ必死になっても破壊すべき相手であったことか。とりわけその三位一体派理論とは」、「これこそが、これこそがいま、カトリック教会がユーゴスラビアで、必死となっているセルビア正教会、その破壊に全力を尽くしている最大の理由よ」

「いま世界で、正教、正教」、「そうよ、実質、世界で唯一の正教の砦となってヒトラーと戦っているセルビア」

「いやいや、実はもう一つ、ロシア、しかし、すでにもう正教は壊滅したと思われていたロシア」、

「だが、実はまだ、残っているらしいその勢力」

「この二つの勢力の破壊こそは」、「カトリックはどれだけ必死になって、全力を傾けていることかしら」

「ウスタシア、ウスタシア、あのカトリックの殺人狂、テロリスト、それがいまユーゴスラビアで、

どれだけ必死になって正教抹殺に狂奔していることか」

「カトリックはいま、全世界で、全力を挙げて、このクロアチア、ユーゴスラビアでのウスタシアたちのテロ活動を支えているわ」、「正教セルビア社会を、どうしたら破壊できるか、それだけ、それだけ。このウスタシアたちカトリックのテロ活動、それを支えることがいま、西欧キリスト教社会が取り組んでいる最大、決死の大事業」

「ヒトラー・ナチズムが、どれだけ効率的に正教世界、三位一体派世界を破壊できるか。いま、西欧は、必死になって見つめているわ」

「終わってはいない、終わってはいないのよ」、「ウスタシアは終わってはいない、スタリングラッツも終わってはいない」

「いえいえ、カトリックはいま、必死になって、セルビアの破壊、セルビアの消滅、正教の壊滅」

「そしてあのウスタシアの擁護を、夢見ているのよ」

「しかし、しかし、もう、だめ。あのスタリングラット、あのスタリングラッツの会戦で、消えてしまいましたわ」

「そうよ、メルボルン放送」

「すべては、すべては、あの日、あの朝、あの一九四二年十一月二十三日」、「あの日、昭和十七年十一月二十三日の朝」

「なにが起こったか、なにが起こったか、すべてはソ連軍。ソ連軍によるあのスタリングラッツ市内に半年以上も長く入り込んでいたナチス・ドイツ軍への逆包囲網の完成」、「すべてはすべて、いま北満にいる人は、南満にいる人も、いいえ、いいえ、華中、華北にいる人も、みんなみんな、知ってしまいましたわ」

「勿論、勿論、実は、ソ連軍によるその逆包囲網の完成は」、「実は、実はその四日前、つまりは一九四二年の十一月十九日に実現していた」、「しかし、しかし、そんなことは誰も知らない、知らせる必要もない。そして四日後になって、突如としての、あの十一月二十三日朝のメルボルン放送」

「みんな知ってしまいましたわ、みんな知ってしまった。そして、それがまた、カトリックにとっては、長年長年、胸に抱いていた夢がついえてしまった日」

「そうよ、そして翌年、あの昭和十八年、スタリングラットの会戦の次の年、一九四三年の七月には、ウクライナ・クルスクでの一大戦車戦」

「ソ連軍のそこでの決定的な大勝利。そのあとは、同じ年の昭和十八年の十月には、ソ連軍は今度は、ドニエプル河での大渡航作戦の成功」

「ドイツ軍の東部防衛戦線、東部要塞網は大崩壊。崩れ行くカトリックの大願望」

「願いや奇跡のカトリック、呪いや奇術のカトリック、お化けのカトリック、魔術や祈願のカトリック」、「そんなもの、そんなものは、もう二度と、この世にはなんの力も持つことはなくなったのよ」

「傲慢で、反動的で、身の程知らずで」、「骨の髄までの奴隷制推進派で、一神教推進のためならば」、「そうよ、そうよ、本当に、教皇自らが、ついには神にものし上がろうとしたカトリック」

「まじないと迷信、奇跡のカトリック。そんなものはもう二度と、ついにはこの世には力を持つことはなくなったのよ」

赤や金、緑や青、白や瑠璃《るり》色やだいだい色や黄色、様々な色合いに変化を見せながらも、くもの糸は道端の小草の上に光り輝いていた。

鉄錆色の花はふっと目をあげ、見知らぬ旅人を不審げに観察する。軽蔑のこもった平たい視線、貪欲なその隙間はいつまでもいつまでも通り過ぎる馬車を見つめては離さない、かたわらには腐りかけた葉が埋まった沼。

古い、古い、かつては北満に花咲いていた帝政ロシア時代の古くて乾いた渡り板、揺れている小舟。ハナショウブはがっくりと茎を垂れ、ネジアヤメはかすかに頭をもたげている、くるくる、ヒツジグサの花托は旋回し、甲虫が一匹、水のなかで、川に漂うマンシュウオモダカの根を抱いたまま、這い登ろうと、そして足にもつれ合った根毛を抜こうと、足掻いている。

「月曜日、月曜日よ、一九四二年十一月二十三日のあの朝、フルビン、ハイラル、満州里、横道河子、昴々渓、博克図、天津、北京、上海、みんな、みんな、あの日を境にして」、「なにもかにも一変」「それまでの重苦しい空気は、跡形もなくなくなり、すべては明るく輝いていたわ」「あの森や谷、あの川、あの山の太陽、地の緑、立ち昇る山合いの煙、鳥に獣、小川を渡る水や虫さえも、すべてはすべて、いいえ、野づら走る麦の穂の風さえも、この日以降は冴え渡り」

「東京の街角、下町の街灯にも伸びる松の小枝。月にむら雲、夜の月。その月に浮かび出る隈さえも、この日以降は冴え渡り」

「そうよ、跳ねて跳ねて、夜の月に抱かれて、躍っては、餅つくウサギの姿」

「その杵さえも、この夜以降は、ただただ可愛げで」

四　呪術師、魔術師終焉

「すべてはメルボルン放送よ、あの日の朝あったらしいメルボルン放送」

「たしかに、その前夜、実は、昭和十七年の十一月二十二日の夜に、スタリングラッツについての情報は流れていたと、あとで訳知り顔に解説する人はいたわ」、「しかし、しかし、それを聴いた人は少なかった、幻のモスクワ放送」

「しかし、しかし、この二つの放送」、「それを聞いた後と前では、なにもかも、人の心は、それからその人の書く日記も、変わってしまいましたわ。すべては一変」

「すべては変わってしまいましたわ」、「もう、二度と、あんな愚かなカトリック」、「カトリックなんかの支配する世界などには、もどれない、戻らない」

「そうよ、これが一番」、「一番、大事なことなのよ」

「いまはもう二十世紀。決して、決して、あんな十七世紀や十九世紀のような、反動の世紀ではないんだわ」

「啓蒙的だったあの十六世紀や十八世紀の延長、この二十世紀」、「そうよ、人はもう、二度とあんな右翼的で反動的なフランチェスコやレデンプトール、イエズス会」、「あんな呪術的で、神がかり的な宗派などののさばるような、そんな世紀、そんな時代などに生きているのではないのだわ」

「啓蒙的で前向きだった十八世紀」、「そうよ、そしてその後継期でもあるこの二十世紀」

「反動的で、あんな奴隷商売が素敵で、イスラム返りすらも良しとするようなあんなカトリックやフランチェスコ会などとは違う、違うのよ」

「イエズス会を追放した十八世紀、あの十八世紀史観の延長線上に、我々の二十世紀はいまいるのよ」

「神なんかではない、人の子キリスト」

「恩寵主義なんかではない、あんな人間中心主義（アンスロポセントリズム）なんかではない。決して、決して、あんなアンスロポセントリズム（人間中心主義）、人間のエゴだけなんかではない」

「人の子キリスト、三位一体派、それが二十世紀、ユーラシア派のキリスト教よ。右派なんかの介入する余地なんかは少しもない、すべては三位一体派、奴隷制否認派、なによりもなによりも、呪術否定派、動物愛護派、魔術禁止派」

「ユーラシア史観よ、動物虐待是認派の極西派のアンスロポセントリズム（人間中心主義）なんかの入る余地なんかは、少しもないんだわ」

「動物虐待是認のカトリック、君主制是認のカトリック、そんなものはもう、二度と戻ってはこない」

「そうよ、そこにあるのは左派、ユーラシア派よ」、「カトリックはユーラシア派のことをグノーシス派だなんて言っていたわ。それで結構、それで結構」、「左派はユーラシア史観よ、三位一体派なのよ」

「正教会は、正教会は、聖神（聖霊）、聖神（聖霊）、聖霊（聖神）尊重」

「だから、カトリック、彼らの言う、奴隷制是認の、彼らの言う創造主（神）なんか、いらない、いらないのよ、そんなものは否定するわ」

「そこにあるのはただ聖霊（聖神）、救済重視」

「この世はもう決して、あんな君主制是認のカトリックや奴隷制是認の一神教派のカトリック」

「呪いや奇術や、奇跡や祈祷中心のカトリック、魔女狩りやファテマのマリアだとか、おどろおどろしい」、「彼ら彼女らは、いつかは、いつかは必ず、お空とやらに現れては来るらしい、あのお筆先担ぎのカトリック」

「そんなものが、そんなものがはびこる世界などにはもう戻らない」、「血の涙だとか、血の汗だとか」、「怪しげな聖母マリアの幻影を虚空に描いては、幽霊ごとを案出、そこにこけ威しの造化物を造り上げてはお賽銭稼ぎをして来たカトリックの馬鹿馬鹿しい御宣託主義者ども、そんなものはもう二度と」

「聖人だとか、ペテン師だとか、彼らの出てくる幕などはなくなったのよ」

「すべてはすべて、あの一九四二年。あの日、あの時、あの昭和十七年十一月十九日」

「スタリングラットでのあのソ連軍によるドイツ軍への、逆包囲網の完成」
「すべてはすべて、それで終わってしまっていたのよ」

砲塔

第一部

一　風邪引きマスクの細長い紐（満鉄付属地）

谷間は南方の小山から発する小川を挟んで東北に向かい、なだらかに台地はうねりながら平野に達していた。

あちらこちら、丘の中腹には農家がばらまかれていた。耕地面積は狭く、暮らし向きは苦しそうなのに、各農家とも見かけほどでもなさそうなのは、近くにある鉱山か工場への出稼ぎが常態化しているかららしかった。

農家の間には果樹やその他、木々が伸びていた。清朝末期、満州王朝の崩壊寸前、いまから四世代から五世代前、そこは山西からやって来た人々によって開拓された土地だった。だからまだ緑は残っていたのだ。


「そうよ、あんなちゃちな満鉄付属地」

「風邪を引いたときに、あわててこれ見よがしにと耳に掛ける細長いマスクの紐のような、横幅もなにもない、あんな狭い満鉄付属地」

三郎の視線を追いながら、方子はつぶやいた。

「作るものなどはなにもない、生産力も生活力もなにもない、そして十五年後にはなにもかにも全部、返還しなければならない満鉄付属地」、「そんなところに移り住んで、阿片売買以外にどんな生きる道があるというの」

「英国、英国よ」

「阿片戦争、一昔前の、あの一世紀前の罪科、そのおとしまえのすべてを」

「いまは二十世紀よ、すでに阿片禁止を決める国際会議は開かれているわ」、「ロシア皇帝ニコライ二世主導のもとに国際阿片会議も出来ていた」

「二十世紀、二十世紀、そこでの阿片売買なんかは」、「公然とはできなくなったというとき、その阿片売買の罪科を、その過去の罪科のすべてを」

「いまになってわれから、ノコノコ、ノコノコと」、「あとから、名乗り出してきた日本に」

「そっくりそのまま、いまは満州国に、すり替えてしまった英国」

「そんな阿片売買の罪科を、それをすっかり、大国扱いされた証拠と勘違いして、意気揚々と引き受けていった国」

「英国租借地への支那一般民衆の憎悪、嫌悪」、「漢口、上海、天津」、「すべてはすべて、英国への憎悪、嫌悪、反感」、「当然のように起こる英国民への略奪、非行、暴行」

「愚かな日本、愚かな日本、この支那民衆の、英国阿片売買への憎しみ、その憎悪の、すべてをすべてを」、「おのが大国扱いへの褒章と、喜んで喜んで、引き受けていった国」

「旨く旨く、英国は、おのが罪悪、悪行、罪科のすべてを代替えさせてもらったわ」

「狭くて細長くて、まるで風邪を引いたときのマスクの紐のような、横幅もなんにもないあんな満鉄付属地、小さな小さな」、「生産力も生活力もない、そんなところで生きていくには、ただただ阿片売買か、その手先に固執するしか」

「満州青年連盟、満州青年連盟、彼らはただひたすらに居丈高、腰の軍刀は竹光かと、ちゃちな、ちゃちなあんな風邪引きマスクの紐のような固有の部隊すら持たない満鉄付属地警備の弱小軍・関東軍」、「そんな老朽の貧弱な関東軍の退役寸前のおんぼろ将校たちに詰め寄るしかなかった満州青年連盟」


「すべては英国よ、この国はただただすべてはすべて実は英国国王個人の占有物」

「ジャージー島、あれこそはその象徴よ、あそこでこそ」、「あそこはすべて英国国王個人の専有物」

「そこで、そこで、なにが行われているか」、方子にはふさわしくない笑い声だった。

「分かる、分かるわ、いまに分かるわ」、「でもでもねえ、こんな英国、こんな英国とでも」、「いっときでもいい、同盟関係は結んだのよ、ソ連邦」

「いいわ、いいわ、いいのよ、勝てばいいのよ、勝てれば。そうよ、負けてしまってはどうにもならない」

「同盟はいっとき、しかし腹は幾つも、イワン雷帝だって、エリザベス一世の時には露英同盟」、「いっときの露英同盟」

二　ねじあやめ

大きな大きな乗合馬車がやって来る、よけなければならない、避けなければならない、北満の僻地《へきち》一帯を走っている「暖車」、いま来るのはそれをちょっと大きくしただけの腰掛け式の無蓋馬車、馬は二頭で走っている。

二十二人乗りということになっているが、よたよた、よたよた、頼りなげな足取り。幌は雨天の時にはすぐ覆いに出せるように屋根に重ねてある、県城と村々との間をただひたすら一日数回往復することになっている。馬車賃は一人三十銭、誰でも簡単に利用できる、まだまだバスも走っていない地方などに行くにはとても便利だ。いまその馬車が正面からやって来る、よたよた、よたよた、よろよろ。

「シャルル・ダンジュー、シャルル・ダンジューよ、悪王シャルル・ダンジュー、ナポリ王、簒奪者シャルル・ダンジュー」。かたかた、かたかた、ゆらゆらゆらゆら、方子のかたわらを幅広い乗合馬車は通り過ぎようとしている、狭い狭い畑の中、逃げ道に避けようとして待っている三郎たちの馬車の前を、昨夜の雨にもかかわらずすでに乾き干上がってしまっている小川の脇草のほとりを、乗合馬車は、いま通り過ぎようとしている。

かたかた、かたかた、乗客たちは笑い、手を差し出しては、かたわらの三郎たちに別れの布切れの挨拶を振りながら消えていく。マンシュウネジあやめやエゾカンゾウ、ワスレナグサの葉が、馬車の入り口とは反対の方向、そこにも湿った溝のかたわら、三郎たちの足元にとりついて離れようとはしなかった。

「明日、明日」、「まさに明日こそはコンスタンチノープル（君府）に出撃、征服しようというその前夜」、「二人の悪党、簒奪者ナポリ王の悪王シャルル・ダンジューとローマの悪僧・パパ（法王）マルチネス四世」

「しかしこの二人の、悪辣なカトリック教徒の野望をすり潰してしまうシチリアの晩祷《ばんとう》事件は起こったのですわ」

「悪党、悪党シャルル・ダンジュー」。いつまでも、いつまでも、マンシュウネジあやめやエゾカンゾウは、三郎たちの足元にとりついて離れようとしなかった。「明日、明日、そうよ、明日こそは」、

「正教破壊の日、正教壊滅の日」

「心高らかに意気込む悪党シャルル・ダンジュー」、「一二八二年三月三十一日のことよ」、「明日こそは、明日こそは、君府上陸」、「悪王シャルル・ダンジューは軍船を率いてシチリア・メジナ港を出帆しようとしていたわ」、「その時、その時、丁度、その時」

小さな、小さな女の子たちが、乗合馬車の中から、いつまでも、いつまでも手を振っていた。三人、四人、五人、手を振る、手を振る、手を振っていた。

いいえ、いいえ、たしかに乗合馬車よ、馭者はひそかに頷いていた。そうだ、そうだ、ここ数年、もう遭遇することは少なくはなっていたが、かつては、かつては、この手の、小さくもない乗合馬車

は、人買いどもの隠れ馬車だった。いっとき、いっとき。

三郎自身、五、六年前、三度、四度、高粱畑で遭遇したことがあった。あのときもやはり小さくもない個人所有の隠れ乗合馬車、窓からは見知らぬ人に必死に別れの手を振っていた小さな子供たち。乗せられて、乗せられていたのは人買いによってかき集められた幼い子供たちであったのだ。

「あの日、あの時、あの夕べ」、「一二八二年三月三十一日、あの日、あの時、シチリアの夕べ」、「いまから六六〇年前、鈍い、鈍い空の色だったわ」

ゆらゆら、ゆらゆら、子供たち、少女たちを満載して、いま消え去ろうとしている乗合馬車。馬車はいま高粱の畑の角を、うねるように曲がり、消え去っていく。子供たちの乗客は口々に笑い、手を差し出し、別れの挨拶に赤や白、その他の雑多な色の布切れを振りながら消え去って行く。

そしていま三郎たちの馬車は、本通りに戻ろうと苦労している。のろのろ、のろのろと。三郎たちの馬車は幾つかの畦道《あぜみち》に足を取られながら、それでもやっと本通へと戻りだす。身を震わせながら、なぜか馬たちは喚きながら走り出す。

走る、走る、走りながらまた走り出す。走り出す三郎たちの馬車の足元、昨夜の雨に濡れながら、なおも溝のかたわらから、マンシュウワスレナ草やアマドコロ、フルビンすかし百合、秋の草花は取りついて離れようとはしなかった。

三　海軍船（奴隷船）

「そうよ、あの時、ローマの悪僧、ローマのパパ（法王）マルチネス四世、彼はビザンツ討伐、正教撲滅を叫んで」、「法王はひたすら、シチリアの悪王を唆《そそのか》していたわ」

「カトリックの悪僧、その推挙によって、ついにはナポリ王に成り上がったシャルル・ダンジュー」、

「明日こそは、明日こそは」

「一晩、彼はシチリアのパレルモで過ごしたわ」

「世界首都コンスタンチノープル（君府）、正教のみならず、いいえ、世界の首都コンスタンチノープル（君府）、その占拠と破壊」

「出発の手はずは整ったわ」

「明日こそは、明日こそは、カトリックの宿敵、ローマの敵、君府の打倒」、「一二八二年三月三十一日のことよ。カトリックの敵、三位一体派など」、「この手、この手で破壊、壊滅」

「そしてその栄誉はすべて我が手」

「重い、重い、ああ、重い、変わり行く西の空」、「そんな夕日を、夕空を、震える思いで見上げていたシチリア王シャルル・ダンジュー」

「そこは君府への前進基地、進駐したシチリアの港町から空を見上げていましたわ」

「なあに、なあに、このにおい」、「このくさいにおい、くさい、くさい、実にくさい」、「鼻をつく臭いよ」

「聞こえる、聞こえる」、「ええ、聞こえる、船の中からよ、いいえ、船の上からも」

「ムチよ、ムチよ、ムチのしなる音」、「ムチの音」

「至る所から、聞こえる、聞こえるわ」

「鎖に繋がれたまま」、「あれは奴隷水夫」、「そうよ、死ぬまで漕ぎ使われて、棄てられていくのよ」、「あの奴隷水夫たちの漏らす汚穢《おわい》や、糞尿」

「くさい、くさい、実にくさい」、「そして重い、重い」、「船は吃水線満杯、どっぷりと海の水につかって」、「浮かぶ軍船、あれがガレー船」、「兵船、海軍船よ」

「唸るムチ、鎖に繋がれたまま必死になって」、「ムチのまえ夢中になって漕ぎだす奴隷水夫たち」、「海軍、海軍よ、海軍こそは奴隷船、奴隷軍船よ」

「海軍とは奴隷船よ、どこの国でも、英国でも、フランスでも」、「水兵はただの奴隷、水兵はただの奴隷」、「来た、来た、また来た」、「あの兵曹、面白半分、力一杯」、「彼は漕ぎだす奴隷水夫たちの体めがけてムチを鳴らすわ」、「いいや、海軍は嫌」、「海軍は嫌い」、「海軍は奴隷商売」、「ふらつく湾内、あえぐ船」

「そうよ、海軍は奴隷商売よ」、「どこの国でも」、「海軍は奴隷商人から生まれたもの」、「過酷、苛烈な下級船員の扱い」、「人さらい、それが常態よ」

四　イスラム最左派・ダイイ＝秘密工作員

「イスラム、イスラムってなあに。そうよ、あれはただの砂漠の略奪民よ、ベドウィン、ベドウィンよ。こんな彼らに略奪される一方になってしまっていた当時、世界最高の文明国民ペルシア人、彼らにとって、それはどれほど屈辱だったことかしら」

「しかし、しかし、その彼らもついにベドウィンの内紛につけ込んで、自立のチャンスを掴《つか》んだわ」、「それがシーア派、シーア派なのよ」、「勿論、略奪なんかは認めない」、「左派、左派よ」

「イスラム左派、そしてこの左派の中から、のちにイスラム最左派、あのイスマイル派は生まれたわ」

「勿論、コーランもマホメットも否認」、「そうよ、そして彼らのあとには、アサッシン派」

「勿論、唯物論者よ」

「彼らはあの十八世紀の、あの西欧の共産主義者に似ているわ」

「アサッシン、アサッシン」、「彼らの最大の秘密兵器はダイイ（秘密工作員）よ」

「ダイイ（秘密工作員）、ダイイ（秘密工作員）」

「彼らはひそかに敵地に潜伏しては工作するのよ」

「まるで現代の共産主義のオルグ、コミンテルンの原型」

「アサッシン、アサッシン派」

「そして彼らが活躍している頃にやって来たのがあの十字軍、遅れた西欧、あの遅れてやっと氷河時期から解放されたばかりの西欧、そこからやって来た十字軍」

「そして彼らのなかにいたテンプル、彼らはそれなりの柔軟性はもっていたわ。彼らはやがてこのイスラム最左派、アサッシン派にすっかり魅了されて、やがては組織も改変してしまうのですわ」

「いまも当時も、空虚で薄っぺらで、ただただ卑近な暴力集団にすぎないカトリック右派のヨハネ騎士団やドイツ騎士団などとは全く違う、不思議な魅力を彼らテンプルは与えてくれるのですわ」

「シーア派全盛時代のイスラムは光彩陸離、なんとなんと魅力があったことかしら」

「しかし、いまはもう駄目、死んでしまったみたい」

「そしてそのイスラムに、しかし、西暦で九七〇年代、思いもかけぬ中央アジアの、あのトルコ族の集団改宗、そして彼らがイスラムの中心になってからは、第三のイスラムになっていくのだわ」

「そして再びもとの収奪是認宗教」、「しかし、しかし、しかし、それこそは、やがて来るあの人類滅亡時にも有効、なおかつも存続しうる宗教かもしれないわ」

第二部

赤い夕陽　シチリアの晩祷

「赤い、赤い夕陽よ、そして夕雲、波止場には舞うカラス」

「鳩、鳩よ、そして鴎、さらには人を嘲《あざけ》るカラス」

「広場のすぐそばには白い巨塔、海の水は、ひたひたと足元を濡らす。そこにもまた、のども裂けよとばかり、声高く嘲るカラス」

「だが、だが、そのカラスも」、「おのが足元、塔下の広場にたたずむ灰色頭巾、たった二つ、たった二つの節穴」、「ぽっかりと目のところだけが、空いている」

「無言にたたずむ、灰色頭巾には口をつぐむ」、「癩者、癩者よ」

「臭う、臭う」

「臭くて汚れた灰色頭巾」

「ただ二つ、ただ二つ」、「二つのぽっかりと、穴の空いた頭巾を被り」、「石ころだらけの狭くて、白々とした水辺、波止場にたたずみ、喜捨を乞う」、「ヴェネツィア、ヴェネツィア、そしてシチリア」

「誰、誰、ええぃ、誰」、「鐘を鳴らして、鐘を鳴らして」

「いつまでも、いつまでも」

「それにしても赤い、赤い夕陽よ、赤い夕映えだわ」

「誰、誰」、「いつまでも、いつまでも」

「赤く夕陽はにじんで、はかなく切ない、この夕映え」、「そうよ、赤い、赤い」

「そして黒い、黒い雲、黒い雪」、「誰、鐘を鳴らしているのは誰、誰なの」

「鳩、鳩はいつまでも空を舞って、去らない」

「なに、なにが起きたというのだ」、「ええぃ、この春の夕映え、春の淡雪」

「いや、いや、いま、鐘を鳴らしているのは誰」、「誰が鐘を鳴らしているのだ」、「いつまでも、いつまでも、うるさいやつだ」

「せむし、足なえ」

「やめろ、やめろ」、「ええい、やめろ」、「明日の船出に差しつかえる」

「なんだと、反乱、それがこの震える鐘」、「ふん、反乱」

「いつまでもいつまでも、鐘を鳴らしやがって」、「反乱、反乱、それがこの震える鐘か」

「夕べの鐘が反乱の合図」、「誰だ、誰がそんなことを言っている」

「ええぃ、うるさい奴らだ、殺せ、叩きつぶせ、踏みつぶせ」

「なに、シチリアの全民衆が反カトリック、反ローマの激情を叩きつけて、このわしに刃向かってきた、このわしに」、「ナポリを征服し、シチリアを征服し、いままた明日、カトリックの仇敵、カトリック一神教のために、世界一神教のために、あの君府（コンスタンチノープル）、あの反一神教派の世界を、明日こそは、明日こそは、この膝下に据え付けようというこのわし、このシャルル・ダンジュー様に刃向かうだと」

「ローマの一神教野郎」、「カトリックの総本山とやらの馬鹿野郎、俺はあの馬鹿野郎たちから正印を受けた」、「あんなペテン師野郎、マルチネス四世とやらと馬鹿は名乗ったわ」

「ふん、ちっぽけな奴、あいつはこの俺が任命してやった」

「見返りにやつはこの俺にシチリア国王の正印を授けた」

「次男坊の俺は、それではるばる南フランスのプロヴァンスから、このシチリアの地まで、国王になるためにやって来た」、「あの緑豊かな南フランスのプロヴァンスから、こんな、いまは、すっかり、乾いてしまったシチリアくんだりまで」、「大きな夢、そうさ、カトリック世界のために」、「邪教退治、正教を壊滅させるために、やって来たのさ」
「いまは着々、計画は進展中」、「正教世界はいままさに壊滅しようとしている」、「そんなときに、こんなときに」
「ええぃ、このわしに、このナポリ王シャルル・ダンジュー様に、刃向かってくるとは」
「ああ、シチリアの虫けらども」
「なに、やつらは口々に反ローマ、反カトリックの奇声を上げて」
「刃向かって来ているだと」、「このわし、このわしの兵に」
「ナポリ王、シャルル・ダンジュー様の兵士を小脇に抱えて」、「叛徒どもは、いま、高々と塔の上から」
「このわしの兵士ども、そののどをかき切り」、「窓から死体を突き落としているだと」
「ええぃ、貴様ら、なにを見ているのだ」、「この近視野郎」、「よく見ろ、素人分際になにが分かる」
「ええぃ、ええぃ、よく見ろ」
「だが、だが、あの赤い雪、赤い雲」
「ええぃ、ええぃ、いま、また降りだした赤い雪」、「この雪は君府にも降り兼ねない赤い雪」
「だが、明日」、「いいや、明日、明日こそは船出」、「船出だ」

「君府のやつら、正教徒め」

「だが、だが、赤い、赤い夕陽、赤い雲」

「ふん、この俺が君府に上陸したら、そうさ、君府のやつら、お前らは、一人だって生かしてはおかない」、「だが、だが、赤い」、「赤い雪だ」、「そして暗い、暗い空」

「いいや、君府のやつら、皆殺しだ」

「ただの一人も、生かしてはおかぬ。そうよ、奴らは少々、我々よりは少しばかり、キリスト教徒としての由緒が高すぎる」

「なにカトリックは後発だ、カトリックはいかさまだ」、「なにがカトリックは怪しげだ、余計なことを言いすぎる」

「そりゃあ、俺たちローマのカトリックよりは、お前らビティニア、パンフィリア、キリキア、カッパドキアやアナトリアのほうがキリスト教の歴史は古いさ、たしかに古い」

「古い教義や伝統は持っていようよ」

「だが、それがどうしたというのだ」

「古教会、いいやあのユーフラテス河西岸、アッシリアやパルチア」、「あそこにあった古い教会はいまはどこにいった」

「古い、古い教会、トマス派やらピリポ派とか呼ばれたあのマグダラのマリア派の教会、古い、古い、古いキリスト教徒たちは」

「古い教会、あのマラティアの地すら、いまはイスラムの奴らに奪われてしまったではないか」、「ましてやチグリス河東岸のシルヴァンやシルート、マンツケルトの地はいまはどうだというのだ」

「メソポタミアやアッシリアの正教会、すべては棄てられ、いまはただ、ボスポロス海峡、マルマラ海の三角辺の先端に、小さく固まっているだけではないか」

「だが赤い、赤く、低い雲」

「お前ら、お前ら、力ない正教徒のくせに、それでもなおもまだ、カトリックは後発だ、カトリックはインチキだと宣《のたも》うのか」


「カトリックはイコノクラスムス（聖像破壊運動）を経験していないからだめだとか、くだらぬことを言いすぎる」、「イコノクラスムス（聖像破壊運動）、あれは一体、なんだあ、あれは」、「あれはただただ、税金を払いたくない、ずる賢い正教会大修道院様への、一般民衆、貧民どもの彼らへの課税再開要求運動ではないか」

「たしかにたしかに、カトリックは西にずれていた、遅れていた。だからこそ、そんな課税騒動に巻き込まれる大修道院などはなかったかもしれない。けれど、けれど、遅れて来た、遅れて来ただと」、「未開、後発だと」

「余計なことを言うな、言われてみれば腹も立つ」、「だが、いい、もう、いい」

「明日こそは、明日こそは、この俺様が、貴様たちを退治してやる」

「たしかに貴様たちには少しばかり歴史がありすぎて、知恵もありすぎて」、「邪魔だ」

「君府（コンスタンチノープル）、君府（コンスタンチノープル）、ふん、いつまでもいつまでも、世界の中心だと思っていやがる。ふん、三位一体派、なんだ、そんなものは」

「たしかに、たしかに、キリスト教の神髄は」、「それは本当は三位一体派かもしれぬ、救済かもしれぬ」

「だが、だがそれでは、貴族様は生きては行けぬわ」、「力は正義だ」

「天は二冠を与えぬ」、「そしてローマは一神教よ、奴隷制是認よ」

「邪魔になるのはお前ら三位一体派よ、あの過ぎ去った左派皇帝テオドシウス一世などの古ローマ帝国時代のキリスト教よ」

「正義派ぶったあのローマ帝国末期の、あのキリスト教化してしまった」、「あんな変形物にしがみついて」

「あれはいっときの狂気だった」、「たしかにたしかにあのときのキリスト教は正義漢だった」

「だがだが、それが何年、何年もった」

「ええぃ、ユスチニアヌス一世を見ろ、あの右派皇帝」

「とっくにそのときの正教世界は左派コンスタンチノープル（君府）なんぞは見捨てていた」

「そうよ、これからも、もう、世界は君府なんぞをのさばらせておくわけにはいかない」

「そうさ、そうさ、明日こそは、明日こそは、この俺、この俺様が、破壊してやる」

「あの三位一体派の中心地、世界首都のコンスタンチノープル（君府）を、破壊してやる」

「この野心、この俺の野心、誰がこの俺の、この使命を妨げることができる。これはこの俺個人の使命ではない、この世の掟、この世の定めだ。誰がこの俺の野心、この使命を妨げることができる」、「どけ、どけ、どきやがれ」

「ふん、マルチネス四世、インノケント三世だと」、「馬鹿め、カトリックの総主教ども、パパ（教皇）だとか勝手に名乗りやがって、俺を利用したつもりだろうが」、「それなら、俺も、とことん、付き合ってやらあ」

「そうさ、それがこの俺、この俺をナポリ王にシャルル・ダンジュー様を任命した意味だ」

「明日こそは、明日こそは徹底的に、君府を破壊してやる」

「夢にまで見た世界首都。そのコンスタンチノープル（君府）を、その世界首都を、明日こそはこの俺の膝下に、思う存分組み敷いてやる。君府、君府、世界首都君府。それが明日、この俺が膝下に組み敷く世界首都の名前なのだ」

「そうよ、そして、シャルル・ダンジューは、いまから六六〇年前、一二八二年の三月三十一日の夜、明日こそは、明日こそはと」

「七十八年前のあの一二〇四年につづいて、いまこそはカトリックによる第二の君府征服が実現するとの夢を見て、眠りに入ろうとしたその瞬間、突如として巻き起こったのがあのシチリアの晩祷よ」

「シチリアの晩祷、シチリアの晩祷」、「なにもかにもシャルル・ダンジューは、すべてを失うのですわ」

「一二八二年の四月一日の朝。いまから六六〇年前、あのシチリア島に突如として起こった市民暴動。

その結果、一神教派の悪党、カトリックの悪党、劫略者シャルル・ダンジューは、なにもかも、失っていくのですわ」
「単に簒奪地ナポリ王国を失っただけではなく、自分の子供たちすらも、なにもかも失っていくのですわ」
「六六〇年前、それは日本風にいえば弘安五年」
「たしかにたしかにそれは鎌倉八代北条執権、時宗のときでしたわ」

アッシャー（天則）

一　弘安四年

「一年前、つまりは西暦一二八一年は弘安四年よ」、「そしてその年の五月には第二回目の蒙古襲来があったわ。いまから六六〇年前、北条八代執権時宗のときよ」

「一遍や日蓮、法明や法灯、そして俊聖、叡尊、忍性」、「傑僧は次から次とあらわれて、日本仏教界は空前の黄金時代」

「そのとき西のビザンツではシチリアの晩祷、そしてそのときにはまだ栄えていたあの中央アジア、キリスト教ネストリウス派の世界」。笑っている、笑っている、なにかが笑っている、ケタケタ、ケタケタ。そうよ、還っては来ない、還っては来ない、もう二度とは還って来ない、過ぎ去ってしまったあの川岸、あの岩々、はるかな馬車の後方には家並み、人々が住んでいた家々、ケタケタ、ケタケタ、すべては走り去る馬車のかたわらで笑っている。

「一瞬、そうよ、すべては一瞬」、「あのマンツケルトの会戦だって、シチリアの晩祷だって」、「すべては一瞬」

「今日あったことも、昨日あったことも」、「すべては束の間、あっと言う間に逆転、すべては忘れられていく」、「恋だって、やがてはすべては忘れられていくのかもしれないわ。忘却、忘却こそは」、

「忘れる、忘れられていく、いいえ、いえ、この忘却こそは、人類最大の幸せ、やがては、やがては、いいえ、いいえ、ただあのゆったりとした」、「そしてやがてはまたいつの日にか」、「あのゆったりとした、ゆったりとしたもとの時の流れに」

広い、広い草原の眺めだった。かけ登った峠の一角からは、見はるかす限り、はるかな彼方、丘陵地は一面に横たわり、そこに至る道路もいまは薄く舗装されていた、まだまだ沼や湿地が、周辺には残り、崖下には少し下がって野菜畑もあった。

十年前、いやたった五、六年前、そこはまだ深い密林だった。アムールヒョウやアムールトラは跋扈、楡《にれ》や楢《なら》や柏の木々も密生していた。しかし、いま、いまは、峠の足元、ほんの手前まで、すでに乾燥化は進んでいる、あの森、あの谷間。

猛烈な原始の湿地帯だった、間違っても真冬、そこの湿沼地帯を、馬に乗ってでも、渡渉をしようなどとでも試みるならば、そしてそのとき、万が一にも馬の四股や下腹部を、沼の水ででも濡らしようでもしようものなら、馬はまもなく激しい凍傷に襲われ、すぐそばの丘に登る前に、馬も人もみるみる脚から下は壊死して、峠を越える前にともに斃死してしまう。そんな危険な原始地帯、まだまだその頃は密林地帯が沢山残っていた。

優雅だったろう、しかし、いまは、すっかり古びてしまった二人乗り用のこの簡易な二頭立ての馬車、舗装されているとはいいながらもまだまだ粗末、しかし、バスが通る小広い道を、ただひたすらに走っていた。

　バスや荷馬車、その他のわずらわしい事物に、遭遇しそうなときには素早く、丈の高いかたわらの高粱やその他の植物の立ち並んだ間道へとひっそりと紛れ込む。そしてまたそこから別な間道へ、粗林へと駆け抜けては、もとの道へと戻っていくのだった。

　手近な峠を越えたとき、ふいに丘の背後に小さな池はあらわれた。大きな白鳥が三羽、うっすらと木立の陰には休んでいた、「時間よ、時間よ、時間なのよ」、「三位一体とは時間のことなのよ」、ものうくけだるく方子はつぶやいた。

二　スヴァーティ・ドゥーフ（聖神《せいしん》＝聖霊）

「そうよ、スヴァーティ・ドゥーフ（聖神）よ、スヴァーティ・ドゥーフ（聖神）とは、時間のことなのよ。三位一体、三位一体派とは時間のことなのよ」。ものうくけだるく、方子はまたつぶやいた。

白い白い雲だった。遠く、遠く、白い雲は漂っていた。

丘を過ぎ、林を過ぎ、また道の両側には、粗い造りの、まるで倉庫のようなレンガ造りの家々が、そしてその壁には、秋の陽光が白く反射していた。

「時間、時間よ、それが聖神《せいしん》」、「聖神とは時間のことなのよ、スヴァーティ・ドゥーフ（聖神＝聖霊）、スヴァーティ・ドゥーフ（聖神＝聖霊）とは、時間のことなのよ」

「カトリックと正教、それがこの決定的な違い、誰が時間を作ったのか」、「そうよ、〝神〟とは何なのか」

「本当に、本当に、〝神〟とは何なのか」、「〝神〟が時間を作ったのか、それとも、それとも」

「〝神〟などというものは、ただ単に時間を構成する宇宙の中の一観念なのではないのか」

「そうよ、そして正教会は、三位一体派は、この時間の中にこそ、この時間という永遠なるものの中にこそ、その一部分として、一観念として〝神〟なるものは存在する」、「三位一体派にとって、一神教派のいう〝神〟などというものは、ただただ単に、この時間の中の一構成分子に過ぎないのではないか」


「ところが、ところが、一神教派なるものは、時間もなにもかも、すべてはすべて、〝神〟なるものが造ったものと」、「〝神〟は時間なり」

「この二つ、この二つの対立よ」。ものうくけだるく方子はつぶやいた。

「時間は〝神〟ではない、時間と〝神〟は別物」、「だから、だからこそ、正教会は、それを単にスヴャーティ・ドゥーフ（聖神＝聖霊）と表現した」

「聖神（＝聖霊）は神ではない、人を殺める〝神〟などでは決してない」

「だからこそ、だからこそ、正教会は第三位を聖神＝聖霊（スヴャーティ・ドゥーフ）と表現したわ」。ものうくけだるく、また方子はつぶやいた。


「第一、第一、キリスト教の世界の中に、〝創造〟などという観念が持ち込まれたのは、それはもう、キリスト教が発生してから一二〇年から一三〇年以上が経ってからのことよ」「漸く、その頃になってこの世を造ったのは誰か」、「そんなことを論争する余裕が生まれて来たのですわ」

「誰がこの世を創ったのか」、「こんな神学論争」

「キリスト教の発生当時は誰も問題にもしなかった」

「初期のキリスト教徒にとって最も大事なこととは、それはいま目の前で、虐げられている人々をどう救済するか」

「あの熾烈、激烈、苛烈な扱いを受けている奴隷、人間をどうするのか、それだけの宗教でしたわ」、「誰がこの世を創ったのか、そんなことは二義的な問題でしかなかったわ」

「〝神〟が時間を創ったのではない」、「永遠の時間の中にこそ神は存在したのよ」、「そうでなければ、そうでなければ、救済神などというものは必要ない」。ひっそり、ひっそりとまた、馬車は集落を過ぎ、森を過ぎ、そしてまた幾つかの沼を駆け抜けると、とある大きな集落の大きな家の前にさしかかっていた。

屋敷には不似合いなくらいな小さな門が立っていた、「善志堂」。肉太の金文字は朱塗りの額に書かれていた。老人が一人、むさくるしい綿服につつまれたまま、かたわらの畑で無心に青菜を摘んでいた。

「キリスト教、キリスト教、奴隷制廃止を叫ぶこのキリスト教が、底辺から叫びを上げる人々の心を魅了し、やがてはさらには、それに呼応するローマ帝国内の情けある人々の支持をも受けて」、「そうよ、ローマ帝国内のこの心ある中産階級の人々こそは、国家を支える支柱」、「そしてこの中産階級の人々の支持を得て、奴隷制廃止派のキリスト教は、徐々に徐々に」

「やがては他の宗教、そこには様々な、あのとんでもない奴隷制礼賛宗教もあったけれども、それとも同様の扱いを受けるようになって、弾圧は停止されていったのですわ」

「勿論、勿論、奴隷制を賛美する宗教も沢山あったけれども、しかし、しかし、ついにキリスト教は、そんな連中ともまずは同等の権利を獲得して行ったわ」

「こうしてこうして、まがりなりにも、ついにキリスト教も他の宗教とも対等の認可を得たときに、そうよ、すでにキリスト教内にも生まれていた暇な連中の一派は、様々なご宣託、様々な理論を考えついていたのよ。その中の一つが一神教派理論よ」

「勿論、神は時間などではない、時間を作ったのも神などではない」

「元々あった時間の中にこそ、神は併設されたのよ」

「そうでなければ、そうでなければ」

「神と時間とが対立するものでなければ」

「キリストなどという存在は必要でなくなるわ。時間と神との対立の中にこそ」

ひっそりと、ひっそりとまた一つ、馬車は集落を過ぎ、林を過ぎ、そしてさらに幾つかの丘を越していく。秋の湿原、そこに脚を取られ、谷地坊主はかたわらに立っていた。

大きな大きな集落がまた出てきた。大きな屋敷、なにやらそこにも、大きな大きな門は立っていた。

肉太の太い金文字の朱塗の額も掛かっていたが、馬車のなかからは読めなかった。

「一神教、一神教、そうよ、一神教派などというのは、イエホバァにせよ、アッルラーにせよ、単なる偶像崇拝」、「そして時間の否定なのよ」

「一神教派などというのは、そうよ、あれはただの時間の否定」

「彼ら、彼らには時間の観念がない。時間すらも、自分たちで勝手に作り上げられると思っているのよ」

「一方、三位一体派は、スヴァーティ・ドウーフ（聖神＝聖霊）派は、そんな考えは否定」

「だって、だって、三位一体派にとっては、一神教派の神なんて、あんなもの、あんなものは、ただの、あんなものは単に時間の中の一現象にすぎない。これが三位一体派の論考よ」

「一神教派とは、究極的にはただの自己是認、自己の略奪の肯定、それだけ、それだけよ。泥棒も強盗も、すべての極悪も、許される、許される」

「神の子ならば、すべてはすべて、その神に祝福された神の子のすることならばすべては」

「すべては〝神〟なるものの計画の一環」

「だから、だからすべては許される」

「善なるものも、悪なるものも、すべてはすべて、〝神〟なるものの計画の一環」

「悪の是認、これが一神教よ。悪を否定しては一神教は成り立たない」

走れ、走れ、ただ、走れ。走って、走って、いま馬車の裏屋根の下からは、馬を急かせるパリスの像が彫ってある黒檀の珠が、躍る、躍る。そしてそれはまた垂れ下がっては跳ね上がる、躍る、躍る、そしてまた跳ねては、走れ、走れ、ただ、走れ、走って、走って、馬車よ、また走れ。


「所詮は粘土細工職人、神とかイエホバァとか名乗ってはいるものの」、「所詮はすべては、もとからあるものを素材にして、ただそれに手間ヒマかけて、一週間、或いはそれ以上、こねくりまわして、人間なるものを仕上げていったとか。結局はただの粘土細工職人。粘土細工人形師よ」

「旧約における創造神なんていったって」、「所詮はこの程度よ」

「ただ、ただ、大きな時間の中にいるだけの〝神〟、人形細工師」、「それを言挙げして、ことさら神だなんて」

「ユダヤ教、ユダヤ教、あれはただの一地方の民族宗教よ。ペルシアの国教、左派宗教のゾロアスター教下にあって、ペルシア人に隷属していた。だから反発するのは当然だわ」

「そしておのが民族の優越性を主張するのも当然だわ」

「日本の神道だってそうだわ」、「ユダヤ教だって世界にありふれた多神教と変わらない」

「ただただ、おのが民族の優位性を言い立てているだけ」

「そしてそこには先発の左派宗教、ゾロアスター教への、ことさらな反発」

「そのエゴを取り上げて言新しく一神教だなんて」

「まだまだその頃は一神教なんて、どこにも存在してはいなかったわ」

「一神教、一神教、そんなものはまだ、キリスト教の発生当時は、論争の対象にもなっていなかったわ」、「〝創造〟〝創造〟、そんなものが議論の対象となるのは、それはキリスト教が発生してから一二〇年から一三〇年も経ってからよ」

「キリスト教がローマ帝国内の中産階級者の支持を受けて、地盤を固めてから」

「その発展ぶりに危機感を抱き始めたギリシア古代からの哲学者たち」、「その彼らから、さんざんに浴びせかけられる嘲笑、疑問」

「そしてそれに対するキリスト教会内部、とりわけあの奴隷制廃止派の主張には、いまは内心ひそかなる反発を抱いていた右派グループ」、「キリスト教も一二〇年も一三〇年も経てば、様々なグループ、右から左まで」、「しかし、しかし、まだまだ、どこにも権威などはなかった。しかしそのなかでついに出てきたのが、この〝創造〟史観よ」

「右派から出た、この〝創造〟史観」、「ついに左派のキリスト教、しかし、その中にも右派の主張は生まれたのよ」

「いまやキリスト教の奴隷制廃止の主張には内心、忸怩《じくじ》たる批判を抱くに至った一部の者」

「キリスト教内部にもついに出てきた反奴隷制廃止派の思い」

「もとよりもとより、そんなものはキリスト教世界内部全体のものでもなんでもなかった。しかし、

しかし、そうよ」

「〝創造〟がキリスト教世界全体の思想だなんて、そんなものははじめからどこにもなかった」

「すべてはすべて、それは後世、それもキリスト教が公権力を得てから、とりわけ西欧世界、後世カトリック世界ででっちあげられただけのものなのよ」

「でもでも、一度でもでっちあげられれば、それはそれ」

「効果は絶妙、まるでキリスト教世界発生当時からあったみたい」

「そしてその精妙さに幻惑されて、後発の、特にあの七世紀に誕生したイスラム教は」

「それをそのまま拝借、そしてより精妙化して」、「この発展したイスラム神学を、一度は没落していた西欧社会は十三世紀以降、再び逆輸入、逆模倣」

「そうよ、これが近世」、「いいえ、中世イスラムと中世ヨーロッパなんだわ」


「中世イスラムと中世ヨーロッパの奴隷制是認史観」、「その根底にあるのはこれなんだわ、それだけのことよ。そこには中世ビザンツ世界が抱いた疑問などはどこにもない」

「だからだから彼ら一神教徒派には、決して決して三位一体派の史観が分からない。それがイエブローパー、アメリカンスキーの奴隷制是認史観でもあるわ」

「決して決して、彼らには、三位一体派史観、救済史観が分からない」

三　ユーラシアの史観

「左派史観はユーラシアよ、バクトリア、ペルシア」、「そしてアッシリア、ホラサン、ホラズム、ロシア史観」

「決して決して、この史観は、アメリカンスキーやイエブローパー、あの奴隷制是認史観の一神教派の連中には分からない」、「いいのよ、それでいいのよ、あんなアメリカンスキーやイエブローパーの奴隷制是認史観、あんなものとは全く別の、それがユーラシア史観」

「しかし、しかし、このユーラシア史観、ペルシア史観」、「それはゾロアスター教のアッシャー（天則）や仏教の法」、「易経の天」、「これらとも通じる、同じものだわ」

「スヴァーティ・ドウーフ（聖神＝聖霊）、スヴァーティ・ドウーフ（聖神＝聖霊）とは、それは時間、そしてキリスト教三位一体派の史観」

「スヴァーティ・ドウーフ（聖神＝聖霊）史観とは、時の流れ。そうよ、時の流れ」

「仏教的にいえば、そして本来のキリスト教的にいえば、聖霊とは摂理のことなのよ」

「だから日本に伝わっている仏教というのは、いえいえ、西域の仏教というのは、あれはキリスト教」、「キリスト教の中の一派」、「あれは中央アジア、あのバクトリアの地で栄えていたキリスト教の中の三位一体派ネストリウス派が変形したもの」

「日本に伝わる大乗仏教というのは、あれはキリスト教左派史観の、その全くの換骨奪胎」

「日本の仏教、あれは中央アジア、バクトリアの地で栄えたキリスト教。そしてそのすべての基はゾロアスター教」

「そうよ、ペルシア、そしてバクトリア、サマルカンド、中央アジアの各地で栄えていたあのキリスト教、あの左派の三位一体派のキリスト教」

「それがそっくりそのまま、西域仏教に受け継がれていただけのことなのだわ」

「もともと左派だったビザンツの地から、そこでさらにお前は本当に左翼的だと非難されて、追放されたこの最左派、そのキリスト教ネストリウス派の教会が」

「その亡命先のペルシアの地で、またまた紛争に巻き込まれて、そこでさらに」、「そしてその生来の左派的な性格ゆえに」、「そしてなお、その強固な反奴隷制思考ゆえに」

「この追われたさきのペルシアでも」、「そこにはまだ残っていた右派、あの僧官派」、「さらには、そのほかの権威主義的な諸反動派への最対抗馬として」、「そしてなによりも有力な戦力として歓迎された」、「ついには、ついには、そこでやがては一番強力な一派に成長し」、「強力な、強力な地歩を固めるまでになっていくのですわ」

「ペルシア帝国には本来、左派帝国の一面も色濃く残っていて、それは時折、顔を出した」

「左派よ、左派よ、ペルシア、バクトリア、大月氏国、小月氏国」

「メソポタミア、アッシリア、中央アジア、モンゴル・ナイマン族、モンゴル・ケイト族」、「あの地でのキリスト教ネストリウス派は、こうして、こうして、中央アジア各地にかっちりと地歩を固めていったわ」

「大乗仏教なるものが誕生したのは、このネストリウス派がかっちりと中央アジアに地歩を固めていた頃」
「いえいえ、そのあともまだそこにはバクトリア、大月氏の国土」、「大乗仏教の根本思想なるものは、すべてはすべてこの地、このキリスト教ネストリウス派思考によって蒔かれていったもの」、「弥勒経、波斯経、大雲経、大集経」、「みんなみんな中央アジアで編まれた仏典、救済思想よ」
「下部讃経、二宗三際経、光仏法犠略」、「さらには華厳経、浄土経」、「法華経」
「みんなみんな救済思想」、「キリスト教的にいえば、すべては聖霊思想」、「ネストリウス派史観なんだわ」
「スヴァーティ・ドゥーフ（聖神＝聖霊）、スヴァーティ・ドゥーフ（聖神＝聖霊）」
「すべては左派思想」、「スヴァーティ・ドゥーフ（聖神＝聖霊）が内在して、顕現して」
「それが中央アジアでの仏教思想」
「中央アジアでの仏教思想とは、なんのことはない」
「それは中央アジア、すべてはあのバクトリアの地に花咲いたキリスト教史観、三位一体派史観、ネストリウス派史観そのままじゃないの」、「神、神などではない」、「中心は聖霊史観」
「そうよ、そしてこの聖霊とは、仏教的に言えば法」、「易占的にいえば天理、天元」、「そしてなによりもゾロアスター教的にいえばアッシャー（天則）、アッシャー（天則）のことなのよ」
「でも、でも、やっぱり、キリスト教は明るいわ」
「そしてネストリウス派だって、またキリスト教である以上は決して決して、仏教のようには暗くはない」

「暗い、暗い、陰々滅々」、「あの暗い」、「日本の平安仏教」、「鎌倉仏教」

「どうして日本の仏教はあのように暗い、暗い」、「暗い史観が忍び込んでしまったのかしら」、「本当、本当に」、「そこに行くとキリスト教は明るい」、「ネストリウス派だって」、「夢に満ちた宗教」、「なぜ、なぜ」

「キリスト教はなぜ、あのように明るいのかしら、ロシアの正教、ビザンツの正教」、「そしてペルシアの正教、アッシリアの正教だって」、「みんなみんななぜ、あのように明るいのかしら」、「三位一体、三位一体があるからなのよ」

「ねぇ、あなた、ねぇ、あなた、そうよ、そうに決まっているわね」

「あなた、ねぇ、あなた」

「いま何時」。ふいに甘えるような方子の声に、三郎は答えるすべはない。消え行く風、過ぎ行く時。

四　風、風、馬、馬

「どうしてしまったのかしら、どうしてしまったのかしら、今日のわたくし」

「本当に、本当に、今日のわたくし」

「混乱してしまって」。過ぎ行く風、人がまた消え去って行く、馬もまた走り去ってゆく。

杉だ、杉だ、杉が、無残にもかたわらに崩折れている、杉だ、杉だ。

「しゃべりすぎ、しゃべりすぎ、はしゃぎすぎよ」、「ただ、ただ、すべては口から出まかせ、これまで思いもしなかったこと、考えもしなかったこと」、「こんなこと、こんなこと、いままでの私には一度もなかったことよ」

「そうよ、構わない、構わないわ」、「ただただ言いたいことは、ただ思いついたことは」、「言うだけよ」

「結局は人の世というのは、繰り返し、繰り返しなのよ」

「ただただ、繰り返すことに意義があるのよ」

「なにもかにも、ただただ繰り返すことに意義があるのだわ」

「そおう、そうかしら」

「でも本当、本当にそうであったなら、いいのだけれども」

揺れる、揺れる、馬車は揺れる。ただただ揺れる馬車の中、揺れて、揺れて、方子は身を捩《よ》じらせた。

「本当に、本当にそうであったなら」

「しかし、一度滅びた国は」、「もはや、二度とは戻れない」、「そして人の心」

「人の心は、人の心は」

「そうよ、そうなのよ」、「決して、決して」

「人の心」、「たとえ表面は変わらなくても」、「変わる、変わる、変わって行くのよ」

ひょろひょろ、ひょろひょろ、白い、白い月だ、昼の月だ、弱々しげな昼の月が追いかけてくる。

毒麦、毒草、食べてはいけない、食べてはならない、お前には、お前には、馬酔木、仙人草、とうごま。白い、白い雲、白い雲の中から、弱々しい仙人月、どこまでもどこまでも追いかけてくる、弱々しい昼の月。

レンゲ、ツツジ、食べてはならない、食べてはいけない、毒の花、毒の草、追いかけてくる、追いかけてくる。俺もお前もいまとなってはみな同じ。

毒キノコ、毒イチゴ、毒のナシ、すべては太く、大きくて定まらない、弱々しい昼の月、食べてはいけないものばかり。ただただ、雲間からはすっとただ監視しているだけの弱々しい無力な半月、幻月、二日月。追いかけてくる、追いかけてくる、いつまでも、いつまでも、追いかけてくる。

キンポウゲ、スズラン、ヤマアイ、食べてはならないものばかり、走れ、走れ、ただ走れ。だがどこへ、だがどこへ、この馬車は、どこへ走れというのか。そしていまはここは、いまここは。

中空高く、馭者は鞭を鳴らす。だがどこへ、だがどこへ、あてどなくまた馭者は中空高く鞭を鳴らす。毒ゼリが、毒キノコが、高い、高い、高く中空に舞っている。

「そうよ、変わって行くのは人の心」、「変わって、変わって、その変わり果てたる人の心」

「いいえ、いいえ、その変わり果てる前」

「その一瞬、その一瞬の、変わり果てて行く前の人の心の波の中にこそ」

「この世のすべて」

「この世のアッシャー（法）のすべてがあるのですわ」

ひょろひょろ、ひょろひょろ、昼の月、弱々しくも白い、白い月はあてどなくも、いつまでも、いつまでも、雲の中からなおも追いかけて来る。

二頭の馬はいま、それだけがすべてであるかのように、慎重に慎重に舗装もない小広い農道を脚を踏み外さないように歩いて行く。細い細い畦道が、そのかたわらには溝を作っては寄り添ってくる。

高い高粱の穂波はそよぎ、その下にはいつの日ついたのか古い他車の轍の跡。

「まるで日本」、方子は叫ぶ、「古い、古い日本」

高い、高い、高粱の穂波はゆっくり、ゆっくりと、風に乗ってなおも片側から両側へと馬車を包んで行く。

「舟潟《ふなかた》や小具《おぐ》、堀之内や小台」、「あの家康が江戸に入府する以前からあった町、古い、古い町。そうよ、そこは日本よ、ここは内地よ」

「いいえ、違うわ、ここは満州」、「やっぱり満州なのよ、日本ではないのよ」

「古い町、古い町、源頼朝が来たときにはもう出来上がっていた古い町」、「川や砂地や出洲、さらには沖合には葦津や島洲」

「人はもう住んでいたわ、江戸湾のあの奥まった河洲の町」、「豊島川、豊島川のほとりよ」

「その浮洲の中にひっそりと藪林。奥まったそんなところに浮かんでいた豊島の館、天狗の鼻」

五　松橋の陣

「まるで天狗の里を包むかのように豊島川はやさしくうねって、東京湾の奥手で」

「あの天狗の鼻先を、豊島川はゆっくりと曲がってはうねり、さらにはその先の葦津や島津の中」

「そこに人はもう住みつき、畑地も作り」

「そうよ、そうした台地の一つが、あの豊島の里、天狗の鼻の森なのよ」

「私が東京に出ていく前」、「あなたが寄留していた町」、紅い、紅い花だ、紅い花が小さく車輪の下にこっそりと咲いていた。高い、高い、高くて、また高粱の穂波は、風に流されて馬車を包むようにサワサワと鳴っていた。

「古い、古い町、やがてあなたはそこから満州の地へ。そしてそのあと、私が移り住んで行ったあの東京・王子の西ケ原」、「そうよ、豊島の里は西ケ原から歩いて小半刻」

「いいえ、いいえ、私はその頃はまだ、あの両国の伯父、緑町の二階に間借りしていたわ」、「しかし、すでにその頃、ひそかに何度も何度も訪ねてはいっていた豊島の里」

「古い、古い伝説の町。六阿弥陀姫の伝説は残っていましたわ」

「六阿弥陀姫伝説。それはいま、私が住んでいるあの東京・西ケ原の地にも」、「そして田端や谷中の地にもありますわ、補陀落伝説、補陀落山伝説」

「しかし、しかし、豊島の地では、それに付随してのさらに六阿弥陀姫の伝説も」

「行きつく果ては海辺落ち、この世の果ての来世希求」

「弥勒信仰、名残の果ては王子信仰」、「未練、未練、未練限りなしの熊野山参り、補陀落山巡礼」

「古い古い、あの若王子参り、補陀落山参り、熊野巡礼」

「中江戸時代の王子、豊島は」、「いいえ、いえ、まだまだ、足利時代までのあのあたりは」

「そうよ、応仁の頃までは、海ばかり」、「陸地はやっと王子・豊島や日暮里、田端、上野」

「そして遠く離れて小島がいくつか足立・蒲原あたり」、「まだまだ本所、深川、浅草も、深い深い海の中」

「江戸湾の下には、海底よ、そこにはいくつもの潜むような海洞があって、サメは棲み」、「浅草なんぞはまだまだ小さな浮洲、待乳山が一つ、時折、顔を出す程度の出洲でしかなかったわ」


「こんな浮洲が漂う東京湾の葦津の一つに、石橋山の合戦で敗れた頼朝は逃げ込んできたのですわ」、

「そうよ、豊島の里よ。浮洲の中にはこんもりと森は繁って」

「川は大きく迂回して突き出て、まるで天狗の鼻のよう」、「そんな鼻の中の森に、石橋山の合戦に敗れた頼朝は逃げ込んできたのよ。そしてそここそは私が東京に出ていく前に、すでにあなたが住んでいた町」

「いまは東京の他の場所では、見られないような町」、「春ともなれば、燕《つばめ》はふっと農家の軒先をかすめては飛んでゆく、古い古い町、懐かしい町」、「燕が巣を作りやすいような、川辺の農家の納屋が、まだまだ沢山あった町」

「四国の山出しの私には懐かしい懐かしくもうれしい町。川沿いの道は細く、くねって、至る所には」、「突き当たったあの土壁の下には、泥に濡れて、鼻の欠けた庚申塚や弥勒像、そしてまたその横にも阿弥陀仏」

「懐かしい、懐かしい、まるでもう、私のふるさと、あの四国の山の中、脇町にもないような」、「壊れた土蔵や沈んだ土塀、そしてまたその一方には」

「これはまた新しく、ふいといま急に出来たばかりのようなこざっぱりとした家が」

「そしてそこには、洗ったばかりの真っ白な洗濯物が、軒を連ねて」

「そこを燕は飛んで行く」、「そうよ、江戸よ、江戸。いいえ、足利幕府だって、室町時代だって、そこではまだ新参者よ」、「なにしろそこには、源頼朝や北条泰時が、まだまだ息づいている。そんな所、そんな中洲に、そうよ、石橋山の合戦で敗れた源頼朝は逃げ込んできたのよ」

「石橋山の合戦で敗れて、安房から上総、上総から下総、そして下総・市川の国府台から江戸湾沿いに」

「広大なあの江戸湾各地、湿地帯各所を彷徨したあげく、ついについに足立・蒲原の台地から、こっそりと離れたこの対岸、豊島川に抱かれた天狗の里へ」

「緑豊かな豊島の森、天狗の鼻の曲がり里、敗残者源頼朝はたどり着いたわ、泥棒猫のようにこっそりと」

「薄目の小男、薄毛の小男、歩くたびにひたひた、すうっと擦り寄ってきては、いつの間にかこっそりと人懐こい笑みを浮かべては見上げているというのが取り柄のこの色白の小男」、「こんな小男を、豊島の里は、天狗の森は、優しく迎えてくれたのよ」、「敗残者は森の中に隠れ潜んだわ」、「豊島の水はこんな逃亡者、泥棒猫を、迎え入れてくれたのよ。あの太陽、あの泉、あの川のしぶきも」

「逃走者はそこで顔を洗い、幾月か休息したあと」、「やがてさらに奥地へ、滝野川」、「そしてそこのあのせまくるしい渓谷地へ」

「松橋、そうよ、松橋。あの奥深い要害地、崖下の狭い川砂地」、「そうよ、あの松橋よ」

「頼朝はまたそこにひっそり隠れ、しばらく経ったあと」、「いつまで、いつまで、武士階級は」、「あんな遠い都の荘園貴族、遊び人どものために、その下顎職に甘んじているのだ」

「彼は檄《げき》を松橋から飛ばしたわ」

「反貴族、反皇族の宣言」、「遠く都を離れて、荘園貴族どもなどとは接触も薄い、ここ武蔵野周辺の武士階級は」、「心地よい共感とともに、この狭い、小さな松橋の川砂地に参集」

「その数に、やがて成算が出たと思った頼朝は、この松橋から、ついに全国制覇へと乗り出していくのですわ」

「色白で小柄なあの男」、「人の集まりにはいつもいつも、すうっといつの間にか寄ってきては、上を見上げては、ただ、にぃと微笑みを浮かべて見せるだけの小男」、「そうよ、こんな小男が、あの石橋山の合戦で敗れたあとは、はじめて安心して休めたのがあの豊島の里。そしてそれから、ついに松橋の陣」

「滝野川、石神井川、そして最後まで、彼の後背地だった豊島の森」

「いまはそこは、ただ眠たげ、そして小さな石神井川とあの大きな豊島川が接して曲がる天狗の鼻」

「そしてその天狗の鼻の曲がりの中の森の館の主人公だった豊島清光、その娘が阿弥陀姫」

六　六阿弥陀伝説

「関東武士の支援は受けたものの、直参の家来などは全くいなかった頼朝」

「しかし、しかし、この貧弱な松橋の陣から檄を飛ばすと、あっという間に勢いは増し、たちまち全国を制覇」、「当然のように、森の主人公・豊島清光は、出世に出世を重ねて、紀州守護から土佐守護」

「さらには伯耆守護、あげくの果てには奥州総奉行」、「子供たちの系譜も幾つかに分立して繁栄していったわ」

跳ねる、跳ねる、ただ跳ねる、古代ギリシア風の馬車をせかせるパリスの像が、彫ってある黒檀の飾り珠が、再び馬車の天蓋の下で大きく躍りだす。前後左右、遠く伸びきった丈高い高粱畑は、なおも馬車の視野からは消えやらない。

「豊島、豊島の里よ」、「こんもりと繁った天狗の森、そこの館のあるじ豊島清光の妹、清姫」

「清姫はすぐ、そこから目の前の豊島川を渡って、対岸の足立氏に嫁いでいったわ」

「そしてそこで夫との間に生まれた息子には」、「兄・清光の末娘、阿弥陀姫が嫁いでくることになるのだわ」

「清光の妹の清姫にとっては、息子の嫁は兄清光の末娘、姪《めい》の阿弥陀姫」

「こうして叔母と姪の二人は、一つ川を隔てた足立の地で」、「豊島川を挟んで、ともに対岸の足立氏に嫁ぎ」、「そしてそこで嫁・姑の対立となっていくのですわ」

「父頼朝と同じく京都の右派・後白河法皇を嫌っていた鎌倉二代将軍頼家」

「この左派将軍の側近十三人衆の一人だった足立宰相遠元の妻となっていた豊島清姫と、その息子足立少輔の妻となっていた兄豊島清光の娘、阿弥陀姫」

「豊島川は曲がって、曲がって、曲がりくねって、天狗の鼻を包んで流れるわ」、「そのほとり、豊島と足立の両岸からは、こうして六阿弥陀姫の伝説は生まれ、育っていくのですわ」

「徳川家康が乗り込んで来る以前から、すでに栄えていた古江戸の町、中江戸の町」

「深い深い森の中、豊島の里、豊島の館」

「豊かな森や泉に包まれて、そしていまもまだ、残っている古い神社や寺や農家の軒の間を、新設の出来立ての化学工場へと、荷物を運ぶためにつくられた引込み線、その上をトロトロ、トロトロと貨物列車は一日に何回か、けだるくも、思い出したように、周辺の民家の軒深く、土蔵の奥深く、隙間をかいくぐっては走っていくわ」

「いまはそこはもう、半ば工場地帯」

「禍々しいあの戊辰戦争のあとは、いまはもうすっかり工場地帯」

「ゆったりとゆったりと、水を包んでは流れては、曲がっていったあの豊島川、天狗の鼻、天狗の森、緑豊かなあの大地」

「あの神社、あの寺、それもいまはすっかり」、「あの甍《いらか》は紀州神社よ。そして西福寺。森の中の木々は高く、高く、そしてカラスやカッコウは深く深く、暗い木々の洞《ほら》の中で、太く低く啼いては脅し続けてはいるけれども」、「そうよ、そこで七七〇年前、心優しい豊島清光の末娘、阿弥陀姫は生まれ、死んでいったのですわ」

「後白河法皇を無視した鎌倉二代将軍・左派将軍の頼家、その左派将軍の側近十三人衆の一人だった足立宰相遠元と」、「その息子足立少輔と結婚した豊島清光の娘阿弥陀姫」

「左派将軍頼家は」

「そして右派勢力・後白河法皇に接近してゆく実弟実朝とは」、「やがては二代将軍・左派の頼家は暗殺され、右派かぶれの実朝が後任になっていくのですわ」

「頼家に近かった足立宰相遠元とその子供たちは」

「幸せではなかったのよ、心優しい夫は不幸な恋人を守れなかった」、「そして阿弥陀姫は父の妹にあたる夫の母に苛《いじ》められ、ついに川を渡って父の家に帰ろうとしたけれども、二家の間の境の豊島川」、「そこに身を投げて果ててしまったわ」

「姫を守れなかった侍女五人」

「いいえ、救おうとした侍女五人」、「彼女らもそのあとを身を躍らせて逝ってしまったわ」

「曲がりくねってやさしい豊島川」、「あの天狗の森の鼻のあたり、よどんではたたずむ」

「あの天狗の面の眼窩のあたり、いまもこの辺、まるで昔のように新田の渡しは残っているわ」

「六阿弥陀、六阿弥陀伝説」、「『吾妻鏡』や『梅松論』ではもっともっと違った解釈もあるらしいけれども、そうよ、六阿弥陀の地では、この解釈よ」

「古い、古い、七七〇年前、鎌倉初期の出来事」、「それが長い、長いこと、この古江戸、この中江戸の地」

「いまもこの地の人の心を捉えて離さないのよ、気の弱い嫁とそれに殉じた侍女五人」

「なぜ、なぜ、何度、何度、私はこの満州に来る前、この六阿弥陀伝説の地を訪れたことかしら」

「なぜ、なぜ、なぜ、それはなぜかしら」

七　ホーンブルグ・ハット

「ねぇ、あなた、ねぇ、あなた」、「そうよ、明日はどうなることかしら、この満州」

「そうよ、すべては一瞬、投身自殺も一瞬」、「マンツケルトの会戦だって、シチリアの晩祷だって」、

「すべてはすべて、一瞬、一瞬の衝動よ」

「そうよ、恋も一瞬」、「すべては一瞬の律動にすぎないのだわ」、「だけど、だけどこの一瞬、この一瞬の変化にこそ」

「いつまでも、いつまでも、心残して、空しく、空しく、ただ空しく」

「過去の幻影に心残して」、「果てぬ夢、果てぬ心」、「棄て切れぬ思いを残して繋げる人はいるのよ」

ぼおっと虫が飛ぶ。秋、秋、夏ではない。空にはなおも雲は懸かっている。

馴染みつくしたホーンブルグ・ハットがいま、三郎の手に落ちる。古い、古い帽子だ。三郎はそおっとその帽子をこっそりと座席の後ろにずらす、昔と同じ、形は少しも崩れていない。

暑い、暑い、夏のような暑さだ。ホーンブルグ・ハット、そして虫切り、足立街道、〝六阿弥陀詣り〟、〝ここは悪婆の嫁の悪口の捨てどころ〟。

「そうよ、そのあと、そのあとのことについては、ついにはついていけない人はいるのよ」

夕陽は沈み、日陰はなおも長く、葦津に延びる。帆影はいつまでもいつまでも、豊島川のみなもに消えない、はるかな彼方、遠く、遠く、飛鳥山の寂寥、王子街道の山蔭に、隠微な桜の半月が忍び寄るようにここ豊島の里にも漂ってくる。

八　秀吉と家康

「そうよ、ヒトラーとシャルル・ダンジュー、よく似た二人、ともにカトリックに誑かされて」

揺れる、揺れる、ただ揺れる、揺れて、揺れて、また馬車は、揺れながら再び大道を走って行く。

楡の木陰がひっそりとそれを見ている。馬車の屋根下からは、再びパリスの像がはじき出してくる。

跳ねて、跳ねて跳ねて止まらぬパリスの像が、再び方子の腕の中に掴まれていた。

「すり替え、すり替えよ、そうよ、カトリック、これがカトリック」

跳ねる、跳ねる、パリスの像はなおも跳ねて、いつまでもいつまでも方子の指にからまっていた。

どこからか、車輪にぶつかる石の音が強く聞こえて来た。それにもかかわらず、馬車はなおも前へ、前へと進んで行く。

「秀吉に咎《とが》められ、日本を追放されたポルトガル系のイエズス会士たち、ポルトガル系のカトリックの宣教師というのは奴隷商人ですわ」、「イグナチオ・ロヨラとかフランチェスコ・ザビエルとかいうイエズス会士。ついに彼らは九州にやって来た秀吉にそれが見つかり、咎められて追放されたはずなのに。いつの間にかまた日本に舞い戻って来て、公然と奴隷売買をしていたわ」

「加藤清正、木村吉清、蒲生氏郷、大村純忠、有馬晴信」

「小西行長一派を除いた九州キリシタン大名とは、みんなみんな、あの朝鮮の役では奴隷狩りをしていたわ」

「いいえ、キリシタン大名だけではなく」、「あの法華経信徒とやらで反キリシタンを叫んでいた加藤清正も、彼は朝鮮の役ではただひたすら集めた現地朝鮮の男女の捕虜たちを、奴隷として買い集めるポルトガルの宣教師たちに」、「ポルトガルの奴隷商人どもに、売りつけては莫大な戦費を稼いでいたわ」

「第二次朝鮮戦争、慶長の役とは」、「こんな加藤清正などの武断派大名とされるものたちによるポルトガル商人への奴隷供給資源獲得戦争、奴隷狩り戦争だったのよ」

「これに対して石田三成、徳川家康、前田利家、内藤如安、高山右近、小西行長らは反対した」

九　最上川

青い、青い空だった、吸い込まれるような青い空。白い、白い雲、永遠に漂っているような白い雲、千切れた雲。思いがけなくもぽっかりと、ほんの一瞬、青い虚空が、遠い雲間に覗いていた。

ふっと三郎は目を閉じた、稜線が長く、弧を描いて、瞼《まぶた》の裏の奥で、畝《うね》の上を走っていった、あれは野川だ、あれが最上川、日本の内地の梅雨どきのようにくすんだ田野、胸はうずき、目をあけたところに紅い花は咲いていた。まるで夏の終わりを告げるような紅い花だった。

紅い、紅い花、揺れる、揺れる、馬車は揺れて、揺れて、揺れたまま、ぐぐっと峠を越して行く。

「そうよ、あのマンツケルトだって」、「結局は裏切り、裏切りなのよ」

ぐぐっと揺れて、また大揺れ、馬車は青い花のかたわらを過ぎて行く。「暑い、暑い夏、あの暑い、暑い夏の盛り、一〇七一年八月二十六日」

青い、青い花だ、峠の上にはいま青い花が咲いている。八七三年前、〝一〇七一年八月二十六日〟、〝あのマンツケルトでの会戦〟、青い、青い花だ、峠の上での、いまいっときの、この青い花、〝来年は、来年のいま頃は〟。

「裏切り、裏切りよ、すべては裏切り」

「あの小アジア、あのアナトリア半島の東端」、「あのヴァン湖畔、その北西岸であった出来事」、「すべてはこの一戦に敗れたことから始まったのですわ」

暑い、暑い満州だ。もう二度と、もう二度と、来年は、こんな青い花の咲く頃に、こんな満州に、来ることはないだろう。

十　裏切り、裏切り、あらぬ方向へ

「奴隷制推進派の一神教派は、ただただ奴隷制反対派の三位一体派、その弱体化を狙って、いまは左派となっている現皇帝軍の敗北を願って」、「そうよ、あのマンツケルトの会戦での大貴族派ミハイル・プセロスやアンドロニコス・ドウカスの一派は」
「ここが決定的という段階になって、彼らは裏切るのよ」
「彼ら奴隷制推進派、彼ら大貴族連合一派は戦いが半ばに達し、ここがピークというとき」
「彼らは、彼らにはそのとき、どっと介入する任務が与えられていたわ」
「このポイントの後衛隊」、「しかし、しかし、彼らは、彼ら大貴族連合軍は、このとき、ここぞというとき」、「あらぬ方向へと、駆け去ってしまったのよ」
「侵入してきたトルコ・イスラム軍との決戦、それへの後備配置部隊」、「それがいざ出番となったとき、彼らはあらぬ方向へ、左派皇帝軍の敗北を祈願して」
「右派、右派よ」、「これが右派、土壇場になったとき」、「彼らはおのが利得で動く、これが奴隷制是認派の、古今東西、どこの土地でも、共通して起こること」
「世襲貴族、高級官僚、中産階級否定者、農村自立否定者、彼らにとっては、ただただおのが利権の保持、維持のためならば」
「これが一神教派、大貴族連合派の実態」

「その結果が、やがて自国民にどんな苦痛、苦難を与えるか」、「そんなことは全くの考慮の外」、「そんな小事、些事は」、「おのが目的の壮大さに比べれば、そんな少国民たちの苦難などは」、「忍ぶべし、忍ぶべし」

紅い、紅い花だ。紅い花がいま、丘の上で、いつまでもいつまでも小さく手を振っていた。

「そうよ、あらぬ方向、彼らは左派皇帝軍の敗北を祈願して、行ってしまったわ」

見えぬ、見えぬ、紅い花が見えない。青い、青い花も見えない。

「ビザンツ、ビザンツ、一千年続いたこのキリスト教帝国は」

「崩れ行き、二度と戻れぬ世界へと、旅立ってしまったのですわ」

戻れぬ世界、帰れぬ世界。もう二度と、多分、来年のいま頃は、もう、ここに来ることはないだろう。遠い、遠い西の空、三郎は目を細めつつ、白い、白い雲の彼方を見つめた。来年のいま頃はどこにいるのだろう。

山岫

遠い空

第一部

一　ナチャローシャ（始まった）

たしかにその日一日、フルビン市内のロシア人社会や中国人社会は沸き立つような、しかし、ひそやかな歓喜に浸っていた。一九四二年十一月二十三日、その日の朝のメルボルン放送が伝えたスタリングラッツの戦況。

〝ナチャローシャ（始まった）〟〝ナチャローシャ（始まった）〟、市内は沸きに沸いていた。そしてそれから一週間のひそやかな、しかし、いまは、はや一年十か月。なにも変わってはいなかった、〝変わる、変わる、すべては変わる〟。しかし、それにしては、のんびりしていた。だが、しかし、これからは、これまでのようなのんびりとした歳月はないだろう。〝国が崩れ行くとき〟、〝国家がこわれゆくとき〟、馬車はただずるずると、坂を落ちてゆく。

「そうよ、正教ビザンツ、あの正教ビザンツの崩落には、敵対するカトリック、その一神教派国家群、あのカトリック一神教派国家群の、三位一体派国家群への消えることのない憎悪」

「とはいえ、とはいえカトリック、そのおのが持する奴隷制是認システム、それへのおのれ自らの内臓からくる深い困惑と羞恥」

「しかし、それもいま、おのが目の前で」

「その正教世界が没落していく。そのさまを、三位一体派世界の没落を、奴隷制否定派世界の凋落《ちょうらく》を、見据えてからの安心感」

「そうよ、そしてそこから来る、新たなる略奪、さらなる収奪史観への確信」

「カトリックの恩寵史観なんて、そうよ、すべてはこの程度、こんなものよ」

揺れる、揺れる、馬車はただ揺れて、地面に近づき、二人は座席の下へと叩きつけられた。

転がされた二人は、入り口のドア近く、ふいに抱き合った。馭者はちらっとそれを見て、それ以上は振り返りもせず、なにごともなかったかのように、馬車はなおも前へと進む。かしぐ足元、揺れる車体、躍るように馬車は坂を落ちていく。


「農奴制などは存在しなかったロシア、そこにあれほどまでに、あれほどまでに執拗に、その導入を迫ったのはロシア国内の西欧心酔派」、「西欧自体もまだ当時は、なによりも農奴制や奴隷制」

「そんなとき、そんな彼らの一部が、ドヤドヤと大家族制でもあったロシアに乗り込んで来て、西欧自身よりも強固な制度の確立を要求したわ。ロシア国内の親西欧派、彼らはいまどこに」

「ロシアに農奴制が導入されたのは一五九三年よ。あの簒奪者ボリス・ゴドノフによって」、「簒奪者は隣国、あの北方十字軍の犠牲者となった隣国リヴォニアやリトワニアやエストニア、いま、カトリックとなってしまったこれら隣国で、行われだした諸制度を見習って遂行したわ」

「大家族制時代、ロシア農民は勝手気まま、ただただ自由に歩き回るのが通例だったわ」

「しかし、いま、イワン雷帝のときから急速に拡大したロシア帝国」、「ウラルを越えて、拡大する一方のロシア帝国。シベリア各地、その他、そうよ、勝手気ままに移住する農民が続出」

「当然、当然、旧来の大貴族・大商人支配地域の人口は急減、その激減ぶりに大貴族や大商人・大修道院は騒ぎだし、そこに登場したのが簒奪者ボリス・ゴドノフ」

「大貴族、大商人、大修道院の意に迎合して、ついに彼は一五九三年、致命的なあの悪法、農民の移動禁止令、農民をただ現在地に縛りつけるあの悪法、その初期段階を制定したのよ」

「四年後にはさらに簒奪者は大貴族たちに迎合して、以前、すでにその以前に居住地を立ち去った農民からも、それまでに居住していた契約農場主たちに金を払えば自由になれた権利をも取り上げて、地主たちに農民を永久に縛りつける使用権をも与えてしまったのよ」

「簒奪者ボリス・ゴドノフ、当然彼は、ロシア農民からは凄まじい憎悪を浴びたわ。そしてその結果、その運命は」

「しかし、しかし、それほどまでにその導入を迫ったロシア各地の西欧心酔主義者たち」、「勿論、勿論、まだまだ西欧自体にも、農奴制や奴隷制は存在していた」、「そんなときに呼ばれたからとて、ドカドカと乗り込んで来ては、ついにはおのが西欧自身よりも強固な制度を確立させてしまいますわ」

「ロシア国内における親西欧主義者たち。災い、災い、彼らはいまどこに」

「彼らに行く先なんかはどこにもない。それでもいっとき、彼らは雑多な他のグループに紛れて、流れ流れてこの満州、いっときは、そこで息も吸えたらしいこのグループ。しかし、いまは、彼らがさらに逃げる先は、迎えてくれるところは」

「クリミア戦争、第一次世界大戦、災いの元は。すべては彼らロシア国内の西欧化主義者たちよ」

「スヴァーティ・ドゥーフ（聖神）、スヴァーティ・ドゥーフ（聖神）」、「なによ、こんなもの。一神教に凝り固まった親カトリック・グループ」

「しかし、そんな西方キリスト教派の世界とは全く別な東方キリスト教の世界、三位一体派のキリスト教世界」

「そこにはなによりも奔放、自在」、「がんじがらめなあの西方、すべては上からの統制、規律」、「大修道院がなにもかにも取り仕切っている独善的な、あんな一神教派の世界とは全く違う」

「そうよ、西欧のような、すべてに目を光らせては取り仕切る、あんな大修道院などはどこにもない。そんなものには属さない自由、闊達、単立、自主、自立、独立の小修院が各地に散在して、誰の指示も受けたりはしない」

「たしかに気儘、そして。しかし、そのすぐ近くに住むのもまた自由、奔放な農民、西欧社会などとは決定的に違う。そんなところに、そんなところにのこのこと、後発の、遅れて発足したに過ぎない第二キリスト教のカトリック、そんなものが勝手な史観を持ち込んだって」

「第一キリスト教世界の人間から見れば、東方キリスト教世界の人間から見れば、そんなものは誰も受け入れない」

「ロシアやスキタイの世界では、気に入らなければ、そこはすぐ裏手には、いつでも勝手。森の中へと逃げ込めば、もう誰も干渉はできない、放埒、自在、奔放な世界」

「すべてはすべて、そこでは自主独立、単立自尊の小修院が存在しているわ」

「そんなところに、内実不案内な、後発のカトリックが、ただいっときの、いまが盛りとの、いまが時を得顔と、それを華に、ひょこひょこと転がり込んできては、俺が優位との独善的な一神教史観を振り撒いても、もとより古来からそこに住むスキタイ人やロシア人にとっては、ただ、ただのせせら笑いの種」

「第一、彼らはもう三位一体を知っている」

「そんなスキタイ人やロシア人にとって、神とは、時間とは」、「そうよ、悪とは、時間とは、救済とは」

「それにしてもあのニケア会議とは、本当に本当に、あれは一体なんだったのかしら」

「カトリックのいう一神教なんていうものは、あれはただ、エゴイスチックな人間が、〝俺は神の似姿〟だと化身してみせては、勝手に騒いでいるだけよ」

「〝神の似姿〟〝神の似姿〟などとはいっても、それはただ、人間のエゴよ」

「まずは〝時間〟が生まれた。そしてその後に、実はただの〝人間の真似なる神〟」

「ただただ人間のエゴを、正義と叫ぶ〝神〟なる概念が生まれた」

「そうよ、そしてこの人間のエゴを、ただただ〝神〟としたもの、それが一神教よ」

「所詮、一神教とは、それは後発宗教よ」

「苦悩の果てに、苦痛の果てに」、「人類で最初に動物を飼いはじめた人たち、その人たちがいま、おのが動物への虐待ぶりへの反省から生まれたのが第一世界宗教ゾロアスター教よ」

「しかし、しかし、そのペルシアには、捕らわれている人たちがいた」、「そして彼らの間に生まれたペルシア人への反発」、「そうよ、このユダヤ人たちの間に生まれたペルシア第一宗教への反発」、「それがユダヤ教よ。当然、それは動物虐待の是認」、「そしてこの世界第一宗教が否定したあの奴隷制」、

「ついでにその奴隷制否定への反発、そしてその是認へと、底流にはこれがあったわ」

「ペルシアに捕らわれていたユダヤ人たちのペルシア人への反発、ゾロアスター教への反感、それが第一世界宗教からの離脱、決別」

「そしてそれからあとは、この第一世界宗教に飽きた様々な、欲得にまみれた後世世界の人間からの添加物、偽称、贋作」


「ローマン・カトリックの教義なんていうものは、所詮、一神教よ。あれは当時の左派皇帝、情けあるローマ皇帝テオドシウス一世、この左派皇帝が、ローマ社会、ローマの中産階級、情けあるそのローマ左派社会の民衆の要望に従って採用、適用した左派宗教のキリスト教を、そしてついに彼が国教化してから」

「そうよ、そうなのよ、この左派宗教を国教化してから、国教化されたあとの当然の利権を目指して、右派の連中が、右派の異教連中が、左派のキリスト教世界にどっと雪崩れ込んで来たわ。そして、そ

して彼らは、彼らが、アウグスチヌス派なるものを設立したのよ」

「利得主義、特権主義、恩寵主義よ」

「理屈はいろいろ並べてはいるけれども、そうよ、カトリックの恩寵史観などというものは、所詮はあれはただの損得主義」

「そうよ、そうなのよ、だけど、だけど東方教会のキリスト教史観は、そんなアウグスチヌス派の史観などではない、オリゲネス派よ」


「キリスト教がローマ帝国内の国教になってからの、左派化していったキリスト教が帝国内で国教会になってから、そこでの恩恵に取り付くためだけに発生していたひそやかなる右派史観」

「こんなカトリック史観とビザンツのキリスト教史観とは、決定的に違っていたわ」

「そうよ、苛烈、熾烈、いろんな弾圧時代をも乗り越えた」

「あの無情なキリスト教への弾圧時代。殉教時代、そうよ、それを乗り越えた。それがこのオリゲネス時代の〝万人復活〟史観よ」

「この苦しみ、その深さが分かれば、所詮はアウグスチヌス派的な〝あんな得をする神〟などは、それはただのごまかし」

「そうよ、ニケア会議、その本義は三位一体派史観。そこでは神なんぞは、ただの時間の一部」

「神なんぞは、神なんぞは、ただただ、ただの〝時間〟の一部にすぎない。すべてはすべてはキリスト、キリストによる救済、これこそが、これこそが、その本義とするもの」

「幻見れば罪来る、山を下れば死に至る、フリストース（基督）、フリストース（基督）や、ついに汝、ゲフシマニアの幻見たり」。深い、深い、途切れることなく深く谺《こだま》しては男声コーラスは続く。

暑い、暑い夏の日、汗にまみれた小さな峠のほとりの捨てられた山里の小さな教会、壊された正面聖障（イコノシスタス）。その左右、会堂の壁面の下壁には、そこにはウラルから持って来た小豆色の大理石、それは膝までの高さだった。日本特務機関からの狼藉からは免れたものか、壁面はべっとりと汗をかいていた。

残されたわずかな男声コーラスはその横に立ち、そして反対側、南西側の狭い片隅には、鐘楼に通じるあのせまい階段下からは、蠢く数人の女声コーラス。暗い、暗い、闇の中、

「見たか、聞いたか、フリストース（基督）、ついに汝は、罪の子となりて」、「われら人の子、罪の子、奴隷の子のために、憎むべきはあの掟。あの奴隷主の作った掟。ついにいま、汝はおのれ自ら、その掟を破り、おのれ自ら十字架に懸かりし幻見たり」

二　改竄《かいざん》

「そうよ、フリストース（基督）を改竄してしまった西方カトリック、西方キリスト教会」、「様々なモローキイズム（人身御供）やネクロモンシー（幼児喫食）、奇術や妖術」

「どうして、どうして、カトリックは」、「あんなにも呪術や妖術から逃れられないのかしら」

「いいえ、いいえ、カトリック、そうよ、たとえいま、ヒトラーがこの戦いに敗れようとも」、「その破壊主義的な、そしてその本質的な動物虐待史観、そこにあるあのアンスロポセントリズム（人間中心主義）」

「それは決して、そうよ、あの中央アジア的な、あの湖沼主義的な、緑あるあの動物愛護思想とは、融合しない、しないのよ」

どこへ、いまどこへ、いま満州にいる東方キリスト教会、どこへ、どこへ。この満州をいま逃れたところで、北京、上海、天津、青島、いくらのがれたところで、この東アジアの果てに、安寧の地などはあるのだろうか。南ははるか昔、南方から押し上がって来た漢民族。シッキム、アッサム、ビルマ、雲南、貴州を経由として、揚子江南方から、ただただ緑を求めて北に上って来た漢民族、彼らとこのユーラシア的な、中央アジア的な史観とは、融合し得るものなのだろうか。

「恩寵史観と救済史観、この二つのキリスト教」、「この二つの史観の相剋の中にこそ、キリスト教の苦悶、キリスト教の矛盾」、「そうよ、恩寵主義的で傲慢なカトリック、彼らにはなんの明日があろう」、「とはいえ、とはいえ、この世、この世には、われわれのまだまだ及ばないことが沢山あるわ」

「いまから二〇〇〇年ほど前、この満州、いいえ、そのほかいまの中国北辺、あの甘粛省あたりに居住していた人々は、いまとは全く別。白匈奴や赤匈奴、青匈奴」、「そして黄匈奴、茶匈奴、アリアン系のサカ人だっていたわ」

「勿論、勿論、そこは、中国の中原などではない、北狄《ほくてき》地域」

「その北狄、あるいは西戎《せいじゅう》地域に住んでいた種族は、いまとは全く別の種族だったということよ」

「アリアン系人」、「それが、その北狄地域が、西暦前一七六年頃から、にわかに住民は入れ変わって、それまでのアリアン系から非アリアン系に」

「旧来のアリアン系のサカ族は、それはつまりは、それまでは匈奴系の勢力だったのだけれども」、

「このアリアン系が、にわかに、にわかに、南から来た非アリアン系族に襲撃されて、やがては全く別の匈奴族が形成されて、旧来の勢力は西に遁走。かつては自らの西端地域でもあったタクラマカン地区へ。そして彼らはさらにそこからも逃れてバクトリアの地へ」

「大月氏、大月氏族国を築いたけれども」、「このときに逃げ損なった一派は逆に東走、渤海沿岸」、

「いまの南満州の地あたりへと流れ込む。夫余国、それが夫余国よ」

「寒い寒い、このフルビンあたり」、「すぐそこよ、このスンガリーの地からはすぐそば」、「行ってみたい、行ってみたいわ。二〇〇〇年前、このあたりは、もっともっと、緑も豊かだったはず」、「そしてそこにあった、あの東へと遁走してきた小月氏族たちの築いた夫余国」

三　柳田元三少将

ひきつるような軋めきが車輪の底からは聞こえてくる、〝キリィルキリィル〟、〝キリィルキリィル〟、

なおも軋めきは車輪の下から聞こえてくる。屋根の上には雲が流れている、なにごともないかのように、いま二人は切り落ちたような崖ぎわに立っていた。〝キリィルキリィル〟、〝キリィルキリィル〟、馬車は止まったままなのに、二人の耳にはまだあの音は消えない。

凄まじいばかりの音を立てて、二頭の馬は尿《いばり》を始めていた。馭者は馬車の下にもぐり込み、こびりつく泥をかき出す金具の音をまき散らしていた。かちっ、かちっ、そしてきしっ、きしっ。どこまでもどこまでもつづく丘陵地だった。揺れる、揺れるススキの穂の間からは、別れてきたばかりの川筋がいま一筋の光となって流れていた。はるかな足もと、それは遠い、遠い草原地帯。

再び走り出した、〝キリィルキリィル、キィルキィル〟、違う、違う、なにかが違う、こんな音ではない、こんな音ではない、最前の音はこんな音ではない。しかし、もう、馬車は走り出していた。〝キリィルキリィル、キィリキィリ〟、違う、違う、こんな音ではない、馬車はなにごともないかのようにただ走り出す、〝キリィルキリィル、キィルキィル〟。

見知らぬ青黒い木の葉の下、大きく濡れた岩が道を塞いでいた。その割れて大きく苔むす岩の脇を、馭者はしばらくとまどい、やがて納得したようにうなずくと間道を探し当てて走っていく。〝キィルキィル、キィルキィル〟、再び軋めきは聞こえてくる。違う、違う、こんな音ではない、たしかにたしかにもっと別な音のはずだった。木の葉が舞う、枯葉が飛ぶ。

「あの音、あの響き、そうよ、十一月ともなれば」、だが違う、しかし、なにかが違う。

ロシア人からは親しまれていたフルビン特務機関長の柳田元三少将。彼は当然のように反ロシア派を売り物にしていた親石原莞爾グループからは徹底的に嫌われていた。

そして昭和十八年二月、あのスタリングラットでのドイツ軍三十三万人が、ついに三か月にも及んだ絶望的な戦いのあと、ソ連軍に降伏したと報道されてから一か月後、昭和十八年三月、この親ロシア派のフルビン特務機関長は、強烈な反ロシア派の土居明夫少将にと更迭されていた。

それ以後は、この在フルビン、いや全満州のロシア人社会は、一気にすべてが劇的に変わっていった。たとえ一銭の収入がなくとも、ただロシア人であるというそれだけの理由で、強制的に新たな人頭税が付加されるようになっていった。そこで生きるには、無収入のものは否応なしに対日協力者となるしか、フルビンやハイラル、チチハルには住めなくなっていった。

強烈な反ロシア主義者の石原莞爾の大アジア主義は、全満州からのロシア人の強制追放であり、その政策は、彼が軍部内の対立で満州を去ったあとも、なおもその追従主義者たちの手によって、容赦なく遂行されることになっていった。まだまだ満州が満州人王朝清王朝によって統治され、満州人にとっては異民族の漢人は一切、そこに入関することは禁止されていた。しかし、その頃、すでに北辺、その一部には住み着いていたロシア人、どこへ、どこへ、いま追い立てられるロシア人、追い立てる皇道派、石原派。


青い、青い花だ、峠の上にはなお青い花、多分、来年のいま頃は、もう、二度と、ここに来て見ることはできないだろう、青い、青い花だ、ただ青い花。

「レーニンとかトロツキーとか、さらにはブハーリン、彼らはなにを望んだのかしら。結局はただのユーラシア史観の否定に過ぎなかったのかもしれない」。行ってしまった、行ってしまった、もう帰ってはこない、この満州から、どこへ、どこへ、北京、天津、上海、青島。

「〝消えよ、消えよ、ロシアよ、消えよ〟」、「〝おのが祖国の滅亡を信じることは、なんと、なんと、心地のよいことか〟」、「そうよ、アンドレイ・ベールイの言葉よ」

「なにも知らなかった頃、これこそはロシア精神、ロシア神秘主義の華と、随喜の涙を流したときもあったわ」

「しかし、しかし、いまとなっては、結局は彼はローマに渡り、カトリックに改宗してしまったことを知ってしまったいまとなっては」

「なんと、なんと、つまらぬ言葉」、「ただただ、ただの西欧崇拝史観」

「そうよ、極西史観、それはただの、結局はただの、動物虐待礼賛史観」

「いいえ、いいえ、人間の幼児喫食是認史観、さらにはあの北西アフリカにあるあの女性性器損傷史観の支持主義よ」

「スパルタクス（剣闘士）や獣闘士《じゅうとうし》」、「そうよ、あの獣闘士礼賛史観」

「すでに明日の命のないことに定まった人々を、ただただその死ぬまでライオンや豹と戦わせ、その苦悩、絶望を見ることにただひたすら喜悦とした史観」

「キリストが戦ったのは、こうした史観よ」

「人類史上、真っ先に砂漠化してしまった西北アフリカ、タッシリ砂漠周辺」

「そこに生まれた獣闘士《じゅうとうし》、剣闘士史観」

「そこでは奴隷も獣も、決して決して生きては帰ることはできない世界」

「そしてそのおのが運命を知ることによって、そしてその苦悩の果てを知ることによって、その実情の果てを、他人が知ることによって、はじめて感ずる戦慄」

「ただただ死ぬしかない奴隷たちの死闘を見て、ただただひたすらそこに興奮して歓喜して喜ぶ極西人たち、その世界観、スパルタクス史観」

「下卑切ったこの極西人の史観」、「イギリスではいまも馬いじめ、熊いじめ、犬いじめ」、「牛いじめ、猿いじめ、狐いじめ、鶏いじめ、鼠いじめ、コオロギいじめ」、「ありとあらゆる動物いじめ、動物虐待」、「そしてそれが遊戯となって、そこに喜悦を感じる人々。執拗なこのアングロサクソンの動物いじめ、この究極の反ユーラシア史観、この反中央アジア史観」

どこへ、どこへ、この馬車はどこへ。


柳田元三少将が、その親ロシア派が、昭和十五年三月、フルビン特務機関長に就任してからは、いっとき、フルビンこそは、〝極東のオアシス〟と持て囃《はや》され、上海や北京、天津からも、安住を求めるロシア人たちが、多数やって来た、しかし〝すべては変わる、すべては変わる〟。

最初は小さな水の流れ、やがては大きな川のうず。三年後、昭和十八年三月、あのスタリングラットの会戦のケリがついてから半年後、当てつけのようにフルビン特務機関長には親石原派、反ロシア派の土居明夫少将が赴任してきた。

強烈な反ロシア派の彼が就任してからは、日本軍がまだまだ満州などに根拠地を築く以前から住んでいた人々、満州事変以前から住んでいた人々、とりわけロシア人たちは、すべて首に縄が付けられたような状態に置かれた。現金収入もなく、人頭税を収められないロシア人は、すべて関東軍第五課、秦彦三郎中将傘下の機関への参加強制附入。

それはまもなく、やがては牡丹江の山下奉文の第一方面軍が対ソ戦を開始した段階で、この在満白系ロシア人部隊はその先兵として、沿海州各地に突入、ヴラジヴォストック占領の任務が与えられていた。それがいやなら、そうさ、簡単、あとはただただ共産主義のスパイとして拷問を受けて消されるか、それとも、一日も早く、南へ、南へ、石原一派などの手の届かない南方へ。

「そうよ、人の心は変幻自在。あるときはキリル大公派、またはアンドレイ大公派、あるときは右派の親英派、そしてまたあるときは親独派」

「でも、でも、結局は、人は、他人が思っているほどには器用にはなれない。大貴族になれば、結局は親英派、極西史観派になるしかないのよ」

四　アルホン階級＝宮中特権派

「結局はアルホン（宮中特権）階級、アルホン（宮中特権）階級よ」、「それがいまは親英派よ。いまの英国貴族こそは、八七三年前、あのビザンツのドウカス一門、本当の特権階級、貴族。右派が望み、理想としたもの」
「そして彼らはそれを実現したわ」
「ドウカス一派は一〇七一年、マンツケルトのあの会戦で」、「彼ら大貴族軍は、土壇場で逃亡して、ただただおのが祖国軍の敗北を招致して、そして実現を図ろうとした」
「貧民階級の資産はただで引き上げ、おのれたちで自由に使う」
「そうよ、十七世紀から十八世紀にかけてのイギリス貴族階級の夢は、それはあのビザンツの強奪階級、アルホン（宮中特権）社会よ」
「自給自立、自主自衛のあのビザンツの左派体制、その左派体制の破壊」、「そしてそれがついにテーマ体制を滅亡に導いたあのビザンツ・アルホン（宮中特権）階級」
「彼らの本拠地は、それはビザンツ第二の都市・サロニカ（テッサロケ）よ」
「そしてこのサロニカに巣食っていたユダヤ・ラディシュ階層」
「彼らこそがアルホン階級となるのよ」
「アルホン階級、アルホン階級」
「アルホン階級こそはいまのイギリス海外投資派が、ひそかに師と仰いでいた」
「彼らは決して決して、自分自身では戦わないくせに、常に表面的には、対外的には強硬論を吐き、軍需産業育成を叫び、そのくせ自国軍隊は大嫌い、傭兵導入を叫ぶ」
「ユダヤ・ラディシュ階級、額に汗して働く人間などについては、常に馬鹿にして、金利生活者、地子生活者」、「しかし、実態は何もしない、ただの貴族生活礼賛主義者」

「ロシアでも日本でも、なぜか、こうした人たちはみんな親英派になるのよ」、「そして必ず嘘をつく」

「あるときは反祖国派、またある時は逆に愛国派」、「そしてまたあるときは、反英国派気取りすらする」

「彼らは決して額に汗しては働かない、額に汗して働くなどは、徹底して馬鹿にしている」

「そんなことになるのは愚か者、下層階級者のすること」

「これがすべてよ、これが親英派、英国王室愛着主義者の特徴」

「アメリカ南部、バージニアやカロライナ、アメリカ南部の奴隷制主義者の特徴でもあるわ。アメリカ原住民の土地はすべて無償で奪取、それが〝見えざる神の手〟〝ホームステッド法〟」

「日本だって同じよ、〝神の見えざる手〟〝神の見えざる手〟、強盗是認の英国貴族の常套文句」

「〝神の見えざる手〟、それが見えない甘い甘い親英派の人たち、彼らには英国史観の本質が分かっていない」。広い、広い、広い荒野だ、広い荒野をいま馬車は峠を越した、そこら、ここらにはヤチ坊主、大きな、大きなほうきを逆に立てたような、そしてそのほうきのあたまのあたりは、いや、いや、あちらこちら、大きなほうきの立ち姿は、草原のそこらここらに立ち尽くしていた。

五　ラスプーチン

「カトリックは崩壊しかかっている、ヒトラーはいま殲滅されかかっている、いいえ、違うわ、そんなことが本当だと思って？」

「二十世紀とは愚昧よ、ただただ誤魔化しの本家の親英派は残り、そしてそれと対立しているように見えていた親独派だけが、いま滅亡しかかっている」

「親英派、親独派、二つあったこのうちの、親独派に見えたものがいま、滅亡しかかっているかのように見える、それだけ、それだけのことよ」

「呪われたロシア、ロシアにおける親西欧派、そこには三つ」

「三ついたわ、親英派、親独派、親仏派」

「ロシアにおけるこの三つの親西欧派。彼らはてんでんばらばらに対立しているふりをして、世界を攪乱した」、「ロシアにおける親ドイツ派、そこにはラスプーチンやアレキサンドラ皇后派。そして彼ら、彼らは」。「でもでも親独派は、やはり一面、オカルト派だったわ」

「ロシアにおける親西欧派、それはこの三つ」、「そしてこの三つのロシアにおける親西欧派が、この三つの悪がロシア世界に入り込んでいた。三つの奴隷制是認派が、二十世紀ロシアの精神風土の中に入り込んでいたのよ」

「西欧はなぜ、ロシアを狙うの」

「いえいえ、西欧は、ロシアだけでなく、ユーラシア全体、ロシア周辺のユーラシア各地全体の騒乱を狙うわ」、「それは、それは、結局は西欧だけでは最早、生きてはいけないからなのよ」

「ユーラシア全体の大地、シベリアのタイガ（森林）、すべてが欲しい」

「いまやすべてを切り尽くしてしまった西欧、その大地、その森林」、「もはやロシアなしには、ユーラシアの大地なしには、西欧世界だけでは生きていけない」

「ユーラシア世界全体にまたがるロシア、それに対する西端世界のひそかなる邪念、それこそは中世以来のカトリック、その邪悪な伝播意志が」

「そうよ、すべてはロシアへの布教権獲得要求、宣教権獲得」

「欲しい、欲しい、ただ欲しい、あのロシア、ロシアの大地、あのユーラシアの森、シベリアの大地」

「邪悪なカトリックに魅せられてしまったロシアの大地、吸い込まれてしまったロシアの大地。ロシアの破壊なしには、ユーラシアの破壊なしには、もはや生きてはいけなくなってしまった西欧」

「深い、深い、根源の魅力。根源の悪、ロシアの大地を襲う西欧の悪」

「呪われたロシア、吸い込まれてしまったロシア」

「すべては西欧の反スラブ主義、反正教主義、すべては西欧の反ユーラシア史観」、「こんなその嵐の中に吸い込まれてしまったロシア」、「深い、深い、そこから来る深い奈落」、「消えよ、消えよ、空間に消えよ」

「ただ消えよ、ロシアよ、消えよ、空間に消えよ、ああ、こんな西欧のうめき」

「そしてそこに巻き込まれてしまったラスプーチンとアレキサンドラ皇后」、「深い、深い、深い苦悩」

「ラスプーチンがロシア宮廷に入ってきてさんざ引っかき回し、闘った相手は、勿論、この三つの右派グループ」

「ロシアにいる親英派と親独派と親仏派」

「そしてもう一つ、カトリックのお化け、この四つよ」

「この四つ、この四つ。そこに妖術、呪術を否定する左派キリスト教正教会、この五つの葛藤」

「この五つの葛藤が、ついに二十世紀、あの正教国家ロシアの破壊へと、まっしぐらに進んでいくことになるのですわ」

「カトリック教徒などでは全くなかった、たしかに反カトリック教徒なんかでもなかった。しかし、心霊主義者ではあったラスプーチン、当然のように彼は正教徒でもなかった。そしてそこに、こんな魔術師にも縋《すが》らざるを得なかった、あの哀れなドイツ人皇后アレキサンドラ」

六　血友病

「奇怪、奇怪な同盟国よ、イギリスは」

「革命が起こって、大混乱。大騒乱に陥った同盟国ロシアを見て、素早くその国土分割とその消滅を夢見たわ」

「国際石油資本ユダヤ、それに取り込まれて送り込まれて来るレーニン一派」

「これらに対応せざるを得なかったラスプーチンとアレキサンドラ皇后」

「反西欧派だったラスプーチン、そしてそれほどには反西欧でもなかった皇后アレキサンドラ」

「しかし、しかし、ロシアに対してはなによりも、利得の対象と嫌悪の情と偏見の念でしか見ることのできなかったアングロサクソン」
「こんなイギリス貴族の本質を、農民ラスプーチンは見抜いていたわ」
「イギリス海相チャーチルの悪巧みには気がついていたわ」
「しかし、しかし、ラスプーチンの取り巻きは、ただ、ただ、酒が飲みたいだけの、幸せな馬鹿半分の仲間達」
「イギリスの悪巧みには気づいても、そしてその結果は」、「一部は親独派に」
「そして別な、もう一つのグループは親ユダヤ派へと走っていったわ」

「幾つも幾つにも分かれてしまったラスプーチン・グループ」
「そしてこんなラスプーチン一派にしか、取り縋るすべのなかった哀れな、不幸な親子、ドイツ女のアレキサンドラ皇后とアレキセイ皇太子」
「治るすべのない血友病患者皇太子アレキセイと、こんなわが子を抱えた皇后アレキサンドラ」
「すべてはすべては、そして正教会は」、「正教会は、いっさい、いっさいの妖術は認めない」、「これが三位一体派教会の実情よ」

「治る見込みのない血友病に罹ったわが子」、「妖術以外、奇跡以外、呪術以外、いまさらなにを求めよう」、「誘われるように誘われるように、吸い込まれるように、アレキサンドラ皇后は正教の異端祈祷師ラスプーチンに」

「二十世紀ロシアの不幸は、この苦痛、この苦難」、「そしてそこにつけいって入って来るアヘン国家」、「あのアヘン商人国家」、「奴隷商人国家のイギリス」
「そして国際石油資本」
「妖術と奇跡にしか頼るすべのなかった親子は、二十世紀はじめに」、「なおロシアで、妖術と奇跡にしか頼るすべのなかったこの哀れなドイツ女、皇后アレキサンドラは、ただただ、目先の救いのためだけに」

「正教のなにかも知らずに、嫁いできた」、「そしてその二つ、この二つの区別もつけられないまま追い込まれてしまった女」
「追い込まれ、追い込まれて、あげくの果てが革命よ」、「二つのキリスト教の根本的な違いにも気づかずに」
「ただただ、キリスト教はすべて同じだと」、「めくらまわしに信じ込まされて」、「そして生まれたのは西欧の地、そこの思想」
「いまはただただ奇跡、オカルトだけに頼らざるを得なかった」、「縋らざるを得なかった哀れなドイツ女、アレキサンドラ皇后と、それを救わざるを得なかった分岐者、異端正教徒のラスプーチン」
「アレキサンドラ皇后はカトリックをも、ついに同じキリスト教と勘違いし、その根本的な違いには目がいかず、カトリックによる正教会への破壊活動をも同じキリスト教会による」、「三位一体派教会への」、「一神教派による世話焼き活動だと錯覚して」

「そして気づいたときは」、「ああ、すでにどうしようもなかった」

「はたして二人はこのときカトリックによるロシアへの破壊、分裂、殲滅工作に気づいていたのかしら」、「それとも、それをも、もう仕方がないと容認していたのかしら」

「どちらにしてももう、ああ、ただもう、ロシアへの破壊工作、分裂工作、不穏活動が進むのを見守るしかなくなっていたわ」

走れ、走れ、ただ走れ、馬車よ走れ、カラコオロ、カラコオロ、快い足音を立てて、馬車はただ走っていたかと思うと、いつの間にか草原の中を駆け抜けていった。そしてまた大道の上へと駆け上がっていた。


西の方、はるかにうねりながら畑は近づいてくる。その先、見渡すかぎりの低地、小さな川筋はいつしか、大きく鱗のように光りながら迫ってくる。

カラコオロ、カラコオロ、馬車は走る、馬車は走る。走りながら、走りながら、無骨な音を響かせながら、まるで中部ロシアの農村地帯を走るように馬車の車輪の響きは、いつまでもいつまでも容赦なく二人の会話の中に入ってくる。

七　ウーファ政権

「奇怪な同盟国イギリス。奇怪な同盟国イギリスは、大混乱に陥った大国ロシアを見て、その分割、占領へと、意図してくるわ」

「奇怪な同盟国イギリス」、「そしてユダヤ資本に送り込まれたレーニンと、外国資本を拒否した反レーニン派」

「すでにこのとき、ロシア左派勢力は二つに分かれて争うことになっていたわ」

「ボリシェビキ派（多数派）と反ボリシェビキ派」、「とはいっても、とはいっても、名乗りはボリシエビキ派（多数派）でも、実態はそれに反して少数派だったレーニン派。そして実は多数派だったメンシキビッチ（少数派）派、反レーニン派」

「外国資金を拒否した反ボリシェビキ派には、当然ながら正教会左派、つまりはスラブ派、古教会派、ユーラシア派、さらには多数のロシア農民が付随していたわ」

「彼らは強烈な反帝政派組織、独自の左派政権をウラル西部の都市ウーファに形成したわ。そしてそこから、首都ペチェルブルグにいま、素早く割拠したレーニン一派の国際派左派政権とは鋭く対立したわ。ロシアには二つの左派政権」

「ウーファ政権、ウーファ政権、それは強烈なロシア伝来の左派政権」

「そしてこれが、レーニン一派の国際派左派政権とは別に」、「別に樹立されたと伝えられると同時に、その破壊、その殲滅に、全力を注いできたのは当然のように英国、イギリスよ」

「他国の不幸は蜜の味、英国の海相ウインストン・チャーチルは直ちにウーファに乗り込み、ロシアの左派勢力、ウーファに拠《よ》った本来の左派勢力、その反帝政派勢力の攪乱、殲滅を画策。なによりも反レーニン派勢力の一掃を目指し、様々な甘言」

「あざとい虚言や謀略、まだまだ一つには纏《まと》まっていなかったウーファ政権内の各派、スラブ派やユーラシア派や正教会諸分派などの相互不信を掻き立てては、そして一方、ロシア・キリスト教派内のごく少数派にすぎない反三位一体派勢力には、西欧からは多大の支援」
「必死になってチャーチルは、ウーファ政権内からのキリスト教三位一体派勢力の排除に努めたわ」
「こうした画策の果てに、ついには資金援助の果てに、ウーファ政権からはいまやロシア内にあったさまざまな左派勢力は一切排除、あとはただ単なる右派政権の独断、ウーファ政権はいまやすっかり」
「そうよ、そこにはかつての、あの強かった農奴制廃止を叫ぶ一派すらも、かき消されて」
「ウーファ政権はいまは西欧期待の右派、アナクロ一派にとすり替えられていくのですわ」

「こうしてこうして、チャーチルは、内戦にあえぐロシアから、レーニン一派と鋭く対立する反ボリシェビキ勢力からは」、「左派勢力、民主派勢力、反西欧派勢力、キリスト教三位一体派勢力、スラブ派勢力などを一切追放」
「ここにロシアにおける反ボリシェビキ派は、ついにただ一つ、あの奇態な、異常な、つまらない、専制貴族主義一派の旧来派一色にと、染め変えられていくのですわ」
「こんなものに、誰が賛同するものですか」、「こうして、こうして、反帝政派、左派勢力なるものは、否応なしに一切がレーニン派一派にと加担せざるを得なくなる」、「結局は国際石油資本の買弁にすぎないレーニン一派、彼らだけがまるで、あたかもすべてでもあるかのように、見せかけられてしまったのよ」

「奇怪、奇怪な男レーニン。国際石油資本のもとで西欧各地を流浪、生活していた男。帰国するときは敵国ドイツの装甲列車」

「トロツキー、レーニン、みんな、みんな、奇怪な人物」、「チャーチルを手代に使った国際石油資本のロシア資源簒奪のための手駒の一つに過ぎないのだわ」

「だけどだけど、治るすべのなかった血友病患者皇太子のアレキセイ」

「そしてそんなわが子を抱えた皇后アレキサンドラ」

「正教会は妖術などは認めない」、「正教会は幻術を認めない、三位一体派の教会は、呪いや奇跡、呪術は認めない」

「ああ、しかし、しかし、呪いや呪術以外、奇跡以外に、いかなる救いがあろう」

「誘われるように、吸い込まれるように、妖術師ラスプーチンに近づいてゆくアレキサンドラ皇后」

「こんな母の苦悩を癒そうと近づいてくる妖術師ラスプーチン」

「すべては、すべてはここよ、ここなのよ。究極の苦悩、苦痛、そこにつけいった英国国際石油資本」

「すべてはすべてを、すでに見抜いていた妖術師ラスプーチン」

「ああ、そしてここにもう一つ、ぞっとする悪魔」、「ロシアの破壊を目指すカトリック」

「こうして、こうして、親子は妖術を認めない正教会を離れて、結局はひそかに、ただ一つ残された親ユダヤ、親オカルト派の手に」

「カトリックも正教と同じとキリスト教と勘違いして、ついにはその一神教派による三位一体派への破壊活動にも気がつかずに。そして気づいたときは、もう二人はロシアの分裂、破壊、壊滅を、どうすることもできなくなっていた」

「そしてそれをひそかに、ただせせら笑っていた商人国家、アヘン国家」

第二部

一　はずれ雲・ラテン帝国と東方教会帰一聖省

「ただひたすらな正教社会への劫掠、それが宿命となっていた後発のカトリック、ついに彼らは一二〇四年四月十二日、君府にラテン帝国なるものをでっちあげることに成功していたわ。ラテン帝国、ラテン帝国、ただひたすらな正教社会の破壊と収奪」

「そうよ、このカトリックによる正教社会への破壊」、「略奪、それから君府を取り戻したのは、それはミハイル八世」、「彼は英雄だったわ」

「そしてその結果、ミハイル八世が君府を取り戻したその日、一二六一年七月二十四日」

「この日、この日から始まったカトリック、カトリックによる執拗な君府再奪還、再侵攻計画」

「カトリックはあの日、一二〇四年四月十二日、その夜、夜陰にまぎれて最初の君府敵前上陸」、「強風下、直ちに火を放ち、市内主要部を焼き尽くした後、ついに成功した軍事占領」

「後発のキリスト教徒は様々な暴虐、狼藉を働いたあと、そこにヤクザ十字軍は、ラテン帝国なるものをでっちあげることに成功したわ」

「しかし、このヤクザ帝国はたったの五十七年、そうよ、たったの五十七年で消滅したわ。その永続を信じていたカトリック」

「そんなことはあり得ない、その悔しさ、いまいましさ」、「カトリックはすべてを正教会にぶつけてきたわ」、「そしてそれから、いまにつづくカトリックの反正教活動」

「カトリックは繰り返し、繰り返し、隙さえあればその全力を反正教活動に注いできたわ」

「そうよ、そしてそれからついに六五六年後、突如として起こったロシア革命」、「あの一九一七年十月よ」、「そしてそれからあとは、果てることのないロシアの混乱と泥沼」

「カトリックは、カトリックは、どれだけ、快哉を放ったことかしら。彼らはすぐに東方教会帰一聖省なるものをでっちあげたわ」

「東方教会帰一聖省、東方教会帰一聖省、これは一体、なんなの」

「カトリックによる正教会吸収運動。そうよ、カトリックの宿願」

「彼らにとって、彼らにほんのちょっとでも、隙を見せれば」

「執拗に、執拗に、そこにつけ込んでの狡猾な吸収運動」

「ロシアの分裂、転覆作戦」

「そうよ、それだけなのよ」

「一二六一年、カトリックは君府を喪失したわ。ラテン帝国は消滅した。でもでも、カトリック、彼らからすれば、それはほんのちょいとした手違い。実に、実に不本意な出来事」

「だから、だからカトリックは、それから二十一年後、つまりはあの一二八二年三月三十日には、カトリックは再び」、「全ローマ教皇庁、全西欧、彼らのいう全世界あげての大作戦、第二次君府侵攻作戦を挙行したわ」

「主役は勿論、あの悪名高いフランス王弟、シャルル・ダンジュー様よ。彼こそは、彼こそは」、「この世で最も尊貴極まるあの御方、あのローマ教皇様、その御方様が、法王に成り上がろうと」

「そのために、諸要路に、事前に繰り広げたあの空前のワイロ作戦。醜悪極まったこのローマ法王様の就任運動、その最大の功績者だったわ」

「おお、信仰篤《あつ》いフランス王弟シャルル・ダンジュー様」

「当代最高の篤信家、信仰家様」、「いまこそカトリックの敵、あのビザンツ打倒のために、その対岸のシチリア新国王に担がれて、ああ、そうよ」

「あの一二六一年のあの君府喪失以来、ついに二十一年ぶりに巡り来たったこの法王様ご公認の君府侵攻作戦、そうよ、そうよ、これこそが、あの一二八二年三月三十日に起きたあのシチリアの晩祷事件だったわ」

「結局はカトリックは、何度も何度でも、同じあやまちを繰り返すわ、よこしまなカトリック。フランス王弟シャルル・ダンジュー、そうよ、彼がどんなによこしまでも、いざ、正教撲滅という正義の旗印を掲げれば、すべては聖人、尊者」

「シャルル・ダンジューは第二次君府占領作戦を開始したわ、そして失敗したわ」、「しかし、しかし、カトリック」、「カトリックは決して、失敗したとは認めない」

「だからこそ、たとえそれが失敗だったと分かっても、また同じことを、何度でも何度でも繰り返す。それがカトリック、カトリックなのよ」

「こんなカトリック、カトリックに誑かされて、いま、また、まさに負けようとしているわ。あの愚かなドイツ人、馬鹿なヒトラー」

二　飛ぶ雲　そしてソビエト軍ドニエストル河渡航成功

「終わった、終わったのよ、すべては終わってしまったわ。そうよ、あの日、あの朝、昭和十七年十一月十九日、突如として伝えられたメルボルン放送」

「事実はすでにその数日前、あのスタリングラッツ周辺で起きていたこととか」、「半年前、あのスタリングラット市内に突入し、それから始まっていた両軍の死闘。そしてついにこの侵入してきたヒトラー・ドイツ軍に対する一週間の隠密行動の果ての、ソ連軍による逆包囲網の完成」、「第二次大戦のピークはこれだったわ」、「そして翌年、つまりは昭和十八年」

「その年の九月初めには、ソビエト軍によるドニエプル河渡航作戦の完全成功」、「これでこの戦争の対極は見えてしまいましたわ」

「スタリングラットに続く第二の山も、越えてしまったわ」

「あとは残務整理、あとはただ残務整理。そしてついに昭和十九年二月、つまりは今年の二月には」、「ソビエト軍はドニエストル河の渡航作戦にも成功。これでウクライナ全領土からの、ドイツ軍は完全追放。カトリック・ユニアは足場を失ったわ。正教を捨てて、カトリックに改宗していたユニアは完全に足場を失ってしまっていたのよ」

「必死に必死に足場を固めようとしていたユニア」、「カトリック・ユニア」

「終わった、終わってしまったわ。ナチス・ドイツはもう、あのユニア地域からも追放されてしまったのよ」

「ナチス・ドイツ軍による勝利などはもうない」

「ないのよ。そして、そしてそれはまた、なによりカトリックによる、あのロシアへの勝利などは、完全に、完全に、けし飛んだということなのよ」

「いかにカトリックが足掻こうとも、もう、カトリックによるユーラシア大陸への浸透作戦などは、はるかな彼方へ」、「遠い、遠い、どこかに、消し飛んでしまったということなのよ。そしてそれはまた同時に、ヒトラー・ドイツの運命も」

「カトリックに誑かされていたヒトラー・ドイツ」、「その命運は尽き果ててしまったわ」

「もう二度と、ヒトラー・ドイツによるユーラシア大陸への勝利などはあり得ない」

「そしてそれはまた同時にあのカトリックによる、カトリックによる三位一体派への勝利なども」、

「ない、なくなったということなのよ」

「そうよ、カトリックによるユーラシア大陸への勝利などは、もう、永遠に消えてしまったということなのよ」

「でも、でも、本当、本当にそうかしら」

「あのカトリック、狡猾なカトリック、本当にそうなの」

「あなた、ねぇ、あなた、あの狡猾なカトリックが」

「いいえ、終わってはいないわ」

「終わってはいないのよ。必ず、必ず、彼らは蘇《よみがえ》る、蘇るのよ」

「そうよ、そうなのよ」、「あの東方教会帰一聖省、彼らの本質、彼らの本性は」

「死んではいない、死んではいないわ」、「決して、決して、彼らは死んではいない。あの東方教会帰一聖省、彼らは何年か後には、必ず必ず新しい仲間を見つけて」

三　忘れ雲　極西史観＝長子喫食　生贄《いけにえ》世界

「そうよ、一二六一年に君府を奪還された、そしてそれからのカトリックは」

「その君府再奪還にかけた情熱、執念、それはそれは凄まじいばかりのものでしたわ」

「しかし、しかし、考えてみれば、カトリックが君府を制圧していた期間なんていうのは、たかだか五十七年」、「しかし、しかし、このわずかな五十七年間が、カトリックにとって、どれだけ深い意味を持っていたことか」、「その正教世界の殲滅、破壊、ユーラシア世界の制圧、それが一時でも実現したかと思わせたその幻覚」

「ドイツ・ナチズム、イタリア・ファシズム、そんなもの、そんなものは」、「すべてはすべては、あのカトリックの東方教会帰一聖省が、あのロシア革命の発生直後に、その長年の夢の実現と、あわてて、でっちあげた」

「あのロシア革命発生直後の混乱」、「そしてアングロサクソンの利権あさりの錯綜工作の期間中のただただひたすらに混乱する正教世界の苦境を見ては、ほくそ笑み」、「そしてそれからはあわてて、同情の念を示した、そのひずんだ心、歪《ゆが》んだ心」、「それはそっくり、そのまま、その上っ面、悪心、それを受け継いだ」

「ファシズムだとか、ナチズムだとか、表づらはいろいろ、名乗ってはみたところで、すべてはすべて、内心はあのカトリック、カトリック組織のヴァリエーション」

「すべてはすべて、ローマ帝国によって、キリスト教は公認化された、そして弾圧は表面から消えた。いえいえ、それどころか、それはさらには国教化された」、「そうよ、そのとき、このキリスト教が国教化された、そのときから生まれた」

「キリスト教は国教化された、そのとき、そのとき」、「発生した多数の他宗教からの改宗希望者たち」、「彼ら、彼らの心の内部で、突き動かしていたのは、新規加入してからの特権」

「そうよ、特権希求願望、選民選別史観」、「異端とされたマニ教から、われからキリスト教へと改宗して来たアウグスチヌスですら、心の底に浮かんだ理由づけは」

「西欧はキリスト教の後発地域よ、本来はドルイド教普及地域。すでにキリスト教の伝播地域だった小アジアなどから見れば、そこは全くの別世界」

「西欧にはびこって、根こびっていたドルイド教とは、それは生贄是認宗教、動物虐待礼賛教」、「ただただ動物を苛烈に苛め、虐待、虐殺することによって、それが神への讃歌とされるその極西史観。それは同時に選民選別史観」

「キリスト教がまだ弾圧されていた、その頃からすでに存在していた東方キリスト教。そこの教会通有の本来のキリスト教、その万民万物救済史観とは、全く違う」

「西アフリカ、あの古代文明の地、そのニジェール河周辺から北上してモーリタニア、モロッコ、さらには北アフリカ一帯、アフリカ西部大西洋岸、そしてジブラルタル海峡を渡って北西ヨーロッパ一帯」

「そここそは極西史観、動物虐待礼賛主義、生贄是認地帯よ」

「ヌミディア、カルタゴ、チュニジア、モロッコ、さらに南下しては西部アフリカ、ニジェール川周辺まで」

「そこから北はスウェーデン、デンマークからイギリス、フランス、スペイン、ポルトガル」

「すべてはすべて、生贄礼賛地帯。初子はすべて、男の初子はすべて」

「すべてはすべて、ただ神への捧げ物、神への初穂、神への供物」

「生まれた男の初子は親によって、神に捧げられ、神官によって殺される。ただただ、これこそが無条件な神への帰依、奉仕、捧げ物」

「北西アフリカ、極西ヨーロッパ世界では、生贄こそは神への最大の供物、捧げ物」

「しかし、しかし、その実態は、税金よ、それは税金」

「神への捧げ物とは」

「神への税金とは」

「神官とは税金収納人」

「これが極西世界、いえ、ドルイド世界の実態」

「カルタゴでも、いいえ、カルタゴだけでない、その他の極西ヨーロッパ、北西アフリカ世界では、みなみなドルイド地帯」

「ゲルマン族が後年、中央アジアから侵入する以前の極西世界は」、「そこは男の長子、男の初子の喫食世界」

「男の初子はすべて、すべてはユダヤ族も含めて神職への生贄奉納世界」、「キリストは、キリストは、こんな人身御供は、否定したわ」

「人身御供、生贄否定、これこそがキリスト教の世界」

「しかし、しかし、このドルイド教地帯に入った後世の第二キリスト教は、そしてたしかにゲルマンは中央アジアを出たときは人身御供を否定していた。しかし、西方ドルイド教地帯に入ったこの新来民族は」

「すでに砂漠化していたタッシリ砂漠、北西アフリカ世界は、いまは苛烈な地帯」

「それを無視して、他の世界からの人間が、いくらあげつらっても」

「しかし、しかし、キリスト教は、ただ、ひたすら反奴隷制を掲げた」

「そしてどんな苛烈な弾圧の中でも、その万民救済史観は」

「それはまぎれもない、まぎれもない、まだまだ緑豊かだったあのユーラシア史観、アラル海史観、アラル海東方の、またアラル海南方のあのゾロアスター教史観、動物愛護、左派史観」

「フリストース（基督）が誕生した日、東方から馬小屋にやって来た三人の使者。そうよ、彼らは動物虐待を論難するゾロアスター教の神官よ」

「左派のゾロアスター教と右派のドルイド教地帯、この二つ、この二つ」

「いまはなんと、別々に遠く離れて、互いに錯覚されてしまっていることかしら」


「目的、何が目的」

「カトリック、そうよ、それはただ一つ」

「あのロシア、罪の子、人の子、奴隷の子の国に」、「あのスキタイ。そのサカの国の破壊、殲滅」

「そうよ、すべてはこのカトリック自身による全ユーラシア大陸の制圧」

「それには、なによりもユーラシア大陸最深奥部の掌握。森と湖、人跡まれ、緑豊かなタイガ（密林）」

「そこの支配、制御」

「砂漠化するこの地球のなかで、唯一、唯一、明日が残る大地、その全シベリアの奪取、支配」

「森と泉と花と、その支配、接収。これこそが、これこそが」

「ファシズムだとか、ナチズムだとか、いろいろ言ってはみたものの、そんなものはすべては上っ面、薄っぺらな外纏いよ」、「ただただカトリック、カトリックによって焚きつけられただけの寄木細工」、「裏方を叩いてみれば、すべてはすべて、それはカトリックの東方教会帰一聖省よ」、「ナチズム、ファシズム、いま彼らが敗れたからといって、あの阿漕《あこぎ》なカトリック、あの忌まわしい東方教会帰一聖省運動が、終わることはない」

「たとえヒトラーが、たとえあのナチズムが、明日、どうなろうとも」

山箏

顚沛《てんぱい》

一　カトワン原とキョセ・ダグ（二つの会戦）

「たしかに梟雄《きょうゆう》だったわ、許されないこともした。しかし、彼は奴隷狩りなどはしなかった」、「彼のしたこと、それは君府の奪還、そしてビザンツの再建」

「けれど、けれど、そのビザンツが、帝国とまで言い切れたのは彼の在世中まで。その死後は急速に、急速に帝国と言いうるほどのものは喪失していくわ」

「幸運だったわ、ミハイル八世。彼が君府に復帰できたのは、それはつまりはあの一二六一年よ」

「そしてその十八年前には、そうよ、あの一二四三年には」、「あのアルメニア南方のヴァン湖畔で、キョセ・ダグの会戦はあったのよ」

「キョセ・ダグの会戦。そこであの一七一年前の一〇七一年のマンツケルトの会戦以来、執拗に執拗にビザンツ領内のアナトリアの地に侵攻を繰り返していたセルジューク・トルコ、いえ、いえ、実体はその代役で、しかし、ビザンツ領アナトリアへの進出の時だけは主役を演じていたにすぎないルーム・セルジューク・トルコ、この奇体な分家もどきのルーム・セルジューク・トルコ。そうよ、この分家ルーム・セルジューク・トルコが」

「ふいに東から進攻してきたモンゴル、そのモンゴルとの戦いに大敗して、消失してしまっていたのよ。消えてしまった東の大敵」

「勿論、勿論、マンツケルトの会戦、あのマンツケルトの会戦の本当の勝者はセルジューク・トルコよ」、「しかし、しかし、この本家セルジューク・トルコは、すでにこの一二四二年のキョセ・ダグの会戦があったときよりもさらに一〇一年も前、つまりは一一四一年に」、「あのアラル海東方、トルコ民族にとっては自らの本貫地たるアンナ・マワハーラの地で」

「東、東、そうよ、そこよりはずっと東、あの満州南辺」、「そこでそれまではずっと配下だったはずの、しかし、いまはすっかり興隆してしまった新興の大国、あの金に敗れて、西に遁走してきた遼」、「この流亡遼が中央アジアに建てた国、カラ・キタイ（西遼）国」、「このカラ・キタイ（西遼）国とのカトワン原での会戦に大敗して」

「そうよ、すでに本家セルジューク・トルコ国は、その前に消失してしまっていたのよ」

「それはあのマンツケルトの会戦のあった一〇七一年からは七十年後」

「カトワン原とキョセ・ダグ」、「この二つの会戦、消えてしまっていた二つの東の大敵」、「セルジューク・トルコとその分家ルーム・セルジューク・トルコ」

「だからミハイル八世にとっては、残りはただ一つ」、「西のカトリック、十字軍、彼らだけに集中していればよかったのよ」

「たしかにアナトリアで、いつの間にか大きな顔していたルーム・セルジューク・トルコ」

「しかし、それは一〇七一年八月二十三日、あのマンツケルトの会戦で、ビザンツ軍を本当に破った勝者」、「本家本元のセルジューク・トルコから見れば、すべては笑止千万」、「ただただ、後から勝手に入り込んで来ただけのつまらぬ端役」、「とはいえ、とはいえ、世界史上でも決定的な意味をもったあのマンツケルトの会戦でビザンツ軍を破った本当の勝者、セルジューク・トルコから見れば、こんな端くれでも」

「そうよ、そしてそれは、なによりも、なによりも、そのあとに判明したことだけれども、これに対応してくるはずのあのビザンツ側の防衛網が、予想外の不始末」

「ビザンツ側には、まだまだ、これから来るはずのイスラム側の侵攻にも、十分に対応するだけの意欲も準備もあったテーマ農民の防衛組織、防衛意識」、「それは十分にあった」

「しかし、しかし、肝心の指令者、左派皇帝のあのロマノス四世が、勇戦のはてに、脆《もろ》くも捕虜となってしまっていた」、「いまやビザンツは戦後処理能力を欠く国家」

「そしてそこにこの時来たりと跋扈しはじめたビザンツ国内各大都市居住の大商人、大貴族たち」

「もともと右派精神を持っていた彼らは、左派皇帝の失敗を期待していた、そして土壇場で裏切ったこれら大貴族、大商人」、「皇帝がいま捕虜となって、その大失態に朝野《ちょうや》が対応仕切れずにいるうちに、いまこそ」、「ただおのが当面の権益の拡大よとばかりに」

「右派よ、右派よ、彼ら大貴族、大商人たち」、「彼らはこの混迷を機に走り回る」、「ただただおのが私領、私権の拡大と、狂奔する。すべてはてんでん、ばらばら、てんでん、ばらばら」

「皇帝不在に右往左往する中央軍を尻目に、彼ら大商人、大貴族たちは、おのれ自らが惹起したこの敗戦の混乱を契機に」、「なによりも、なによりも、ただおのが私権の確保、私領拡張にと励むばかり」。「さらにはまだ残っていた地方、あの自主自立、独立の自衛農民たちの農地占拠をもと」

「彼らはかねて目をつけていたテーマ、地方自主、自立農民たちの土地を奪うためにと、遠く中央アジアからは移民難民を呼び寄せる」

「一方、一方、勝ったはずのセルジューク・トルコ、そうよ、彼らは思いもかけずに手中にした、この捕虜にしたビザンツの左派皇帝ロマノス四世を抱えて」、「すべてはすべてを、ただ遠くから見つめるだけ」

「この間にも、この間にも、ビザンツ側の大貴族、大商人によって、続々と各地からは呼び寄せられてくる難民移民」、「続々と入り込んでは、テーマ農民を追い出す移民難民。彼らは在来キリスト教徒農民と戦い、闘う」

「それらをただじっと、すべてを遠くから見つめているだけのマンツケルトの勝者セルジューク・トルコ」

「彼らはただ後方、イラン高原に下がったまま、すべてを冷たく見つめている。そして時折、小出しに統括の役人を現地には派遣して来る」

「収拾もつかない混乱の中、ビザンツ側大貴族、大商人に呼ばれて難民、移民は次から次へと流れ込んでくる。しかし、いまでは彼らは、勝利者となったイスラムをもそば目にみて、なかばイスラム教徒気取り」、「キリスト教徒農民の土地を奪おうと襲いかかる」

「どうやら、どうやら、手に余る存在になってきたようだ」

「それでもそれでも移民、難民は、まだまだ、イスラム教徒には成り切れない」

「しかし、しかし、不安になってきたビザンツ側の難民移民受け入れの大貴族、大商人たち」、「すでにいまでは、相当数の難民移民は、彼らの手からは離れ」

「いやいや、しかし、それどころか」、「彼ら私権、私益主義者たち、いまやこの皇帝不在のときとばかり、勝手、勝手に、地方各地、自称皇帝を名乗っては、すでに相互不信、互い互いに交戦するこれら有力者たち」

二　分家もどきのルーム・トルコ（その生い立ち）

「これらすべてを、こうした動きをただ後方、じっと遠くから見ているだけのマンツケルトの勝者セルジューク・トルコ」

「そして混乱、混乱、いまや相互内戦が始まった戦後ビザンツの有力者間」

「この混乱を尻目に、はじめはビザンツ有力者に誘われて入って来ていた新来者たちも、やがていまはイスラムの旗を掲げ出し、在来の自立キリスト教徒農民の土地奪取の本格構え」

「そこに時折、時折、やって来ては、いつ出来たかも分からぬ、しかし、新設されたらしいとの情報がめぐるイスラム側の統治機構とやら」

「すべてはすべて、これらをただじっと後方、あのイラン高原、奥地に座したまま、なおも見つめているだけの勝者セルジューク・トルコ。彼らは乗り出さない、そしてついに、その極度に混乱したその地域、その統治機構、その出先機関に、勝手に手先と自称して、ルーム・セルジューク・トルコとやらいうものが」

「勿論、マンツケルトの勝者はセルジューク・トルコよ。しかし、しかし、彼らは所詮、イスラム世界では新参者よ」

「これまで、これまで、なにをしていたのか、ただの新規改宗者」、「それが、それが、うまく時流に乗ったわ」、「強い方、勢いのある方に」、「新参の身であればなびくのは当然よ」

「うまく、うまくいったわ」

「とにかくいまは、勢いのある方に乗っていく」

「そうよ、そして彼らは、新興スンニ派の方に乗って、うまくいったわ」

「しかし、しかし、時流に乗って、スンニ派に入り込んだ結果」、「本敵は、本敵は、それはなにより

も、キリスト教どころか、シーア派の大宗」

「それはいまもなお、イスラム世界最大の実力者、エジプト・シーア派・ファテマ朝」

「このエジプト・シーア派・ファテマ朝を敵にしては」、「たとえマンツケルトの会戦で、あのビザン

ツ帝国軍には勝ったとはいうものの、それで勝利したなどとは、はしゃぐのは的外れ」、「いまや本道

は、そうよ、それはエジプト・シーア派、このファテマ朝軍との対決」

三　一〇九二年、本家宰相ニザム・アルムルク暗殺（セルジューク・トルコ衰退へ）

「二手の敵は新入りの身には手に余るわ」、「だから、だから、マンツケルトには勝ったもののセルジューク・トルコは、直接、アナトリアに出てきて、それ以上介入するのは」、「そうよ、それは危険」

「だけど、だけど、そこにおのれの身代わりとなって、入り込みたいものは、それは勝手」

「勝手にそうするがいい。ただし、ただし、その果実は、あくまでもあくまでも、あとで俺が壟断する」

「こうして出来上がった出先機関、それがルーム・セルジューク・トルコよ」

「本家セルジューク・トルコにとって、ふふん、あんなやつ。それでも、とにかくやつらには睨《にら》みだけは利かさなくては。なにしろ俺の本敵はエジプト・シーア派・ファテマ朝」

「しかし、しかし、この本敵エジプト・シーア派・ファテマ朝は、おとなしく、おとなしく、こんな新興、成り上がりの新組織スンニ派風情に、やられてばかりはいなかった」

「そうよ、そしてついにあのマンツケルトの会戦から二十一年後の一〇九二年には」

「そうよ、このシーア派中の華、あのイスマイル派の刺客は」

「新興セルジューク・トルコ朝設立の最大の功績者、宰相ニザム・アルムルクを暗殺してしまうわ」

「暗殺、暗殺、この暗殺一つで」、「建国以来の最大の功績者、あの大宰相ニザム・アルムルクを失ったセルジューク・トルコは」

「さしものこの本家セルジューク・トルコは、俄《にわか》にバランスを失して、大混乱。あげくの果てにはあっけなく」

「そうよ、そしてそれから四十九年後の一一四一年には」、「もう一度言うわ、もう一度。そうよ、あの遠く、遠く、遠く離れた東アジア」、「中国北辺にいて、もとはおのが配下だったが、いまはすっかり興隆してしまって躍進する新興国家・金」。「この新興国家に敗れた遼が、西に遁走して来て、中央アジアに建てた亡命国家カラ・キタイ（西遼）国」

「この亡命国家カラ・キタイ（西遼）国との、もともとはおのが本貫地たるアンナ・マワハーラ」、「あのアラル海東辺、カトワン原での決戦で、セルジューク・トルコは敗れてしまうのよ」

「セルジューク・トルコは一気に失墜」

「お蔭で末端、これまではただのセルジューク・トルコの一介の出先機関に過ぎなかった離れ西方、アナトリア半島に出没していただけのルーム・セルジューク・トルコは、思いもかけぬ幸運を掴んだのよ」

「勿論、勿論、自立したなどと言ったものの、かつての本家セルジューク・トルコほどの実力などはありはしない。それになによりもいまだ、そうよ、本敵は、やはりエジプト・シーア派のファテマ朝」

「こうしていまや中近東は、西方からは侵略してくるカトリックの十字軍、そしてこんなカトリックの十字軍などとは決して相容れない古来からの地元キリスト教徒。それにイスラム。そしてイスラムは、互い互いの内部抗争」

「勿論、セルジューク・トルコは、いつ刃向かうか分からぬこんな末端の出先機構、徐々に成熟しつつあるこのルーム・セルジューク・トルコを牽制監視するために、その隣には二つの制御国家ダニシマンドとオルトックを設置したわ。そしてさらにその上、この二つの牽制国家同士にも、互い互いに相互不信をけしかけては、内戦までも惹起させていたわ」

「そのほかにも、個人的な野心国家は、幾つも幾つも周辺に出現させては乱戦混戦、また雑戦」

「そうよ、こんなときに東から、モンゴル軍はやってきたのよ、最強のモンゴル軍。そしてついにはキョセ・ダグの会戦、一一四一年のあのカトワン原の会戦からはもう一〇二年も経っていた。いまではすっかり、それなりに安定しているかに見えたルーム・セルジューク・トルコ。しかし、しかし、それがその一二四三年、あのアルメニア南方、ヴァン湖畔、キョセ・ダグの会戦で」

「本家セルジューク・トルコが一一四一年、あのカトワン原での会戦で敗れてからはすっかり羽を伸ばして、それから一〇二年も存続してきていたこの代官国家、ルーム・セルジューク・トルコ」

「どさくさまぎれに出来上がって、成長したかに見えた末端出先機構国家も、遠く遠く、遠方からふいと出てきたモンゴルの前には、あっけなく消滅してしまうのよ」

「勿論、その残滓《ざんし》は、あちらこちらアナトリア各地で、流浪、徘徊、略奪し回っているとはいえ、東の敵はこれにて解決」

「あとは残ったのは西のカトリック。凶悪無尽、執拗、人肉喫食をも厭わない、あの悪質極まりないカトリック十字軍、それだけが残ったのよ」

「強運のミハイル八世。そうよ、これこそが、彼が君府に帰還できた一二六一年、その数年前の出来事なんだわ」、「ビザンツにとっては、モンゴルこそは、勿論、最大の同盟国」

四　イスラム世界　反科学主義派が勝利

「ほんの寸前までは中央アジアにいてシャーマニズム信仰だった、イスラムなんぞとはかかわりもなかった」、「それがそれが、イスラムに改宗して」、「それも当時、当時はイスラム世界を差配していたのはエジプト・ファテマ朝。それはシーア派政権、だから合理主義政権、科学主義派政権」

「ギリシア・ヘレニズム的なペルシア伝来のアリストテレス主義的な政権。しかし、しかし、そこにいま到来してきたこの新来、中央アジアの草原からの新規改宗者セルジューク・トルコ族は、なにを血迷ったのか」、「彼らはシーア派ではなく、正反対の、あの掩蔽学《えんぺい》（オカルト学）的な、反科学主義的な、親プラトン派的な、非合理主義的な思考の真っただ中へと、潜り込んだのよ」

「イスラム世界には折から勃興してきていた反シーア派史観。反合理主義的史観」、「これこそはやがてイスラム右派、新興スンニ派の拠点となるところ」

「その萌芽はすでに七世紀、マホメットなんかが誕生する以前に、同じ一神教派内、あの西欧・カトリック教派内では完成していた、あのアウグスチヌス派的なフェティシズムよ」

「キリスト教内では、すでに五世紀」、「あの五世紀中に、それはあのキリスト教の国教化認定とともに始まっていた」、「国教化したキリスト教徒への特権付与要求運動」

「後発のイスラム文化はそれをそっくり、そのまま受け入れたわ」

「国教化してしまえば、弾圧されていた頃の先発者の史観なんぞは」、「そんなものは、いまや否定材料」、「これこそが、後発者史観の特権よ」

「そこに必要なのは、なによりもなによりも、いまの後発信者の利益強調よ。それこそは神秘主義導入」、「そしてそれは必然的に反ヘレニズム、反マニ教、反合理主義」

「イスラム教スンニ派などというものは、紛《まご》うことなきこの後発キリスト教、それの模倣だわ」

「イスラム教などというのは発足当時はまだまだ、教義といえるほどのものなどは、なにも備えてはいなかった」、「ただただ、侵攻して制圧した地域、そこのキリスト教徒世界、そこの教会にもの珍しげに入り込んでは、やがてはその一隅を拝借、陣取っては見よう見まねで模倣して、それから発展していった」、「当然ながらそれから後は、様々な発展、展開を繰り返し、やがてはキリスト教模倣からは完全脱皮」

「トルコ人が改宗当時のイスラム世界を凌駕《りょうが》していたのは、左派エジプト・ファテマ朝の史観よ。それは合理主義的なムータジラ派をついだあの思考、シーア派的な史観よ」、「しかし、しかし、人の心は、やがてはひそかに、それへの飽き、けだるさ」、「それらは輻輳《ふくそう》してはからまわり、ついには珍奇、奇態なものをと求めて」

「すべてはあっという間に、ちょっとしたいたずらの果てに、神秘主義的関心へ。一神教、掩蔽（オカルト）礼賛史観へ」

「イスラム史観を一気に転換させてしまったこの時期の、その反知性主義、利得主義、非合理主義的感覚」

「当時はビザンツと並んで、世界最先端だったエジプト・イスラム世界、アリストテレス主義史観」、

「それはあっという間に転落、ついには強固な反シーア派主義」

「それは見る間にシーア派の中心だったエジプトでも多数派に」、「そしてやがてその新感覚はイスラム世界を席巻してしまったわ」

「改宗したてのトルコ族。彼らはすでにその変転前から、その風潮を見極めて、侵攻していったイスラム各地、イスラム世界に、その新風潮の伝達を叫び、マドラサ、マドラサとこの右派史観に基づいた新学校の建設を叫び、それを強力な反シーア派宣言の武器に、各地にマドラサを建設していったわ」、「マドラサ、マドラサ、イスラムに改宗して間がない新規改宗徒のトルコ人、利用価値のあるものなら、なんにでも彼らが紛れ込むのは当然だわ」

「そしていまや彼ら自身が反シーア派のシンボル」、「この反シーア派を売り物に、イスラム内外で、その教育機関設置を叫んでは武装闘争を繰り広げていく」

「定めなきは有象無象よ、目の前の事象に飽いた人々はすぐにそれに加担して行くわ。そしてそこにやがては多くの非トルコ族も入り込み、スンニ派云々とやら言い交わし、多数派が生まれてきたわ。旧態依然、中世合理主義だったシーア派」、「エジプト・ファテマ朝は、少数派へと転落していく」

「無知な大衆、愚かな大衆、そしてその反科学主義、反合理主義」、「そうよ、そこに勇敢に立ち向かっていったのが、シーア派中の華、あのイスマイル派よ」、「彼らこそはシーア派中の最精鋭」

「しかし、しかし、いま、彼らがいくらファテマ朝擁護を叫んでも、いくら理性尊重を叫んでも、もはや遅い、全くの少数派」、「彼らに残された手段は、暗殺、暗殺、暗殺」

「反エジプト・反ファテマ朝派要人への暗殺、抹殺」、「スンニ派要人への、ただただ暗殺作戦、アサッシン（暗殺）、アサッシン（暗殺）よ」

「これこそが世にいう暗殺者集団」

「しかし、しかし、その知性、それは抜群に高かったわ。そしてその左派性、そのイスラム合理主義的史観、ヘレニズム礼賛主義、科学主義」

「そうよ、やがてそこにその予想外の近代性を知り、それに深く共鳴していったのが、なんと、それはカトリック。西からやって来たあのカトリックの中の一派のテンプルよ」

「彼らは後世に言われるのとは決定的に違うわ、全く違うのよ」

見えてきた、見えてきた、川だ、川だ、川が見えてきた。そしてまた峠も見えてきた。

五　一二五八年モンゴル　カリフを踏み殺す

「一〇七一年八月、あのマンツケルトの会戦の勝者セルジューク・トルコ、そしてそれから十一年後の一〇九二年の十月十六日に、そのセルジューク・トルコを一大強国に築きあげた名宰相ニザム・ア

料金受取人払郵便

新宿局承認

1409

差出有効期間
2021年6月
30日まで

（切手不要）

郵便はがき

160-8791

141

東京都新宿区新宿1－10－1

(株)文芸社

愛読者カード係 行

ふりがな お名前		明治 大正 昭和 平成	年生 歳
ふりがな ご住所	□□□-□□□□		性別 男・女
お電話 番 号	（書籍ご注文の際に必要です）	ご職業	
E-mail			
ご購読雑誌(複数可)		ご購読新聞	新聞

最近読んでおもしろかった本や今後、とりあげてほしいテーマをお教えください。

ご自分の研究成果や経験、お考え等を出版してみたいというお気持ちはありますか。

ある　　ない　　内容・テーマ（

現在完成した作品をお持ちですか。

ある　　ない　　ジャンル・原稿量（

名				
買上 店	都道 府県	市区 郡	書店名	書店
			ご購入日	年　月　日

書をどこでお知りになりましたか?

1.書店店頭　2.知人にすすめられて　3.インターネット(サイト名　　　　)

4.DMハガキ　5.広告、記事を見て(新聞、雑誌名　　　　)

の質問に関連して、ご購入の決め手となったのは?

1.タイトル　2.著者　3.内容　4.カバーデザイン　5.帯

その他ご自由にお書きください。

(　　　　)

書についてのご意見、ご感想をお聞かせください。

内容について

カバー、タイトル、帯について

弊社Webサイトからもご意見、ご感想をお寄せいただけます。

力ありがとうございました。

寄せいただいたご意見、ご感想は新聞広告等で匿名にて使わせていただくことがあります。

客様の個人情報は、小社からの連絡のみに使用します。社外に提供することは一切ありません。

書籍のご注文は、お近くの書店または、ブックサービス(0120-29-9625)、

セブンネットショッピング(http://7net.omni7.jp/)にお申し込み下さい。

ルムルクは、この敵対する左派教団アサッシン一派によって暗殺されるわ、それからにわかに国情は混迷」

「そしてそれから二十二年後の一二一四年には、そうよ、中国北辺、そこで勃興した新興国、そのかつての属国、いまは金と名乗る国との合戦に敗れて」。けだるくものうく、方子は繰り返した。「白いわ、あの雲は白い、白い雲」

「そうよ、かつての部下国に敗れて、西に遁走してきた敗者カラ・キタイ（西遼）。この敗走して来た西遼、カラ・キタイ国との、中央アジア・アンナマワフールの地での、あのマンツケルトの勝者セルジューク・トルコとの一大決戦」、「カトワン原での大会戦」

「しかし、セルジューク・トルコは敗れて」、「そしてすでにその前にはあの名宰相ニザム・アルムルクは喪失」

白い、白い雲、はるかな山の上に白い雲。

「そうよ、本家セルジューク・トルコの没落を契機に、それまではこの本家の単なる西端での出先組織にすぎなかったあのアナトリアでの一時的な統括機構ルーム・セルジューク・トルコは、俄に羽を伸ばしたわ」

「しかし、しかし、それもまた一二二九年後、あの一二四三年には、これもまたやはり東からやって来た強敵、あのモンゴルの前に、すべてはキョセ・ダグの会戦で一蹴されてしまうのよ」。くり返す、くり返す、方子はくり返す。「名目だけとはいいながらも、まだまだ当時、バグダッドには古来から存続していた旧体制、あのアッバス朝」

「イスラム世界では、名目上だけとはいいながらもまだそれは最高権威」、「しかし、しかし、この哀れなカリフ、実力もなにもない全くの無力な男」、「いまはただひたすら、ただひたすら、必死になって彼は、占領者に助命を乞う。いまはそれしかない無力な男」、「しかし、しかし、モンゴル人はこのカリフを、哀れなカリフを、実に実にあっさりと、毛布にくるんだまま、踏み潰してしまったわ」


「イスラムのカリフは、生きたまま踏みつぶされていったわ。それはあのルーム・セルジューク・トルコが一二四三年に、あのキョセ・ダグの会戦で潰滅した年からは十五年後、一二五八年のことよ。そしてそれはミハイル八世の君府帰還の三年前」

「実質はもう、とうになくなっていたとはいえ、そうよ、これでこの年、この一二五八年をもってイスラム世界の総本山はこの世から消えてしまったのよ」

「異教徒モンゴル人の前に、イスラム世界は完全に敗北、消滅させられてしまっていったのよ」

「残存勢力というのは、勿論、勿論、それでもそこら辺にはまだまだ、散らばってはいたわ」

「とはいうものの、イスラム世界というものは、もうこのとき、実質、取るに足らないものになっていたのよ」

「これがあのミハイル八世が君府に帰る一二六一年の三年前の実情よ」

「ミハイル八世が拠るニケア、そこはいまや簒奪者カトリックに対するギリシア内外における最大の反抗勢力の基地」

「君府の対岸、ニケアに居て、パレオロゴス家のミハイル八世はすべてを見ていたわ」

「東の方はもう放っておいても良かった。ただ西、西のカトリック、彼らだけに全力を注げばよかったのよ」

山機

胡笳《こか》

一　一〇二五年バシリウス二世死去

「精強を極めていたバシリウス二世時代、それはあのマンツケルトの会戦からはたった五十年前よ」、「そしてバシリウス二世は一〇二五年には死んだわ」

「自主独立、自給自立、浪費はすべて一切拒否、ただただ質実剛健、これがテーマの自作農」、「産業もすべては地場密着。なによりもなによりも地元中小商工業者尊重」

「バシリー二世は謹厳実直、ただただ真面目」、「しかし、独身主義者だった彼には嗣子はいなかった。そしてバシリウス二世も死ぬ」

「あとに残ったのは、嗣子のいなかったこの英邁《えいまい》な左派皇帝のあとを継いだのは、それは遊び人、遊惰な弟」、「コンスタンチン八世よ。すべてに甘く、だらしがない」、「それでも、それでも、さすがは、バシリウス二世の築いた世界帝国」

「世界首都のコンスタンチノープル（君府）は、まだまだ発展を重ねて行く。しかし、しかし、やがて、ビザンツは」

「世界史上でも前例がないといわれる早さで、急速に凋落を見せていくのですわ」

「表面的にはたしかにまだまだ繁栄、しかし、内実は」、「バシリウス二世時代にはいなかったあの新興の大貴族・大商人」、「彼らは簇生《そうせい》してきて、その上、さらに大増殖、大繁殖中」、「表面はまだまだ順調、繁栄。しかし、しかし、内実は」

「すべては、やがて行き詰まる」、「それでも、それでも、いやそれゆえにこそ」

「そうか、そうか、もう実業はだめか」、「そこでのさらなる生存は」、「虚飾の世界、虚偽の夢、夢幻の彼方」

「実質はすでに虚ろな、それを悟ってしまった上での教唆の果ての、懶惰の中での繁栄。すべてはケバケバしく、内実は虚ろ」

「タガは外れてはや三十年」、「それでもなお、それでもなお、この放埒の中でこそ」

「それでこそ繁栄を見てこられた新造、急造の、そこでこそ、大成長をしてこられた大貴族・大商人。終わった、終わった、しかし、いま、彼らは、この成長の余地のなくなった大地で」

「襲うのよ、そうよ、彼らはただ新たな餌を求めて」

「それはあの左派、昔ながらの、まだそこには、あの左派皇帝以来の、重厚さが残っている」、「あの左派皇帝へラクリウス一世以来の、謹厳実直、あのテーマの農民たちへと襲いかかっていくのよ」

「放縦時代だったからこそ、急成長ができたこれら成り上がりの大貴族・大商人たち。いま、国内の限りある資源は取りつくし、発展の余地はなくなってしまっていた」、「いまあるのはただただ虚言、虚像だけ」

「放埒だった三十年間、それだからこそ、それだからこそ、成長できた。そしていま、すべては成長しきってしまっていた」、「新増、急増、成り上がりのこの大貴族・大商人たち、彼らの明日は」

「そうよ、そうなのよ」、「こうした中、こうした中でこそ、二つの勢力のせめぎ合いの中で、マンツケルトの会戦は生まれたのよ」


「懶惰を嫌う左派」、「そして一方、ただただこの三十年間、放縦と遊惰の中だけに生きてきた、質実などはとうに忘れてしまっていた、一切の価値は放埒と懶惰と収奪の中だけにしか見いだせなくなってしまっていた新増、急増の大貴族・大商人たち」

「しかし、いま、彼らの目にも、明日は、明日は」、「明らかに行き詰まってしまっている」

「そうよ、おのが未来は」、「そうか、そうか、あの東部軍管区地帯」

「あそこにはまだまだ、昔ながらの対イスラム戦用などというのに従事しながら、土地は持ち、そこで国境警備とやらに力を尽くそうとしている、あの愚鈍な農夫たち、左派ども」


「まだ居たんだ、あんなやつら」

「こんな時代になっても」、「やつらは左派だよ」、「やつらはいつもいつも俺たちには刃向かってくる」、「東部国境警備だと」、「馬鹿な、馬鹿な」、「いまはもう、バグダッドのアッバス朝などは、とうに消失同然」、「イスラム世界などは、いまでは脱け殻ではないか」

「それはたしかに、あのイスラムが大脅威だったときもあったさ。けれどいまはもう、大丈夫、大丈夫だよ、東部国境警備なんぞは」

「それよりも、それよりも、世間様はまだまだ、この俺たちが、繁栄の絶頂にいるとでも思っているらしい」、「けれどけれども実は大変なんだ」、「この俺たち、この新造の、この急増の大貴族・大商人様たち、いま行き詰まりそう」

「いやいや、大丈夫、大丈夫だよ」、「そりゃ、信じておくれよ」、「まだまだ余地はあるよ」

「だから、だから、その土地、その土地を、俺たち、俺たちにおくれ」、「第一、あそこに住んでいるやつら」

「あいつらは左派だよ、その真面目さが気に入らないねぇ」

「土地の使い方なんぞは、もとよりたいして知りはしない。その土地は俺たちにおくれな」

「たかがテーマ（屯田兵）の分際で、土地なんか持ちやがって」

「そうよ、バシリウス二世が死んでから急増してきたこれら新増、急増の大商人・大貴族階層、いま彼らは長く続いたこの大繁栄の行き止まりの壁にぶつかって、その打開策には、ただただ手近な、かつてのあの実直な、そしていまもなお実直な、あの東部軍管区の国境警備についている左派兵士、その彼らの保有している土地の引き渡しを求めたわ」

「俺たち、俺たちなら」、「この大貴族・大商人様なら、もっともっと、うまく効率的に土地を運用してみせるよ」

「テーマ（屯田兵制度）、テーマ（屯田兵制度）だって」、「国境警備、国境警備だって」

「いつまでいつまで、そんなことを言っているのだ」、「あんな貧乏な土地持ちの零細武装自立農民

（テーマ）だなんて」

「解体しろ、解体しろ、そんなものはいらない、いらないよ」

「イスラムだなんて、いまやもう四分五裂ではないか」

「バグダッドのカリフだなんて、いまはエジプトのシーア派に押さえ込まれて」、「イスラムなんていうのはもはや、怖くはない」

「そうよ、これこそがあの一〇二五年にバシリウス二世が死んでから、三十年近く経って、西暦一〇五五年頃の趨勢よ」

「ワシリー二世の弟、あの遊惰なコンスタンチヌス八世からはじまった文治派皇帝時代、その頂点はテーマの破壊を目指して、それを傭兵制度に変えてしまおうとしたコンスタンチヌス九世」

「たしかにたしかに、いえいえ、それはいまも、そのあともなお続く能天気な、ビザンツ政界の世相判断」


「たしかにイスラム世界は、いまは混乱のはて。中央アジアからは様々な移民、難民が雪崩れ込んで来ていて、そしてそれを横目に、それまでは安定して来られていたビザンツ世界」

「しかし、それもいま、懶惰の果てに」、「遊惰、享楽、いやいや、その経済発展のゆえに、すべては行き尽くし、先の見通しは」

「こんなとき、こんなときに、ふん、テーマだと」、「そんな土地があるのなら、俺たちに寄越せ」

「行き詰まりの中で、ちょっとした息抜きにはなるさ」、「いやいや、俺たちなら大丈夫だよ」、「心配はいらないよ」

「いや、実はほんとうを言うと俺たちは、もう行き詰まりかけているのさ」、「それなのに、それなのに、いまもまだ東部国境守備にテーマだなんて」、「東部国境地帯にテーマとはなんだ」、「あんな土地持ちの武装農民だなんて」、「その土地は俺たちに寄越せ」

広い、広い川。そして目の前にはなお高い、高い山。白く、白く、長く、低く垂れ込める雲。

二　イスラム支配下のゾロアスター教徒、仏教徒

「ササン朝ペルシアは西暦六四二年、イラン高原の要衝ザグロス山中で、あのニハーワンドの戦いでイスラム軍に敗れてからは」、「様々な手でペルシアのイスラム化は進展していったわ」

「とはいえ、とはいっても。なお、イスラムではあっても、その地区ではそれはまだまだ少数派ですらもないというところは多数あったわ」

「これら左派地区、ゾロアスター教徒地区、仏教徒地区」

「その破壊こそは、その殲滅こそは、長いこと長いこと」、「イスラムにとっては、必須の案件」

「それはペルシアではゾロアスター教徒地域、そして中央アジアでは仏教徒地域」、「決して、決して、この地区での反イスラム感情は」、「消えたりはしない」

「そうよ、そうなのよ」、「そしてこれら左派地域、動物愛護派地域、奴隷制否定派地域」、「これら左派地域への、公然、あるいは非公然としたビザンツからの支援活動もまた、消えたりはしなかった」

「右派のイスラムが」、「いつも左派狩りに使う手は、それはただひたすらな動物虐待よ」、「相手がゾロアスター教徒か仏教徒だと見れば、そしてその上、イスラム教徒がその土地を、財産を欲しいと思えば、彼らはことさらに、その面前で卑劣な動物いじめをしてみせるわ」、「当然のように非イスラム教徒は反発し、抗議する」、「するとそれをネタに、これ幸いと、異教徒が聖教に刃向かったとして、財産は没収」

「やがて信徒は沈黙する」

「移民、難民よ、これら非イスラム地域での接収土地、その地域の改善のためには、他地区から溢れ出てくる移民、難民、彼らを導入する」

「入ってくる移民、難民、そしてそれによって押し出されていく、旧来のゾロアスター教徒や大乗仏教徒たち」

三　イスラム圏で立ち上がる反アラブ系

「長いこと長いこと、これまで二世紀にわたって強いられてきた沈黙、その屈辱に耐えてきた」、「いま反アラブに燃えるペルシア系」

「そうよ、そうなのよ、いま漸く、アラブ同士の分裂もあって、ついには、はい上がってこられた、いまや一大勢力」

「そして、そして、イスラムを名乗ってはいるものの、実はシーア派のペルシア系の族長のブワイフ」

「そうよ、彼によって一〇〇年前、あの九四六年には」、「ついにはそれまではアラブの中心だった、だがすでにずっと衰退していたあのアッバス朝は、その実権を奪われて、いまはただ名目だけの二重権力。対ビザンツ戦争どころではなくなっていたわ」


「イスラムからの脅威だなんて、とうになくなっている」

「それなのに、それなのに」、「いまだに東部軍管区」、「テーマ、テーマだなんて」

「第一、あそこはもういまでは、ただの左派勢力、その牙城でしかないではないか」

「おくれ」、「俺たちにおくれよ」

「俺たちならば」、「もっともっとうまく運営してみせるよ」、「こうして声高に騒ぐ」

「かつては存在しなかった、そしてワシリー二世死後になってから急増したものの」

「それはいっときの経済大発展のご時勢」、「しかし、いまは、いまは明日の見通しは、そうよ、凋落期に入ってしまったビザンツ新興の成金、急増の大商人階層」


「かつてはイスラム世界を壟断していた移民・難民たち。しかし、いまは、もはやイスラム世界だけには収まらず、ビザンツ領内にも、三々五々、入り込んでくる」

「そしてそれを密かに歓迎しているらしいこれらビザンツ新興の大貴族・大商人連合」

「彼らはワシリー二世死後、時折、間歇《かんけつ》的に出てくる狂熱的な右派政権下で、いっときのその支援を当てにして、少しずつ少しずつ破産させては、やがては追い出しに成功した元テーマ兵士たちの土地。そこでの新しい耕作者として、この密かなる移民、難民を導入してくる。そして大貴族・大商人連合は、さらなるテーマの土地の奪取を準備する。穴だらけとなっていく東部軍管地区国境線」

「いまやイスラム圏内ではただひたすら、勢いを増しているらしい難民・移民。そしてこの難民・移民への新土地占有者によるその土地の引き渡し、その混乱」

「その強奪ぶりを聞いても、いやいや、あっちはあっち、こっちはこっち」

「大丈夫、大丈夫だよ。ここは大丈夫だよ」、ただひたすら、おのが権益拡大にしか目が行かないビザンツ側の大貴族・大商人たち。

「しかし、しかし、実態は虫食いだらけ。さすがに首都でも騒ぎだし、不安を訴える声はしきり」

「しかし、しかし、そうさ、あそこは左派の牙城、そんなところに、そんなところにこの右派様が、この右派の大貴族・大商人様が」、「大丈夫、大丈夫だよ、俺たちが導入したやつらじゃないか、様子を見てておくれ」、「それよりも、それよりも、まだまだ、あの土地、その土地は俺たちにおくれ」

「いままでも何度あったことか、すべては鎧袖一触《がいしゅういっしょく》」

「異教徒なんていったって、どうということはない」

「結局は、結局は、最後は追い出していたのではないか」

「鎧袖一触、鎧袖一触さ」

「このたびも、このたびも」

「しかし、しかし、あのテーマの兵士たち、あいつらは地付きの左派だよ、いつもいつも俺たちには刃向かってくる、あいつらの支援などはしたくない」

「あんな左派に、この右派様の俺が」、「だが、だが、たしかにいまは、あの東部国境線地帯にも危ないところはあるかもしれない」

「そうか、そうか、なにを言われるか分かりはしない」、「いやはや、これまでも、これでも、これまでも」

「もう十分、それなりに俺たちは、増勢はしてはやってはいるではないか」、「そりゃ、俺たちだって、心配はしているんだぜ、大丈夫、大丈夫だよ、このたびだって」

「しかし、しかし、あの左派皇帝」、「ふん、死んだ前皇帝の未亡人に惚れられやがって、その夫になって」、「あげくの果てには、いまじゃ皇帝だよ」、「ロマノス四世とやら」

「左派だよ、奴は左派だよ」、「おべっか使いやがって、テーマ護持派だと」

「そこが狙い目だったのか」、「とにかく痛い目に遭わせてやりたい」

「懶惰の果て、独善の果てに、すべては行き詰まってしまっていた新興の大貴族・大商人たち。彼らはなおも目先だけ」、「昨日までがそうだった」

「おのが私益の追求こそが正義だった」、「そのときは、それこそが正義だった」

「そしてこの私益追求の中でこそ、あの三十年から四十年ばかりの間、その史観の中でこそ、急成長してこられた」、「その担い手だった新興、新造のこの大貴族・大商人たち」、「彼らは裏切ったわ、裏切ったのよ、左派皇帝、ロマノス四世を、土壇場で」

「勇敢ではあったが、それゆえにこそ、最後まで戦い、ついには思いもかけぬセルジューク・トルコの捕虜となってしまった左派皇帝ロマノス四世」、「皇帝のいなくなってしまったその後のビザンツ帝国」

「そうよ、これでこそ、これでこそ、いまや伸び伸びと羽を伸ばすことができた、これらビザンツの大貴族・大商人たち」

「いまや彼らは全く別々に、各自、独自に、ただただ、得たりやとばかりに、すべてがすべて」

「おのが在地での領地の拡張を競う。心の底ではみな、俺が新皇帝よ」、「そこで邪魔なのは、そうよ、そこで邪魔なのは、それは当然」、「いまだに、なによりもまだ、あの武力を持つ、旧来からの左派勢力」、「その解体、その殲滅をと」

四　アクリタイ＝キリスト教徒農民自衛組織

「暑い暑い一日だったわ」、「一〇七一年八月十九日、そこでの思いもかけぬ勝利、勝ったはずの新興イスラム・スンニ派のセルジューク・トルコ」、「しかし、一方、ビザンツは」、「マンツケルトでは、敗れたとはいうものの」、「まだまだ地方では底力はあったわ」

「それになによりも、セルジューク・トルコには、ビザンツどころか、エジプト・ファテマ朝という本来の敵があったわ」

ぼおっ、ぼおっと、方子は遠くを見た。「そうよ、勝ったとはいってもセルジューク・トルコは、いまの本拠地、イラン高原ですら、つい先年制圧したばかり」

「そこでの向背も定かならず」、「アナトリア半島までには」

「彼らは直接には出向かず」、「そこに早くも、すばやく入り込み、走り回る怪しげな強盗団、盗賊団、流れ者集団」、「勝者セルジューク・トルコは、それらをじっと遠く離れた後方、イラン高原に居すわったまま、見つめていたわ」

「怪しげな盗賊団、流れ者」、「とはいえ、とはいえ、戦い敗れて」、「それが予想外に早くすでに半ば崩壊してしまっていたビザンツ側の東部国境地帯、そこには次から次と雪崩れ込んでくる各地からの難民、移民」

「そしてまた、それをひそかに歓迎、利用しようとするビザンツ側の右派、反政府派の大貴族・大商人。入り乱れてしまった支配機構、統治機構」

「勝利者たるセルジューク・トルコは、やがては入り乱れて、次から次と入り込んでくる不定期な難民・移民をかき集めて、そこに一応はルーム・セルジューク・トルコなる出先機構を造ったわ」

「ルーム、ルームとは、トルコ語でいう欧州のことよ」

「とはいっても、実態などはなにもない、ただ、ただ、すべてはただの強盗団同士の集合機構」

「そして漸く、当初の呆然《ぼうぜん》自失状態から、立ち直ってきた在来のキリスト教徒」

「彼ら自身の防衛、自衛組織は」、「アクリタイなるものが生まれてくるのよ」

「そしてこれを基盤にして彼らキリスト教徒農民集団は、強盗団とは強く対抗して行く」、「アクリタイ、アクリタイ」

「キリスト教徒農民自身の、キリスト教左派農民たちの、自主的な、自発的な、独自の防衛組織機構」、「彼らはなによりもまず、いまでは全く信用できない、あのビザンツ新来の、あの新興、あの急造だった大貴族・大商人たちの軍とは、激しく各地では戦いながら、そしてまた、いま新しくやって来たイスラム教徒軍とも対峙していく」


「かつてはテーマの破壊、その殲滅に全力を注いでいた、しかし、いまでは、マンツケルトの会戦のあとのいまでは、すっかり、新造どころかなんだかわからなくなってしまっていた、あのビザンツ新興の大貴族・大商人軍」、「それでも彼らはいまもなおも、この機会にとばかりに、このイスラム強盗団の出没などは見て見ぬふりをして、在来のテーマの破壊、その土地の収奪、奪取、侵犯に、ただおのが私領の拡大にと拍車をかけてくる」

「ビザンツ懶惰時代に急増、新増したこの大貴族・大商人連合軍。そしていまこの大混乱時に入り込んで、新たにやって来た略奪一方の新興イスラム・スンニ派の流れ者、彼らとの間にはときにはいっときの、はかない連合すらもあったわ」

「しかし、しかし、そんな大甘は」、「いかに浅はかな新興、成り上がりのビザンツ大貴族・大商人でも、すぐに破綻には気づいて行く」、「そして、彼らのなかからは、おのが財産の保持を条件に、われからとイスラムに改宗して行くものも出て来たわ」

「勿論、勿論、そんなものはまだまだ極少数派」、「そしてこんな右派活況の中でも、最後の最後まで」、「最後までキリスト教徒の中に残っていた人たちも沢山いたわ」

けだるく、ものうく、方子は繰り返した。

嵯峨

第一部

一　一〇八一年　アレキシウス一世（ビザンツ再建）

「こんなビザンツを見事なまでに建て直したのは、それはコムネノス朝の創設者アレキシウス一世よ」

「マンツケルトの敗戦のあと、ひっきりなしに各地から流入してくる移民や難民。そしてそんなものにはかまわずに、いや、むしろこの難民を利用して、この錯乱期にとばかり、ただひたすらにおのが自領の拡大、自利益の増大を図り、この混乱を喜ぶ。かつての放縦、そしてその頃に生まれた即製、即席の新興成金の大貴族・大商人たち」

「はじめはアレキシウス一世もこれに近かったわ。しかし、しかし、その十年にも及ぶ大混乱、惨々たるかつての成熟地、そしてそこでのキリスト教世界の自立農民、その惨状を見るにつけ、彼自身、かつてはその一員だったこの大貴族、大商人の闇の中から」

「彼は決別して、ついには苦難の果てに、バシリウス二世時代以来の、あの第二のビサンツ黄金期ともされるマケドニア朝に次ぐ、ビザンツ第三の繁栄期コムネノス朝期を築いたのよ」

「謹厳実直だったバシリウス二世。しかし、独身だった彼の死後は、その弟以下、すべては凡愚、どの帝も懶惰、遊逸に満ちていたわ」

「しかし、しかし、こんな凡帝林立のなかで唯一、バシリウス二世に近かったしっかりもの、それが第一期コムネノス朝の人物、イサキオス一世だったわ」

「彼の治世はごくごく短期に終わりはしたが、それでも唯一、武断的だったこのイサキオス一世。彼がコムネノス家の出身だったのよ」

「それは短くても、あの表面的には繁栄していた時代、その後の愚帝、痴帝林立の中では、いまでは懐かしくも慕わしく、その名は思い出させるものだったのよ」

「このイサキオス一世の遠い甥《おい》がアレキシウス一世だったわ。勿論、勿論、彼は、それを抜け目なく利用したわ。そして、そして、ついにあの大混乱のあと、ビザンツ第三の繁栄期、コムネノス朝は始まるのよ」

「一〇七一年八月のあの大貴族・大商人。彼らの裏切りの果てによるマンツケルトの敗戦。それから十年経って、ついに一〇八一年、ビザンツにまた安定した王朝は創設されたのよ。ビザンツは再び第三の繁栄期へと歩みだすのよ」

「左派皇帝ロマノス四世が一〇七一年八月、無残にもセルジューク・トルコの捕虜になったという事実のあと」

「ただただ、おのが利益の拡大、おのが私欲の増大だけがすべてだった国内右派、大貴族・大商人たち」、「一斉に、俺が、俺が」、「俺が皇帝と名乗り出し、国内は大混乱」

「そこに中央アジア各地からは国境警備の混乱を横目に大量に大量に、入り込んでくる移民難民、いまではイスラム名すら言いだす始末」

「混乱の極みはあっと言う間に半島の西端、小アジアの果てまで。マルモラ海沿岸一帯の土地まででは占拠したと勝手に騒いでは、乱暴狼藉は働き、やがては独自の統治機構を造ったとまで言うものさえも出てくる」

「その惨状、こんな事態を、ただただ当初は茫然《ぼうぜん》として、取り残されて見つめていたキリスト教徒農民たちも、やがては彼らの中から誰にも頼らず、独自に、自力での各自の防衛組織」

「キリスト教徒農民自身による、この独自の自立の防衛組織は、当然のようになによりもまずは、あの旧来の、あのビザンツ生き残りの大貴族・大商人たちの軍とは熾烈に戦いながらも、いまは新たに勃興してきた第二期コムネノス朝のアレキシウス一世軍とは協力していく」。「そうよ、キリスト教徒軍も、いまや三つ巴、四つ巴の内戦」


「一方、マンツケルトに勝利したセルジューク・トルコは、勿論、勿論、彼らはイスラム右派よ」、「だから彼らの本敵は、そうよ、それはあのエジプト・カイロに拠点を持つイスラム左派、あのイスラム科学合理主義派のシーア派・ファテマ朝よ」

「そしてこの本敵はすべてを見据えて、じっと構えて右派の隙を探しているわ」

「だからたとえマンツケルトにいっとき勝ったとはいえ、すでにオカルト派に入った右派スンニ派のセルジューク・トルコは、迂闊には動けない」
「彼らはただただ先年、獲得したばかりの後背地、あの反アラブに燃えるペルシア民族が居住しているイラン高原、そこに居を構えて、ただじっと周辺を見据えているばかり」
「この間、この間に、いつの間にか小アジアには、わけ知り顔に、俺が手先よと、勝手にしゃしゃり出てくるおっちょこちょい、ルーム・セルジューク・トルコとやら」
「一応は彼らに采配はまかせてはみたものの、とはいえとはいえ、こんなルームなどの勝手にはさせるわけはない」
「すぐ横手にはダルシマンド、そしてさらにその奥手にはオルトック、それぞれを配置しては互い互いに監視、牽制をさせていくわ」、「配下には幾重にも幾重にも、疑心暗鬼を掻き立たせては、生意気にならないように、イスラム同士でもつねに内紛惹起」
「そうよ、本家セルジューク・トルコから見ればすべては末端どもの内戦、そんないさかいなどはもとより大歓迎、大奨励、イスラム同士もまた仲間撃ち」

「すべてはすべては時が経てば安定していくわ」
「キリスト教徒農民独自の自立防衛組織アクリタイも、いまはアレキシウス一世の軍とはうまく歩調を合わせていく」
「イスラムがまだ元気だった頃、たしかに二〇〇年か三〇〇年前、その頃もアナトリアは何度か何度か彼らに占領されたことはあったわ」、「そしてそのとき、本当に頼りになったのはこのビザンツ左派の組織、東部国境守備隊の勢力」

「しかし、いまはそれはもうない。すべてはすべて、あの新興の大貴族・大商人、ただ彼ら、おのが利益の拡大を図る彼らの跳梁、跋扈によって潰されてしまっていたわ」

「左派皇帝へラクリウス一世によって創設され、左派皇帝レオン三世によって強化され、さらに同じく左派皇帝のバシリウス二世によって育まれた、あのビザンツの華、テーマ」、「それはもう、ない、いまはないのよ」

「アクリタイなどが自生する前、まだまだ混乱期、各地には雪崩れ込んでくる難民移民」、「流民を前にして、ついにはキリスト教徒は、このアナトリアの地からは一掃、殲滅されるのではないかと思われたとき」、「さすがにそのときはこの専横、この右派の大貴族や大商人たちも、いっときは後悔したわ」

「だって彼らが奪おうと夢にまで見ていた、あの国内左派勢力の地盤、そのテーマの解体、その土地の奪取、そしてその農民の追放」、「それがいま、実現されるかと思われたときに、そこにはいま、彼らなどの手の及ばない別世界の人間、イスラムが」、「彼らにその土地は奪われるかもしれなくなっていたのよ」

「アクリルタイは戦ったわ、必死になって戦ったわ。そしてまた、アレキシウス一世帝国も再建され、帝国軍は復活した」

「もう、帝国軍は昔のテーマのように、左派農民自体の支援によるものではなくなってはいたとはいうものの、傭兵頼り、難民依存の右派、大貴族・大商人軍とは全く違う」

「アクリタイは左派よ、農民自身の左派自衛組織、人民防衛隊」

「そしてそれはこれからも、これからも。そうよ、ビサンツ最後の日まで」、「アクリタイは、コムネノス朝が終わったあとも、最後の最後、あのビザンツ最後の王朝パレオロゴス朝期においても、常に常に左派」

「西欧派がいっとき、ビザンツ内で主導権を取ったときも、常に常に反西欧」

「ビザンツ内の反カトリック派の中核として、生存していくのよ」

「土壇場になれば、土壇場になれば、彼らはいつもいつも、最後の反カトリック、最後の反西欧派の中核勢力として、ビザンツ自立部隊の先頭に立って決起していくのよ」

二　ビサンツの傭兵雇い

「それにしてもすでにアナトリア内部にまで入り込んでしまったイスラム諸勢力、それへの対応は」

「イスラム世界なんて、たしかにいまは内部は混乱しているわ」

「しかし、しかし、その一派はすでにもうアナトリア内部にまで入り込んでしまっている。それへの対応は」

「テーマは駄目だわ、大商人・大貴族が反対するわ。彼らにすれば、やっと潰すのに成功したばかりだというのに、あのテーマを」

「それの復活とは」、「反対が多すぎるわ」、「しかし、しかし、放ってはおけない、放ってはおけない、このイスラム」

「アナトリアに入り込んでしまったイスラム、これを逐い出すには」、「傭兵よ、傭兵よ」

「フリーランス（契約傭兵）よ」、「契約槍兵（フリーランス）よ」、

「そうよ、ここは傭兵だな」、「傭兵がいいよ」、「流れ者よ、流れ者を雇えばいいのよ」

「要らなくなれば返せばいい」、「後腐れのない外人、アラン人、クマン人、ブルガリア人」

「いろいろ使ってみたじゃないの」、「トルコ人だなんて、彼ら自身、外国で、同族同士で戦うことなんかなんとも思ってはいないわ」

「何度も何度も、これまでも、トルコ人対策にはトルコ人を使ってきたじゃないの」、「トルコ人は調法だよ、トルコ人は敵にもいるが、味方にも沢山いるじゃないか。彼らにとっては同族、同士撃ちなどは、それほどのことではないみたい」

「だが、それにしても、それにしても、あのルーム・セルジューク・トルコとやら、うるさい奴らだ」

「いつまでも、いつまでも」、「やっぱり追い出さなくては」、「そうよ、傭兵よ、傭兵がいい」

「いやいや、同じ傭兵なら、もっと重宝なのが居るかもしれない」。「カトリック、あのカトリックだよ」、「西にカトリックとやらいう調法な手立てもあるぞ」、「あれを使ってみたら」

三　カトリックを傭兵に

「軽い気持ちよ」、「そして書簡」、「しかし、この書簡を受け取ったカトリックは、舞い上がってしまったわ」

「たしかにたしかにほんのちょっと前までは、人が住むのも容易ではない、永久凍土地帯」、「それがつい最近、やっと六〇〇年前頃から氷は後退しだし、解氷したばかり」

「まだまだ厳しいが、それでも、それでも温暖化」

「そうはいっても、そうはいっても、低い生産性。しかし、しかし、それでも、もう一部では人口過剰」

「すぐ南はドルイド教地帯、そこはまだ人身御供《ひとみごくう》地帯」、「そしてさらにその南は」

「古い、古い文明地帯」、「いまはすっかり砂漠化してしまったが、あのアフリカのタッシリ砂漠地帯、その昔は」、「そのいまは砂漠化した先進地域から渡ってきた人肉喫食文化、苛烈な世界、カトリックはとうに体験している、そしてその南の古い先進地帯も」

「日ごと日ごと、南から入り込んでくる教義、教養」、「めくるめくばかり」、「しかし、しかし、まだその北のカトリック世界は、若い、若い、生意気、生意気」、「溢れだす人口、野蛮人、好戦的」

「そうか、生意気か、それならかえって好都合、試してみるか」

「軽い気持ちよ、すべては物珍しくもない傭兵打診」

「だけど、だけど、この書簡を受け取った西欧は、カトリックは」、「飛び上がっての大騒ぎ。さてはビザンツ大苦境と」

「食料も持たないで。金も持たないで。喜び勇んで」、「ただ行く先々では、道々の大強盗、大強奪の連発。そしてひたすらな大徴発、大行進」

「一方、一方、肝心の声をかけたビザンツは、すでにもうかつてのあの強かったテーマこそ、いまはすっかりあの新造、新興の大貴族・大商人たちの策動によって衰退、消失してしまったとはいうもの」、「それに代わる新組織としては、いまはすっかり、国家とは全く関係なしに、しかしキリスト教徒農民自身による自立防衛組織として、アクリタイなるものが自生。誰にも負けない強靭な村々の防衛機構として、すでにイスラム諸勢力とも互角の勝負をするところまで来ていたわ」

「そして再建されたアレキシウス一世の帝国軍。それはあの大貴族・大商人たちの自前軍とは全く別」

「そしてまた昔のテーマとも違う国家の軍事組織として、それはのちの西欧の封建軍の原型とも言うべきプロイノアなる形態で、王朝直結の軍もまた発足していたわ」

「ビザンツ・キリスト教圏もいまや右派の大貴族・大商人軍とも合わせて三つの形態、互い互いの別組織」

四　十字軍の人肉喫食

「イスラムは分裂していたわ。すでにいまは一〇七一年のあのマンツケルトの会戦からは二十一年後。そしてアレキシウス一世が一〇八一年に、コムネノス朝を再建してからは十一年後」

「一〇九二年あの十月十六日には、セルジューク・トルコを一大強国にまで造り上げた名宰相ニザム・アルムルクは、暗殺されてしまっているわ」

「暗殺したのは、イスラム左派、あのイスラム科学主義派の華、シーア派中のシーア派、イスマイル派よ」

「そうよ、このイスマイル派のさらに最左派、あのニザル派によって、セルジューク・トルコの宰相ニザム・アルムルクは暗殺されてしまっていたわ」

「彼を頼りにして、二人でセルジューク・トルコを築き上げた第三代カリフのマリク・シャーは、この衝撃であとを追うように急死してしまう」

「あとはお決まりの後継争いよ、内戦、反乱」

「あっという間に本家は没落、そしてそれまでは単なる出先機関、末端の統治機構にすぎなかったルーム・セルジューク・トルコとやらが、何度も何度も言うわ、これ幸いと、今度は俺がと」

「そんなところに十字軍は来たわ、ノコノコ、トコトコ」、「一〇九五年も末になって、あのイスラム左派のニザル派の暗殺事件からは三年も経って」

「呼ばれたから来たとはいうものの、この西欧カトリックの十字軍」、「彼らは随所で、ただ各地で、凶暴、醜悪な所業を繰り返しながら、やって来たわ」

「後発の野蛮な西欧人、カトリックの乞食集団」、「金も持たず、食料も持たず、ただべんべん、べんべん」

「次から次と、入り込んでは、略奪を繰り返しては、進むしかないこの西欧のカトリック十字軍、野蛮な乞食集団」、「彼らは勝手に、行く先々では、ただただ〝神の御心〟〝神の御心〟」

「唱えながら、ひたすらに繰り返すのは殺人、強盗行為。キリスト教徒系のアクリタイとはいわず、イスラム系とはいわず、現地民の利益を護るものとは」、「ただひたすら、彼らは戦闘、襲撃、殺人」


「一時の便宜のつもりで呼んだアレキシウス一世も、いまは大後悔」、「一日も早く、こんな連中は国外、国境外へ」、「遠い、遠い彼方へ」、「どこでもいいから、目に映らないところへ」

「そうさ、彼らのいう聖地とやらへ」、「とはいえ、とはいえ、次から次と、入り込んでくるこの西欧のカトリックの乞食集団」

「ただ、べんべん、べんべんと」、「腹が減れば、見つけ次第、路上で、イスラム教徒であれ、現地キリスト教徒であれ、ヒゲが生えていれば勝手にイスラム教徒と決めつけて、出くわした街角で、捕らえては焼き殺しての焙り肉」

「こうして彼らは腹を満たすだけ。占拠各地では続発するこの十字軍による人肉喫食事件」

「名を馳せたのはアル・アマーラ事件よ。そしてまたそれを得意気にカトリックは」、「カトリックの聖職者たちは」、「〝聖戦〟〝聖戦〟〝聖戦〟との御宣託」

「〝神、すべてを許し賜う〟、すべてはすべては〝神の御心〟」

「〝神の御心〟と囃し立てた。やがてはそこには『タルフール』とやらいうらしいカトリックの宣教師団も」

「呆れ果てたのはビザンツ。呼び寄せたはずのビザンツ皇帝も、続発するこのカトリック狂信僧主導の人肉喫食事件には」

「それでも、それでも十字軍はやって来る。十字軍はやって来る」、「あの未開発の、あの低文化地帯の、いま漸く」

「あの後発だった西欧カトリック世界からは、次から次と高度な文化地帯に憧れて乞食集団はやって来る」

「はじめは手厚く迎えていたアレキシウス一世も、もはやこれまでと」

「とにかく一刻も早く、南へ、南へ、一刻も早く」、「とにかく深くは関わり合いたくはない」

五　西域まだ緑あり

「そうよ、名宰相とされたセルジューク・トルコのニザル・アムルーク」

「その彼が宿敵、イスラム世界の理性派、あの左派中の左派、イスマイル派の手によって、一〇九二年に暗殺されてからは」

「そうよ、イスラムの世界だって、決して決して、いまだって右派だけのものではないのよ」

「セルジューク・トルコ、それでも右派国家はこの宰相が暗殺されてからもしばらく頑張ってはいたけれども、ついに五十年後のあの一一四一年には」、「遠い遠い、あの東アジア、南満州の地から」

「そこではかつてはおのが配下だったのに、いまはすっかり逆転して、興隆してしまった『金国』、その『金国』に追われたかつての主人格の『遼』、この『遼国』が西に遁走して創った西遼、カラ・キタイ国。このカラ・キタイ国との中央アジア・カスピ海東岸、カトワン原での決戦、この決戦にセルジューク・トルコは敗れてしまうわ」

「しかし、しかし、敗れたとはいってもセルジューク・トルコ、そのときのサルタン・サンジューク、彼はしっかりしていたわ」

「マンツケルトの会戦のときの同じく敗れたロマヌス四世とは大違い」、「彼は負けたと悟るや逃げて、逃げて、捕虜にはならなかったのよ」

「サルタン国家は負けても残ったわ」、「しかし、しかし、やはり駄目」

「セルジューク・トルコは、このあと凋落、どうということもなくなっていくわ」、「セルジューク・トルコ、その没落、それは一一五七年のことよ」

「この間、ビザンツは、一一一八年にはアレキシウス一世はなくなり、ビザンツ屈指の名君ヨハネス二世が後を継ぐわ」

「そしてこの名君が死んだのは、一一四三年」、「つまりこの間はトルコは混迷時代」「このトルコの混迷時代に、ビザンツを建て直したコムネノス期二代目の名君がヨハネス二世よ、そして彼も一一四三年にはなくなっているわ」、「それはあのカトワン原の会戦があった一一四一年の二年後よ」、「そして三代目のマニエル一世がその後を継いでいく」「当時のビザンツは西欧などが足元にも及ばない高度な文化地帯」、「それでも、それでもなお、アレキシウス一世によって行われたあの西欧・カトリックからの十字軍招致は継続」「第一回の十字軍の招致は一〇九六年からよ。未開だった西欧、それゆえに野蛮だった」「西欧に十字軍文学などが生まれるのはまだ先」、「西欧はまだまだ、そうよ、あのカトリックによる現地人人肉喫食の時代」、「しかし、しかし、西欧も、やがて未開からは脱してゆく」

「東での勢力が交錯する中で、そしてまた西欧も脱皮してゆく中で、ビザンツもまた立ち直る」、「それにしてもコムネノス朝は名君揃い、初代はアレキシウス一世、二代目はヨハネス二世、そして三代目はマニエル一世、みんなみんな一級品よ」

第二部

一　名君ヨハネス二世、マニエル一世

「しかし名君、名君とは」、「死んだあとは意外に困るものなのよ」、「そしてたしかに、それなりに名君揃いだったコムネノス朝。アレキシウス一世のあとはヨハネス二世」

「ビザンツではすでに、このヨハネス二世のときに、他の世界では類例を見ないほどの完備した社会制度を実現していたわ。福祉制度は充実し、病院や医療、教育制度も行き届いていた」

「そしてそれを支える経済基盤も安定していたわ。二十世紀の今日、いまの先進諸国の社会制度の根幹、それはすでにこのとき、ビザンツでは実現していたのよ」、「そこにはすでに五十年前、あのたった五十年前の、あの一〇七一年から八一年までのあのマンツケルトの敗戦から十年にも及んだ大惨状、そんな痕跡はどこにも見られなかったわ」

「勿論、勿論、そこには、それにはあの十年、十年にも及んだ戦乱と破壊、そしてその後始末から始まった戦後復興と再建」、「その結果による繁栄」

「しかし、しかし、ビザンツがその繁栄に浴する彼方で」

「そうよ、西欧、そこではいま」、「そうよ、それまでは遠く離れていたノルマンが、ついに姿を見せ

ていたわ。まだまだ野蛮で未開だった西欧、しかし、その西欧よりもさらに未開で野蛮だったノルマン、そのノルマンがいま台頭しつつあったのよ」

「温暖化、温暖化の波に乗って、人口も増え、彼らは暖地を求めて南下、フランスの地にまで達していたわ」「そこの土地は奪い、ノルマンジーとやら、勝手な名前は付けて」

「略奪に味を占めた彼らはさらに南下して、そしてそこに、折りから始まっていたカトリック教会による対ビザンツ教会からの独立運動、ローマ教会のビザンツ政権からの自立運動、これにノルマンは加担して、アルプス越えのあとは、一気に彼らは一〇一六年には待望の南イタリアにまで来ていたわ」

「ロベール・ギスカルとやらいう、ノルマンの首長」「彼はアルプス越えを果たしたあとは、さらに北イタリアから中部イタリアへ、勝手に各地を略取したあと、やがてそこがビザンツ典礼の正教会側の教会や土地があった場合には、その土地は」「そうよ、略取したその土地は、彼らを密かに、その土地に招請していたあのローマのカトリックの総主教、いまはローマの法王とやら名乗っているそのものに、ノルマンは永代寄進していったわ」

「ノルマンはさらに南下してゆく。広大なビザンツ帝国領の土地は南イタリア各地に沢山あったわ」

「彼らは正教徒」「いまノルマンはこの正教会典礼の各地の地域を侵犯するとともに、それを対立するローマ教会側に寄進する」

「この寄進の最初が一〇五三年だったのよ」「それはあの、一〇七一年のあのマンツケルトの会戦の十八年前」

「ローマの総主教はただ喜んだわ」、「そして翌年、一〇五四年には、カトリックは一気に、強気になって」、「そうよ、ついにこの年、両教会は相互破門」

「それでも、それでも正教会はまだ、ノホホンとしていたわ。カトリックなんかは格下に見ていた、目下に見ていたわ」

「安逸、怠惰、バシリウス二世時代のあの質実剛健な気風などはとうに消え失せていた」、「マンツケルトの会戦などは、そうよ、まだまだこれから十八年後」

二　ノルマン、アドリア海域に出没

「安逸、放縦の夢さめやらぬビザンツ朝野」

「皇帝は目まぐるしく代わり、そして急速に台頭して来る新興の大貴族・大商人たち」、「彼らは、ただただおのがいまの利得の極大化だけを求め、旧来の実直な思考などとはすべてに鋭く対立していたわ」

「なにを、なにをしようというの」、「そんなこと、そんなこと」

「すべてに手間取っているうちに」、「そうよ後年、あのマンツケルトの会戦で、一〇七一年には対戦相手となるセルジューク・トルコは、中央アジアからは南下して来て、ペルシア民族のあのイラン高原に割拠、そこからイスラムの本拠地、バグダッドすらも攻略していたのよ」

「ただただ君府だけは、この激動にノホホンとしていたわ」

「大貴族・大商人の跳梁の果てのマンツケルトの敗戦、そしてアレキシウス一世の建国」

「アレキシウス一世の建国は一〇八一年よ」

「一時はマンツケルトに敗れて、どうなるかと思われたビザンツ。しかし、アレキシウス一世は、十年後には建て直したわ」

「しかし、西のノルマン、カトリックに支援されたノルマンは、そんなことには怯《ひる》まない」

「コムネノス朝が成立した一年後の、一〇八二年には、彼らはアドリア海の海峡を渡って侵攻。ビザンツ帝国とは初交戦、彼らはアドリア海の海峡を渡ってきたわ」

「有名なドラッツォの海戦よ。そしてこのとき、この山賊ノルマンが、予想外の大敵と悟ったアレキシウス一世は、このノルマンの退路を絶つべく、まだまだ当時は実質配下だった同盟国ヴェネツィアに要求したわ」

「そしてヴェネツィアもまた、素直にそれには応じた。これがのちのあの大国、島国ヴェネツィアという国の、最初の本格的な戦争参入体験よ」

「最初はおずおず、しかし、すぐにあつかましく」

「ヴェネツィアという国はこのとき、その代償として、全ビザンツでの通商権を要求したわ」

「そして、この年を境にしてヴェネツィアという国は急発展、やがてはヴェネツィア人の三人に一人は、君府との貿易に関わっているといわれるまでになっていくわ」

「アレキシウス一世も、はじめはこんな事態になるとは」

「そしてそれから十七年後の一〇九九年には」、「そうよ、ヴェネツィアへのこの特権付与によって、君府周辺の商工業者が、当時、世界最大の商工業地帯だったこの地域が、予想外の経済的苦境に立つようになったということを知ってから、彼はヴェネツィアへの特権付与の剥奪を考えるようになったわ」、「あの特権付与からは十七年後、一〇九九年のことよ」

「戦争にはいろいろなことが付随して起きるわ。一〇八二年の、あのビザンツとノルマンとの運命的な海戦」

「そしてこのドラッツォ海域での、このヴェネツィアのビザンツへの、その対ノルマン海戦への、ビザンツ勝利への決定的な貢献」

「そしてそれへの感謝としてのヴェネツィアへの経済的特権の付与」

「しかしそれが招致した君府商工業全般への苦境」

「結局は十七年後には、ビザンツはこのヴェネツィアに付与した特権のすべてを剥奪するわ」

「一〇九九年とは、運命的な年よ」

「ビザンツはついにヴェネツィアに付与していた経済特権のすべてをこの年、剥奪したわ」

「しかし、しかし、その三年前、つまりはあの一〇九六年には、ビザンツが呼んだ乞食集団、西欧からの初めてのあの乞食集団兵士、十字軍とやら称する傭兵、その強盗集団がこの先進地帯へとやって来ていたのよ」

「つまりはビザンツによるヴェネツィアへの特権付与の剥奪時とは、それはこの西欧乞食集団の出立からは三年後」
「西欧の乞食集団の悪行ぶりは一〇九九年時点には、中東先進地域には広く知れ渡ってしまっていたわ」
「勿論いままでは、なによりもこの一〇九九年という年は、後にあの十字軍国家となるエルサレム王国」、「その首都となる都市エルサレムに、この西欧乞食集団が初接着した年でもあるわ」
「たしかにたしかに、大きな大きな激変を予測させる年だったわ」
「そしていま、彼ら西欧乞食集団がエルサレムに初接着した年からは二十二年後、一一一八年八月には、そうよ、その西欧乞食集団が確保したエルサレム近郊、あの海岸寄りのアッコンの地には、テンプルなる聖堂神殿騎士団が設立されているわ」
「そしてこのテンプル、聖堂神殿騎士団なるものは、実はひそかにイスラム左派、あのシーア派とも手を組んでいくのだわ」

三　遅れていた西欧　先進ビザンツ社会を知る

「なによりも福祉を重視していたヨハネス二世」、「この英明な皇帝が即位してから二年後、一一二二年には、このビザンツの医療施設、医療機能を真似た病院騎士団、ホスピタル騎士団なるものも十字軍の中には発足してゆくわ」

「遅れていたヨーロッパ、あの乞食集団たちも、いまはその先進技術を学ぶためには必死、真剣だったのよ」

「そしてこの西欧乞食集団、十字軍国家、この彼らが造ったエルサレム王国」、「そこの国王のボードワン二世は、ひそかにひそかに、そうよ、彼もついに一一二九年には、イスラム左派、あのイスラムのなかの科学尊重派、そしてそれはなによりもイスラムの中の異端、あの恋愛文学愛好派」、「そうよ、あの暗殺者軍団、アサッシン派に接近、同盟していくのだわ」、「ただただ、ただの野蛮一辺倒だった西欧のこの乞食集団。彼らもいまは、侵攻してから三十年も経ったいまでは、すっかり、すっかり一変した一面を見せるまでになっていたのよ」

「時の流れは早いわ」、「エルサレム国王ボードワン二世が密かにイスラム左派と手を組んだ翌年、その一一三〇年には」

「ついに凶悪無尽、あの北欧の山賊ノルマン、この強盗集団、略奪の果てにいまではイタリアではルジェロ二世とやら、もっともらしい名前で呼ばれているらしいこの盗賊集団」、「彼らはついに占拠した南イタリアとシチリア島に、シチリア王国なるものを設立するのよ」

「あのローマ法王とやら称するローマの総主教、その彼らから反ビザンツの先兵として招聘《しょうへい》されてからは凡そ一〇〇年」

「西にはこうして、一つは十字軍とやら称する乞食集団、そしてもう一つは、それよりはちょっと古いこの山賊集団、二つのこの西欧の劫略集団が併存していたのよ」

「それでも、それでも、いまはすっかり再建したビザンツ。このビザンツの皇帝ヨハネス二世は、堅実に動き、アナトリア半島のイオニア、リディア、パンフィリアからは、そこにいまも徘徊していたトルコ人は追い出し、一一二一年にはペチェネグ人も」

「さらには二三年にはついにヴェネツィア人とも初交戦。加えて二九年にはハンガリーと」

「さらに三三年には、彼は黒海沿岸のトレピゾンドをも回復。三八年にはあの十字軍が徘徊する中近東にも遠征して、なつかしの大都市アンオケア市をも取り戻し、往時を思わせるばかりの大活躍」

「一方、一方、かつての強敵だったセルジューク・トルコは、そうよ、何度も言ったわ、南満州に威を張っていたあの契丹系の遼が、急に勢力を増してきた配下の女真族の金、この金国に追われて、一一一五年頃には西走、中央アジアに逃れるわ。そしてそこにカラ・キタイ（西遼）国を立てる」

「このカラ・キタイ（西遼）国がセルジューク・トルコの故地、トランス・オキシアーノに入り込めば、勿論、そこは」、「セルジューク・トルコのスルタン・サンジャルは、聖戦、聖戦、ジハード」

「そして勇ましくも彼は宣戦はしたものの、結果は無残、イスラム・セルジューク軍は一一四一年に、カトワン草原で大敗」、「以後は分裂、実質消滅」


「でも侮れないわ、西欧は」、「そうよ、このカトワン原の会戦の二年後の一一四三年には」、「あのイスラムの聖典、コーランのラテン語訳を出展しているのよ」

「それなりに勉強熱心だった西欧。向学心のある人は生まれていたのよ」、「遅れていた、遅れていた西欧。しかし、もはやそこにはもう、そうよ、また必死になって、向上しようとする人はいた、いたのよ」

「そしてそれが、そしてそれが」、「間もなく、間もなく、あの西欧全体を揺るがす大騒動」、「カタリ派運動、アルビジョワ十字軍騒動になっていくのよ」

四　西欧に親ビザンツ思考、カタリ派の萌勃

「第一次十字軍、第二次十字軍」、「一一九六年のあの第一次十字軍起発からは、はや五十年、いや三十年かしら」、「彼らはこの間にビザンツ世界を見た、そしてシーア派イスラム世界も、彼らはおのが西欧世界の実態も知った」

「そうか、そうか、そこにはビザンツ思想がある、イスラム科学思想もある」

「それはなあに、それはなあに、ビザンツ思想とは」

「それはなあに、それはなあに」

「知りたい、知りたい」

「これがアルビジョワ派キリスト教思考」、「カタリ派キリスト教運動の原点なのだわ」、「西欧における親ビザンツ派思考の原点なのだわ」

「歴然と、歴然と、いまや歴然と、失敗と化していた十字軍運動」

「ばらばら、ばらばらになって」、「無残な姿となって帰ってくる第二次十字軍」、「遅れていた西欧」

「その実態が、五十年にも及ぶ十字軍活動の結果、分かってきた」、「そして彼らはビザンツ社会の実態をも知って帰ってきた」

「そうよ、そうよ、それがカタリ派運動なのよ」、「カトリック世界への疑問、動物愛護精神」

「そうよ、カタリ派運動とは親ビザンツ派思考なのよ」、「いいえ、いいえ、親ビザンツ派思考だけではない。親ペルシア、親ユーラシア、親ゾロアスター教、親マニ教、親キリスト教三位一体派思考、親仏教派史観」

「なによりも、なによりも、そこには、西欧にはない動物愛護精神がある」、「あの優しい眼差しの牛への慈しみ、そのユーラシア史観」

「このことを、このことを、しかし、いまのカトリックは、決して、決して、認めようとはしない。いいえ、いいえ、これからも、西欧は」、「西欧は認めようとしない」


「そうよ、西欧を飛び出した西欧人は見たかったのよ、真似してみたかったのよ、束の間に見たあの復興ビザンツ」、「なにごとにも明るかったあのヨハネス二世時代」

「しかし、しかし、そのヨハネス二世は死んだ」、「そしてそのあとはマニエル一世」

「マニエル一世の即位は一一四三年よ。そしてこの頃になって、ついに西欧にも、カタリ派の組織はあちらこちらに覗見《しけん》されるようになってきたわ」

「この頃の西欧は、そうよ、まだまだ、あのフランスのパリは、それからやっと四十年も経って、漸くあの一一八三年頃になって、中央市場が開設されるばかりなのよ」

五　マニエル一世　イタリア遠征失敗

「英明だったヨハネス二世が死んだあとも、依然として輝かしかったビザンツ。そしてそれを継いだマニエル一世も」

「しかし、しかし、彼が即位してから三年後、一一四六年には、あの北西ヨーロッパからの山賊ノルマンは、ついにギリシアの地を奪うわ」

「こうしてマニエル一世は、即位早々、一一四七～四九年には、ギリシアの地で、北欧海賊ノルマンと交戦」、「人肉喫食のノルマン、野蛮なノルマン、それがついにそこまでやって来た、北欧ノルマン」、「彼らはイタリア半島を荒らしていた」、「そこに王国まで創っていた」

「ところが、ところが、この北欧ノルマン」、「この海賊の首領、いまはシチリア王を名乗っていたルジェロ二世なるものが、マニエル一世即位五年後の一一五四年には、頓死、急死」、「そしてノルマンは大混乱」

「首領の死で、いきなり、いきなりの混乱に陥ってしまった海賊国家ノルマン」、「それを見て、それを見て、アドリア海のこちら側、対岸のビザンツ帝国の皇帝マニエル二世は」、「ヘンな考え」

「東からの圧力は消えているし、さてはさてはいまこそは。待望のイタリア遠征、そこはかつてはビザンツの領土」

「一一五五年、彼はイタリア半島東海岸に上陸、たちまち占拠。そして旧主の到来を歓迎する住民たち」

「しかし、しかし、西欧はもはや昔の西欧ではなかった。幾たびか十字軍発進の体験を持ち、それから五十年は経っていた」

「西の皇帝バルバロッサはじめ西の世界の人脈は激しく抵抗、ヴェネツィアすらも敵に回る」、「そうよ、かつてのヴェネツィア、いつもいつもビザンツの配下だったあのヴェネツィア」

「すべてが敵に回ってしまった、さすがのマニエル一世も」

「そして翌年、一一五六年には南イタリア・フレンデイジの戦いで、ついに新ノルマン王となったグリエルラ一世にも敗れて」、「マニエル一世の夢、イタリア遠征は、たった一年で終わったわ」

「結果は自称西欧皇帝のフリードリッヒが、ただただこのあと、マニエルの終生の敵となって残っていった」、「報復だ、報復だ、マニエル一世は、かつての忠実な部下だったヴェネツィアへの通商特権更新は渋ってみせる」、「ヴェネツィアも抵抗、対君府交易禁止」、「そしてそんなことをしているうちに、一一七〇年六月二十九日、あの大都市アンチオケアには致命的な大地震」、「せっかく回復したかつての五大都市（アンチオケア）」、「しかし以後は、この輝かしかった大都市は機能不全」、「全くの機能不全、ただただ名前だけ、かつての面影はすべて喪失してしまうわ」

「気がつけば、軍事費は莫大となり、対外遠征のための費用は重く、マニエル一世治下の繁栄には陰り」

「費用を課せられた農民は土地を棄てて」

「本来は敵であったはずの大貴族・大修道院への下にも、いまは身をすり寄せていくしかなくなっている」

「輝かしかったビザンツの象徴、あのテーマ」、「すでに消えてしまっていたそのテーマの代わりに、コムネノス朝下では創設されていた新軍事制度プロノイア」、「それは皇帝直接の配下の現役軍人だけに、期間を限って与えられる一時的な土地使用権」、「しかし、しかし、いまやこの特権を悪用、乱用」、「強奪しようとする大貴族・大商人、さらには大修道院」

「没落した農民、破産した中産階級は吸い寄せられるようにその下に落ちて行く」


「ひそかにひそかに、しかしじつは隠れて、本当は西欧が好きだったのかもしれないマニエル一世」

「疑う人は多かったわ。しかし、その彼も、風潮は時よ」、「反西欧派を気取ったわ」

「だから、だから大商人、大貴族には厳しく当たった」

「なによりもヴェネツィアには必要以上に厳しく当たった。それが喝采を博したこともあった」

「しかし、しかし、いまや経済力をつけてきたのは、かつての配下たち。あのイタリアの諸都市たち」

「いまやそのイタリア諸都市からの経済支援を受けるために」、「いやいやながらも、もう一度、特権を与える」

「そしてそれがさらにビザンツ国内の産業の基盤を弱める」

「かつての後発国、イタリア諸都市、その繁栄が、先進ビザンツ国内の基幹産業を弱め、対立。ついにはそれが極点に達する」

白い、白い雲だった、遠い、遠い、遠い山が並んでいた。ふうっとふいに方子はいたずらっぽく三郎の横顔を見た。手にしたバッグは開かれ、手書きした数枚のメモは取り出された。紙片には、方子らしく几帳面な細長い文字が貫かれていた。

「推敲するひまはなかったわ、年代も正確ではないわ」。懐かしいくっきりとした文字だった。三郎は手にとり、読み、そして方子の顔を見た。

方子はその視線を真っ正面から見返して、ふふっと笑った。そしてまた三郎が見たときは、それは見透かすような厳しい顔になっていた。

揺れる、揺れる、ただただ馬車は揺れる、そして走った。走って、走って、いっとき、木々の闇が去ったあと、薄日が差す高粱畑の端を掠めていた。

また方子はうなずき、そしてふっと、もとのもの思わしげな表情に返って三郎の顔をじっと見つめていた。手書きの文書には数字と文字が、ただびっしりと書き連なっていた。

うず潮

一　愛された左派皇帝アンドロニコス一世

「そうよ、たしかに名君とは、それは死んだあとは、意外と困るものなのよ。そして一応はそれなりに名君揃いだった三代のコムネノス王朝」

「しかし、そのなかでは比較的劣っていたのが、三代目のマニエル一世」、「彼が死んだあと、ビザンツ・コムネノス朝は」

「幼い子供のイサキオス二世、彼が四代目。けれど、この幼帝には」、「父帝マニエル一世が死んだあとには、ついにこの前帝の兄ではありながら、君主にはなれなかった兄の子、従兄のアンドロニコスがいたわ」

「アンドロニコス、アンドロニコス一世」、「世界史上では最大の人気者、私の大好きな一人」、「だって、だって彼こそは、本当の意味での反西欧派なのですもの」

「結局は彼は簒奪したわ、それがコムネノス朝五代目、アンドロニコス一世。そうよ、彼は反西欧派よ」

「そして彼の在世中は、まだまだ繁栄していたビザンツ」

「ビザンツは繁栄を続けていたわ。とはいっても、とはいっても、すでにもうかつての野蛮な西欧も、

いまは昔の西欧ではない。十字軍時代に入ってからももはや数世代
「あの野蛮な後進世界も、先進ビザンツ世界を知ってからは、彼らも新時代」、「そうよ、西欧、未開発だった西欧」

「そして、そこにはまだまだ、手付かずにある資源、それはたっぷりまだ残されている」

「この未開、その世界、それを見て、飛びついたのはビザンツの新造、急増の成金階級」

「すでにビザンツではそれは行き詰まっていた。しかし、この上昇志向の新興階級、夢みる彼らは、そうよ、後発、この未開発地域での経済的専横」

「夢みるのよ、夢みるのよ、それにはすでにそこにある現地勢力との妥協も必要」

「すでにもう、ビザンツでの発展の可能性などは薄い。既開発地域のビザンツ国内市場の呻《うめ》きなどは」

「笑って、笑って済ませる」

「こうして再び繰り返されるビザンツ大貴族・大商人と国内産業者との対立」

「アンドロニコス一世はこれに乗ったわ。アンドロニコス一世、アンドロニコス一世、私の大好きなアンドロニコス一世。だってだって彼こそは、本当の意味での反西欧派なんですもの」

「西欧は、いまでも彼をコテンパンに罵るわ。ただただ罵倒、悪罵」

「当然、当然よ、だからこそ、私は彼が好き。西欧に西欧に、本当に評判の悪い人は、勿論、勿論、私はみんな好き。特に、あのカトリックに評判の悪い人は」

「カトリックは裏切るのよ。そしてそれは特に最も肝要なとき、彼らは必ず裏切るのよ」

二　ビザンツ葬送曲（親西欧派アンゲロス家登場）

「カトリック十字軍は一〇九七年に誕生したわ」、「道々、彼らは略奪を繰り返しながら、とにかくも君府にはたどり着いた」、「あまりの悪行にアレキシウス一世は呆れ果てて、直ちに彼らを南に追いやった」、「彼らはそのあと、敵としたイスラムの分裂の間をよぎりながら、ともかくもイエルサレムに行き着いた」

「そうよ、そしてそれからもう一〇〇年」、「一〇〇年も経てば赤子にも知恵はつくわ、十字軍にだって悪知恵」

「そして一〇九七年、あの十字軍出立からは一〇七年後」、「十字軍はついに、彼らを招致したビザンツ帝国の首都、世界首都の君府を奪取したわ」

「一二〇四年よ、この簒奪を主導したヴェネツィアにとって、そこはかつて」

「ヴェネツィアは、ビザンツからすべてを学んで成長してきた。彼らはその指導のもとに育成されてきた」

「そのヴェネツィアがいまそこに、ラテン帝国なる簒奪国家をでっちあげた」

「正教ビザンツ、そこには常に二つの敵がいた」、「正教ビザンツには、常に二つの敵がいた」、「西のカトリックと東のルーム・セルジューク・トルコ」

方子は、ただ微笑む。「そうよ、いまのソ連邦、ソビエト連邦と似ていない」

「それからもう七五〇年、変わっていない、なにも変わってはいないわ。ユーラシア、ユーラシア、それがユーラシア大陸の宿命」

「たしかにたしかに名君揃いだったコムネノス王朝、そしてその最後に出てきたのは、それはマンガチックだった」、「世紀の美男子、英雄アンドロニコス一世」

「結局は、彼が皇帝だったときにコムネノス朝は大きく傾くわ」

「なによりも彼はクーデターで政権を獲った。だって彼は反西欧派、民衆の心は知っていた」

「ビザンツはいま、あの一時代前の、爛熟の果てに、繁栄の果てに崩壊したあのマケドニア王朝の末期と似ていた」

「繁栄の時、爛熟の果てに、次々と簇生してきた新興大貴族・大商人、彼らの跋扈の下に」、「彼らはただただ、いまのおのが利得の明日の永続を願って、そしてその利得の拡大を」

「しかし、食いつぶしたあとには、いまや残っていたのは、あのテーマ、国の基幹だったあのテーマ（東部軍管区自立武装農民）、それへの食いつぶしだけ」

「行き詰まってしまっていた新興成金、それは彼らにも分かっていた。打開策は、急増、新造の大商人、成金たち」

「そうよ、北には未開の手付かずの大地、氷河時代の遺物も残っている。無限の可能性」

「資源は溢れている、手付かずのゲルマニア、彼らは夢を抱いたわ」

「ビザンツにおける親西欧派とは、いつも不幸を招くわ、彼らは知らないけれども、そうよ、西欧、西欧には、その根底にあるのは、人肉喫食是認史観なのよ」

「旧約聖書を読めばすぐ分かる。そこでは生まれた男の初子は真っ先に、彼らのいう神、つまりは彼らの拝む神殿の神職に、生贄として捧げられる」

「生贄とは、それは神殿神職の利得よ、受け分よ」

「キリストはこんなことを否定した、キリストは神殿を破壊した、そのことを他の世界の人間は知らされていない」


「ロマンチックな野心家、そして反西欧派、コムネノス朝最後の皇帝」

「彼は前々帝マニエル一世の兄、本来ならば皇帝になるはずの兄の子、その彼、アンドロニコスによる帝位簒奪」

「そして簒奪された幼帝、アレキシオス二世の母、つまりは前帝マニエル一世の奥さんは西欧人だったわ。フランス人だった母親から生まれた息子、それがコムネノス朝四代目皇帝アレキシオス二世」

「そしてフランス人だった幼帝の母は、ことごとに反ビザンツ、親西欧派施策」

「沸き上がる市民の反発」

「左派、ロマンチックな反西欧派。夢多いアンドロニコスは、この幼帝から帝位を簒奪したわ」、「棄てられた親西欧派、彼らはアンドロニコス一世の簒奪を非難するわ」

「なによりも彼らはアンドロニコス一世が行った諸施策、
1. 大貴族・大商人たちが行う自領からの輸出生産物への代替として西欧各地から入ってくる工業

製品、それらの輸入促進法案の廃止。
2. そしてこの取引を大々的に担うイタリア商人たちへの特権付与の禁止。
この二つをまず彼らは攻撃したわ」

「勿論、アンドロニコス一世も負けてはいない、彼は直ちに、
1. 君府内のラテン人地域の撤去。
2. そしてヴェネツィア商品の収去。
この二つをもって応じたわ。追い詰められたビザンツ内の親西欧派」


「そのとき、そのとき、イタリア各地、特にあのシチリア島を占拠していた、といっても別に、イタリア主要地帯を押さえていたわけでもない、あの北欧出身の山賊、ノルマン海賊。彼らが親西欧派に加担して、ビザンツ北部に攻め込んできたわ」

「このノルマン侵攻軍には、アンドロニコス一世は有能なビザンツの将軍アレキシウス・ヴラナスを派遣して、将軍は一一八五年、ノルマン軍を破り、平和条約は結ばれてしまう」、「しかし、しかし、これに不満なビザンツ内の右派、反アンドロニコス一世派、親西欧派」

「再び彼らは騒乱を起こして、やがてまたノルマンを当然のように呼び寄せる。ノルマンの支援を受けた彼らはついに一部を占拠、しかし、しかし、そこからは」、「執拗な、執拗な、ビザンツ国内からの反西欧派の抵抗」

「手を焼いた親西欧派は、そしてノルマンは」

「報復に、ただ報復に熾烈な焼き討ち作戦、そしてついに取り返しのつかないテッサロニケ市内での大規模な、虐殺事件を繰り広げる」
「その数、そして凄まじい内容、その報が首都に届いたとき」、「その実情、その凄惨さ振りに」
「君府住民は愕然、慄然」
「凄まじい首都住民の激昂、憤慨」
「集会は至る所で、幾日も幾日もつづくが、いっかな心は治まらない」
「左派皇帝のアンドロニコス一世も、まずはいまは当面の治安の回復と」
「慰留が必要と」、「幾つかの集会に出席しては、安寧を訴える」
「そうよ、そうよ、そして、数日後、その日」
「その日、幾つ目かの集会に出席したあと」、「また一つ、何気なく」、「そこは左派にまぶした右派の集会」
「一瞬、右派は予想外の事態に、度肝を抜かれるとともに」、「歓声の声」
「アンドロニコス一世の隙を見て、素早く捕らえるとともに」、「凌虐の果てに、片腕を切断してはだか馬に乗せて市中引き回しのあと路上で虐殺してしまう」
「ビザンツ右派にとっては予想外の成功」
「素早く彼らは、仲間の大貴族、大商人擁護派と思われたアンゲロス家のイサキオスを新君主に選定」

「選定されたイサキオス二世は、直ちにアンドロニコス一世の改革のすべてを否定。
1．大貴族、大商人たちの自領生産物輸出への代替としての西欧からの各種工業製品の輸入促進。
2．それに伴うイタリア商人への特権付与。
を決定」

「当然ながら、当然ながら、君府内外の商工業者には大打撃、それに帝国関税収入も大激減。そこでその赤字補填のためには、彼らは新たな官職の大々的な売り出し、そこにはあのコムネノス朝が創設したテーマの代替としてのプロノイア（新封建軍事制度）、その制度の大々的な私物化、つまりそこにある規制の撤廃、そして新規適用の拡大、なによりも世襲制度の適用。すべてはすべて大貴族擁護、結局は中産階級の消滅」

「親西欧派は大舵《かじ》を切ったのよ」

「大暴動、大反乱」、「当然、左派からの反発」、「その鎮圧のために新政権アンゲロス家は、手近な西欧軍事力の支援を期待する」

「そちらこちら、いまはたいしたことはないといっても、まだまだ西欧の軍事力集団は十字軍として存在していたわ」

「ただただ災いだけをもたらしただけの親西欧派」、「勿論、勿論、このアンゲロス家にも、それはそのあまりの西欧かぶれに批判を持つ人も当然ながらいたわ」、「クーデター、クーデターよ」

「ついに逆クーデター、親西欧派政権アンゲロス王朝内部での反西欧派による逆クーデター」

「親西欧派政権の初代皇帝イサキオス二世」、「ビザンツにおける親西欧派政権のアンゲロス朝、その最初の皇帝は」

「しかし、しかし、その施策に反発して蜂起した兄、アンゲロス家内の反ラテン派の兄」、「次の皇帝イサキオス三世となる兄によって初代イサキオス二世は捕縛され、目をくり抜かれて失脚」、「初代皇帝は、こうしてわが子アレキシウスとともに幽閉されるわ」

「けれど、けれど、この目をくり抜かれた初代皇帝イサキウス二世の子アレキシウスは」、「甘い甘い、後任となった二代目、伯父皇帝の監視の目をすり抜けて」、「いつの間にか幽閉所を脱出、西欧へと逃亡していったわ」

「逃亡者は西欧各地では、ただただ、おのが帝権回復への支援を要請、請願」

「もとより落ち目になりかけていたビザンツ内の親西欧派各派には、そしてそれ以上に、西欧カトリックには願ってもない存在。たちまち彼は支援を集めて、いまや魅力もなにもなくなってしまっていた十字軍も、その支援に第四・十字軍として再発足するわ」

三　ビザンツ再興（ラスカリス家発足）

「遅れていた西欧」、「しかしいまや、彼らはビザンツ内の親西欧派アンゲロス家の策動もあって、ついに君府を占拠したわ。世界首都コンスタンチノープル」、「目も眩む絢爛、豪華、そしてそこで彼らがしたこと、それはただ劫略、略奪、強盗」

「彼らはついになし遂げたのよ」、「そしてこんな彼らを、公然といまや迎え入れてくれる一部ビザンツ内の親西欧派とやら、十字軍は彼らを引き連れて、ついになし遂げた君府軍事占領」

「夜陰にまぎれて、強風下、十字軍は火を放ち、市中の大半を焼き払い、そしてついに成功した」、

「カトリックによる君府の軍事占領」

「乱入するカトリックの軍事支配を嫌って、混乱しながらも続々と正教徒は非カトリック支配地区へと逃亡していったわ」

「逃亡先は幾つも、幾つもあったけれども、最大はニケアよ」。「そこは君府のすぐ対岸、目の前にはいまや、カトリックの仕上げたあのヤクザ国家、ラテン帝国なるものが立っている」

「そこには君府が陥落する寸前、君府市民によって、最後の、最後の反アンゲロス派の皇帝として担ぎ上げられたラスカリス家のコンスタンチンも亡命していたわ」

「ラスカリス朝、ニケア・ラスカリス朝」

「輝かしい響きを持つラスカリス朝は、こうして、反カトリックの、反ドルイド教派の叫びも高らかに、西欧派とは無縁の人々の心によって担われていくのよ」

「カトリックが君府に乱入したのは一二〇四年四月よ。しかし、それはそれからたったの五十七年後」、「カトリックは君府を失うわ。そしてそのとき、この君府に入ったのは」、「それはあのとき、あの最後の夜に、正統政権として君府市民によって擁立されたのはラスカリス朝」、「しかしいまその栄光の王家からは、すでに実権を剥奪しかかっていたあのパレオロゴス家のミハイル八世」

「たしかに狡猾だったわ。けれど、けれども、しっかりものだったミハイル八世」

「こうして彼が築いたパレオロゴス朝、それは一四五三年のビザンツあの最後の日まで保って、ビザ

ンツ最後の王朝になるのだわ」

方子はメモをめくっていた、もどかしげに方子は手にしたメモをめくっていた、そのしぐさを、いとおしげに三郎は見つめていた。そしてふっと方子が目を上げたとき、二人の目は合致した。気恥ずかしげに、そっと方子は、微笑みながらそれを三郎に手渡した。

○（巻戻し）

年譜　一（一一七〇年から）

一一七〇年　再興ビザンツ・三代目皇帝マニエル一世　ヴェネツィアと和解。

一一七一年三月　マニエル一世　ヴェネツィアと再度決裂。

（1．ヴェネツィア人逮捕、2．財産没収、3．退去令、ヴェネツィアに代わってジェノバ、ピサの諸都市と友好関係へ）

（以後二十年間、ビザンツはヴェネツィアの対君府貿易停止。代わりにヴェネツィアは対シリア、エジプト貿易に活路）

☆☆☆☆年★月　マニエル一世のイタリア遠征以来、悪化していたドイツ帝フリードリッヒは背後のルーム・トルコに対ビザンツ戦開始要求。

一一七一年★月　スンニ派サラディン　イスラム左派シーア派のエジプト・ファテマ朝打倒成功、イスラム右派スンニ派のアユブ朝創設。

一一七六年九月十七日　ミリオケファロンの戦い。

（運命的な戦い、西欧に唆されていた東方のルーム・セルジューク・トルコ。この戦いでマニエル一世は惨々たる敗北。〝見るものただ涙〟、ルーム・トルコの戦利品莫大）、一〇八二年以来、営々として築いてきたビザンツ・コムネノス朝の遺産、破綻の危機。

☆☆☆☆年★月　マニエル一世　独帝フリードリッヒへの報復に親仏へと政策転換。

一一八〇年三月　マニエル一世、後継の皇太子アレキシウスの婚約相手にフランス王女アニュスを選定。

○（巻戻し）

年譜　二（一一八一年から）　（親西欧派、君府に台頭、つれて反西欧派、反右派の皇族アンドロニコス一世に人気、アンドロニコスのクーデター、共治帝に）

一一八一年九月二十四日　マニエル一世死す。幼帝アレキシウス二世即位、母マリアが摂政、彼女はフランス人。
※いまや実権をにぎったフランス人母マリア。彼女はなにごともラテン人重用、〝あの外国女め〟の声、充満。
一一八一年●月●日　カトリックのハンガリー王、早速ビザンツに背き、クロアチアの一部ダルマチアのシルミオンを掌握。
☆☆☆☆年★月　ビザンツ朝野に漲る反西欧、反カトリックの風潮。
一一八二年　この風潮に皇帝になれなかった先帝マニエル一世の兄で、その子アンドロニコス。反カトリック・反西欧を標榜し、反貴族主義横溢の風潮にも乗り、対岸カルケドンに陣を張る。呼応して君府では、反西欧派市民によるラテン人殺害。これを見て対岸アドリア海辺に陣取っていた成り上がり山賊のシチリア・ノルマンの首領ギョーム一世は、いまや西欧世界の支援を受けて、対ビザンツ戦惹起を呼号。
一一八二年　春　反西欧派のアンドロニコス　クーデターを挙行。
（首都住民大歓迎、ビザンツ各都市からは、1．存在するラテン人地区の撤去、2．各地域各地区での封建領主たちが勝手に施行している自領生産物輸出の代替物としての西欧輸入製品優遇施策の一切禁止、3．イタリア商人への特権付与の廃棄などの決議がもられてくる）

一一八二年九月　アンドロニコス　ついに幼帝アレキシウス二世との共治帝に。
（共治帝となった左派皇帝アンドロニコス一世に対して、幼い正帝アレキシウス二世とその母、そして親西欧派からの、この母妃マリアを助けるという名目での。西欧カトリックは、すでにシチリアを占拠してシチリア国王を名乗っていたノルマンの首領ギョーム一世、その彼のビザンツ侵攻計画支持を宣言）

一一八三年三月　アンドロニコス一世　帝権掌握、単独支配。
（アンドロニコス一世　反西欧派住民要求の、1．全ヴェネツィア商品の撤去、2．全特権階級への官職売買禁止令、そのすべてを受諾、実施）

☆☆☆☆年★月　しかし、この段階での官制改革、貴族統制政策の施行は遅かった。専横貴族はいまや国家の官位はなくとも、おのが所領だけでも十分、自立可能な力を持つまでになっていた。

☆☆☆☆年★月　そして大貴族・大商人はこのアンドロニコス改革には徹底抗戦、徹底廃止宣言。

☆☆☆☆年★月　左派皇帝アンドロニコス一世は、これに対して大貴族・大商人、彼ら個々人への強烈な人身攻撃開始。

☆☆☆☆年★月　しかし、やがてこれは容易に、必要以上に人民恐怖政治へと転化。一般市民の反応は、分化、分裂。

一一八三年★月　大貴族・大商人たちは、人民間のこの分裂を見るや、素早く彼らはシチリア・ノルマンに介入要求。そして西欧諸国にも、支援要請。

一一八三年六月　シチリア占拠の山賊ノルマン首長のギョーム一世、ビザンツ領ドゥリスに上陸。

一一八三年七月　アンドロニコス一世、これへの対応にビザンツ左派将軍のアレキシウス・ヴラナスを派遣。

一一八三年八月　左派将軍アレキシウス・ヴラナス、ノルマン軍を破る。

一一八三年九月　ビザンツ・ノルマン間に平和条約。

一一八三年九月　アンドロニコス一世、西欧、特にその対ビザンツ強硬派の黒幕ヴェネツィアとも平和条約。

（抑留していたヴェネツィア人も解放、和平機運盛り上がる）

一一八三年九月　ビザンツ左派グループに安堵感。しかし、アンドロニコス帝の失脚を期待していた右派大貴族・大商人は大不満。

○（巻戻し）

年譜　三（一一八五年から）、（親西欧派は再度ノルマン軍招致、戦わずに降伏する右派将軍。しかし市民軍は猛反発、徹底抗戦。持て余す西欧カトリック軍は、これに大虐殺をもって応じる。ノルマンによる凄まじいテッサロニケ市民への大虐殺。この報が、その数が到達したときの君府市民の仰天、激昂。以後、連日連夜続く君府市民の大集会。そしてその一つ、その左派を装った右派団体のその集会に出席した左派皇帝アンドロニコス一世）

一一八五年八月　シチリア・ノルマン海賊首長ギョーム一世、またまた密かにビザンツ内の西欧派の要請をうけて、テッサロニケに上陸。

一一八五年八月　左派皇帝アンドロニコス一世、先の対ノルマン戦の勝利将軍アレキシウスの兄、ヨハネス・ヴラナスを派遣。しかし、彼は食わせ者、実は右派、戦わずに降伏。

一一八五年八月二十四日　西欧カトリック軍、やすやすとテッサロニケを制圧。しかし、しかし、これに対して、テッサロニケ市民は、戦わずに降伏した右派将軍に激怒。市民軍は徹底抗戦をもって西欧カトリック侵略軍に応じる。

一一八五年●月●日　テッサロニケは、いっかな制圧できない。強烈な市民の抵抗、執拗なこの市民軍の反発に手を焼いたカトリック軍は、ついに無差別、徹底した数万にも及ぶテッサロニケ市民への大虐殺、大報復をもって応える。

一一八五年九月　凄まじい虐殺ぶり。その報、その数、そのあまりの凄さに、これが首都に達したとき、君府全市民は度肝を抜かれる。やがて朝野にわたる凄まじい大憤激、容易に、容易には収まらず、連日連夜、君府市民、各層にわたっての大抗議が首都各地で。

一一八五年九月●日　凄まじい連日連夜の君府市民の大抗議、憤慨。燃え上がる反カトリック感情、反西欧感情のほとばしり。

一一八五年九月●日　アンドロニコス一世、激昂する市民集会に出席。まずは明日の市民生活のためにと、当面の鎮静を訴える。

一一八五年九月十二日　しかし、しかし、いっかな収まらぬ市民感情。アンドロニコス一世はなお、幾つかの市民集会に出席し、慰留に努める。しかし、しかし、いっかな収まらず。

一一八五年九月十二日　アンドロニコス一世、激昂する市民の反西欧感情への同情を示すとともに、平静に、平静に、平常生活への復帰をと、慰留に努める。しかし、しかし、いまや統制が利かない。そんな中、そんな中、ひそかにひそかに、反西欧派を装った親西欧派が、反アンドロニコス一派が。

一一八五年九月十二日　アンドロニコス一世は、不用意にも、不用意にも、気がつかずに、その右派の集会に紛れてしまう。

○（巻戻し）

年譜　四（左派皇帝死す）

一一八五年九月十二日　右派集会を左派の集会と勘違いして、不意にも立ち現れたアンドロニコス一世。一瞬、親西欧派たちは度肝を抜かれるとともに、気づかずになおも無邪気に状況を語るアンドロニコス一世を、すばやく一気に捕らえて、暴行、凌辱、暴虐。あげくの果てには、アンドロニコス一世は片腕を切断されて、片目は焼き潰され、はだか馬に乗せられて市中引き回しの上、衆人環視の中、路上でなぶり殺しにされてしまう。

一一八五年九月●日　予想外の大混乱。アンドロニコス一世殺害に成功した右派、大貴族・大商人たち。彼らは直ちにかねてからのリーダー、騒乱の一方の主役だった札付きの右派、美食と勇武だけが自慢の親西欧派のアンゲロス家のイサキオスなるものを見つけだして皇帝に。

○（巻戻し）

年譜　五（唐突に奪権、成立した右派皇帝アンゲロス家）

一一八五年／秋　皇帝となったアンゲロス家のイサキオス、直ちにイサキオス二世と名乗る。しかし、即位した直後、彼は素早く右派ながらも、そこはそれ、いまは緊急事態。特にあのテッサロニケは。

一一八五年／秋　右派皇帝は、テッサロニケ対策に、有能な左派将軍、あの裏切者の右派の兄のほうは無視して有能な弟、アレキシウス・ヴラナスを。〝そうよ、彼ならば左派住民の支持も得られる〟。

一一八五年／秋　有能な左派将軍のもと、テッサロニケでは。
（けれどけれども、実はビザンツ内の右派グループ、そしてその親西欧派のグループの再度の依頼でまたやって来ていたノルマン軍。しかし、いまこの侵攻軍は有能な左派将軍の前に敗れて、ノルマンの将軍ボルトウイヌスやアッチラ伯のリカルドウスらは捕虜となってしまう。予想外の事態にあて外れ。タンクレッド指揮下のノルマン軍はあわててシチリアに逃げ帰る）

○（巻戻し）
年譜　六（右派皇帝は狡猾にも各方面から侵入して来るカトリック軍には有能な左派将軍を用いて勝利、しかし間もなく本性露呈）

一一八五年／秋　そうよ、このときのアンゲロス家の右派皇帝イサキオス二世、彼は狡猾に振る舞う。こうして彼は即位直後の危機からは脱出した。

☆☆☆☆年★月　しかし、しかし、所詮は右派皇帝。アンゲロス家のイサカマぶりはまもなく露呈してしまう。

一一八六年／夏　イサキオス二世は、率直に率直に、極めて率直に、間もなく大貴族・大商人の利益擁護を表明。

（アンドロニコス改革のすべては否定、反西欧派の落書きはいう。1．〝彼は商人が商品を売るように官職を売り渡した〟、2．そして、〝プロノイア〟〈コムネノス朝が創設した新軍事機構、皇帝統制下にそのときだけの直属の軍人のみに一時的に土地管理権を付与する〉、このプロノイア制度を大貴族・大商人に都合の良いように、恒久的な土地付与権をもと大変革を約束していく）

☆☆☆☆年★月　巷間聞かれる言葉は、〝いまや彼は外国勢力と結びつき、自国産業、自国生産力の抑制を図っている〟。

☆☆☆☆年★月　こんなイサキオス二世がいっときでも、一一八六年春、即位直後に、侵攻するノルマン軍に勝てたのは、それはそれはまだまだ首都住民間の反ラテン感情、その実態を、彼ら右派も、政権奪取側もよく承知していたから。しかし、その認識は、政権についてからは一年ともたなかった。

○（巻戻し）

年譜　七（君府市民の反ラテン闘争始まる）

☆☆☆☆年★月　この変化に対する反応こそは、一一八七年春からの君府市民の反ラテン闘争。

一一八七年／春　そこにはかつての常勝将軍。左派のアレキシウス・ヴラナス。彼の姿があった。ついに彼はこの右派政権に我慢しきれずに反発。多数の君府市民もまたこれに呼応。

馬脚をあらわした右派皇帝イサキオス二世。彼は、本質的には左派であるビザンツ市民に頼ることの危険性を認識、ただひたすらに外国人、ただひたすらにラテン人に頼ることに決める。そして導入されたラテン人部隊。

ラテン人部隊は凶悪、しかし強かった。あの英雄アレキシウス・ヴラナスも、ついにそこで戦死。

☆☆☆☆年★月　勝者イサキオス二世アンゲロスは、この鎮圧のあと、反乱地区はすべて徹底的に破壊、そして恩賞としてその土地のすべてはラテン人部隊に付与。

☆☆☆☆年★月　快哉を叫ぶビザンツ内の親西欧派、大貴族・大商人連合。彼らはこのラテン人部隊の君府大量進出を、これからの彼らの対西欧進出、対西欧貿易拡大の契機にもなるものと大歓迎。

☆☆☆☆年★月　親西欧派・大貴族派のアンゲロス家登場によってビザンツ首都、地方諸都市の商工業者はさらに苦境、壊滅へ。

☆☆☆☆年★月　結局はこの親西欧派のアンゲロス家の政権奪取は、それはこれまで、ビザンツを支えていた中堅、堅実な中産階級の破滅へと舵を切っただけ。

☆☆☆☆年★月　やがて続々と、各地方からは、アクリタイ（地方自立農民）の流れをも汲む反大貴族・反大商人派の将軍たちによって反乱は続出。

☆☆☆☆年★月　アンゲロス家はこの反乱を、ただひたすら西欧ラテン、カトリック世界からの傭兵、流民の導入で対処。

○（巻戻し）

つけたし　一（深層、時に右派皇帝も左派将軍を重用するということ）

☆☆☆☆年★月　一一八五年夏、アンゲロス家のイサキオス二世が帝権を簒奪したとき、同時にビザンツには別のノルマン軍もまたいて、君府に進撃中だった。親西欧派ながらも、それなりに軍略には優れていたイサキオス二世は、これ以上の西欧軍の跋扈は危険なことを見抜いていた。一年足らずで、やがてこれらの西欧侵略軍には有能なビザンツの左派将軍、その正規軍をもって撃退、イタリアに退去させていた。ノルマン人たちもビザンツはあきらめて、イタリア半島南部とシチリア島へと、そしてそのあとはシチリアにおとなしく彼らの王国建設へと邁進していった。

○（巻戻し）

年譜　八（一一九一年、カトリック・ファシズムの中核思想生まれる）

一一八七年十月　イスラム教徒サラフ・アッデーン、ついに十字軍国家の首都エルサレムを奪取、十字軍国家「エルサレム王国」は名目滅亡。ただし臨時首都アッコンで、残存国家はまだまだ存在。

☆☆☆☆年★月　しかしこの「エルサレム王国」滅亡によって、以後ここに右派カトリック思想の核となる存在が生まれる。最後のエルサレム国王だったギュイ・ド・リュジニャン。そのケチで偏頗な史観。その反ビザンツ・反正教史観が、以後のカトリックの、カトリック右派思想の永遠の核となる。

一一八七年★月　ローマ・パト、エルサレム王国滅亡に伴い、第三次十字軍運動案なるものを案出する。

☆☆☆☆年★月　それなりの軍略家であったアンゲロス家のイサキオス二世、ルーム・セルジューク・トルコと交渉、和平協定成功。

一一九〇年六月十日　第三次十字軍参加の独帝バルバロッサが小アジアの川で溺死。

一一九〇年●月　イサキオス二世、ブルガリアとの戦争に敗れる。

○（巻戻し）

つけたし　二（流出、北方にも十字軍）

一一九〇年、ドイツ騎士団、パレスチナの地に設立（のちの北方十字軍）。彼らはこのあと、あの悪僧インノケント三世なるものの勧奨によって、またカトリックともなったポーランド国王にも招聘されて、未だ異教徒だったバルト・スラブ人宣撫の先兵として、つまりはその奴隷狩り戦争の先兵として働くことになる。

（バルト・スラブ人、バルト・スラブ人、その語源は、スラバァとは、それは「言葉」、あるいは「光」のこと。しかし、しかし、それがこのカトリック。この北方十字軍の乱舞によって、以後はこの言葉は全く別な意味となってゆく。〝奴隷〟〝奴隷〟。そしていまや絶滅語となってしまったバル

ト・スラブ語)

○(巻戻し)

年譜　九(英王リチャード、カトリック・ファシズム運動の基盤を造成)

一一九一年十二月　狡猾な英王リチャード、ビザンツの海外領だったキプロス島を十字軍にかこつけて奪取。

一一九二年●月　英王リチャード、盗んだばかりのこのキプロス島を自国領土として、五年前、一一八七年に完全に領土を喪失していた元エルサレム王ギュイ・ド・リュジニャンに、この国土亡失者に売りつける。

☆☆☆☆年★月　以後、この英国王リチャードからキプロス島を取得したと称する国土亡失者、元キプロス国王ギュイ・ド・リュジニャンなるものは、執拗、執拗に反正教、反ビザンツ。極め付きのカトリック信者として、二十世紀のいまもカトリック右派思想の核として、息を保つ。

一一九四年●月　イサキオス二世、バルカン戦争にまた敗れる。

一一九五年●月　英国王リチャードからキプロス島を拝受したと称する元エルサレム王国の亡主ギ

ユイ・ド・リュジニャン、ビザンツの反撃を恐れて、ただひたすらに今度はドイツ皇帝ハインリッヒ二世に臣従。

○（巻戻し）
年譜　十（ビザンツに宮廷革命、反西欧派勝利）

一一九五年　武勇自慢のイサキオス二世　みずからバルカンに出陣。
一一九五年／夏　しかし、イサキオス二世がバルカンの戦場にいるときに、アンゲロス家中の左派、イサキオス二世の兄のアレキシオスが陣中でクーデター。逮捕した弟帝イサキオス二世の目をくり抜く。
一一九五年／夏　逮捕されたアンゲロス家の前帝イサキオス二世は、その子アレキシウスとともに牢獄に幽閉。
一一九五年／夏　簒奪した新帝、兄のアレキシウス三世は即位後、さらに数度にわたってバルカンに親征。

一一九六年　エルサレム王国を喪失したばかりのギュイ・ド・リュジニャン、英国王リチャード一世が不当にも勝手に上陸、ビザンツから奪取。そしてすぐに彼に売却した結果、取得したキプロス島に反ビザンツ、反正教のラテン人聖職者団設立。

一一九七年　ハインリッヒ六世、ビザンツ征服のための大艦隊、シチリア・メシナに結集。

一一九八年　弟から簒奪して即位したばかりのビザンツ新帝アレキシウス三世、親西欧派ばかりのアンゲロス家の中では例外的な反西欧派。彼は直ちにヴェネツィアへの特権剥奪、しかし、すぐ回復、また剥奪。

一一九八年一月八日　極め付きのローマの悪僧、反ビザンツのインノケント三世、ついに運命的な教皇就任。

一一九八年八月　ローマの新教皇インノケント三世、第四次十字軍宣言。

一一九八年十一月　第四次十字軍運送計画のための教皇使節、ヴェネツィア訪問。ヴェネツィア船による海上輸送取り決め成立。

一二〇一年●月　反西欧のビザンツ新帝アレキシウス三世、対バルカン・ヴアラク戦線に出陣、そこには自らが簒奪して幽閉中だった前帝の子アレキシウスをも連れ出し、可愛がる。

一二〇一年／夏　とはいえ、とはいえ、いまさら可愛がられても、幽閉されていた甥のアレキシウス、機会を捕らえて脱走。姉の嫁ぎ先だったドイツ・シュワーベン公国に逃亡。

一二〇一年●月　脱走してきた親西欧派のビザンツ前帝イサキオス二世の子アレキシウス、各地でおのが権利の回復を訴えて駆け回る。
☆☆☆年★月　真っ先に訴えでたのは極め付きの悪僧、ローマのイノケント三世。彼はそこで怪しげな約束をしてまわる。
一二〇一年●月　ローマの悪僧イノ三世への脱走皇子の約束は、1．必ず正教をカトリックに改宗させる、2．その他多数。

○（巻戻し）
年譜　十一（一一九八年カトリック、新西欧派支援に第四次十字軍宣言、一二〇三年君府侵攻）

一二〇二年／夏　〝悪僧イノケント三世の唱える十字軍なんて〟、西欧各国でも、いまさら、経費なんかは全く集まらない。
☆☆☆☆年★月　それでもそれでも、悪僧イノ三世勧奨の第四次十字軍は出発。
一二〇二年十一月十日　手始めに第四次十字軍は、まずはダルマチア・ザラでの小手調べの戦闘、そして略奪、占拠。
一二〇二年十一月　しかし、しかし、そこから先の経費は、第四次十字軍、本当に本当に、全く集まらない。
一二〇二年十一月二十四日　第四次十字軍のダルマチア・ザラ攻略の二週間後、流亡皇子ビザンツ内の親西欧派アレキシウスからの伝言、1．父イサキオス二世を復位させてくれるなら、必ず必ずローマ教皇のもとで東方教会を合同させる、2．そして必ず必ず、ラテン人には多額の礼金と、さらに一年分の遠征費をも支払う。

一二〇三年六月二十四日　カトリック艦隊、ビザンツ前帝イサキオス二世の子、親西欧派のアレキシウスを前面に押し立てて、君府正面カルケドンに到着。

一二〇三年●月●日　君府側の反応、さらになし。
一二〇三年●月●日　全くの当て外れのカトリック。
一二〇三年七月五日　カトリック艦隊、君府攻撃開始。
一二〇三年　君府側強し、カトリック艦隊たじたじ。

一二〇三年七月十六日　カトリック、ついに卑劣な手、騙し打ち、そしてブラケルナイ宮殿包囲、帝都炎上。

一二〇三年七月十六日夜　ビザンツ・アンゲロス家内の反西欧派皇帝アレキシウス三世。夜ともなると、娘エレーヌとともに手持ちの金塊多数と戴冠用の宝玉を手に、宮中脱出。

一二〇三年七月十八日　皇帝逐電を知った宮廷内、隠れていた親西欧派たちは、直ちに侵略者ラテン人に使者を送り、失脚している親西欧派前皇帝は牢獄から解放すると伝えるとともに、その息子アレキシウスが西欧、ラテン側と約束したことはすべて全部守ると伝える。

一二〇三年八月一日　ビザンツ内での最初の本格的な親西欧派王朝成立。アンゲロス家の初代帝イサキオス二世、もとより実質は半西欧派だった彼は、こうして一度失った帝権に息子のアレキシオスとともに復帰。そして息子はアレキシオス四世として、共同帝に。

一二〇三年八月一日　西欧侵略者に引き連れられて帰って来た親西欧派の新皇帝アレキシオス四世は、宮中に入るや在欧中の約束はすべて守ると。

☆☆☆☆年★月　まもなく彼、新皇帝のアレキシオス四世は、すべてのすべての、君府市民からの憎しみの的となる。彼はただただ、自分を皇位につけてくれた西欧人と、いつも飲んで騒いでいるだけだったからである。

☆☆☆☆年★月　そしてまた西欧人たちも、いつまでも、いつまでたっても自分たちと結んだ約束を果たすことのないこの新皇帝アレキシウス四世に苛立《いらだ》つ。

一二〇三年八月一日　ついに西欧人は、まずは市内イスラム教徒地区に押し入り、強盗、略奪、強殺を始める。
一二〇三年八月一日　ここで君府一般市民は、これまで共住していたイスラム居住民にいたく同情、外来者の西欧カトリック教徒と戦う。
一二〇三年八月　君府市民の在住イスラム教徒市民への同情に意外の感を募らせるカトリック、西欧からの侵入者。
一二〇三年八月　そしてそれがカトリックを招き入れた新君主アレキシウス四世への、双方からの憎悪と不信になってゆく。
☆☆☆☆年★月　もとよりこんな不当な十字軍への、そしてその聖地渡航費用負担などは、君府市民はただただ一笑するだけ、誰も相手にしない。
☆☆☆☆年★月　西欧人は、ついに市内各教会から、金銀その他、多数の貴重品の押収、略奪を始める。
一二〇三年八月一日　これに対して、君府市民からの暴動が起こった。君府市民はラテン人地区を襲う。これに対して十字軍は火を放った。火はたちまち丘の頂点までのぼり、はては聖ソフィア教会の袖廊まで。それがまた君府市民の怒りを買った。

☆☆☆☆年★月　君府市民も、そして西欧人も、みなアレキシウス四世に怒りを募らせた。それを見て御身大事の貴族たち。

○（巻戻し）
年譜　十二（ムルツフロス）

☆☆☆☆年★月　反対派には「黒い眉（ムルツフロス）」というあだ名のアレキシウス・ドウカスがリーダーになっていた。ムルツフロスは先代コムネノス家の遠縁に当たり、成り上がり親西欧派、右派のアンゲロス家などよりははるかに正当性があるとしていた。

一二〇四年一月末　群衆はハギア・ソフィアで大集会を開き、皇帝退位を要求した。恐れおののく西欧からの帰還者、親西欧派のアレキシウス四世、そしてそのもとにムルツフロス（黒い眉）はやってきた。「群衆はいま、お前に向かっている、俺が逃してやる」と。おののくアレキシウス四世はその手に簡単に乗った。ムルツフロス（黒い眉）は、宮殿からは彼を逃してやるものの、郊外の隠れ家に幽閉してしまう。

一二〇四年二月五日　ムルツフロスはアレキシウス五世として即位（すでに盲目となっていた前々帝イサキオス二世は自然死していた）、そしていま、彼の前には、まだ生き残って、ふるえおののくあの流亡王子、脱獄王子の前帝のアレキシウス四世。しかし二日後には、それは彼ムルツフロス自身が絞殺してしまう。
一二〇四年●月●日　新帝、反西欧派のアレキシウス五世（ムルツフロス）、彼は権力を完全に掌握してしまう。彼は直ちに領内から一週間以内に、十字軍は退去するように要求。
一二〇四年●月●日　その夜、ヴェネツィア総督ダンドロが来て、一度だけ会見して失敗に終わると、反西欧派の新帝アレキシウス五世は、直ちにラテン人からの攻撃から町を護るための準備に入る。
一二〇四年四月九日　ラテン人攻撃開始。しかし、ビザンツ軍も強い、カトリックのブラケルナ宮殿攻めは撃退される。カトリックはまた金角湾海岸沿いからの海軍攻撃もするが、失敗する。
一二〇四年四月十二日　強烈な北風が吹き始める。ラテン人はこの自然の目くらましにのって、ついに城内突入。十字軍騎士たちは一斉に、馬に乗ったまま、ヴェネツィア船から駆け下り、市内へ、そしてあの君府第五の丘のふもとへ。
一二〇四年四月十二日　君府第五の丘。
第五の丘の麓の家々を、カトリックは一軒一軒荒し回るうちに、ついにはビザンツ兵士が寄せつけられないようにと、ドイツ人伯爵ベルトルトは火を回し、さらにそこから数か所に放火。風に乗ってたちまち、火は金角湾沿岸の全町を焼き尽くしてしまう。

一二〇四年四月十二日　その夜、ムルツフロス（アレキシウス五世）は、必死に全支持者を呼び集めようとしたが、すでに支持者も、いまは町から逃げるか、自分の家にバリケードを築くか、それともただただ家に閉じ籠もるしか対応はなかった。

一二〇四年四月十二日　夜半、ついにムルツフロス（アレキシウス五世）は、数人の側近を連れて宮殿を抜け出す。その中にはあの売国奴、あの親西欧派の前々帝と前帝の二人の親子を、軍中クーデターで宮中から叩き出したアンゲロス家中の左派。反西欧派の皇帝アレキシウス三世、そのときはすでに国内僻地に逃亡してしまっていた男、その妃とその娘アンナも同じ反西欧派の同志として固く同行していた。

一二〇四年四月十二日夜半　ムルツフロス（アレキシウス五世）の逃亡を知ったビザンツ内の徹底抗戦派。彼らはそこで新たに新皇帝を籤《くじ》で選出した。新皇帝にはやはり反西欧派、三代前の皇帝で、いまは国内逃亡地にいるアレキシウス三世の、その娘婿、コンスタンチン・ラスカリスを選んだ。

一二〇四年四月　選出された新皇帝は、直ちに皆に武器をとるように要請。しかし、応じるものはなかった、結局は、彼は即位式もしないいまま、翌朝、宮廷脱出。ビザンツ史上最短の皇帝在位。

一二〇四年四月十三日朝、さらにビザンツ内の徹底抗戦派は、今度も籤で、そして新皇帝にはテオドリス・ラスカリスを選出。彼はいま脱走した前皇帝、あの最短皇帝のコンスタンチンの兄。
一二〇四年四月十三日　受諾した新皇帝は、直ちに君府の対岸、小アジアのニケアに移る。しかしそのとき、その傘下にあったのは、わずか三つの市と二〇〇〇人の市民のみ。しかし、しかし、その後、続々、続々と、市民と兵士。
一二〇四年四月十三日　十二日に脱走した元皇帝のムルツフロス（アレキシウス五世）は、自分に同行してきた同じ反西欧派の同志、そう、三代前の元皇帝アレキシウス三世の妃とその娘アンナをつれて、いまはトラキアで亡命皇帝を自称しているというその三代前の元皇帝アレキシウス三世の下に。この同じ反西欧派の元皇帝のいるトラキアのモシノポリスにと逃れる。
☆☆☆☆年★月　元皇帝のアレキシウス三世、彼は反西欧派。そして彼の甥はあの売国奴、あの親西欧派のアレキシウス四世。
☆☆☆☆年★月　この反西欧派の元皇帝は、親西欧派のあの甥、そして彼が通じた十字軍が、いよいよ真近に迫り、宮殿が陥落するというその直前までは強気だった。しかし、その瞬間、彼はあっという間に、かき集められるだけの金塊をかき集めると、なによりもなによりも、大事な戴冠式用の諸用具とともに逐電してしまっていた。そしていまは国内遠方、そうよ、トラキアの地で、〝亡命皇帝〟。たしかにたしかに、彼は親西欧派のアンゲロス家の中では、反西欧派だったわ。

☆☆☆☆年★月　そうよ、この三代前の皇帝、いまは自称〝亡命皇帝〟のアレキシウス三世。彼は同じ反西欧派の同志が、おのが妻と娘を連れてきてくれた。このムルツフロス（アレキシウス五世）を見て、にこにこ、にこにこ、笑って歓迎してくれた。しかし、しかし、ムルツフロスがちょっとした隙を見せたときに、あっというまに彼を捕らえて、その目は潰してしまう。
☆☆☆☆年★月　こうして、こうして、三代前の元皇帝は、ライバルを一人消したつもりでいた。

○（巻戻し）

年譜　十三（一二〇四年　君府陥落、ラテン帝国成立）

一二〇四年●月●日　ラテン人は君府を征服した。そして三日間の大略奪を行い、二〇〇〇人以上のビザンツ人の大量虐殺を行った。
一二〇四年●月●日　聖堂の主祭壇はすべて打ち壊され、その破片はすべて自分たちで配分した。純潔な乙女や少女、その他にも容赦なかった。死体はただそこら一帯に横たわった。
一二〇四年五月九日　ラテン人は会議を開き、皇帝を選出した。
一二〇四年五月十日　ラテン人は仲間のフランドル伯ボードワンを皇帝にした。

一二〇四年●月●日　ラテン人はビザンツを三分割とした。四分の一はラテン帝国とやらに、そしてヴェネツィアと他の十字軍参加者には八分の一ずつ。

一二〇四年五月●日　十字軍の中でフランドル家と対立関係にあるモンフェラート家のボニファッチョは、すばやくアンゲロス家初代皇帝、あのビザンツ半西欧派の故イサキオス二世の妃マルギットと結婚した。そしてそのただならぬ関係の誇示、デモンストレーションを繰り広げる。

一二〇四年五月十六日　ラテン帝国ボードワン帝、戴冠式。

一二〇四年六月●日　フランドル家と対立関係にあるモンフェラート家のボニファッチョは、新帝となったボードワンに、テッサロニケ地方をおのが王国として貰い受けたいと交渉。

一二〇四年七月●日　ヴェネツィアは君府総主教座を独断占拠、本国からはカトリックのトマソ・モローニを派遣。

一二〇四年七〜八月　ボニファッチョとボードワン間の紛争。

一二〇四年八月　ボニファッチョ、あの裏切り皇子、流亡王子のアレキシウス四世との約束で得ていたとして、勝手にクレタ島をヴェネツィアに売却。

一二〇四年九月　ボニファッチョ、テッサロニケ国王となる。

一二〇四年四～十月　十字軍間でビザンツ領土分割配分で合意。

☆☆☆☆年★月　自分のところに逃れて来た元皇帝ムルツフロス（アレキシウス五世）を捕らえた〝亡命皇帝〟（アレキシオス三世）ひそかに彼はこの黒い眉（ムルツフロス）を十字軍に売り渡す。

一二〇四年十一月末　喜んだ十字軍はこの元皇帝、この反西欧派のムルツフロス（アレキシウス五世）をラテン帝国に引き渡し、ラテン帝国は引き回しのあと、彼を君府・雄牛広場にて処刑する。

☆☆☆☆年★月　十字軍兵士やその他巡礼たち、中東各地からいまや一攫千金を夢みて、続々と君府に雲集。

一二〇四年十一～十二月　十字軍　参加兵士たちに占領各地の領地分配を決定。所有者とされたもの、それぞれ領地に向かう。

ビザンツ人は続々流出。

一二〇四年十一～十二月　ヴェネツィア元首　おのれみずから「君府及びロマーニャ帝国八分の三の統治者」と名乗る。

☆☆☆☆年★月　ローマの悪僧パパ・イノケント三世　第四次十字軍の君府征服を聞き、感涙、絶句。〝パリ大学の教師、学生は直ちにかの地に赴き、君府占領に付き様々な面で協力せよ〟。

一二〇五年二月　ラテン領とされたデモチカと、ヴェネツィア領とされたアドリアノープルでビザンツ人　反ラテン・反カトリックの蜂起。
以後続々と各地で反ラテン人、反カトリックの蜂起。

一二〇五年三月二十五日　危機感に駆られたボードワン帝、君府出立。
一二〇五年三月二十九日　ボードワン帝とルイ伯、反乱軍割拠のアドリアノープルを包囲する。
一二〇五年四月三日　反カトリックのワラキア王イワニッツァ、蜂起軍加勢に到着。
一二〇五年四月十四日　初代ラテン帝ボードワン帝、ブルガリア軍と戦い、敗れ、生け捕られる。
戦いは午後三時半に決す。

〇（巻戻し）
年譜　十四（一二〇五年　初代ラテン帝国皇帝、反西欧軍の捕虜となり、獄中死）
一二〇五年四月十六日　逃れた西欧敗軍、陰々滅々、君府到着。

一二〇五年四月十七日　生け捕られた初代皇帝ボードワン帝の弟アンリ、後任として摂政に就任。
ラテン帝国　君府のほかはロエデストウス、サリンプリア以外はすべて喪失。君府にあっても危うい、戦々恐々。
一二〇五年四月末～五月初旬　巡礼やその他、はや不安な君府離れ。続々と離亡、帰国を急ぐ。
一二〇五年五月二十九日　君府攻略の画策者、本悪のヴェネツィア長官エンリコ・ダンドーラ病死（ガン）。
一二〇八年一月　ローマのパパ・悪僧イノケント三世　西欧カトリック圏内の反ローマ派、親ビザンツ派の南フランス・カタリ派に十字軍派遣宣言。

〇（巻戻し）
年譜　十五（反動カトリック・アルビジョワ十字軍出立）

「そうよ、遅れていた西欧、それでも勝手に入り込んで来た山賊ノルマンが初めてビザンツと交戦した一一四七年には、第二次十字軍を出立させていたわ」
「いまでは凡庸といわれる第二次十字軍」
「結局、彼らは何の成果も上げられないまま西欧に立ち返ってきた」

「しかし、しかし、この凡庸な第二次十字軍」

「彼らが到達した頃のビザンツは、それは絶頂だったわ、ヨハネス二世の時代よ、医療機構も社会制度も教育組織も」

「カトリックの田舎者にとっては、ただもう、みな驚きの種。そしてそのとき彼らが持ち帰ったもの、それがカタリ派よ。あのユーラシア史観、その反極西思考」

「そして深い、深い、精神性」

「それはやがて南フランス、ライン・ドイツ、北フランス、北イタリア」、「深く静かに広がっていったわ」

「そのマニ教性、そのゾロアスター教性、その親仏教史観、そのユーラシア的な左派史観」

「しかし、しかし、これに危機感を感じた悪僧、あのローマの総主教インノケント三世なるものは、ついには一二〇八年一月には、アルビジョワ十字軍なるものを宣言、一二〇九年には出立させるのよ」

山梯

ジェノバ・ロード

第一部

一　黒幕の油断（一二六一年）

「変わる、変わる、すべては変わるのよ」、「かつてはビザンツに忠実で、刃向かうなんて考えられもしなかったヴェネツィア。いまは公然と、敵対するまでになっていたわ」

「一二〇四年のあのカトリックによる第一回目の君府への侵攻、それは希代の悪僧、あのローマのパト（総主教）・インノケント三世なるものの案出よ。それにヴェネツィアは乗ったわ」、「そしてその結果、でっちあげられたヤクザ国家、ラテン帝国」

「この悪徳国家の後見人は勿論、ヴェネツィア。しかし、しかし、その実質支配者、実質後見人であるはずのヴェネツィア艦隊が、あろうことか、あろうことか」

「一二六一年六月、君府を留守にしてしまったのよ」

「五十年以上も」、「一二〇四年からずっと君府にいて」、「君府市民の間には、カトリックへの支持などは全くないことなど、とうに熟知していたはずなのに」

「不用心、不用心、全くの不用心」

「そうよ、ヴェネツィアは、さらなる夢、果てしなき夢をみていたのよ」

「ヴェネツィアは、その艦隊を黒海沿岸にと、出航させたわ」

「すべては、勘違い」

「いいえ、いいえ、それはただの、ほんのちょいとした手違い」、「けれど、けれど、その結果は」

「すでに対岸、ラテン帝国の対岸、マルモラ海沿岸には、それまでのそこの統治者のラスカリス家から、半ば強引に、いまではその簒奪も終えて、実質君主」、「あのパレオロゴス家のミハイル八世が、そのニケアの地に本拠を構えて、実質新王朝を発足させていたわ」

「この王朝。そうよ、その王朝こそは、やがてはついに、あのビザンツ最後までの王朝となるはずのもの」

「そこにはすでに続々と正統派の亡命総主教以下、旧ビザンツ帝国各地からの住民や神品が結集している」

「至る所、至る所、いまや反カトリックの気運は充満している」、「いえいえ、それだけではない、そのほかにも全国各地から、多数の正教神品や住民が押し寄せてきている」

「そのニケア、いまや実質正統ビザンツ亡命政権の主となっているそのミハイル八世の足元に、見知らぬ男が、ある日」

「〝なに気なく、なに気なく、ただ市中を歩き迷って〟、〝ふと君府城内の壁の中に入り込んだら〟、〝たったいま、たったいま〟、〝ヴェネツィアの艦隊が〟」

「そうよ、あのラテン帝国の守護神のはずのヴェネツィア艦隊が、〝港外に出ていくところを見てしまった〟と伝えたのよ」

「〝守護艦隊が、留守にしてしまった〟、知らされた対岸、前線にいたビザンツの軍司令官は、直ちに虚をつき、あっという間に、それこそあっという間に、なんの抵抗もなしに市内要衝を占拠してしまう」、「そのあとは、そのあとは、ただただ連日連夜の、首都住民による大歓迎、大歓呼」

「終わり、これですべては終わりよ」

「あとは、あとは」、「ただ、もう、すべては終わりなのよ」

「いまさらヴェネツィア艦隊などの入り込む余地などは、どこにもない」

「こうして、こうして、ミハイル八世の一二六一年の君府帰還は、決着がついたのよ」

二　モンゴルのキリシタン将軍キブカ

「年を経るに従って、ビザンツどころか、やがては正教全体、いえいえ、ユーラシアのキリスト教世界全体にとって、極悪の相手となっていくあのジェノバ。しかし、しかし、まだこの段階では」

「そうよ、まだまだヴェネツィアとは対抗するあのミハイル八世の同志でもあったわ。たしかにたしかにこのときは彼らはともに反ヴェネツィアだったわ」

「しかし、今日の同志は明日の敵よ、この世は暗転する」

「でもでも、まだこのとき、このときは」、「ジェノバも、後世ほどの悪ではなかった」

「しかし、しかし、悪はすぐ成長する。そして彼らはすぐ成長したわ」

「一二六一年のあのミハイル八世の君府奪還からは三十七年後の一二九八年、ついに西欧最後の軍事拠点、あの十字軍国家の首都・アッコンは陥落するわ」

「いえいえ、その五十年前、すでにあの一二四四年には、それまでの西欧の十字軍国家が首都としていたエルサレムはイスラム軍の攻撃の前に陥落していたわ」

「アッコンはそれに代わる代理首都として、そしてまた十字軍国家最後の拠点として、よく機能していたわ」

「しかし、このアッコンが、半世紀後に陥落してしまったのよ」

「一五〇年にわたって、西欧・十字軍国家の拠点として、カトリック世界が営々として培ってきたその植民地機能」

「その基点が、その能力のすべてが、いま失陥、失落」

「その侵略性にこそ」、「そのすべてにこそ、ただただおのが権力の基盤として君臨してきていたローマの悪僧、ローマ法王とやらなる存在者。発狂したわ、発狂したわ、彼は発狂した」

「憤激のあまり、頭に血がのぼって、彼は直ちに対イスラム貿易は」、「そのすべての対イスラム関係は、一切厳禁」

「とはいえ、とはいえ、いまさら、十字軍貿易とやらで、いまではすっかり、かつての後発国からは脱皮してしまっていたイタリア商人、いまさらその道を塞がれても」

「残された道はただ一つ、そうよ、ただ一つ」、「幸いなことに、すでにイスラム勢力は黒海沿岸からは一掃されていた」

「あとはただひたすら、ひたすら、モンゴル詣で」
「おべんちゃら」
「こうして、こうして、ついに手にした黒海貿易、ジェノバ・ロードの開設」

「すでに黒海北岸にまで到達していた非イスラムのモンゴル」
「モンゴルがそこに到来する以前は、そこはあの中央アジアから南下して、イラン高原を中心にして、跋扈していた新興イスラム、セルジューク・トルコとやら」
「彼らはおのれがイスラム圏内に侵入する前後から、当時、漸く案出されたばかりの新興イスラム、右派イスラム、スンニ派なるものに身を寄せていた」、「この新興右派、いま彼らはこの新興右派の興隆とともに我が世の春」
「しかし、しかし、この新規改宗者のセルジューク・トルコ、彼らはすでにこのモンゴルが東から来る一〇〇年以上も前の一一四一年に、彼らトルコ族によってはおのが故地、あのカスピ海東岸、そこでのカトワン原の会戦で」、「東、東、もっと東」、「いまの南満州、そこでかつての配下だった金国、その金国との会戦に敗れて、西に遁走して来ていた東方民族」、「そのカラ・キタイ族・西遼との一戦に敗れて、彼らはすでに壊滅していたわ」
「はるかな東、南満州の地、そこで威を張っていた契丹族の国、遼」
「その強かった遼が、急に台頭してきたかつての配下」、「ここに来て、急に勢力を張ってきた女真族、その彼らの建てた金国」

「その金国との戦いに敗れて、中央アジア、そこに彼らはカラ・キタイ国（西遼）を建てたわ」

「カラ・キタイ（西遼）国、カラ・キタイ（西遼）国。でもでもそこは、かつてはセルジューク・トルコの故地。余所者がトランス・オキシアーノに入り込めば」

「当然ながら、セルジュークのスルタン・サンジャルは、異教徒への〝ジハード（聖戦）〟、〝ジハード（聖戦）〟」

「無残、無残よ」、「セルジューク・トルコは敗れてしまうのよ」

「それでも利口だったスルタン、彼は素早く、戦場からは離脱」、「そうよ、あのビザンツの左派皇帝ロマノス四世のように、勇敢ではあるがゆえに、最後まで戦い、ついには捕虜となって」

「その後は、故国は大混乱。ついには十年にもの長きにわたり、落ち込むようなことはなかったかと思われたけれども」

「結局は、しかし、セルジューク・トルコもこのあとは分裂」

「そして西の果てにいた、あの奇妙で、怪しげな流賊、配下とは名乗ってはいたような、訳の分からぬルーム・セルジューク・トルコとやらいうものが、得手を攫《さら》ってしまったわ」

「とはいえ、とはいえ、このルーム・セルジューク・トルコも、やがてはそれから一〇〇年後には、あの一二四三年六月には、アルメニア南方のヴァン湖畔、あのキョセ・ダグの会戦で、モンゴル草原からやって来たキリシタン将軍のキブカによって、この国も壊滅させられてしまうのよ」

三　親キリスト教のモンゴル

「いまや黒海沿岸まで制圧していたモンゴル、もとよりイスラムなんかはなんとも思ってはいなかった。だって彼らの故地は、そこはあの親キリスト教派の世界よ」、「親ネストリウス派の世界よ」

「彼らはこのあと、ミハイル八世が君府に入る一二六一年の四年前、その一二五七年には、南ロシアのウクライナの地にキプチャック汗国、そして二年後の一二五九年にはもう一つ、イラン高原にはセルジューク・トルコを壊滅させたあとにイリ汗国を造っていたわ」

「永いこと永いこと、実質的機能などはとうに失い、ただただ単なる名目的な存在にしか過ぎなかったバグダッド。そこにはまだいた古くからのイスラム帝国の残存物。そのカリフは」、「何度も何度も言うわ、モンゴル軍によってキプチャック汗国が出来る一年前、一二五八年二月には、ただただ切なげに、ただ哀れっぽく、ただただただひたすらに助命を乞うたのに、あっさりと、実にあっさりと、モンゴル軍の兵士たちによって毛布にくるまれたまま、踏み殺されていったわ」

「こうしてイスラム帝国は、すでに実質、崩壊していたのよ」

「ただただ地中海沿岸だけ、十字軍がはびこっていた地中海沿岸地方にだけ、エジプト、シリア、マグレブ諸国にだけ、残存していた」

「すべてはゼニ勘定」、「損得勘定だけがすべてだったジェノバ」

「彼らは南ウクライナの地に、キプチャック汗国が出来たと知るや、すぐに一二五七年には接近。ついで二年後に生まれた、しかし、しかし、同じモンゴルの同族でありながらも、最後の最後まで、キプチャック汗国とは仲違いをすることになる、あのイラン高原のイリ汗国にも接近するわ。イスラム圏内に生まれた二つの非イスラム国家」

「これがミハイル八世が君府に復帰する二年前の国際情勢なのよ」、「ミハイル八世が君府帰りした一二六一年、その前後という時節は、だから、だから、なにか」、「正教世界全体にとっては、なにか、うきうきとした、息吹のあった時節なのかもしれないわ」、「そうよ、そういう時期というのは、ときどき、いつも、いつか、どこかに、いまもあるわ」


「しかし、しかし、カトリック」、「カトリックというのは、考えてみれば、いまも、カトリック以外のキリスト教世界とは、全くの別の世界観」

「カトリックとは教層主義よ、階層主義よ、反民主主義。祈る人、統治する人、そして働く人。この三つが分裂、すべては平等の否定」

「カトリック圏以外のキリスト教世界のことなどは、あるとは知ってはいても、多分、それ以上のことなどはなにも知らない」

「知ろうともしない。ましてや遠い遠い中央アジア、そこにあるネストリウス派のキリスト教世界」

「そこにもキリスト教世界があるなどということは」

「彼ららしい奇怪な幻想は描いても、実態などはもとより知る気もない」

「そうよ、しかし、ジェノバ商人にとっては、利益、利益、利益の確保だけは、この世の果て、この世の奥、地獄の中にでも」


「一二六一年のミハイル八世の君府帰りからは、はや五年、いまは一二六六年。あの一二六一年当時は、まだまだ反ヴェネツィアが売り物だったジェノバ」、「しかし、いま彼らはみずからが支援した、反ヴェネツィアの君府の新政府からは、ついには念頭の黒海航路権を、取得したと吹聴」、「さらにはまた対岸の、あの新来のモンゴルの汗国、そのキプチャック汗国からは、クリミア・カッファでの商館開設の認可をも取得したと宣伝したわ」

四　奴隷狩りに狂奔する北方十字軍

「十字軍とは悪の組織よ。十字軍はついに一二九八年、あの十字軍国家の首都アッコンの陥落によって消滅したけれども、しかし、しかし、残滓物はあったわ」、「南から北方へ」

「すでに一二二二年、いまはワルシャワとかになっているあのポーランドのマゾビア、そこの領主によって招かれて、バルト海沿岸地域に転進していったあのドイツ騎士団よ」

「比類なき悪党、あのローマのカトリックの悪僧イノケント三世なるもの」

「この悪僧の推奨のもと、ドイツ騎士団は、あの南方十字軍の消滅の七十六年も前に、一二二二年には北方に転進していたわ、そして彼らは」

「そこに居住していたのはバルト・スラブ人、もとよりカトリックなどは遠い話としては知ってはいたかもしれないけれども、それ以上ではない」

「ドイツ騎士団は襲ったわ、バルト・スラブ人を」、「彼らによるこの非カトリックの原住民への聖戦布告、殲滅作戦」

「悪名高い北方十字軍。バルト海地域でのこの非カトリック教徒へのローマン・カトリック教徒による奴隷狩り作戦」

「そうよ、こうしてこの北方戦線での非カトリック教徒へのローマン・カトリックによる聖戦、奴隷狩り戦争、そしてそれと軌を一にして、東方、そうよ、あの東方、中央アジア」

「その頃はまだまだ、そこはまだ、豊潤だったあの時代の面影をも残していた、あの中央アジア。そしてそこにいたキリスト教徒たち」、「このネストリウス派キリスト教徒たちへの、ジェノバ・カトリック教徒による奴隷狩り作戦」

「ジェノバ・ロード、ジェノバ・ロードよ」、「悪名高いジェノバ・ロード、彼らはついに中央アジアにまで来た」

「彼らはそこにいたキリスト教ネストリウス派世界を殲滅させてしまうわ」

「ジェノバ・ロード、ジェノバ・ロード、決して決して、許すことはできないジェノバ・ロード」

「一二六一年の時点では、まだまだ、君府を奪還できたばかりのビザンツ政権。だからそこはまた左派政権、反奴隷派政権のビザンツ」

「この時点ではまだまだ、ジェノバもニケア政権には恭順だったわ」

「しかし、しかし、彼らはすでに、一二六一年の正教正統政権による君府奪還の時点では」、「まず宿敵のヴェネツィアを出し抜き、新皇帝ミハイル八世には、それなりに恩を売っていた。そして引き換えにヴェネツィアに代わり、ビザンツでの貿易権を独占していた」

「五年後にジェノバは、あの一二六六年には、クリミアの要衝、カッファの利権をキプチャック汗国から取得、その上さらに十一年後の一二七二年には、今度はヴォルガ・ドン河の要港、ターナへの商館設置の許可も受けているわ」

「中央アジア、中央アジアへの西欧カトリック勢力の本格的な進出、ジェノバ・ロードはいま確立中」

「悪辣なカトリック奴隷商人たちによる中央アジアへの進出の準備は、こうして徐々に完了していったのよ」

第二部

一　フランス王弟シャルル・ダンジュー

「欲しい、欲しいよう、領土が欲しいよう、子供の頃から鷲鼻は喚いていたわ。狙いは一つ、ただ一つ、反ビザンツ、反正教」、「これだけ唱えていれば、西欧では、いつでも、誰でも英雄」、ものうく、けだるく、方子は繰り返す。

「あのジェノバ、ジェノバがやっとの思いで、地面に頭をこすりつけて、黒海沿岸、キプチャック汗国から、クリミア・カッファの地に商館設置の認可を与えられたその年、つまりは一二六六年」、「フランス王弟シャルル・ダンジューは我欲に燃えていたわ」

「狙いは一つ、ただ一つ、そうよ、ビザンツ」

「そしてそのためには、その対岸にあるのはシチリア、そここそは対ビザンツ侵略のための最良の基地」

「いまそのシチリアを支配しているのは、つい先年、死んでしまったあのドイツ皇帝フリードリッヒ二世の庶子のマンフレッド」

「フランス王弟シャルル・ダンジューは狙いを定めたわ、彼はまずあのシチリアを」

「そこをいま支配しているドイツ皇帝の庶子マンフレッド、その彼を」

「そしてそのためには、その皇帝派（ギベリン）と対立するあの悪辣なローマ法王一派、ゲルフ党（教皇派）の支援をあてに」

「そして一二六六年には、イタリア・ベェネベントの隘路で、鷲鼻は皇帝軍を破ったわ」

「イタリアで、その宗主国のようなドイツ皇帝軍を破った彼はいま、ビザンツの対岸、シチリア島の支配権を掌握していこうとしていたわ」

「いまこそ、これで鷲鼻は、カトリック、いいえ、全西欧圏の支援を獲たと思ったわ」

「そして翌年、一二六七年には、彼はいよいよアドリア海を渡って、東へ遠征、ビザンツ周辺へ」「ビザンツの北辺、まずはアカイア公国に侵入」、「そして乱暴狼藉」、「そこに自分の宗主権を認めさせる」

「でも長居は無用」、「素早く、すでに前年、うまく獲得したとばかりに思っていたシチリアに舞い戻ってくる」


「鷲鼻がシチリア島を乗っ取るまでは、そこを支配していたのは神聖ローマ帝国皇帝のハインリッヒ六世の孫たちよ」

「けれどその前は、実は、シチリアを支配していたのはあの盗賊、あの北の山賊、強盗者のノルマン」、「ルジェーロ・ギスカルの系統者たち」

「しかしいま、その男系は途切れて、女系のみが残されていた」、「そしてそのなかでは最も、最も疎遠な、しかしその疎遠さだけが唯一の武器として残されていた女後継者」。「その夫が、皮肉なことにはノルマンとはいつもいつも、永く対立していたあのアルプス以北、神聖ローマ帝国皇帝のハインリッヒ六世」

「他の後継者候補たちは、だってだって、みんな、死んでしまっていたのだもの」

「こうしていま、皮肉なことにシチリア王国を手に入れていたのは、それはかつては北ではノルマンの仇敵だったこの神聖ローマ帝国の皇帝」

「そうよ、そしてこの帝国は」

「実は実は、常に右派で、いいえ、いいえ、その大半がどうしようもない右派で、ただただ上手に成り上がって来るだけが取り柄の、あの訳の分からぬ奴隷制是認思考に凝り固まっていた」、「あのローマン・カトリックの教皇たち、そうよ、右派とは常に対立していたわ」

「それがただの偶然の果てに遠い遠い、あの残されていたただの遠い女縁戚者たち、でもその遠い女縁戚者の一人とたいした謀みもなく婚姻していた、しかし、いまその女後継者の夫がシチリア王国を手に入れることになった。そうよ、そしてその女後継者の夫とは、ハインリッヒ六世よ。しかし、その彼はいま死んだ」

「そして残された子がバルバロッサ、フリードリッヒ二世」

「奴隷制是認のゲルフ党（教皇派）、この右派とは、いつもいつも対立していた左派のギベリン党（皇帝派）」

「右派ゲルフ党（教皇派）と左派ギベリン党（皇帝派）との対立」

「しかしこの左派の中心のフリードリッヒ二世はすでに、一二五〇年十二月には死んでいた。けれどそれはまだ、あのミハイル八世が一二六一年に君府帰りする十一年前。だからだから、この時点ではまだ君府はその頃は、カトリックの支配下」

「反ビザンツ十字軍の夢などは無理だった」

「鷲鼻の野心などは無理だった」

「欲しい、欲しいよう、領土が欲しいよう」

「無邪気な鷲鼻の喚き」

「そしてその頃、そのビザンツの対岸、シチリア島の支配者として残されていたのは、十一年前にすでに死んでしまっていたあのフリードリッヒ二世の庶子のマンフレッド」

「天祐、天祐よ、鷲鼻にとっては天祐よ」、「一二六一年、君府はカトリックの手を離れ、正教に帰っていった」

「そしてそれから、それからのカトリックによる君府奪還への執念」

「そうよ、いまは一二六六年。悪辣な後継ローマ教皇たちの示唆も受けて」

「そうよ、もう、君府失陥からは五年も経った。鷲鼻は、フランス王弟シャルル・ダンジューは」

「いま、ビザンツの対岸、あのシチリア島を支配しているのは、それは十六年前に死んでいたあのドイツ皇帝フリードリッヒ二世の庶子マンフレッド」

「そして勿論、本国ドイツ、あの神聖ローマ帝国の皇帝は、庶子などではなく正子のコンラッド四世」

「ギベリン（皇帝派）とゲルフ（教皇派）との対立は熾烈」

「チャンス（機会）、チャンス（機会）よ、シチリアを取ろう」、「そしてそのあと、シチリアを足場にして、全西欧を足下にして、ビザンツに入り、最終的には東ローマ帝国皇帝となろう」

「キリスト教右派とは、奴隷制是認主義者よ、アンスロポセントリスト（人間中心主義者）よ。なによりも彼らは一神教徒。だから、だから、人間だけが、自分だけが幸せになればいい」

「そうよ、この世というのは、すべてはすべて、ただただそのためだけに造られている。牛も馬も羊も山羊も、大地も川も水も、森も岩も山も石や、空気や海も、すべてはすべて、ただただ人間のためだけにある。これが悲しい後発宗教、あの一神教宗教の定め」

「最初の宗教、それは酷使され、虐待される牛にも、馬にも、涙を注いだ」

「最初の宗教、動物愛護の宗教、ゾロアスター教」

「しかし、しかし、そのゾロアスター教の否定の果てに生まれた第二宗教、それが一神教の定めなのよ」

「一神教とは神中心主義。だがその神とは、それは人間よ。一神教というのは、ただただ神という仮面を被った人間」、「その人間が、ただひたすらにおのが我欲を追求する、この我欲の是認、動物虐待の是認。そうよ、これこそがあのローマ帝国の末期、多数林立していた諸宗教、キリスト教はこれらを否定したのよ、苦難の果てに生まれたキリスト教。そうよ、そしてその頃はまだまだ動物虐待推奨の宗教が沢山残っていた、牛殺し礼賛のミスラ教、兵士宗教のミスラ教などが残っていた。これら雑多な宗教の中で、我欲を否定したキリスト教」

「しかし、しかし、いまはキリスト教は国教化された。そしてこのあとは、このすぐあとには、そうよ、この世にやって来た新来の西欧社会、それこそが、これこそが、あの西欧アウグスチヌス派の恩寵史観、恩恵派史観なんだわ」

「こんな変質したカトリック世界に紛れ込むことが、どれだけ、どれだけ新来の西欧人には安易な利益を与えたことか」

「インノケント三世とは同名で、同じく悪僧でしかなかった四世、その彼、その彼が。ユーラシア派史観にもそれなりの理解があった開明派、左派、当然、カトリックからは破門されていたギベリン党（皇帝派）のフリードリッヒ二世が死んだ時、どれだけ、どれだけ、彼は悦び、喜悦、そして皇帝の後継者には、厚かましくも父とは異なる路を踏むことを要求したことか」


「幾度か幾度か戦い敗れたローマ法王一派。ゲルフ（教皇派）のインノケント四世は、ついに左派（ギベリン）にやぶれてローマからは逃散」

「どこへ、どこへ、行くところなんかあるの」

「ある、あったのよ」、「南フランスのリヨン。やっと、やっと」

「彼らはそこに、一二四四年十二月二日」、「まだまだミハイル八世のあの君府奪還の十七年も前」、

「そして宿敵フリードリッヒ二世が死ぬ十六年前、彼はそこにたどり着いたわ」

白い、白い雲だった。しかし、その先は、高い高い山だった。


「ビザンツ、ビザンツ、ビザンツを征服する」、「これさえ唱えていれば、いつでも、誰でも、西欧では英雄よ」

「しかし、いまそのビザンツ」、「そうよ、ビザンツを領有しているのはカトリック、あの右派のラテン帝国よ、そしてその対岸、南イタリアを領有しているのは」、「それは左派」、「右派カトリックの宿敵」。「そこにはあの一二六一年のミハイル八世の君府奪還の十一年も前に死んだ、あの神聖ローマ帝

国皇帝のフリードリッヒ二世の庶子マンフレッドがいるわ」

「ゲルフ党（教皇派）にすりよるフランス王弟シャルル・ダンジュー」

「ローマ法王一派によるホーエンシュタウフェン家転覆運動は活発化するわ」

「幾人も幾人も、法王庁からは工作の枢機卿と托鉢僧が動員される。狙いは南イタリア、シチリア島」

「シチリア島には騒乱が起き、父フリードリッヒ二世の死後、アルプス以北、本国のドイツを継いでいた正子コンラッドは、このイタリアでの弟マンフレッドの危機を救うべく、急遽南下、駆けつけたものの父に遅れること四年、一二五四年五月には高熱に侵されて死んでしまうわ」

「本国、本国ドイツの本家に残されたのは、父と同じ名前の二歳になったばかりの息子コンラート、そして南、イタリアのシチリア島には、死んだ前帝の庶弟マンフレッド」


「ふん、奪ってやるさ、すべては俺のものさ」

「悪僧ぶりは依然つづくローマの教皇たち、こんな右派教皇たち、いくら代替わりなんかはしても変わりばえはしない。しかし、時を窺《うかが》うフランス王弟シャルル・ダンジューはこれと手を組む」

「そうよ、そんなときに、棚からぼた餅」

「一二六一年八月、あの反カトリックの、あのニケア・パレオロゴス家による、あのミハイル八世による君府奪還は成功したのよ」

「そしてまた当時のシチリア島には、そしてイタリア南部には」、「死んだフリードリッヒ二世の庶子、マンフレッド」

「マンフレッドは混乱の基だったあのローマの、あの右派法王たちを抑え、ミハイル八世の君府奪還の三年前の五八年八月には、衆望の基にシチリア王位についていたわ」

二　教皇派　ダンジューをビサンツ対岸のシチリア王位に付ける

「右派のゲルフ党（教皇派）を支援していた法王アレキサンドル四世は、苦境に追い込まれていったわ、右派の悪僧のアレキサンドル四世」、「でもでも彼はまだ、そうよ、あのミハイル八世による君府の喪失を知る前に」


「一二六一年五月には、死んでいったわ。そしてそれから三か月後に選出されたのがウルバヌス四世」、「君府喪失劇は彼の就任直前に起こったわ」

「そして選出されたこの新法王。悪僧は直ちにビザンツへの報復を公言」

「いま、目を細めては近寄ってくるのはシャルル・ダンジュー」、「ウルバヌス四世は、反ビザンツ十字軍宣言とラテン帝国再建を公告」、「そして反教皇派のマンフレッドの王位は剥奪。シャルル・ダンジューに、この悪僧はシチリア王位を与える」

「しかし、しかし、この悪僧は、こうした準備の果てに、三年後の一二六四年十月二十五日には死んでしまうわ」

「後任はクレメンツ四世よ、金でどうにでもなる男。この彼にシャルル・ダンジューは、その法王の就任半年後の一二六五年二月にはフランス国費から、惜しげもなく金貨二万枚をばら撒いたわ」、「代償は前法王ウルバヌス四世が与えていた鷲鼻へのシチリア王位就任の確認と、そしてさらにもっと南、そうよ、そこでのイタリア各地での王権の掌握。そしてできたら、さらに中・北部イタリアの実権をもと」

「一二六一年のミハイル八世の君府奪還で、すでにいまは消滅していたはずのラテン帝国」、「でも、でも、そのビザンツ、そこを領土にしたいシャルル・ダンジューは」

「そこは抜け目なく、この消えてしまっていたラテン帝国、そこの逃亡君主」

「いや、いまだにこの亡命君主は執拗に、西欧各地を流浪しながらも、空しくも空しくも、おのが帝位継承権なるものを主張しているこの亡命君主、そのフィリッポスにはおのが娘をも嫁がせていく」

「浅黒い肌、陰険な、抜け目のない鷲鼻、喜びなどはなにも知らない」、「ただただ策謀と力だけがすべて」

「彼は一二六五年五月二十一日に、イタリアに入り、十二月にはローマ着、翌年一二六六年一月六日には」、「ローマ教会は、カトリック右派は」、「悦びを隠しきれずに、鷲鼻に教会宗主権を認めることを条件にイタリア王冠を授けたわ。ここにイタリアにはマンフレッドと二人の君主の対立」

「マンフレッドは力の限り闘ったわ、しかし、裏切り者は出た」

「フランス王弟シャルル・ダンジューは、ついにあのベェネベンドの隘路で、一二六六年二月二十六日、残されていたホーエンシュタウフェン家の遺児マンフレッドを破った」

「あとは宣言通り、ただただ対岸ビザンツ、ビザンツへと、邪《よこしま》な野心は燃えて」

白い、白い雲だった、ただただ白い雲を見つめながら、方子はいつまでも繰り返した。

「すでにイタリアにあった正教会施設への破壊ぶり、正教徒財産の収奪ぶりが称賛の的となっていたフランス王弟シャルル・ダンジュー」

「シチリア王でもあった神聖ローマ帝国皇帝のフリードリッヒ二世が死んだあとは、残っていたのは、シチリアでは唯一の後継者でもあった庶子マンフレッド」。「しかしその庶子もいまは、そうよ、くり返すわ、ついにあの一二六六年二月二十六日、ベネベンドの隘路で死んだ」

「いまホーエンシュタウフェン家の生き残りは、それは本家フリードリッヒ二世の孫、コンラディンただ一人」

「シチリアでの王位簒奪志願者、フランス王弟シャルル・ダンジュー。彼はいま、この唯一、このホーエンシュタウフェン家唯一の後継存続者、コンラディンの命を絶つべく」

「カトリック、そうよ、カトリックのためならば、そしてあのビザンツ、その正教の破壊のためならば」

「いま必要なことは、まずはこのコンラディン、このコンラディンの殲滅こそは、絶対に必要と高言して止まぬ鷲鼻、シャルル・ダンジュー」

「そのためには足場となるのはシチリア。いま必要なことは、そのためには、そのすべてを、鷲鼻のすべてを是認する右派」

「そうよ、そうした右派教皇を選任するためには、彼はただただフランス国費を乱費して」「そしてついにここまでのし上がって来られた」、「フランス王弟シャルル・ダンジュー」、「いま残る妨害者は、それはまだ生きている、そうよ、あのホーエンシュタウフェン家、そこの唯一の生き残りフリードリッヒ二世の孫、コンラディン」

「コンラディン、コンラディン、コンラディン、そうよ、ホーエンシュタウフェン家」、「いまやその唯一の継承者コンラディンこそは」

「悪党、悪党」、「フランス王弟シャルル・ダンジューを」、「一二六八年八月二十三日、北イタリア・タリアコッツの峠で迎え撃ち、見事」、「見事な戦いぶり」

三　教皇派ダンジュー　コンラディンを処刑

「敗れた、敗れた、さすがの悪党、シャルル・ダンジューも、ついに敗れた、戦死した」、「大勝、大勝、大勝の報」

「そうか、そうか、大勝かとコンラディン」

「まずは悦び、骨休めと、戦場に設けた野天風呂に浸かっていたその時に」、「ふいと離れた林の中から」。「敗れて、逃れたはずのシャルル・ダンジュー派の一隊が」、「敗れて逃れたはずの敗残兵の一隊が」、「命からがら、ただ一隊」、「山中に潜んでいた、その逃れていたはずのただ一隊が」

「すべては、すべては逆転よ」

「このひそかなる奇襲によって、コンラディンは裸で捕獲され、連行されて、処刑、ホーエンシュタウフェン家はなくなるのよ」


「ローマ法王一派の大勝利、これが一二六八年八月二十三日のことよ」

「シャルル・ダンジューは、シャルル・ダンジューは、昂然としてシチリア王位就任を宣言するわ」

「右派、右派、ゲルフ党（教皇派）の大勝利、ローマ教皇一派の大勝利」


「一方、一方、その一年前、つまりは一二六七年」、「あの一二六一年の君府帰りからは六年後、すべての変転を認識していたミハイル八世は」

「六一年の君府奪還までは、敵だったヴェネツィアとも、いまはひそかな関係を持ち」

「逆に当時は味方だったが、いまは敵らしくも、変わっていったジェノバとは」

「そうよ、ひそかに両者には競わせる政策に転換」

「ヴェネツィアはヴェネツィアで、喜んで君府とは密約」

「そっといままでは、君府市内にも復帰。とはいえ」、「とはいえ、さすがのヴェネツィアも、まだまだ君府市内では帰り新参」、「表面は、表面は、ジェノバの監視下、利権の範囲は狭く、行動の自由もない」、「とはいえ、とはいえ、ついにヴェネツィアも黒海貿易への割り込みには成功」

「変転は極まりない、ただ野心」、「そのためには、そのためには、さらなることさらの声高な反正教、反ビザンツ」

「これさえ唱えていれば、これさえ掲げていれば、すべてはすべて、表向きは難しいときには」、「なにもかにもごまかせる、いまも昔もこれが西欧を貫く、カトリックの倫理」、「長い、長いこの病根、縦糸」、「当然のように、当然のように、この病原の実現のために、シチリアをシャルルに与えた悪僧、ローマの教皇ウルバヌス四世」

「そしてさらにこの反ビザンツ、反正教政策の病根推進のためには、いえいえ、ただただおのが野心の確保のためには、この鷲鼻への、そのシチリア王権の確証をも躊躇《ためら》わなかったローマの後継者、悪僧クレメンツ四世」


「しかし死んだわ、みんな死んだわ」

「鷲鼻にシチリアの王権を与えたあの汚濁のクレメンツ四世が死んだあと、そのあとの四年間は」

「法王などというのは誰もいなくなっていた四年間。このローマ法王の空位中、イタリア政治を壟断していたのは、それはいつの間にかすっかり実力を掌握してしまっていたシャルル・ダンジュー。実権を握った彼は、そうよ、馬鹿馬鹿しいこんな田舎芝居の教皇選出劇などは許さなかった、ただただ率直」

「ただ率直に、おのが意のままにイタリアの支配を望んだわ。シャルル・ダンジューはフランス人よ」

「イタリア人にとっては余所者のフランス人」

「こんな余所者の専横が四年間、続いたわ」

「イタリア人の不満は充満、そしてついに一二七一年」

「俺が法王だ」、「なにを、いまさら、新法王の選出だと」、「なんだ、なんだ、そんなものは」

「そしてこの鷲鼻の専横のままにさらに四年の空位のあと」、「しかし、ついに新教皇」

「それは反フランスの新教皇グレゴリオ十世」

「彼は、ビザンツとの対話も考える、カトリック内の左派、穏健派」


「なんだと、この期に及んで」

「ビザンツとの戦争以外になにがある」、「戦争だけがすべてではないか」、「他になにがある」、「この鷲鼻のシャルル様にとって」

「しかし、いまやこの選出された新教皇は対ビザンツ和平派」、「この新教皇、反フランス派の新教皇」、「彼も就任してから、もう二年」

「鷲鼻は、鷲鼻は、新教皇などの意向などには構わずに、ただただ従前通りの計画にそって、君府制圧の大軍をと」

「まずは手始めに、すでに征服済みのビザンツ北辺、あのペロソポネスに派遣。そしてさらにすぐその南、アルバニアの地にも拠点造り、手はずは整ってきたわ」

「君府帰還から十二年、まだまだ戦力には不安のあるミハイル八世、ここに至ってはやむなし、切羽詰まって、カトリック穏健派が提出した〝第二リヨン会議〟、そこの開催案にも同意」

「君府和解派のカトリック穏健派はこれを受けて、鷲鼻に圧力」

「いまはイタリア中、反フランスの気運充満。さすがに強欲、悪辣なあのシャルル・ダンジューも、いまは一旦は、和平派のグレゴリオ十世一派の圧力にも屈して、一二七五年一月には」

「そうよ、そしてついに、一二七六年には、一旦は、一時的には君府侵攻戦略の放棄までさせられるまでになっていったわ」

「しかし、しかし、すべては一瞬」

「束の間の一瞬」

「そうよ、その年、一二七六年の十月には、この肝心の左派のグレゴリオ十世は急死してしまうのよ」

「けれど、けれど、しかし、そのあとは、すぐにそのあとは、同じく親ビザンツ派のインノケント五世」

「けれど、けれど、それもわずか半年で、また急死」

「アドリアヌス五世、ヨハネス二十一世、短期間で死ぬ教皇が相次ぎ、そして一二七七年には、ついにニコラウス三世」

「彼は根っからのイタリア人よ。フランス人のシャルル・ダンジューなどとは、ハナからソリが合わず、ただただイタリア人のためのイタリアを造ることを目指す」

「そのためには、あの神聖ローマ帝国のホーエンシュタウフェン家がカトリック右派の干渉で瓦解したあと、その一時的な中継ぎとして、出てきたばかりのあのハプスブルグ家、彼は、この無名の一家を押し立てて、フランス王家とは対立させることを思い立つ」

四　反教皇派　プロチダの奔走

「フランス王家と対立するものなら、誰とでも連立」
「当然、ビザンツは含まれるわ、そしてアラゴンも」
「そして永く永く、かつてはビザンツの封土で、そしていまも深く、なお深く、ビザンツの文化は浸透している、ビザンツへの統合感もなお強い、あの南イタリアのカラブリア、そこの出身者で」
「当然のように反カトリック的だったホーエンシュタウフェン家のフリードリッヒ二世には親近感を持ち、彼に仕えていた医師のプロチダ」
「彼の心、彼の胸には、あのフリードリッヒ二世やマンフレッドと同じような自由思想が渦巻いていたわ」
「反フランス、反右派のプロチダは、ビザンツやアラゴンとの同盟を胸に描き、プロチダはただただ、駆け回る」
「一方、一方、ただ右派、西欧正統派の意向に添って、ビザンツへの侵攻、ビザンツ破壊に燃えるシャルル・ダンジューは、すでに三〇〇〇の兵を海を渡った対岸ドウラッツオ（ビザンツ北辺）に派遣済み、ヴェネツィアも協力、第四次十字軍の再現と張り切る」

「プロチダは君府に密行、ひそかにミハイル八世の秘書を連れて帰り、反フランスに燃えるシチリア各地の豪族、さらには肝心の反シャルル派のローマ教皇ニコラウス三世にも引き会わせる」

「勿論、教皇ニコラウス三世は同盟に署名。しかし、しかし、彼はこのあと、すぐに死んでしまう。一二八〇年八月二十二日よ」


「シャルルは勝ったと思ったわ」

「そして反フランスのニコラウス三世死後の六か月後、一二八一年二月二十二日には、ついに鷲鼻の画策のもと、親フランス派の新法王マルチネス四世は発足するのよ」

「この新体制発足のためだけに、どれだけシャルルは駆け回ったことかしら」

「とうとうできた」、「できたのよ」

「鷲鼻は直ちに、直ちに、反対派の形態が整う前に、君府侵攻の準備を始める」

「密かに密かに、またいつの間にか、ビザンツとの同盟者ともなっていたあのヴェネツィアにも、カトリックが勝利者となった暁には、そして新ラテン帝国再建の際には、との条約をも取り交わす始末」

「こうした西からの消えることのない侵略の危機。しかし、しかし、すでに東では、あのルーム・セルジューク・トルコは瓦解していたわ」

「たしかにたしかに、まだ残ってはいたイスラム、旧来のバグダッド。しかし、しかし、その残存していたアッバス朝のカリフなどは、それはもうあのモンゴル軍によって破壊され、イスラム世界は大混乱、群雄割拠」

「そこでいま奮闘しているのは一〇〇年前、まだまだあの西洋の十字軍侵攻時代に、その真っ盛りだった一一七一年に、ふいにエジプト・シーア派のファテマ朝政権を転覆させて」
「当時、イスラム世界に流布していた様々な流派、反体制派もどき、それらをかき集めては、曖昧模糊な、しかし、その曖昧模糊を反シーア派だと称して」、「またそれをひと纏めにしてスンニ派だとも呼ばせていた」、「ただそれだけの、大雑把な、それをいまはイスラム多数派だとも自称しているだけのエジプト・マムルーク政権」、「こんな怪しげなイスラム・反シーア派の政権にも、プロチダとミハイル八世は手を廻して」
「そうよ、こうして地中海世界を一丸として反シャルル・ダンジュー運動に励んだものの、肝心のこのニコラウス三世は」、「一二八〇年八月二十二日には、死んでしまっていたのですわ」
「そしてそれから一年後、今度は真逆のあの親シャルル派」、「右派のマルチネス四世が即位する始末」
「しかし、しかし、この右派、この親シャルル派の新教皇が誕生する半年前の一二八一年二月二十二日には、すでに反シャルル・ダンジュー派連合は、フランスとは対立する隣国のアラゴンと同盟していたのですわ」

「反フランス派の教皇が死んだあと、一年間の空位を置いて、ついに親仏派のマルチネス四世が、シャルル必死の画策で就任するわ」、「そしてそれからさらに一年後、ついにあのシチリアの晩祷事件は起きるのよ、一二八二年三月三十日の夜よ」
「フランス王弟シャルル・ダンジュー、彼による第二次君府侵攻作戦、正教殲滅作戦」
「準備は整っていたわ」、「そしてその決行の前日、その晩」
「いまだ、いまだに祖国を蹂躙しているフランス兵民への、シチリア全島民の憎悪、怒り」、「シチリアの晩祷事件は起こったわ」
「そしてそれに続いて起こったのがフランス・シャルル艦隊と、それに対立する勢力に来援してきたアラゴン・カタローニャ艦隊との死闘」
「フランス艦隊の敗北」
「消えた、消えた、消えてしまったわ、鷲鼻の野心」
「シャルルによって教皇とされた右派教皇マルチネス四世、彼は激昂、激発」
「アラゴンには直ちに対十字軍宣言」
「そして翌年一二八三年には、このイベリア半島での対アラゴン戦争に従事したものには、すべて」、「すべてには」、「十字軍としての贖罪《しょくざい》を与えるとまでの約束」
「しかし、しかし、すでに気候条件はフランス軍には不利」、「熱病は発生、そこを勇敢なアラゴンの山岳民は、背後から襲ってくる」

「指揮していたフランス王フィリップ三世は、担架に乗せられて帰ってきて、そのまま死亡する始末」

「兄の子で、いまはフランス王でもある、おのれには甥に当たるその人物の死を見ながら、同じ年にこの悪党のシャルル・ダンジューもついには、一二八五年には死んでいったわ」

「シチリアからはフランス軍を追い払ったアラゴン王ペドロ三世。このあと、彼はシチリアの首都パレルモで悠々の戴冠、シチリア王位に就くわ」

「しかしその彼も、その年、この新シチリア王となったアラゴンのペドロ三世も、死んでいったわ」

「いまは消えてしまったカトリックの野望。それを見ながら、ビザンツの皇帝ミハイル八世も、その年、死んで行ったわ」

「西からは凶悪なカトリック、東からはイスラム、この二つの敵に挟まれて、でもやりがいのある一生だったのかもしれないわ」

第三部

一　一二六〇年　モンゴル軍消失

「そうよ、モンゴル」、「カトリックなんかよりは何倍も力があったイスラム」、「そのイスラムが、実に実にあっさりと、モンゴルの前には沈んでいるわ」

「それはミハイル八世が、あの君府に帰還する十八年前、一二四三年のことよ」

「アルメニア南方の湖畔、キョセ・ダグでの会戦」、「そこでビザンツの東の宿敵ルーム・セルジューク・トルコはモンゴル軍の前に消滅していたわ」

「そしてそれから十五年後、一二五八年には」、「たとえいまは名目だけにせよ、まだまだ当時は「イスラム世界では最高の権威を保っていたバグダッドのカリフ。そのカリフが、侵攻してくるモンゴル軍の前で、哀れにも、いくらおのがいのちの助命を嘆願しても、あっさりと、実にあっさりと、簡単に毛布にくるまれては、兵士たちによって踏み殺されて、イスラム世界は消失、崩壊していたのよ」

　この事実、その事実が、どれだけ三郎の頭に染みついているか、確かめでもするかのように方子は、その目をみつめては何度も繰り返した。「そしてバグダッドが解放されてから二年後、一二六〇年には、そのモンゴルのキリシタン将軍ネストリウス派将軍のキブカは、住民大歓呼の中、ついにシリアの首都ダマスカスに三月二十一日には無血入城」

「そうよ、それなのに、このモンゴルのキリシタン将軍キブカが、住民大歓呼の中、中東の首都ダマスカスを、無血占領したその直後に」、「あろうことか、あろうことか、遠く、遠く、離れた遠い大モンゴルの首都、その大都にいた大汗のムンゲは急死」

「俄に本国では後継争い」、「イスラム世界殲滅の大権を握っていた前線総司令官のフラグは、急遽帰国」、「蘇るわ、蘇るのよ、息も絶え絶えだったイスラム世界は、これで、これで」。ものうく方子は、何度か同じ言葉を繰り返した。

「壊滅されたはずのイスラム、それがいつのまにやら、イスラム世界を消滅させたはずのモンゴル、その軍隊が」、「いつのまにやら前線を去っていた、あとには若干の残兵のみ」

「何が何だか判らず、茫然と立ち尽くしていたイスラム。しかし、しかし、やがてそれも」

「おのが敵対勢力の急激な消失に、イスラム世界は、それでも半信半疑、混迷したまま」

「しかし、しかし、やがては、あちらこちら、地方勢力は頭をもたげてきて、裏切り合い、殺し合い、群雄割拠」。赤い、赤い雲だ。まだ昼だというのに、遠く、遠い空には、赤い雲。

「あれこそはキリシタン雲、赤い、赤いネストリウス派雲」

「そうよ、あのビザンツのミハイル八世が一二六一年、君府に帰還するたった一年前、一二六〇年の三月二十一日」

「そうよ、そしてあのモンゴルのキリシタン将軍、ネストリウス派将軍のキブカが、中東の首都、ダマスカスに入城する際に掲げたあの旗」

「あの時、あの空、あの旗の上に、赤く閃《ひらめ》いていた赤い雲」

「赤い、赤い、あのときの赤い雲」、「それがいま、六八四年を経たいま、この満州で、この一九四四年に」

「そうよ、あのときの、あのダマスカスの空に、ネストリウス派将軍の旗の上に輝いていた、あの時のあの空に浮かんでいたのと同じ色」。強く、強く、方子は目をつぶっていた。

赤い、赤い雲、見えない、見えない、そんな雲は見えない。ただただ三郎は、弱々しく首を振っていた。

二　一二六〇年九月三日　モンゴルの残置キリシタン将軍キブカ敗死

「消えてしまったモンゴル軍、残置兵の統括者としてただ一人、残されたキリシタン将軍のキブカ」「やがて実態を知ったイスラム側」、「その反撃の前に、一二六〇年九月三日、キリシタン将軍キブカは戦死してしまうわ」

「なんとなく残ったイスラム世界」、「そしてそれから半年後の一二六一年六月には、ミハイル八世は晴れての君府に帰還」

「そしてそれから三十一年後の一二九一年には」、「西欧は、あの西欧が二〇〇年前、やっとの思いで、悪戦苦闘の果てに築き上げた十字軍国家」、「そのエルサレム王国の最後の拠点だったアッコン、そこがいまイスラム側の反撃の前に、亡失するのよ。中東における西欧の軍事施設は、これですべてが亡失、欠落するのよ」

「モンゴルのキリシタン将軍キブカが、一二六〇年三月二十一日、ダマスカスに無血入城した際には全く、全く、顔色のなかったイスラム、それが三十一年後には」

「すべては不可解だったモンゴル軍の本国帰還、そしてそのあとのキブカの戦死、瀕死状態だったイスラム世界、それが三十一年後には」

「もとより十字軍への地元住民の支持などは、全くなかった。なによりもそこは古くからのキリスト教徒の住地。そんなところに、遠いところからノコノコ、ノコノコと、カトリックとやら称するものがやってきて、聖地解放、聖堂建立だと騒ぎ立てて、あげくの果てには、ただ道々での大虐殺、大強奪。こんな乞食集団の異質分子などは、現地では誰も相手にするものはいなかったわ」

「なによりもそこは、カトリックなどとは無縁なキリスト教徒の住地」

「マニ教、サービア教、そしてキリスト教トマス派、キリスト教ヤコブ派、キリスト教パウロ派、それに古い古い、まだ人類が犂《すき》も鍬《くわ》も知らなかった頃からの農耕民族。そこでは犂や鍬に代わって、蛇やモグラこそが耕地を耕し、豊かにしてくれる最大の耕作仲間。当然、蛇や蛙を慈しんでいたイェジイット教徒」

「こんな彼らよりははるかに遅れてやって来ていた新来のイスラム教徒」

「そこには様々、異質な人たちはいたわ」

「しかし、いまそこにやってきたものはカトリック教徒。彼らは嫌われたわ」

「彼らはなによりも、おのが教徒以外はすべては弾圧、虐殺するのみ」

「野蛮な西欧人。氷河はすでに解凍して、住めるようにはなっていた、そこからやって来た」

「もとより彼らに地元住民の支援などは全くない。ただただ道々での大虐殺、大収奪、そしてついに築けた十字軍国家」

「しかし、いまそれも、十字軍国家、その最後の拠点、臨時首都としていたアッコン」

「一二九一年五月十五日、そこもついに陥落してしまった」

「そうよ、カトリックは発狂したわ。なによりも教皇は右派のフランチェスコ派よ」

「右派よ、右派よ、あのニコラウス四世よ」、「シチリアの晩祷事件で、シャルル・ダンジュー一派が失墜してしまったあともなお、そしてそのシャルル・ダンジューが憤死してしまったあとも、なおもその息子を、シャルル二世としてあのシチリア王に復帰させようとして画策した男」

「発狂したわ、発狂したわ、右派教皇ニコラウス四世」

「右派教皇はすべてのカトリック教国に、このアッコン失落に対する報復として」、「対イスラム貿易は、一切合切、すべてを徹底禁止すると宣言」

「すると残るは、それはすでに、イスラムとは無縁な地域となっていたあの黒海沿岸、いまはモンゴルの支配地域、黒海北岸」

第四部

一　ネストリウス派キリスト教の世界

「ズカズカ、ズカズカと入り込んできた西欧のカトリック一神教徒たち」、「しかし、しかし、この西欧のカトリック教徒たちが入り込んで来た当時の中央アジア」

「そこはたしかにもう、すでにあの五〇〇年前の、あの黄金時代のきらめきこそは消えてはいたものの、まだまだ」

「緑も豊か、湖沼地帯も残っていたわ」、「数世紀前の、そしてもっと古い、あの氷河期時代の残滓すらも、まだまだ山間地帯にはあった」

「十八、十九世紀頃の、乾き切った中央アジアとは全く違う」

「そこにはまだまだ、ペルシア、バクトリア、アッシリア、エフタル、サカ、スキタイ、豊かな、豊かなユーラシア文化地帯の香り」

「遅れた西欧から、なにも知らずに、無邪気に乗り込んで来た一神教世界からの侵入者たち」

「彼らが目にした中央アジア世界とは、そうよ、意外にも溌剌《はつらつ》、活発、しかし、全く別なキリスト教徒社会」、「独善的なカトリック、西欧・キリスト教世界などとはまたちがう、中央アジア・キリスト教世界の三位一体派社会」、「それはたしかにローマン・カトリックなどから見れば異質な左派世界」

「なによりもそこは、そのキリスト教世界は、ついに一度も、国教となることのなかったキリスト教世界」

「彼らはつねに、弾圧とは闘いながらも、そしてそれらとはまたうまく、なれ合って行かざるを得なかった」

「あの西欧の、キリスト教が国教化されてからは、すべてに傲慢となり、他の世界のキリスト教社会と全く異質な、ただただ独善を誇り、奇形的な、独自に発達していった感のある、あのローマ帝国。特にその西方、アウグスチヌス派などが跋扈してからの西欧のカトリック世界などとは全く異質」

「そうよ、ペルシア帝国内では、あのゾロアスター教が国教だったペルシア帝国内では」、「それはそれとして、そこではまた別な、独自の、究極の形態のキリスト教が発展していたわ。ネストリウス派こそはその精華の一つ」

「おかしな、おかしな、あんなフランチェスコ会とやら、ボナベンツゥラとやら、訳の分からぬオカルチスト」、「意味不明で、内容はすべて曖昧模糊」、「ただただ国家権力を背景に、無闇とやたらと、神父とか牧師とかは、信徒をただ脅し上げては叱りつけ、あげくの果てには、自分にも訳の分からぬ神秘的なものを捏ね上げては、うん、うん、ただ独りよがりに唸っているだけ」、「贋造だらけ、一人合点」

「こんな西欧の、ゴシック風とやらのまがいものの新造成、後発の一神教派理論」

「そんなものはもとより、この中央アジア、そこには国家権力の庇護などはなにもない、そこで発達した、そこのネストリウス派のキリスト教社会が受け入れるはずもない」

「第一、そこにはすでに八世紀ごろになって、あのイスラムとやらが乗り込んでくるはるか以前から、あのササン朝ペルシア全盛時代のときから、キリスト教はすでにそれなりに是認されていて、まだまだキリスト教がローマ帝国内では弾圧されていた時代にも、弾圧されることなどはなく、保護されていたのですわ」

「当然、それは、あのローマ帝国内では弾圧されながらも、また密かに継続していた、あのキリスト教とは別種のもの」

「そしてそれはそのあと、またあのペルシア・パルチア帝国時代には、そのキリスト教は、国教でこそはなかったものの、すでに公認はされていたわ」

「それは幾重にも幾重にも発展していたわ。それがペルシア帝国内のキリスト教よ」

「後に国教化された、西のローマ帝国内のキリスト教世界とは、勿論、それなりには、緊密に提携は保っていたわ。特にローマ帝国が東西に分裂してからは、東のビザンツ帝国内のキリスト教会とは、頻繁、親密」

「ペルシア帝国はなによりもギリシア文化を尊重したわ。だから、ギリシア文化を継承していたあの東方、ビザンツ世界の教会、三位一体派史観とは、共通するものを、これら大東方キリスト教世界はもっていたわ」

「ヘレニズム文化よ、そしてそれはまたビザンツ文化。密かにはヘレニズム科学思想」

「ペルシア帝国内のキリスト教は、これらを強く認識する側面を持っていたわ」

「だからあの、ビザンツ帝国内の右派、あの反オリゲネス派の右派、あの親西欧派皇帝のユスチニアヌス一世などとは」、「彼らビザンツ内の親西欧派、反ヘレニズム派とは」

「どうしても別の道」

「だからこれら右派とは対立するビザンツ内の左派思想家とは、それはペルシア思考派とは密接だったわ」

「あのエデッサの知恵の館」

「そうよ、あのギリシア合理主義的な、それが内蔵する本来の三位一体派理論」、「この三位一体派理論と、ペルシア思考とは共通するものがあったわ」

「一方、こんな左派史観、こんなビザンツ視界とは全く別。早くからそんなものとは決別していった西方のローマ教会、右派教会」

「特に十一世紀以降は、彼らはただただビザンツとは、対立だけを言挙げしていったわ」

「そんなローマ世界の残滓物が、いま、昔の夢遊病的な感覚をもって、そんなローマ教会的な視界をもって、中央アジア世界に入り込んで来ても」、「もとより、もとより、そこに入り込む余地などは全くないわ」

「しかし、しかし、ついに入って来てしまったカトリック」

「特にそれが、あのフランチェスコ会派の、あの奴隷制是認思考派となると」

「こんなものが、こんなものが、西から入り込んできて」

「そうよ、そしてこれら西欧人の目に」、「無知から沸き上がる、吹き上がる、この中央アジア・キリスト教人たちへの、ただならぬ違和感」

「そんな左派キリスト教史観への」、「わななくようなおののきと、言いようのない不安と恐怖」


「カトリック、カトリックは、第一、カトリックは、この世においては、カトリック以外のいかなるキリスト教をも認めてはならぬもの」

「それがこの世における彼らの掟。しかし、いまそれが、この新入りとして入り込んだ中央アジアの地においては」

「ふん、奴隷制反対だって」、「おや、まあ」
「それはけっこうなこと」、「そうよ、それは結構」
「でもねぇ、でもねぇ」
「ふん、なによ」
「本当、本当にそう」
「そう、それは結構」
「でもねぇ、でもねぇ」、「こんなところにもキリスト教があったなんて」
「それも、それも、奴隷制反対だなんて、思ってもいなかったわ」
「ふん、おためごかし、おきれいごと」
「なによ、あんたたちなんかよりも、いまはずっと進んだあたしたちの西欧キリスト教世界は、もう、そんな迷いごとは、とっくに卒業しているわ」
「卒業、卒業したわ」
「そしていまは密かに、いやいや公然として、その奴隷売買事業、その復活」
「いいえ、いいえ、もう、キリスト教世界では、すでに奴隷制廃止運動なんかは、とうに衰退」
「いまや公然とした奴隷制是認化法制への要求」、「いいや、いや、それはまだまだ」
「実はまだほんの底流、しかし、しかし」
「分かる、分かる、このキリスト教世界内部の奴隷制復活化への要求、憧れ」
「分かる、分かる、その衝動」

「いいえ、いいえ、もうすでに会得してしまっているのさ、このうま味、その面白さ」
「そうよ、一神教のカトリック」
「彼らにとっては、あの後発の」、「そうよ、あの可愛気のある後発」
「それゆえに彼らは常に」、「この後発の一神教のイスラムは」、「常に」、「常に先発の、あの先発のカトリック右派を横目に、見習っては左派」、「そのイスラム教左派のムータジラ派との論争時代から」、
「その神学を学習してきたイスラム教右派などは、もとよりもとより同心同腹」
「奴隷売買なんて、お互い同士なんとも、なんの違和感もありはしない」
「ヨハネ騎士団、マルタ騎士団、ドイツ騎士団、ロードス島騎士団、みんなみんな仲間よ」、「そしていまでは、英国よ、あの英国王室よ」
「そこではいまはマルタ騎士団とやらが、すっかり英国王室丸抱えとなって、だから当然、彼らはいまではプロテスタント仕立てとやら、その名もイェルサレムのヨハネ騎士団とやら、彼らは奴隷商人よ」
「こんなこと、こんなこと、ただただ西欧人のしたいこと、すること」、「それがいま中央アジアで、あのジェノバ・ルートの開通以来、この西欧キリスト教徒が」、「カトリック教徒が、ついに彼らが、この中央アジアで、同じキリスト教徒にしたこと、奴隷売買、奴隷狩り」

二　中央アジア・キリスト教徒を襲う西欧カトリック教徒たち

「すべては一三四八年以降のことよ」

「すべてはすべて、あの一三四八年」、「突如としてあの中央アジアを襲ってきた大旱魃、大飢饉」、「そしてそれを喜んだ新来の、外来の奴隷商人、ジェノバ人、ポーランド人」

「前兆はあったわ、前兆はあったわ」。「あの五十年前、そこであのカトリックは、あのビザンツでの、あの予行練習」、「カトリックの、カトリックのあのカタロニア傭兵団たちの悪行」

「たしかに君府を奪還したミハイル八世」、「そしてミハイル八世の嗣子はアンドロニコス二世」

「彼が、彼が、父が死んでから執政を担当してから間もなく、ふいに勃興、猖獗《しょうけつ》を極めだしてきたトルコ人」、「彼らは別種のトルコ人よ」、「オスマン・トルコ人」、「どこから来たのか、よくわからない」

「ふいと出てきたこの新出の、トルコ人らしきものに対応させるために、ミハイル八世の子アンドロニコス二世は、かつての同盟国、遠い遠いあのアラゴンからの一兵団」

「戦力だけはたっぷりあるということで、呼び寄せたのがカタロニア傭兵団よ」

「別名アラゴン傭兵団」、「たしかに戦力はすごかったわ」

「けれど、けれども、所詮はカトリック」

「やがて彼らはこのあと、戦功に比して、恩賞が足りないと騒ぎだし、あげくの果てには、手当たり次第、そこらにいた手近な、地付きのザンツ農民を対象にしての奴隷狩り集団に変質」

「これこそ、これこそが、やがては、あの五十年後、中央アジアで、ジェノバ人やポーランド人が」

「後発の、彼ら西欧のキリスト教徒なんぞが」、「彼らの先祖などがまだまだ、キリスト教徒になんかになるよりもはるかに以前からの、古くからのキリスト教徒だった、あの中央アジア地区での、そのキリスト教徒集団地域における」

「そしていまではそこには、いまは一人もキリスト教徒住民はいなくなる」、「そのキリスト教徒殲滅者としての、その前触れ、そのキリスト教徒、あのカトリック教徒、ジェノバ人やポーランド人たちの先駆け」

「そうよ、それこそは、あのジェノバ人やポーランド人」、「この中央アジアでの奴隷狩り者たちのお手本教師は」、「それはそのつい五十年足らず前、あのビザンツで、このカタロニア傭兵団が示した手際、その手練」

赤い、赤い、ただ赤い、方子は手を伸ばした、遠い、遠い、ただ遠い雲。

第五部

一　君府奪還の功労者ミハイル八世の後継者は人格者アンドロニコス二世

「すべては一三〇四年よ、彼の父ミハイル八世が君府を回復してからは四十三年目」、「結局はあの一二六一年のミハイル八世の君府奪還、それは安定しなかったわ」

「一二六一年以降のあの第二次君府政権は、その二十一年後、つまりはあの一二八二年に起こったシャルル・ダンジューによる第二次君府侵攻作戦」、「それは凌《しの》いだわ」

「シチリアの晩祷事件の危機は乗り越えた、そしてそれから十年ぐらいは、それはそれなりに安定は保っていた。けれどけれどもそれも一二九〇年頃からは」

「カトリックの本質は、たとえ一度や二度、おのが策略に蹉跌《さてつ》があったとしても」、「決してそんなことでは怯まない。鵜の目鷹の目、正教会側になにか落ち度はないか、そしてそれらしきものが、カトリック側がただそうだと思いこめば、あとは大袈裟にそれを振りまわしていく」、「無邪気なものは、それに誑かされていく」

「結局はアンドロニコス二世は、彼らがただ反ローマ派だというだけで、カタローニャ傭兵団を勘違いしていたわ」

「たしかに聖人だったわ、アンドロニコス二世」、「人格者だったわ、アンドロニコス二世」、「勿論、勿論、彼は反西欧派、反奴隷制派、しかし、英邁ではなかった」

「カトリックは決して、決して、失敗したあの一二八二年の第二次君府侵攻作戦、このことを忘れはしなかった」、「そして正教撲滅、正教殲滅の夢を諦めてはいなかった」

「一二八二年の、あのシャルル・ダンジューによる第二次君府制定作戦が失敗したあとでも、カトリックは常に、その直後から、そしてさらにそれから五、六年は経ったあとでは一層、カトリックは常にひっきりなしの対ビザンツ攪乱戦、対正教謀略戦」

「そしてカトリックのくせにビザンツとは同盟関係を結んでいたアラゴンには対十字軍宣言へと」

「ひっきりなしのカトリックによるこの対ビザンツへの十字軍作戦、そしてそれはさらに一二八五年には、もう一段、対正教圏全体への戦線拡大宣言」

「いまやカトリックにとっては、この正教世界全体への浸透、侵略作戦こそは、続発する彼ら内部の、カトリック教会内部にある矛盾、醜聞をはぐらかす最大の武器」

「無邪気なものはすぐ従う、そして狡猾なものは薄ら笑い」

「カトリック世界の隅々は、いまや正教世界、いやビザンツ正教圏、バルカン、トラキアへの侵攻計画をただ礼賛する」

「ミハイル八世は一二八二年には死んだわ。それは凶賊、あのフランス王弟シャルル・ダンジュー、彼がその年の三月に死んだ直後よ」

「この悪党、フランス王弟は、おのが侵攻作戦のすべてが、破綻したと知った直後に死んだわ」

「そしてこの凶者、その彼の失意の果てなる死を見届けてから、ミハイル八世は、それなりの微笑の中に死んでいったのかもしれないわ」

「しかし、しかし、カトリックは甘くはない。カトリックはただ、このミハイル八世が死んだ直後から、彼の嗣子アンドロニコス二世が即位した直後から、圧力をさらに強めていく」


「そうよ、いまやビザンツにとっては最大の剣呑は西、対カトリック戦略」、「一方、一方、東、こんな西を横目にして東は」

「そこではかつての宿敵ルーム・セルジューク・トルコは、いまではもうビザンツの同盟国となっているあのモンゴル。そのモンゴルの力によって、一二四三年にはあのキョセ・ダグの会戦で、壊滅されていたわ」

「残滓はまだまだ、各地に残ってはいたというものの、もはやそれほどのものではない」

「だからアンドロニコス二世は、執拗に執拗にいまも君府への侵攻を諦めないカトリック、この凶意に満ちたカトリック一派、この西の一派だけに」、「そうよ、敵はカトリックなのよ、敵はカトリックだけ」

「彼らは執拗に執拗に、ミハイル八世が死去した直後から、隙を狙っては、バルカンからトラキア、正教圏への侵攻を強めていたわ」

「現地からはいまや日に日に、緊急の支援要請」

「アンドロニコス二世は、ついに、伝統的に東にいるビザンツ最強の軍団」、「最終的に対イスラム戦用とされていたあの最強師団を、西の対カトリック戦用にと転用することになるのよ」

「空いてしまった東」、「かつてはそこには、あのマンツケルトの敗戦のあとも、いえいえ、さらにそのあとの苦難期にも。そしてまた幾多の、流民、難民の流入があったにもかかわらず、再び強く立ち上がって隆盛を築いた、あの左派の地盤。そうよ、ビザンツ第二の黄金期を築いたコムネノス朝、それもそこから生まれていたわ。しかし、いま、事態は全く違う状況に立ち至っていたわ」

「私の大好きな、あのマンガチックな、そして英雄的なアンドロニコス一世。その彼の悲劇的な死とともに、コムネノス朝期は消滅していた」

「そしてそのあとに、ふいと入り込んできたこのビザンツには全く不釣り合いな、半ば親西欧派的な政権、ただただカトリックへの買弁でしかなかったアンゲロス朝」

「そしてそれにつけ込んだカトリック、彼らはラテン帝国を作ったわ」

「ラテン帝国、ラテン帝国、しかし、たいしたことはなかった。旧ビザンツ帝国の小アジア部分にはほとんど手もつけられずに」、「だからアジア側の大部分は、ラテン帝国などは全く無視して残存していた旧正教側体制政権が保持していたわ、そしてその先」

「そこにはすでに消えてしまっていたあのセルジューク・トルコの代貸《だいがし》、ルーム・セルジューク・トルコがいたわ」

「マンツケルトの会戦を戦った本家本元のセルジューク・トルコは、すでにその一〇〇年も前に、一一四三年に、あの南満州、そこでのかつての配下だった金国に追われて敗走、西に遁走してきたカラ・キタイ（西遼）国、この西遼国とのカスピ海東岸カトワン原での会戦に敗れて、倒壊していたわ」

「あとに残っていたのは奇態な、訳の分からぬ分家とやらを称する、ただ末端の統治機構、ルーム・セルジューク・トルコなるもの。彼らはアナトリア半島のかなりの部分を占拠してはいたものの、そのルーム・セルジューク・トルコも」

「そうよ、一二四三年には、あのミハイル八世が君府を奪還する一二六一年の十八年も前に、アルメニア高原キョセ・ダグの会戦で、モンゴルの手によって殲滅されてしまっていたわ」

「そしていま、アナトリア半島の半分、ビザンツ正規軍がカトリックの侵寇に対応するために東から西に回ったいま、その隙間を狙って」

「かつては中央アジア各地を荒し回っていたあのモンゴル」、「そのモンゴルに追われたとか、いやまた、それとはちがう別な、新たなる戦乱を逃れてきたか、様々な理由を言い立ててはホラサン、ホラズム、バクトリア」、「各地から流れ流れて、流浪の果てに、この空間があるらしいアナトリア、遠く離れたこのアナトリアの地に、夢を託して来る雑多な民」

「しかしそれを抑える力は、いま、それは東から西へ」、「ビザンツの東半分を抑える軍隊は、西の対カトリック戦用に」

二　執拗に執拗にカトリックは彼を狙う、ついに彼は東方の正規軍をも西に回す

「カトリックはいまや、シャルル・ダンジューの失敗を取り戻そうとしていたわ」

「反ビザンツ、反正教」、「そのためならば、十字軍宣言などはとっくにしていたわ」

「そんなものはもうとうに、発動していたではないか、実行を」、「とにかくその実行を」、「執拗に執拗にその実行を迫るカトリック中枢」

「そして、いま漸く様々な言いがかりを工面しながらも、おのが野心を基に正教圏への軍事攻勢を示してきた周辺各国」

「このカトリックの侵攻の前には、東の難民、東の流民などは、たいしたことではなくなっていた」

「ただ西、ただ西に」、「東の戦力はいまや対カトリック戦用に回すしかないとビザンツ皇帝」

「人格者、彼は聖人、平和主義者、軍事費などは削減してしまっていたわ」

「この空いた東のアナトリアの僻地」、「いまやそこに入り込んでくる移民、難民、流民」

「入り込んでくる難民、移民、流民。そしてこの移民、難民を引き入れて」、「それでもまだまだ残っているよ、あの左派農民」、「やつらはまだまだ大商人・大貴族を敵視しているよ」、「いまでもなおもおれたち、この大商人・大貴族には、敵対的なこの左派住民」

「そうさ、奴らの生活基盤なんか」

「そしてただただその価値の低下を狙う」、「いままた新たに、この世に生まれて来たばかりの新出の

ビザンツ右派、大貴族・大商人」

「右派は常に同じ、そしていままた、この勃興してきたばかりの大商人・大貴族たち」、「彼らは入り込んでくる移民、難民、流民たちを、手近な労働力として調法する」

「土地の警備、守衛、さらには西に行って空白となった正規軍のあとには、一時繋ぎの臨時兵としても」

「入り込んでくる移民、難民、流民」、「やがて彼らははじめから傭兵として入り込み、いつの日か、いつの日か、みずからも自立、自存しようと目論む、それがあのオスマン・トルコよ」

「駆け込んでくる移民、難民、ただ哀願、訴求する流民、難民」

「そしてこの流民、難民に、ひそかにいまは武器を与えて」

「それはすでに半ば、自立してしまった傭兵隊長たち」


「かつてはそれを抑えていたルーム・セルジューク・トルコ。しかし、いまは彼らはもういない、そして東の境界は曖昧」

「そしてもう一つ、もう一つ、侵入者を抑えていたはずのあのビザンツ軍は」、「それはいまは、いまはもうカトリックによって、西の国境線へ」、「西の国境線こそはあぶない」

「そしてカトリックにとっては、この正教ビザンツ国家こそは、それはなんとしてでも倒したい」

「かつては一度は、あの君府には、カトリックの大司教座を置いたではないか」

「幻想が棄て切れないカトリック」

「そしてこのどさくさ紛れにこそ、この混迷の中からこそ、生まれてきたオスマン・トルコなる存在」

「彼らはやがては一つのグループを形成しだす」

「昔の幻影が忘れられないカトリック、まだまだ東の新事態ははっきりとは分からぬものの」、「繰り返し、繰り返し、再三再四、彼らはさらなる対ビザンツへの十字軍宣言を繰り返す」

「そしてまた執拗。執拗な、新しい侵攻作戦。そしてその成果は、その成果は」

「正教ビザンツ国家は、ついに東部にいた正規軍のすべてを、西に回すまでになってしまっていたわ」

「訳の分からぬ集団、怪しげなオスマン・トルコ」、「もとより出処などは分からぬ」

「いまはただただ、イスラムを信奉して、アナトリア半島の西部、とりわけ沿岸部に、いつのまにやら浸透してきていた、その雑多な盗賊集団のリーダー」

「そしてさらにその周辺には、さらに幾多の別種の、移民、難民、流民」、「次から次と彼らは増えていく」

「いつの間にか彼らを纏めるリーダーには、オスマン・トルコなるものはその一つ」

第六部

一　空白となった東方ビザンツ、そこにビザンツ内を流浪していたオスマン・トルコ族

「イスラムは一夫多妻よ」、「侵略してしまえば、そして成功してしまえば、もとよりあとは勝手放題」

「その土地は奪え、その家の娘と息子は勝手に処置しろ」

「恋愛などは必要ない、美人も不美人もそんなことはどうでもいい、ただただ男と女」

「悲惨なのは子を産めなかった女だけ、その老後は悲惨」

「イスラムの強さはここにあるのよ」

「かつて、かつては、あのシーア派時代には、そこにはあのニザル派の興隆期時代にあったような、イスラム恋愛文学絶頂期」、「遠い、遠い、そんなものは遠い彼方、昔のこと」

「いまはただただ凡俗、野蛮」、「掠奪是認の新興スンニ派万歳の時代」、つぶやく、つぶやく、方子はつぶやく。


「正規軍が西方に派出されてしまったあと、放置された東方、そこでの雑多な諸勢力のなかで、いまはひそかに先頭を走るまでになっていたオスマン・トルコ」、「でもでも彼らはまだ、数年後ほどまで

には、たいして強力ではなかった」

「そうよ、アンドロニコス二世にとっては、最強の敵は西、やはり西方、カトリック」

「東はまだまだ雑多、それほどの強力でもなかった」、「だから、だからこそアンドロニコス二世は、東にいた残余の正規軍、カッパドキア、アナトリアに駐屯していた正規軍、それすらもさらに西、対カトリック戦用へと回してしまったのよ」


「空いた、空いた、空いてしまった東の国土」、「入って来る、入って来たわ」

「いまやすでに、当然のように地歴にも詳しいオスマン・トルコ」

「でも彼らだって、最初はおずおず、態度もおとなしげ」、「ただただビザンツ側からあてがわれた留営地から留営地へと、移動するだけ。しかし、しかし、やがて態度は大きくなり、武器さえ持って」、「そしてミハイル八世が死んだ一二八二年頃からはほぼ十年後の一二九一年頃には」、「ついに小アジア、キリスト教徒側、その最有力のテクフル（キリスト教徒自衛都市）、その一つのカラジャ・ヒサール、ついにそこが、この流民軍団によって制圧されてしまったのよ」、「アンドロニコス二世即位からたった数年で」

二　一三〇一年　各地を流浪していたオスマン・トルコ族　ついにビザンツに初勝利

「情報通などはどこにもいるわ、東の状況などは、カトリックにはすぐ分かる。そしてそれを片手に、さらに居丈高になってくるカトリック」、「アンドロニコス二世は人格者、人格者の彼にとっては」

「そしてそれはやがては、このオスマン・トルコは」

「それはとんでもないものに成長するにしても、いまはまだただ、ビザンツ国内の西方の一部を移動するだけの幾つもある匪賊《ひぞく》集団の一つ」

「幾つかあるこの盗賊集団の一つは、やがてはオスマン・トルコなるものに変質するにしても」

「いまはただただ訳の分からぬ難民、移民の集団」

「まだまだビザンツにとっては、直接の脅威ではない」

「テクフル（キリスト教徒自衛都市）が大変だって」

「それは、それはそのテクフル自体の問題さ」

「自分たちがしっかりと対処すればいい。あんな乞食集団、できないはずがないではないか」

「いやまず、それよりはまずは、西のカトリック」、「当面はまずはこの増大する西のカトリック、その軍事圧力にこそ」

「彼はさらに東にいた正規軍、そのすべてを、西に回してしまったわ」

「バルカン、バルカン、トラキア、トラキア、ここでの侵攻してくるカトリック軍事勢力への対応に」

「消えてしまった東の防衛線」、「しかし、いまやそこには強力な武器さえも手に入れて、流れ込んでくる難民、移民、匪賊たち」

「そしてついに一三〇一年、それまでは取り立てて、たしかに一二九九年頃からはかなり怪しくなってはいたとはいうものの、まだまだ、それほどでもなかったあのオスマン・トルコなる集団」

「それがついに、この一三〇一年には、あの小アジア」、「ニコメディアとニカイアとの間の地のバフィエオムでの衝突で、地元警察隊との、そうよ、初めて軍事組織として、ついにこのビザンツ治安部隊に勝利したわ」


「どうすればいい、どうすればいいの。いまさら西の正規軍は」

「そうよ、それなら、それなら、傭兵よ」

「しかし、誰を、それにその戦力は」

「そうか、傭兵か」

「でもでも、親ローマ派は駄目よ、駄目、絶対に駄目。だけど反ローマ派なら」

「カタロニア傭兵団がいいわ、彼らなら、カトリックとはいっても、反ローマ派だから」

「アンドロニコス二世は採用したわ、カタロニア傭兵団を採用したわ。たしかにたしかに緊急を要するまでになっていた東の防衛線」

「一三〇二年、彼は採用し、傭兵団はそこに差し向けられたわ。急速に傾いてしまっていた東、軽視していたあの対オスマン・トルコ戦用に」

「カトリックのカタロニア傭兵団は強かった、強かったわ。手始めにまず、対オスマン・トルコ戦では、最も熾烈な戦場となっていた数地区、そこに派遣されるや否や、あっと言う間に、彼らは戦績を上げたわ」

「そしてそれからさらに三たび四たび、いいえ、五たび六たびも、売り込み通りに強かったわ」

「感謝、感謝、ただ感謝」、「英雄、英雄よ。そしてそれからは、最も激烈だったあのフィラデルフィアの攻防戦に」

「現地治安部隊では、すでに全く手におえなくなっていた、あの西アナトリア地区での最大の中心都市」、「慢性的な匪賊の包囲で疲弊、困憊しきっていたあの大都市フィラデルフィア」

「カタロニア傭兵団はそこに向かったわ。そして強かった、強かった」

「勿論、勿論、強いとはいっても、実は、実はまだまだ出来合いの、田舎の盗賊集団でしかなかったオスマン・トルコ」、「でもでも、彼らもいまや成長し切って」

「しかし、しかし、こんな田舎の盗賊集団」、「あっさりとカタロニア傭兵団は打ち破り」

「その後も、その後も、幾たびかの大功績、大戦績」

「英雄、英雄よ」、「英雄、英雄との叫び」、「歓呼は、その歓呼は光り輝いていましたわ」、「しかし、しかし、すべては一瞬」、「光はただいっとき」

「あっという間、あっという間に、所詮はただの西欧人、野蛮人」

「群衆の歓呼がまだ戦績に舞う中に、彼らは報酬が少ないと騒ぎ出し、あろうことか」、「あろうことか、やがてはそこにいて、平和に地元で農作業に従事していた正教農民を、その地付き農民を、捕えての人身売買、奴隷狩り」

「それはすでに、あの北方十字軍が、入り込んでいたあのプロイセンの地での、そこで実施していたカトリックのその本性暴露の再版編」

三　それでも成長するビザンツ右派大貴族・大商人

「いまやすべてを暴露してしまった西欧。そしてこの西欧人と歩調を合わせるかのように、いや実はもっとそれ以前から、実態は見せてはいたものの、実はまだまだ大して脅威でもなかった」、「それがあっという間に、急成長してしまったオスマン・トルコ」

「西のカトリックと東のオスマン・トルコ」、「二つ、この二つの敵」

「そしてその合間、合間には、反ローマを掲げ、援助軍のふりをしながら、ビザンツに入り込み」、「ついには報酬が少ないとわめき出し、地元農民を捕らえては、奴隷売買に狂奔するカトリックの反ローマのカタロニア傭兵団」

「そしてこのカタロニア傭兵団が売り出す正教徒農民、その買い漁りに、ただただ、あこぎな形象をさらけ出すジェノバ・イタリアのカトリック商人」

「幾重にも、幾重にも、輻輳、競合」、「交錯する敵・味方、そして味方もどき」、「ただただ、困惑するだけの地元、実直な中堅のビザンツ地方当局者」

「アンドロニコス二世は善人よ」

「なによりも彼は人格者、聖人よ」

「情けは深く、信仰は厚く、しかし、しかし、その政策は」、「だからこそ、だからこそ、混乱を糧に、急成長して、いまやまた新たな大土地所有者へと成り上がって来た、あの卑しい大官僚、そして急増の大商人上がりの新興大貴族、それに大修道院」

「善良な皇帝は彼らの肩をも持った」

「そしてその結果は、かつては、かつては、国の支えだったあの地方、末端農民、さらには中小自立の経営者、そして各地域での、あのビザンツ最大の強みでもあり、支えでもあった中小、単立、自立の小修道院には」


「たしかに混乱があればこそ」、「混乱があればこそ、自領地の拡大もできた」、「あの新興の大貴族や大商人、彼らにとって、彼らにとっては、この混乱の中でこそ手にできたいままでは他人の領地、そしてそこからのいまは自領の生産物」

「そのさらなる新たな販路拡大と権益増大のためには」、「必要なのは、取引相手に与える代償」

「そうよ、彼ら新興大貴族、大商人は、いまはおのが手中にしたこの利権、さらにはその販路拡大のためには、その引き換えの代償としては」

「それはすでにいまでは、彼らの共同の受益者ともなってしまっていたあの新興、西欧」

「かつては後発の西欧だった。しかしいまでは」

「この発展する北の新興諸国に売り渡したあとのその取引き、代替品としては」、「それはいまも依然として、いまも厳然として、世界最大の文明地帯、このビザンツでの、その国内市場での消耗品の販売特権の授与」

「そうよ、いま外国の製品製造業者が一番欲しいのは、ビザンツ国内での販売独占権」

「それをどうするか、これこそが、そうよ、これこそが、ビザンツ国内での消費拡大こそが最大のカギ」

「そのすべてを知っているビザンツ国内の大貴族・大商人は、狂奔、狂躁する」

「そうよ、ビザンツ国内には遅れた産業、無駄な企業が多すぎる、その撲滅こそは」

「アンドロニコス二世は人格者だったわ。信仰は厚く、人の言うことはよく聞く」

「大官僚、大貴族、大修道院、大商人のいうこともよく聞く」


「カトリックに君府が制圧されていたあの当時だって、あの一二〇四年当時だって、君府は、周辺を見下ろしていたわ」

「君府が、君府が、いっとき十字軍によって征服されたあとでも、まだまだ周辺などは問題ではなかった」

「しかし、いま、あれからもう一〇〇年、いや五十年も経ってしまったいまでは」

「西欧諸国はすっかり、真似も済ませて、力はつけて来た」

「生意気なのは、特にイタリア、あのイタリア諸国よ」

「変わった、変わってしまった」

「かつてはあの繁栄していた首都君府や副都テッサロニケ、さらにはニケア、ブルサ」

「なによりもあの首都君府の造船所、そこは国営だった、そしてそこには誇り高い工員たちがいた。

彼らは同時に最優秀の兵士、いざとなれば武器を取って戦った」

「その他その他、ビザンツ各地には多数あった各種の大中小の工場、ビザンツ各地、各都市の商工業者や労働者」

「しかし、いま、彼らのすべては、混乱、輻輳のなかで転落」

「そしてただこの変動を糧にして、いつの間にやら簇生してきた、それはひと握りの新造大官僚と大商人。彼らはただただおのが、おのれに利益を与えてくれるだけの版権に群がって、特にあのイタリアからの新製品、その版権」

「しかし、しかし、それは、それはいままで製造していたビザンツ各都市での品々には」

「いま簇生として来るこれら新造、急増の大貴族・大商人」、「彼らにとって、こんな旧来からの国内生産業者などは」、「敵、敵、見下げ果てた敗北者なのよ」

「それに、それはなによりも、いまおのが奪取したばかりの新領土生産物への、そのおのが利益拡大商品への、最大の敵、否定物」、「彼らにとっては、憎むべきはあのイタリアからの諸製品ではなく、おのが自国内での、おのが自国内から生まれてくるこれら外国商品への対抗物、諸製品」

第七部

一　祖父は嫌い、ただ親カトリック、親西欧派のバクチ好きの皇太孫アンドロニコス三世、反主流派の並立帝に

「聖人であったがゆえに、国内を混乱させてしまったアンドロニコス二世」、「その後を継いだのはアンドロニコス三世よ」、「バクチ好き、放蕩者」

「聖人アンドロニコス二世の孫、彼のしたこと、それはただただギャンブル産業の育成」、「苦労知らずの三代目、いいえ、四代目かしら。父は早死にして、幼くして祖父アンドロニコス二世の皇太孫となっていたわ」

「美貌と放蕩、それだけが取り柄の不良少年。真面目な祖父とは全く違った浪費家、遊び人」、「消費は美徳、濫費は素敵、ギャンブル産業こそはこの世の華、なによりもそれは経済を繁栄させてくれる」、「当然のように彼はカトリックかぶれ、西欧かぶれ、正教嫌い」

「謹厳実直、なにごとも、なにごとも、真面目だった祖父のすることなすこと、そのすべてが大嫌い」、「そしてこの祖父の嫌いなことなら、それはなんでも大歓迎」

「だからこそ彼は、祖父が嫌悪し、躊躇していたカトリック、そのカトリックが薦めることなら、なんでも大好き」、「ビザンツの製品なんて、いまさら泥臭くて古臭い」

「時代は変わった、とっくに変わっているのよ」、「目新しくて斬新、外国製品ならなんでもいい。ビザンツ製品なんて、そんなヤボなもの」、「ビザンツ業者の造ったもの、そんなもの、そんなものなど」

「こうして、こうして、五〇〇年来」、「いやいや、それよりもっと先から、世界一の感覚、世界一の技術を持つと謳われ、誇っていた君府の諸製品、その生産力は」、「急速に下落。かつてはどこの国も真似のできなかった銃器や造船などの重工業生産力も、優位性などは薄れ」

「あのビザンツがまだまだ全盛だった頃は、遠い、遠い、そして寒い、あの北方の、まだまだ氷河時代の面影も残していたアルプス以北、未開であったドイツの鉱産地帯」

「しかし、いまは、そんなところこそ、いまは急変貌して」、「密かに、密かに、ドイツは、このビザンツの諸技術を模倣、剽窃して」、「そしてこの剽窃、模倣を、ひそかに、ひそかに斡旋していた」、「そしていまはそれを効率的に運用して」、「それこそはかつての、ビザンツの実質植民地だったヴェネツィア」

「彼らはいま、一体となって、ビザンツに地位交代を要求するまでになっていたのよ」

二　一三二六年　要衝ブルサ陥落

「ある種の人間にとって、災いこそは最大の恩恵」、「災いこそは最大の願望」

「気がつけば、気がつけば、いつの間にやら、この大混乱のなかでこそ、成り上がれた特権階級、大がただただおの貴族・大商人」、「もとより彼らは、自国産業や自国農産物の育成などには興味がない。ただただおのが利権の拡大のためには、その衰退をも望む」、「首都君府や副都ニケア、ましてやあのイズミットやフィラデルフィアやブルサなど、そんな田舎都市での中小業者の倒産なんぞは」

「なんだって、なんだって、そんなものへの救済策、そんなものは意識したくもない」

「そうよ、そもそもは、彼らこそは、かつてのあのビザンツの中堅業者たちこそは、この世でもっとももっとも強烈な反カトリック主義者、反西欧主義者」、「なによりもやつらは左派」

「いまではもう左派なんて、滅多に見ることもなくなってしまったが、でもでもまだ残っている」、「やつらこそは、やつらこそは、あの左派の牙城、あのテーマへの慕情者ではないか」

「時流に乗った親西欧派、親カトリックのアンドロニコス三世は、執拗に執拗に」、「反カトリック、無力だが反西欧派の祖父アンドロニコス二世の失政の追求を始める」

「人柄は良くても定見はもう一つ」、「アンドロニコス二世は孫の追求に当惑して、そして、そして、強引に孫は」、「いま共治帝へとのし上がっていく」

「当初からローマン・カトリックへの親近感を露骨に見せていた孫は、共治帝になると同時に祖父とは違う行政を見せる」

「もとよりそれを歓迎するふりをするカトリック、そしてイスラムも」

「イスラムはもうとうに幾つかに分かれ、反オスマンもあれば親ビザンツもある」

「そしてそれは、実は、カトリックにも」

「カトリックにも反ローマもあれば親ローマもある」、「もとよりビザンツにも、昔から外国勢力に身を売る分子はいた」、「すべては分裂、亀裂、八分九裂」

「ビザンツの敵はカトリックよ、これはいまも昔も変わらない」

「そしていまは、この最大の敵に、われとわれから接近してゆくバカ孫、皇太孫のアンドロニコス三世」

「急変する情勢、こんななか、こんななか」、「なにもできずに、ただウロウロ」、「茫然自失、立ちすくむしかない旧来のビザンツの官僚機構」

「そしてこの祖父と孫との戦いの最中に、東西からの介入者たちは、住民たちの明日のことなどは考えない」、「ただ利得だけが目的」

「もとよりビザンツへの永久戦争は、かねてよりカトリックは期待していたものだったが、それもいまとなっては、カトリック同士も互い互いに入り込んでの、今日の味方は明日の敵」

「かつては祖父帝アンドロニコス二世に招請されてやってきた、そして報奨が少ないと暴れ出し、手近なザンツ農民を狩り立てては、奴隷としてそれをイタリア・ジェノバの商人に売り渡す、あの卑しいジェノバ商人たちの手先となってしまった反ローマ派のカタロニア傭兵団」

「それはその行為に怒ったアンドロニコス二世軍に敗れて、傭兵団は北に逃亡したものの、やがてはまた、混乱とどさくさに紛れて舞い戻り、いまやビザンツ北辺の一角を占拠して、独立国宣言なるものまで出す始末」

「そこでのカトリックはひたすら、ただひたすらに周辺農民、正教農民を捕らえては、ジェノバ商人への人身売買」、「逃げ回るしかない周辺正教農民」

「そうよ、こんな混乱の果てに、まだまだ残っていたアジア側、ビザンツ・アナトリア側の中心都市ブルサが、一三二六年四月、本当に本当にどこから来たのか、素性も全く不明の迷い子、あのオスマン・トルコを名乗る匪賊集団の手に落ちてしまうのよ」

「カトリックだけではなく、もとよりイスラム側でも、今日の敵は明日の味方となっての大混乱」

「こんな中で、こんな中ではいまではもうすっかり穏当派とも見られるようにもなっていたこの流者、あのオスマン・トルコ、その彼らの手中に」

「ブルサはその手中に落ちてしまったわ」

「そしてそのとき、そのときはまだまだ」、「そこには残存していた、この世でも最も有能だったと評価されていたあのビザンツの官僚機構」、「それが、それがそっくりそのまま、このとき、茫然自失の果てにそのまま、このオスマン・トルコ側に接収されてしまうのだわ」

三　オスマン・トルコ　ビザンツ官僚機構を手中に

「一三二六年四月よ、このとき以降、このとき以降」、「有史以来、一千年にわたり最も有能とされていたこのビザンツの官僚統治機構は、そっくりそのまま、オスマン・トルコ側の統治機構に組み込まれていくのよ」
「これこそが、これこそが」、「あの一二九一年以降、にわかにこの東方の一角で、いつの間にやら台頭してきた出所不明のオスマン・トルコ一派」
「それが、それが、以後は、すっかり台頭し切ってしまって」、「ただただ、ただの盗賊だった、あのオスマン・トルコ」
「かつてはただただビザンツ側のあてがう宿営地を寝ぐらに、隙を見ては素早く周辺地を掠めてはまわるだけの、無力で狡猾な、出所も分からぬ匪賊集団」
「このオスマン・トルコなるものの対策には、迂闊にも、迂闊にも」
「しかし、その前に、ビザンツは西からのカトリックの侵攻に直面していて、強力な東方の正規軍は西へ、西に」、「そしてその東の空いた空白に、オスマン・トルコは来たのですわ」
「空いた東の正規軍の穴埋めに、アンドロニコス二世が採用したのがカタロニア傭兵団」
「一三〇二年にアンドロニコス二世が、このカタロニア傭兵団を導入してから、ブルサ陥落までは二十二年」、「そして運命の一三二六年四月のブルサ陥落、それはあのミハイル八世が一二六一年に君府を奪還してからは六十五年後よ」
「すべてはカトリック、カトリックの悪呪」、「ウルバヌス四世とやら称するものが発したあのビザンツへの対十字軍宣言からは六十五年目」
「執拗に執拗にカトリックはいまも、反正教活動を繰り返しているわ」

「東方教会帰一聖省、東方教会帰一運動」、「少しも昔とは変わってはいない」、「そしてあのとき、あのとき」、「カトリックの右派が到達したのは、それはあの奴隷制推進の論理」。「それは少しも、いまも変わってはいないわ」

「こうして、一つの有能な国家統治機構、それは呆気なく、呆気なく」、「全く別な、他国の、他宗教の世界のなかへ」、「そしてそれは、それから」、「そこで全く別な、有能な国家の統治機構として、組みこまれていったのですわ」

「イスラムのほうが、どれだけカトリックなんかよりはましだったか」、「そしてそれは、いまも、いまも、いまでもつづく、あのビザンツ内の正教市民の偽らざる一般の市民感情」

「君府市民の対カトリック感情が、いいえ、いいえ、ビザンツ全市民の対カトリック感情が、いかにいかに悪かったかということの現れですわ」

「いまになってもよくは分からない。あの粗野で、野卑で、素性も匪賊上がりだったオスマン・トルコ族」、「だがこの彼らこそが、旨く旨く、実に賢く、有能で経験豊かなこのビザンツの国家統治機構組織を、その掌中に収めていくことができた過程なのですわ」

第八部

一　中央アジア・キリスト教徒の隆盛

「宗教なぞには全く拘泥しなかった支配者モンゴル人。その差配のもとで、空前の繁栄を遂げていた中央アジアでのキリスト教徒、ネストリウス派のキリスト教徒」

「彼らはカスピ海西岸からアラル海、さらにはバルハシ湖、イシク湖畔まで」

「そこには様々な民族や人種、エフタル人やペルシア人、ウイグル人やスキタイ人、キンメリア人やモンゴル人、アッシリア人や、その他、その他、アリアン系民族から中央アジアの諸民族、そうよ、カスピ海北岸からモンゴル奥地、さらにはもっと広範、ユーラシア大陸の北西部まで」

「古い、古い、この古くからのキリスト教の伝播地域に、いま頃になってノコノコと、西の方からやって来たのが、新出、後来のローマン・カトリックのフランチェスコ会士よ」

「ジェノバ共和国が手にした君府から先の黒海航行権、対岸はクリミアの半島」

「そこは元来はスキタイの大地よ」

「しかし、いまは」

「どうやら、どうやらいまは、モンゴルのキプチャック汗国とやらいう国の天下らしい。そしてその先、そこにもまた幾つかの、汗国とやらいうのが存在しているらしい」

「偽善のジェノバ共和国は、黒海を渡って、いま、クリミアへ。そこには出先の港町、カッファとターナ」

「小悪のジェノバ共和国は素早く、そこへの商館設置の利権をキプチャック汗国から得たわ」

「そうよ、そここそははるかな、あのユーラシア大陸を望む拠点」

「そこを越えれば、あとはあとは、ドン河、ヴォルガ河上り」

「いや、もっと先、カスピ海からアラル海、さらにはバルハシ湖からイシク湖まで、広大なユーラシアの平原」

「ジェノバ共和国が得たこの利権」、「それに素早く反応したのが、西欧では、あの野心に満ちたカトリック教団、フランチェスコ派よ」

「いま彼らは初乗り気分、意気揚々とモンゴル帝国の各地、観察の果てに、首都までたどり着いたわ」

「ふん、野蛮人、野蛮人め、我ら、我らの聖教のことなどは知るまい」

「周辺を物珍しげに取り巻く群衆は、うろうろ、きょろきょろ」

「その新奇げに探る視線は心地よい」

「昂然、昂然として、頭を掲げながら、彼らもまたこの初見の、中央アジア一帯を嗅ぎ回る、アラをさぐる、ジェノバ人、ジェノバ人よ」

「しかし、そこには、先着者はいた」

「そしてその先着者は、この名うての、西欧の奴隷商人のキリスト教徒などとは、全く別なキリスト教徒、反奴隷制派世界のキリスト教徒、三位一体派の人間、ネストリウス派キリスト教世界の人間よ」

「そうよ、全く異なるこの二つのキリスト教」

「奴隷制是認派、西欧一神教世界のキリスト教徒にとっては、これはまた予想もしなかった、うとがましくも邪魔臭い存在」

二　三位一体派排除に挑む西欧カトリック

「西欧カトリック教徒は、最初はただじっと見ていた」

「モンゴル政権が強い時は、彼らはただおとなしくしていた」

「そして時々、時には、モンゴルの権力者には、皮肉は言ってみた。もとより相手にされる筋合いではなかった」

「しかし、しかし、カトリック。一神教派のカトリックにとって、奴隷制否定のキリスト教などは、こんな三位一体派のキリスト教などは、それは潰さなければならないもの」

「やがて彼らはこのあと、何度も何度も、支配者モンゴルにはおべんちゃらを使っては、このキリスト教ネストリウス派との間に、宗派論争をさせてくれるようにと頼み込んだわ」

「しかし、しかし、支配者モンゴル人は、ただただ、笑うだけ。カトリックのいう宗派論争のことなどは」

「そんなことはどうでもいい、そんなことは勝手に言わせておけ、すべては放任、無関心」

「なによりもモンゴル人にとっては、ネストリウス派こそは親しいもの」

「それは祖先伝来からのキリスト教。頗《すこぶ》るつきのお気に入りの宗教なんだわ」

「モンゴル人はまず、その科学精神尊重が気に入っていたわ」

「それなのに、それなのに、のこのこ、のこのこと、あとからやって来て、訳の分からぬ妄想を繰り返すだけのこのカトリックとやら。西方からの珍奇物ではあるけれども、こんな余所者の騒ぎなどは、笑って、笑って」

「ただ笑って、やり過ごせばいい、それだけ、それだけのものよ」

「しかし、西方、はるばる西方から、やっとの思いでたどり着いたこの地」

「そこで目にしたこの仇敵、その原三位一体派とやら、ネストリウス派なるものの、そしてその繁栄したさまを目にした一神教派にとっては」

「そうよ、それになによりもこのネストリウス派とは、カトリック一派が、後年、ついにあの首都教会・君府教会から分離、離脱してしまう、それよりもずうっと以前に、その強烈な左派主張を掲げて、まずは首都教会から分かれていった一派」

「まだまだその頃は、キリスト教世界は、ギリシア科学精神も全面的には否定なんかされてはいなかったわ」

「横溢していたヘレニズム是認史観」

「それを持っているキリスト教なんだわ」

「こんな左派史観、そんなものを持っているキリスト教が、こんなところにあったなんて、到底、到底」

「そうよ、お化けのカトリック」

「それがいま、こんなところで」

「あの昔のキリスト教左派皇帝、左派なるがゆえに、彼は。このテオドシウス一世は」、「その時、左派だったキリスト教を国教化した、そしてこのテオドシウス一世時代の史観そのままのキリスト教を、いまこんなところで目にするなんて」、「それはお化けを否定するキリスト教よ、しかもいま、その繁栄ぶりを、この地で目にするなんて」

「そうよ、そしてこの左派だったキリスト教は、やがてはローマでは、国教化の果てに、右傾化されていった」、「アウグスチヌス一派化していった」

「左派だったキリスト教をこんなところで目にするなんて」

「こんなキリスト教は、潰さねばならない、潰さねばならない」

「右傾キリスト教はただ執拗に、モンゴルの為政者に迫ったわ」

「幾度も幾度も、彼らはモンゴルの施政官には告げ口をしては、公開の宗派論争を叫んだわ」

「しかし、しかし、モンゴル人は、ただ笑うだけ」

「カトリックは執拗よ、諦めない、諦めない」

「そしてついにやっと公開宗派論争」

「しかし、そこで席についた審判官モンゴル人は、ただただ笑うだけ、西から来たこのガサツものが、なにかを言っているよ」、「フランチェスコ派の会士だなどと言ったって、もとよりそこでは手も足も出るところなどはなかったわ」
「いえいえ、でもそこはカトリック、狡猾なカトリック」
「もとより、もとより、大事なのは宗論などよりも、はるかに大切なもの、そうよ、お宝ルートだけはガッチリと確保していったわ」
「そして、そして、そのあと、ついに来たのが、あの大旱魃、大飢饉よ」

第九部

一　一三四九年の大旱魃

「それは一三四〇年代の末期頃から、徐々に顕在化してきて、そしてついにくっきりと襲ってきていたわ」
「あの中央アジアの大旱魃」
「そしてこの災いを天恵として、これをうまく利用したのが、海千山千のあのカトリックの奴隷商人」
「エフタルからバクトリア、スキタイからキンメリア」、「分かりやすく言えばペルシア、メソポタミア、アッシリア、さらにはアフガニスタン」、「ホラサン、ホラズム、カスピ海からアラル海」、「バルハシ湖からイシク湖、西モンゴル一帯から中央アジア一帯まで」

「まだまだ緑はあった、水もあった、かつてほどではなくなってはいたとはいうものの、水も氷もまた豊かにあった」、「この現代文明の発祥の地とも言われる中央アジア一帯の湖沼地帯」

「いまはもう見る影もない、涸れてしまっている。とはいってもその頃は、まだまだ豊かな頃の残映、残照は」

「そうよ、いまとはまるで違うのよ」

「しかし、しかし、襲ってきたのは、大旱魃、大飢饉」


「ついには一度も、国教にこそはならなかったものの、そこでは隆盛を極めていた左派キリスト教」

「ネストリウス派のあのキリスト教」

「その地の住民のうち、一〇〇人の住民なら、その半数までは信者だと言われていたわ」

「そして残りは、住民の残りは仏教、さらにはマニ教、ゾロアスター教、そしてシャーマニズム、稀には南の方に新来のイスラム教徒とやらが」

「圧倒的に優勢だったのは、サマルカンドからブハラまで、さらにはその先の奥モンゴル、ウズベキスタンからキルギス、タジキスタン」

「隆盛を極めていたこのキリスト教ネストリウス派地帯」、「そこに突如、襲ってきたのがこの大災害、大旱魃」

「西欧からやって来た反ギリシア派、反知恵の館派のキリスト教徒。反ネストリウス派のカトリック教徒たち、彼らは快哉の声を放ったわ」

「水も食料も、涸れ果てた急激な気候変動」

「それまでの生活環境の維持は一気に不可能、ただただ進む乾燥化」

「起こった、起こったこと、それは突如として、そうよ、モンゴルの支配層の一部」、「彼らは突如として、これまでの信条を棄てて、宗派を棄てて」、「略奪是認の宗派へ、収奪礼賛の宗派へ」

「力まかせのあのイスラム過激派の集団へと大転換していったのよ」

「これまでのモンゴル人の支配層、それは鷹揚だったわ。キリスト教も仏教も、マニ教やゾロアスター教、マズダック教も、さらにはトマス派やヤコブ派、いいえ、パウロ派やヨハネ派のキリスト教、さらにはシベリア古来のシャーマニズムでも、なんでも、なんでも一様に、混在していたのよ」

「しかし、この傷痕は、容易にそれは溶けないと悟ったとき、人の心にやって来たのは」

二　トグルグ・チムール

「トグルグ・チムールよ、すべてはあのトグルグ・チムール。勿論、勿論、あの大チムールではないわ、小チムール」

「生国の東チャガタイ・ハン国が、混乱の果てに細分化したあと、下賤の身からのし上がってきたトグルグ・チムール」、「彼のしたこと、そうよ、それはいまこの国、この急激に襲って来た気候大変動と大飢饉」、「その結果、あえぐ多数の貧民、貧窮に叩き落とされて、明日の食にもこと欠く一般民」、

「彼らをどうするか」

「このとき、このとき、この成り上がり者にすりよって来たのは」、「そうよ、それは一神教徒、西からの新来のカトリック教徒と旧来から居たけれども、まだ多数派ではなかったイスラム」

「甘い、甘い、甘さはすべて棄てよう、ここは稼ぎどき」

「いまはひそかに、劫殺是認、収奪礼賛へと変わっていたドグルグ・チムール」、「そうよ、いま彼の足許にいるのは、あのジェノバ人、ジェノバ商人よ」

「ジェノバ人は八十年前、つまりはあの一二六一年に、ミハイル八世が君府を奪還した折に協力した見返りに、君府からは黒海航行権を取得していたわ。そして五年後」

「一二六六年には、今度は黒海対岸のキプチャック汗国からはクリミア半島のカッファやターナ、この二つの港町への商館設置認可権、そしてついにはサマルカンド、ブハラ、メルブ、テルメスまで」

「すべてはジェノバ・ルート、ジェノバ・ルートよ」

「どうしてこのジェノバ人が、こんな商機を見逃しましょう。彼らはすでに一三〇五年から始まっていたあのカトリック・カタロニア傭兵団によるあの正教ビザンツ農民の略取、そしてその奴隷売買事業にもいまはその最大の買い受け人として参入していたわ」

「ジェノバ人はトグルグ・チムールを仲間にしたわ」

「東チャガタイ・ハン国の下賤な成り上がり者、あの簒奪者のトグルグ・チムール、彼のもとには同じものが集ったわ。ジェノバ・ルート、ジェノバ・ルートの賛同者よ」

「様々なカトリック、さらにはイスラムへの改宗新規希望者」

「すでに東欧では正教を棄て、反正教をいまは売り物にしているあのポーランドの大貴族・大商人たち、彼らはすでにカトリックへの新規改宗者よ」

「そしてそのほか、中央アジアでは古来からのユダヤ教徒だったハザール・ユダヤ人」

「やがて彼らは、いずれ劣らぬジェノバ・カトリック商人、その奴隷商人の同調者として」

「いまは飢饉にあえぐ中央アジアのキリスト教徒、あの反奴隷制派のキリスト教徒、ネストリウス派の信徒、さらにはまた全く別な系統のキリスト教徒、ヤコブ派、パウロ派、トマス派、彼らへの襲撃者として加わっていたわ」

「古来からあったあのユーラシア大陸内部のキリスト教徒地帯、そこは奴隷制否定、動物愛護、森林保全派地帯」

「いまそこを襲って来たこの大旱魃、大飢饉」、「この自然界の大変動に直面して、それまでは動物愛護派だったモンゴル人の支配者」、「彼らの一部は改宗した。そしてそれにすりよって、おのが天職に励む新来の、西欧からの一神教徒たち」

「ジェノバ・ロード、ジェノバ・ロードよ」

「すべてはジェノバ・ロード。こうして黒海ルートを通じて売りに出された中央アジアのキリスト教徒」

「いいえ、それはキリスト教徒だけではない、あまりの飢餓に、おのれ自らが、売られることを望んでキリスト教徒を装うイスラム教徒も」

「そして図に乗ったジェノバ人は、行きがけの駄賃とばかりに、もはや中央アジアでもない、黒海沿岸、あのカッファ、ターナ周辺でも、そこでの現地民の収奪、奴隷狩りを始める始末。怒ったキプチャック汗国とは戦火を交え、すべてからは叩き出される事態」

「ジェノバ人の、この余りの凄惨な奴隷狩りぶりに、同じイタリア人でも、少しはまともなカトリック。同じ一神教仲間ではあってもフィレンツェ人などからは、〝ジェノバ人、ジェノバ人は許すまじ〟、〝ジェノバ人は反キリスト〟、「喧々《けんけん》囂々《ごうごう》たる非難は沸き起こったわ。ローマ法王とやらも、このときはジェノバ人を非難した」

「しかし、しかし、この気候変動を奇貨とした反三位一体派連合によるこの左派キリスト教、三位一体派キリスト教世界への攻撃、奴隷売買」

「それはついに、あの隆盛を極めていた中央アジアのキリスト教世界、そこを一気に衰退、消滅へと向けていくのですわ」


「ジェノバ商人やポーランド大貴族の暗躍」、「市場に溢れたキリスト教徒奴隷」

「その価格は」、「イタリアやイスラム世界での、その価格は、中央アジア・キリスト教徒のその奴隷販売価格は」、「暴落、暴落、大破格」

「その通過地点となっていた正教ビザンツ、君府ビザンツ、そこはいまも昔も、反奴隷制社会よ」

「この君府でのカトリックに対する反感は、ただただ高まるだけ」

「選民史観、選民史観よ、恩寵史観よ、救済を忘れたカトリックのこの天恵史観、救われるものにこそ道理あり、われらこそ神に選ばれし者、われらこそ選民」、「棄てられるものにも道理あり、そしてわれら救われるものにも」、「われら神に選ばれし者、われらいかにしてこの恩恵に報いしや」

「国教特権主義、それは棄てられたものを勝手に処分する特権。そしてこれこそ、神が我らに与えし最大の恩寵」

「呪われしものよ、棄てられるものよ、汝らは弱きもの、忘れられる、棄てられる、選民が、選民が、我ら選民が、棄てられるものを処理してなにが悪い。一神教のイデオロギーよ」

「トグルグ・チムールは、カトリックなんかは徹底して馬鹿にしていたわ。しかし、しかし、利用できるものは利用した」

「そうよ、そしてこんなアウグスチヌス派のイデオロギーなど、彼はせせら笑って利用したわ」

「アンスロポセントリズム（人間中心主義）の神学なんて、こんな程度のものなのよ」

山葬

シベリアガラス

一　中央アジア、その科学精神の消失

「中央アジアにあったキリスト教の科学精神。それはまた同時に、あのイスラム・カリフ・マムーン以来の」

「彼はペルシア人を母にもっていたわ、それゆえにこそあのマムーン」、「彼は左派、親ペルシア派よ」

「そしてこの彼以来のイスラム教は、イスラム教・ムータジラ派、そこには親ペルシア派感情」

「イスラムのなかでのこの親ペルシア派感情こそは、それこそが中央アジアにおけるキリスト教ネストリウス派の科学精神を護ったわ」、「しかし、しかし、このイスラム教ムータジラ派の科学精神、それが、あの一三四〇年代末の大旱魃、大飢饉で」

「西からのっそりと現れた不吉な奴隷商人、ジェノバ商人」

「この西からの、フランシスコ会派の奴隷商人たちの手によって、中央アジアでのキリスト教徒たちは、やがてはその地から根絶されてしまうのですわ」

「そしてこのとき、このとき、中央アジアでのキリスト教徒たち、このネストリウス派のキリスト教徒たちの殲滅をもって、それまで、それを慈しみ、育んでいた中世イスラム。その科学精神、それも

また同時に、最終的には消失してしまうのですわ」
「そうよ、イスラム科学精神とは、それはなんのことはない、あの中世イスラムのムータジラ派の科学精神とは、それはつまりはあの親ペルシア派のカリフたち、マムーン以来のヘレニズム科学愛好主義者たち、その彼らが育んだもの」
「そしてそれは結局は、その一つ前、つまりはあのペルシアのゾロアスター教時代に、そのときすでにペルシアには入り込んでいた、あのキリスト教ネストリウス派の思考そのものだったのよ」
「イスラム科学精神、それは紛れもなくあのキリスト教ネストリウス派の史観よ」
「そしてそのゾロアスター教が壊滅させられてしまったあとも、なおもそこには残されていたキリスト教ネストリウス派の史観」、「その史観がいま、この大旱魃、大飢饉を契機に、ふいと西から立ち現れたカトリック、あの一神教の、あのカトリックの奴隷商人、ジェノバ商人を主とする者たちの手によって、中央アジアからは掻き消されてしまったのよ」
「消えてしまった中央アジアでのキリスト教徒の科学精神、それは結局は、最終的にはこの地におけるイスラム科学精神、その滅亡をも意味していたのよ」、「かつてはあれほど隆盛を極めていたイスラム科学精神、その一切合切、それをも無くしてしまったのよ」

二　ヤチ坊主

「おのれだけがすべての西欧カトリック。彼らは地上における、この世における他の世界のキリスト教社会を破壊することにかけては、貪欲だったわ」

「日本にも来たらしいあのフランチェスコのザビエルとやらいう宣教師」

「旅の途中、彼はインドに立ち寄ったとき、そこで見たのは、すでに一千年も前からその地で、キリスト教徒だったというトマス派の信徒たち」

「そこで彼のしたこと」、「後発でしかないこの西欧のカトリック教徒、彼らにとっては、はるかなはるかな大先達にあたるはずのこの古キリスト教徒たちを、異端、審問、悪魔と」

「いまのおのれたちとは、ただただ、違う信仰様式をもっているという、たったそれだけのことで、ご丁寧にもポルトガルの宗教裁判とやらにもかけて、火刑に処してしまうのよ」

「インド・ゴアは、すでに彼らが立ち寄ったときは、ポルトガルの施政下、実質植民地」


「カトリックにとっては、そうよ、非カトリック教徒の土地などは、それはすべてカトリック教徒によって制御されるべきもの」

「ビザンツ、カッパドキア、アナトリア、キリキア、アッシリア、いずれもかつてはキリスト教の隆盛地」、「しかし、いまそこには、二十世紀のいま、そこには、キリスト教徒の民はいない」

「つい少し前までは、キリスト教徒の民はいた。しかし、いまは」、「第一次世界大戦のあとは」、「そうよ、カトリックにとっては、カトリック以外のキリスト教徒とは、それはすべて破壊の対象、唾棄の相手か、それとも、あとはただただ併合の対象。例外はただ一つ、おのれ自身から分立したことが判然としているあのプロテスタントだけ」

「西欧諸国は第一次世界大戦を始めたわ」、「彼らだけで勝手に始めた」

「そしてそのあと、彼らは民族自決とやら、国民国家主義とやら、小生意気な規範を定めては、他人の土地を、他民族の住地を、彼らのいう理想主義とやらの名のもとに追い出し、あとには、彼らが作り上げた勝手な架空の地図」、「これが理想よ、二十世紀よ」

「仕方がない、仕方がない」、「それが嫌なら」、「たとえ先祖伝来、いくら昔から、そこにいようとも、もうお前たちには、そこにはなんの権利もない」

「平和のためだ、出ていってもらおう」

「こうしてアナトリア、カッパドキア、キリキア、その他、その地に長く住み、そうよ、キリスト教揺籃《ようらん》の時代から住み着き、イスラム体制下でもなおそこに居住していた正教徒は」、「カトリック、およびその分派たちの発想によって、英仏によって、新しい平和のためと追われて」

「その土地はイスラムに、いえ、いえ、その土地は空き地になった」

「そしていまは、いまは、空き地にされたその土地には」、「イスラム教徒が入りこみ、平和のためにと追われた正教徒は異郷にさすらい、餓死したわ」

「英仏によって破棄させられた正教徒たちの土地。カッパドキア、アナトリア、いまそのキリスト教徒の土地には、いまもそこには正教世界の洞窟教会、地下都市」、「しかし、いまはただ無人、棄てられた地下都市、地下教会、崩れるまま」

「流浪、放浪、苦難の正教徒を見て、カトリックは、カトリックはまた、再び例のうそ涙」

「救済の手を差し伸べてきたわ。すべては腹に一物、改宗がすべてよ」

「それはカトリックにも左派の人はいるわ。しかし、しかし、それもいっとき、いっときよ」

「カトリック左派の声はそのときはいくら大きくとも、所詮は少数派、土壇場になれば、彼らはいつも、いつも、必ず負ける」

「そうよ、カトリックにとっては、あるべき正教会の姿とは、それはただただ、おのが宗旨は破棄して、カトリックには喜んで、併合されるだけのもの」、「それを胸に秘めた彼らの腹の中にあるのは、ただただへらへら笑い、ニタニタ笑い」、山だ、山が近づいてくる。

「いいえ、いいえ、ちがう、ちがうわ、あれは丘よ」、丘だ、丘が近づいてくる、丘が下りてくる。野だ、野だ、野が立っている。谷だ、谷だ、谷が立っている。川がある、そしてヤチ坊主、ヤチ坊主はじっと見つめている。谷、谷がある、その谷に、たった一匹、淋しそうに山羊は立っている、沼のほとりに、またヤチ坊主だ、ヤチ坊主はやっぱり立っている。この馬車を迎えてくれるのか、馬車、馬車だよ、この馬車を、山羊はただじっと立ち上がっては、すべてを見つめている。

三　東方アリアン民族

「イスラム化なんて、誰も受け入れようとはしなかったチャガタイ汗国民。それは上から下まで、また同時に、チャガタイ汗国の旧支配層の総意でもあったわ」、「なに、なんだって、略奪を受け入れないだと」、「それで生きていけると思っているのか」

「せせら笑う成り上がり世代、そして彼らは安逸を薦める、外から来た西欧の助言者」

「飢饉はつづく、飢饉はつづく」、「略奪以外になにがあろう、東チャガタイ汗国はいまや二分」ヤチ坊主だ、ヤチ坊主だ、ヤチ坊主がただ低く、遠く群がっては、頭を擡《もた》げては、肩寄せ合っては

なにかを見つめている。

「バクトリア人、ソグド人、キンメリア人、サカ人、そしてトカラ族、大月氏族」、「BC一七六年頃よ、南方で発祥したあの漢民族などは、まだまだ遠く、はるか南、民族形成途上だったわ」

「彼らはまだまだ、インド・アッサム、ビルマ・雲南地方にいた。朔北のことなどは預かり知らぬこと。そしてその頃、朔北、北甘粛の地ではそこにはあった、あの一大会戦、半アリアン系の匈奴連合と本アリアン系の朔北諸民族連合派との一大決戦」

「そして敗れた本アリアン系は」

「その大半は西走、新彊《しんきょう》・タクラマカン地方へ、さらにはもっと西、ホラサン・ホラズム地方へと逃げ込んだけれども」

「逆に一部は東走、満州の地へ」、「それが夫余。そしてそのとき、夫余の地に逃れてきたのが小月氏族よ」

「小月氏族、小月氏族よ」、「この小月氏族の末裔は、それはそのまま夫余族を名乗り、やがてはその分派は、靺鞨《まっかつ》人、粛慎《みしはせ》人、渤海《ぼっかい》人、いまに残る東方アリアン人の残滓」

消えた、消えた、消えてしまった。いえいえ、消えたと思っていてもなお残っている、あの谷、あの山、あの川。ついてくる、ついてくる、どこまでも、どこまでも、ついてくる。

「東方アリアン系人、こんな彼らが、いま等しく感じる」、「それはあのアングロサクソン系人、そうよ、あのアングロサクソン系人」、「そしてましてや、アングロサクソン系人でもない、あのアングロサクソマニア（親英派）」、「彼らに接すれば接するほどに、等しく感じる違和感、うとましさ」「たとえアングロサクソマニア（親英派）の夢覚めずとも、いいえ、いいえ、覚めねばなおのこと」「このアングロサクソマニア（親英派）に接すれば接するほどに来る、欠落感」、「アングロサクソン系人には、どうしようもない、どうしようもない、根源的な、本源的な、深い対ユーラシア観」「それは対日本人だけではない、なにかユーラシア人総体に対する深い、深い、深い欠落感があるわ。なにかユーラシア全体の、没落を願う心の暗さ」

「そうよ、一三五〇年代、あの世代こそは中央アジア・キリスト教世界消滅の元年」、「まずは一三〇五年からのあのカタロニア傭兵団によるビザンツでのあの無辜《むこ》な正教農民への奴隷狩り」

山だ、山だ、消えたと思った山が、なおもついてくる。あの谷、あの川。

「あなた、ねぇ、あなた、満州国」

「この満州国、あすもあると思って」

だるい、けだるい、ただけだるい、不思議な微笑み。透き通るようなやさしさをもって、方子はじっと三郎の顔を覗き込んだ。そしてやがて、ふっとうなずき、白い、白い山だ、白い山はなおもつづき、薄い靄《もや》は懸かっていた。

赤い葉

一　ミヤマノイバラ

赤い、赤い、赤い葉が遠く高く、山々に散在している。あれが野ブドウ、これはガマズミ、そしてこっちは、黄色い、黄色い山々だ、褐色のカズラやミヤマノイバラが、そこにはひっそりとうずくまるように引き下がっていた。

陽の当たる西側、薄い斜面下、変色したカラマツの葉は音を立てるように縮んでは、水気のない溝の上に落ちている。

枯れたシナノキの梢では、細く尖ったくちばしと眼を浮き立たせながら、シベリアガラスはものうく二人の行く先を見つめていた。

乾き過ぎた水苔の上では、朽ちかけて白くなりかけたザゼンソウの葉が二つ、尖った葉群れの中から、薄目を剥いたまま、たったいま、急に増水した水量に喘ぎながら、隣の薄紅いアムールナンテンショウの花とともに、いつの日か、いつの日か、かつては遠い昔に、会っていますねと、頭をかしげては三郎たちに再会を告げていた。

キラリ、キラリ、水の中からは、アムールナンテンショウの葉群れの中からは、なおも幾つかの花《はな》蘂《しべ》は蜘蛛の糸にもつれながらも、遠い昨夜の雨のことを、花弁の下で、片目をつぶっては、あいさつしながら話しかけてくる。

「ドイツ騎士団、ヨハネ騎士団、そして北方刀剣騎士団、奴隷商人よ、彼らの親方は、そうよ、あのシトー派のベルナールよ」

「彼らは奴隷貿易のあがりで、あちらこちら、ヨーロッパ中の至る所に、ゴシック風の建築物を建てて回り、そしてあの奴隷制是認のコケ脅しのキリスト教、アウグスチヌス派の西欧キリスト教を散布していったわ」

平野だ、平野だ、平野が見えてくる。のたうつ川、川の水は光に反射して、鏡だ、鏡だ、大きな鏡が接近してくる、キラリ、キラリ、谷だ、森だ、山だ、すべてが盛り上がってくる。

「そうよ、幻覚」、「すべてが幻想のゴシック主義、その観念の上に成り立っていた、イギリス、オランダ、デンマーク、ポルトガル、一神教のあの奴隷制文化」

「西方キリスト教のあの奴隷制是認文化、彼らにとって悪いのは、悪いのは、奴隷貿易を咎めた秀吉や家康」

「決して、決して、奴隷貿易をしていたフランシスコ会やイエズス会ではないのよ」

キラリ、キラリ、なおも鋭く、川の向こう、光る波の彼方、小さな巌は勝ち誇っている。

高く鋭く、狭い巌の上、サンゴジュの木が一本、生えている。キラリ、キラリ、鋭く尖った巌、狭くも細い岬の上、いや、いや、もう一つ、その対岸、光る川の反対側にも、また一つ、細く尖った巌が。

対峙する二つの巌、サンゴジュの木は、そこにもまた一本、危なげにも高くそびえ立つ巌の上に、くっきりと根を張っては、近づく道の馬車を睥睨《へいげい》している。

細く鋭く狭く、川を挟んで対峙する二つの巌、そこに生えた太い枝、同じような二つの巌の上に生えた太い枝と根は、飛び立つ鳥の翼のような、強烈な枝ぶりを突き上げている。その下をいま、飛び立つ鳥を、後ろから、ネギ畑から、つかまえようとするかのように、馬車は近づいていく。

狡《ずる》い、狡い、馬車は狡い、ささくれ立ったサンゴジュはもう一本、対岸の別の巌から、それをじっと見つめている。

三つの巌で、対峙するサンゴジュ。ささくれだった根爪は深く、強く、くっきりと、いま岬の巌の洞穴から、露出している。土と石との間、大きく空隙を作っている、洞の中には無数の小枝、雑然と分立して、だがしかし、幾本かは親木を凌ぐ勢いだ。

狡い、狡い、馬車は狡い。いや、飛び立つ鳥は、ただただ、睥睨する巌の隙間に、かすかな生存を求めているだけだ。

どうした、どうしたの、補祭さん、汚れたヲラリ（左肩にかける細長い帯）を一本、落としたねぇ。そうか、そうか、そうだったねぇ、幸せそうな顔をして。そうだ、そうだ、拾った、拾ったねぇ、それでいい、それでいい、もう、なんのわずらいもない。ただ、ただ、聖画像（イコン）の前を、行ったり来たり、たたずみながら歩いているだけだねぇ、屈託はない、屈託はない、でもねぇ、でもねぇ、そうか、そうか、その右腕は曲がらない、苦しかったねぇ、痛かったねぇ、日本の特務機関に留め置かれていた歳月、行ったこともない国境の町、綏芬河《すいふんが》の特務機関に連れて行かれたんだよねぇ。

「そうよ、正教は反ナチよ」、「そして最終的には反西欧、反カトリック、反イギリス、反聖公会なのよ」。ぽつん、ぽつんと、道のそちらこちら、馬車の行く先々に、小草はこり固まっている。ものうい方子の声を背景にして小川の水は、崖下へと隠れていく。

危なっかしくも聳えていた巌も、いまは見えはしない。シベリア・シナノキの梢などは、とうにすっかり遠くなってしまった。あの川、あの巌の見た崖辺などは、とうの昔の雪のように消え去ってしまっていた。

「時間よ、時間よ。聖霊とは、消え去ってしまった時間よ」

「聖霊は神ではない、決して、決して」

「聖霊と神、奴隷主の神とフリストース（基督）、この二つ、いいえ、いえ、この二つの対立のなかに、引き裂かれた十字架、キリスト（基督）、フリストース（基督）の十字架はあるのよ」

過ぎ去ってしまった教会だった、走り去ってしまった教会だった、いま二人の馬車はそのかたわらを通り抜ける。

二　オリゲネス

赤い、赤い呻《うめ》きだ、けぶる香煙の中、聖障の中、おお、ついにあの臆病な司祭が至聖所の中から出てきた、赤い、赤い、香煙けぶる至聖所の中、ほおら、ほおら、いま見える、至聖所の扉は、くっきりと開いている。くっきり、くっきりと、至聖所の中の光景は見える。人が生きることは、苦悩だと語る至聖所の中の聖餐、〝そうか、そうか、オリゲネス、左派思想、万民復活の思想〟。

「そうよ、左派思想、この左派思想こそは、すでにキリスト教が公認されてから二〇〇年も経ったあとの、あの西暦五五三年」

「当時のあの右派皇帝、西方かぶれのユスチニアヌス一世によって、異端とされたわ。異端、異端と」

「そして、このオリゲネスを異端とすることによって、キリスト教会は、いえいえ、キリスト教世界は、それまでの左派思想、危険思想からは脱皮」

「そうよ、こうして国教会としての、より安定した地位を、以後は得たわ」

「しかし、しかし、オリゲネス、この彼の思想こそは、キリスト教、キリスト教思考の根源なのよ」

「それはいまも、そして常に常に」、「正教、ロシア、ビザンツ、シベリアの思考として」

「そうよ、森の思考よ、この思考は」

「決して、決して、右派の思考などには受け入れない」、「右派の倫理は砂漠の発想、石の考察、砂の思考」

「それがカトリック、奴隷制是認史観、一神教の史観」

「キリスト教は変わってしまったわ、カトリックには奴隷制是認の史観があるのよ、それがあの教皇無謬論是認の史観のすべて」

「ファシズムとはカトリック、カトリックよ」

「カトリック一神教、その奴隷制是認史観の中にこそ、今日の究極のファシズム礼讃思考はあるのよ」

「ヒトラーは負けたわ、たしかに、いまヒトラーは負けたわ」、「ナチズムはたしかに、負けたようには見えるわ」

「しかし、しかし、ファシズムは、そうよ、この教皇無謬論は、必ず、必ず、またいま一度、そうよ、必ず戻ってくるわ」

「早晩、早晩、それも必ず」

補祭さんは歩きだした、補祭さんが歩きだした。もつれて、もつれて、そうか、そうか、そうだったねぇ、補祭さんが歩きだした。片腕にヲラリ（左肩にかける細長い帯）を掛けて、補祭さんは歩きだした。ちぎれ、ちぎれたステハリ（袖のある祭服）の補祭さんが歩きだした。おや、おや、また、落ちた、落としたぞ、落ちたヲラリはかけ直して、いや、いや、違う、ヲラリは、引きずって、引きずっているよ。

歩きだした、歩きだした。そうか、そうか、そうだったねぇ、そりゃ、カトリック、カトリックにだって、左派はあるのよ、左派はあるのよ、三位一体を棄て切れない左派はある。ドミンゴ、オラトリオ、ジャンセニスト、ノラスコ（奴隷解放会）、トリニティ（三位一体会）、みんな、みんな左派よ、彼らはみんな奴隷制反対派よ、古カトリック派よ。公会議推進派、そして親ビザンツ派、親ロシア派。しかし、負ける、彼らはいつも土壇場になれば、結局は負けるのよ。負ける、負ける、すでに左派を棄て切ってしまったあのカトリック、カトリックの中では。

おお、ちぎれたステハリ（袖のある祭服）、破れたステハリ、補祭さんはいま、それを身に纏い、歩きだした。そうか、そうか、そうだったね、ヲラリ（左肩にかける細長い帯）、ヲラリ、でも、でも、いま、お前の履いている木靴には、よだれ、よだれが、そうよ、そうか、そうだったねぇ。香炉を振ることも、もうなくなってしまっていたんだねぇ。走れ、走れ、ただ、走れ、えぇい、走れ、馬車よ走れ。そうだ、そうだ、走れ、走れ、ただ、走れ、馬車よ、ただ、走れ。

三　夢幻の彼方、ピウスキー

「たとえ一〇〇のうち、九十九までが駄目でも、たった一つ、たった一つでも、可能性があるとでも思えたならば」、「それだけで、それだけでいい、あとはただ」

「そうよ、それだけでもう、すべてを棄てて突っ込んでくるポーランド、幻を追うポーランド」

「夢見るポーランド、ユニアよ、ユニアイズム（正教併合主義）」、「こんな右派は、カトリックのごく一部、ローマ法王庁のごく一部しか、誰も相手にしなかったポーランド・ユニアイズム」

「しかし、しかし、そのポーランド」、「大統領のピウスキーは、必死」、「必死になって同志を探したわ」、「狙いをつけたのは隣国ドイツ」

「しかし、ドイツは相手にしなかった」、「けれど、けれど、ピウスキーは必死、必死、そして気がついたときには、ドイツにはファシズム」、「そしてクロアチアには、ウスタシャシズム」、「さらにはハンガリア、ルーマニアも」

「すべてはすべて、それはカトリック、あのカトリックの東方教会帰一聖省があるのよ」

「ロシア革命、あのロシア革命こそは」、「カトリックにとってのこのロシア革命」、「それは一九一七年二月に勃発したわ」

「そしてそのあと、その混乱を見届けたあと、そこに流入してきたのがレーニン一派」

「そしてその跳梁、彼らによる正教神品の大量虐殺」、「これを聞いたとき、カトリックは、特にあの奴隷制是認派のフランチェスコ会士たちは、どれだけ狂喜したことかしら。永年、永年、永年の敵、どうすれば、どうすれば、正教会を破壊できるか、それればかりを考えてきた」

「千載一遇、あつかましくもあつかましくも、ローマ教皇のベネディクト十五世は、瞬間、直ちに瞬間、正教会吸収のシステムを考案、発動していったわ」

「それがあの東方教会帰一聖省よ。一九一七年、ロシア革命惹起のすぐあとのことよ」

「対立していた後発のカトリックなんかよりは、はるかに、はるかに先達の正教会」

「その先達教会を、どうすれば破壊、消滅できるか、それればかりを考えて来ていたカトリック」、「いまそこに西欧かぶれの余所者レーニン一派が、跳梁、彼らによる正教会、特に神品への苛烈な迫害、そして熾烈、酷薄な弾圧、破壊」、「その実態、実情を見て、カトリックはさらに一九二八年、そしてさらにつづいて一九三二年と、その組織を拡充、強化していったわ」

埃《ほこり》だ、埃だ、リトウルギア（聖体礼儀）が終わったいま、人影は消え、ただただ薄い埃の中を、光の綾はなおも舞い上がっていく。それはまた舞い下りてきては、やがては消えてしまった隣の燭台からの残り香とともに、闇のなかを彷徨《さまよ》っていく。

暗い、暗い正面聖障の上、闇の中にはぽつんと、青く高く、まなこ一杯、思い切り、見開いたままの浮き上がっているディエシズ像〔フリストース（基督）と、その母マリア、そしてフリストース（基督）の師、洗者ヨハネの三者像〕。

はるかな天蓋、そこから差し込む昼の太陽、香煙はなおも立ちのぼり、ステンドグラスの彼方へと消えていく。けだるくも、ものうくも、方子はその教会のかたわらで走る馬車の後部座席に身をまかせたまま、目を閉じていた。「フリストースバスクレッセ！（基督復活！）」、「フリストースバスクレッセ！（基督復活！）」

四　ドーム・ミロセディテア（慈恵院）

たった一人だけとなってしまった長司祭、彼を挟んで左右には一人ずつ、革命後にロシアから亡命してきた二人の司祭がいた。

三人だけとなってしまっていた神品団。随時、近くから補祭はくるが、今日はいない。たった三人の神品団から生まれるステヒラ（会衆に呼びかける司祭の韻詞）、そしてトロパリ（長司祭の呼びかけに応じる会衆の讃詞）、ガランとした会堂の中で、呼びかけは幾たびか交歓されている。

棄てられた教会、忘れられた教会。五十年前、まだまだこのあたり一帯は、オロチョン人などのシベリア・満州の原住民だけが居住していた。一面は原生林。満州トラや満州ヒョウが跋扈していた。そこにロシアでは異端とされて迫害されていたラスコール（分離派）は入り込み、木を伐《き》り、入植していった。

北辺の僻地、人跡稀なこのあたりでは、国境などという観念は通用しないし、意味もない。人が住めそうだと思われれば行くだけ、そしてまた去る。南の土地とは根本が違う。シベリア、北満とは、そういう土地柄だった。

小さな、小さな集落だ、教会、そして畑。そのあと幾たびか、幾たびか、ラスコール（分離派）以外の人々もやって来て、別な教会も建ち、改築もされていった。

それから五十年、いま長司祭が一人と司祭が二人いるこの教会は、いまはラスコール（分離派）ではない。正統派だったが、とはいっても、それほど主流派でもなかった、そこがロシア的だった、そして本来のラスコールたちはいつの間にか離れて、もっと僻地に行ってしまっていた。

ラスコールの去ったあと、この地の教会は幾度か改築、改廃もされて、ここだけ、ひとつだけ大きくなって残っていった、いっとき、とはいってもそれは本当にいっときのことだ。まだまだフルビンは、ほんの開拓時代、しかし、その頃がこの教会の頂点で、内外でも有数、六番目か七番目かの大きさと讃えられていた。

それからそのあと、さらに何度かの入植はあった。やがて、ここからはかなり離れた丘の下に、ロシア鉄道敷設連隊が入り、駅站《えきたん》が誕生して、広大な駅裏の林野地には鉄道が敷かれ、東支鉄道守備隊の付属教会、イーエルスキー教会が造られていった。

何度目かの移住ブームは来て、教会も幾つかは建てられていった。

スンガリー川接続区域にあって、すっかりいまはフルビン市内最大の繁華地となってしまっているモストワ街、そこにはソフィア教会、そしてそこから少し離れた丘の上、見違えるばかりの高級住宅地になってしまっていた南崗、そこでのサボール（中央教会）は、ますます大きくなっていった。

アレキセイ教会は、南崗には同じ名前が二つあった。とはいっても本来の系統は全く別なのだから、大きく離れてバラバラに同じ名前が二つあっても、別におかしくないといえばおかしくないのだが、そしてそれは極端に地区の両はじに分立していて、その間にはまた幾つもの様々な流派の教会を挟みながら、東西で対立していた。

フルビンはいまやスンガリー川の貿易では北満最大の中心であり、外見は、まるで横浜港かと勘違いするほどまでに酷似した埠頭地域があった。

そのスンガリー河畔には、市内でも最大級の褐色煉瓦造りの、あの豪壮なブラゴベシチェンスキー教会があった。アムール川からスンガリー川へ、船で往航する船乗りや乗客たちには、船上からながめては、この教会の信徒ではなくとも正教会は依然健在なりと確信できる自慢の教会だった。

いや、それだけではない、南崗にはそのほか、ちょっと毛色の変わったウクライナ教会もあった。左様、左様、そうなのだ、フルビン市内外にはそれほどまでにも多種多様、異端、ラスコールも含めて様々な教会が、一面坡や帽児山、珠河などなど豊穣に残っていた。

そしてロシア革命、ロシア国内戦、やがて英仏日米軍によるロシア国内干渉戦争。西ではポーランド軍の介入、戦禍、戦乱、流亡。追われて追われ、東へ、東へ、多くの人々が北満・フルビンへと。あちらこちらに貧民教会は立ち、ドーム・ミロセディア（慈恵院）教会も造られていった。

しかし、しかし、東支鉄道が入る以前から、すでに入り込んでいたラスコール（分離派）の教会は、そしてそれにおくれて入って来ていた正統派の農民教会は変わりようがなかった。ただ数人の神品は外部から紛れ込み、そしてそのあとカムチャトカやプリ・モーリェ（沿海州）などからの亡命司祭たち、その相当数は、フルビン市内の教会の猥雑さを嫌って、より僻地の教会へと、安らぎを求めてくるのが通例だった。

その結果、信徒数とは不釣り合いな、多数の、複数司祭のいる教会も生まれていった。とはいっても、ただそれだけだった。たしかに革命後に逃れ来たった信徒数で急速に発展していった市中の後発教会には、それらはあっという間に、なにもかにも追い抜かれてはしまってはいたが。

しかし、しかし、農村教会でも、まだまだ、それでもそれなりに繁栄しているところはあった。あの日本軍の、あの一九三二年のフルビン、北満進出があるまでは。

そして、この一九三二年の日本軍の北満進出以後は、すべては、すべては変わっていった。

五　行けなかった教会

古い古い教会だった。十九世紀最晩年、あの北満開発初期には建てられた古い教会だった。

そうはいってもフルビンには、古い古いといわれながらも、実は新しい、ことによったら革命以後に建てられたのかもしれない、そんな教会も沢山あった。しかし、いまはそんな教会も含めて、すっかり朽ちかけていた、朽ちかけてきていた教会はフルビン市内にも沢山あった。それでもみんな頑張っていた。

郊外、郊外、忘れられた教会。密林はとうに消え、かつては入植とともに木を伐り、板を割いて、小川には架けていた小板橋、小馬が走れるようにと小枝を埋めては造った枝道、そんな入植当初の小川も、いまはない。多くの人々が来た、そしてまた、別な人々が。

政治の変化とともに、南からやって来た。

木々は焼き払われ、畑になった。満州トラや満州ヒョウは撃たれ、いつの間にか姿を見なくなってしまった。開発初期に建てられた教会も、気がつけば信徒数は激減していた。いま残っているのは、乳牛や羊や山羊を相手にしたわずかな数。大きくはないが、さして小さくもなかったこの聖堂、それもいまでは充分すぎるほどに広い。

そうか、そうなのだ、そこらにはいまもまだあるらしい複数司祭のいる教会、みんなみんな副業をもっている、そうか、副業なのだ、赤い、赤い、赤い葉が遠く、高く。

三郎はやがて来る方子を案内して回る心づもりで、この半年間、フルビン市内外の候補地、馬車旅行の周遊見学予定地。古くはないが由緒ありげな教会、それらの下見をしていた。なんとなんと多くのふさわしい予定教会が見つかったことか。この一〇〇年間、いやいやこの一〇〇〇年来の様々な教派、奔放な建築様式、否応なしに国内外からは別離したと思い知らされる、ロシア国内宗教事情の豊穣さ。

ほんのわずかな方子の滞在期間、それに合わせようと、大部分は当初、その構想段階で棄てて、そして残った教会は、夢に描いていた、しかし、その十分の一、行けなかった教会、行かなかった教会、いま、それは追いかけてくる、追いかけてくる。幾つも、幾つも。

三郎は目を閉じる。行けなかった教会、棄てられた教会、忘れられた教会。いま目の前にある、二十世紀はじめにはあったあの森は消え、あの林は失せ、あの山、あの丘、いや、いや、すべては空虚、廃墟だらけ。

マグダラのマリア

一

あえぎ、のたうち、うろたえながらやって来る馬車を、木々はやさしく両手を拡げては迎え入れてくれる。強烈な夏の日の太陽、その太陽はいま、天蓋の奥深く、窗《まど》を貫いて、くすんだ会堂の中へと忍び込んでいる。薄い埃は淡い銀色の帯となって、幾筋も幾筋も、紫の靄の上を刺し貫いている。

暗い、暗い、闇の中での光の洪水。埃は舞い上がり、やがてはまた元の処に下りてきては、隣から立ち昇るロウソクの香りとともに、暗い聖堂の中、正面聖障の上、そこでまなこ一杯、見開いたままの青く高く、浮き出ているディエシズ像（基督とその母・生神女マリア、そして基督の師・洗者イオアンの三者画像）、その周辺を徘徊してははるかな彼方、天蓋の外へと消え去っていく。

「フリストースバスクレッセ！（基督復活！）、フリストースバスクレッセ！（基督復活！）」、いまその聖堂の崖下を走る馬車の中、方子はものうく後部座席に身をよせたまま目を閉じて叫んでいた。

「幻見たり、幻見たり」、揺れる、揺れる、馬車は揺れる、揺れて、揺れて、「フリストースバスクレッセ！（基督復活！）、フリストースバスクレッセ！（基督復活！）」

方子はまた叫ぶ。棄てられた教会、忘れられた教会。ついに今回、訪れることのなかった教会。遠い、遠い、森の中の教会。なおも三郎は森の彼方を見つめながら、なにかをつぶやいていた。

二つのコーラスは続いている、「罪の子、人の子、奴隷の子」、重く深く、それは昼の闇の中で交錯しあいながら、なおも響いてくる。壊れてしまった表のドア、鍵の掛からぬトイレからは、夏の日の乾いた風にあおられて、臭気は会堂一帯に漂っている。

小さな教会だ、人影もまばら、貧相な林のなかの聖堂、それでも歴史は古い。

詠隊は二つに分かれて、一つは男声、いま一つは女声。男声は太く重く、二つの叫びは天蓋にこだましては、やがてはまた、一瞬のきらめきを残しては消えて行く。

棄てられた教会、忘れられた教会、正面聖障の扉はいま全開している、その横には、もう数年前、日本特務機関員、憲兵隊員、そして日本外務省領事警察官らによって破壊、略奪、潰され尽くしてしまっていたイコン（聖画像）、ダロフラニテリニッツァ（聖餅櫃）。

残されたものは、ただ一か所に積み上げられて、すべては放置されていた。それはいっとき、あの柳田元三少将がフルビン特務機関長に着任したときに寛解され、信徒たちの手によって、ひそかに布が掛けられ、隠匿されていたものだった。

蘇る、いま蘇る。祭事のときだけ、ほかには誰もいない、目鏡を掛けた司祭はただ一人。

走れ、走れ、馬車よ走れ、いまはただひたすら。馬車は教会のかたわら、その崖下の道をも走る。三郎は方子を見た、方子は遠くを見ていた。過ぎ去ってしまった川、走り去ってしまった谷、森だ、森が見えてきた、小さな、小さな、また小さな別の森、そしてそこにも、ついに今回、訪れることのなかった教会はあるはずだった。


「墓見て覚れ、墓見て覚れ」

「汝、フリストース（基督）の女弟子」、「固き女、賢き女、携香女、マグダラのマリアよ」

「なにゆえに汝は悲しみの涙を香料にまじえるのや」

「墓（奴隷主支配の世界）、墓（奴隷主支配の世界）見て覚れ、汝、フリストース（基督）の女弟子や」、「固き女、賢き女、勁き女、マグダラのマリアや」

「朝早く起きて、汝、奴隷主支配の世界（墓）にゆきしに」、「光の御使いぞ、そこに居り」

「御使い、御使い、御使いこそは、墓（奴隷主支配の世界）の前に立ちて言えり」

「女弟子、女弟子や」、「汝、フリストース（基督）の女弟子」。「汝、なんぞなにゆえに、悲しみの涙に香料をまじえるのや」

「墓（奴隷主支配の世界）、墓（奴隷主支配の世界）見て覚れ」、「汝、賢き女、マグダラのマリアや」

「朝早く起きて、汝、フリストース（基督）の葬られし墓にゆきしに、そこに光る聖霊の御使いは」

「すでに墓の前に立ちて言えり、フリストォース（基督）、フリストォース（基督）は、死（十字架）をもて、死（奴隷社会）を滅ぼおし、墓（奴隷主支配の世界）にあるものに命（奴隷制廃止社会）を賜えりと」

ステヒラ（会衆が司祭に呼びかけ訴える韻詞）はいま、ステヒラは繰り返す。しかし、しかし、そこにいる教会の会衆たちの、そのステヒラは自信なげ、それでも、それでもなお、ステヒラは繰り返す。答えるものは誰もいない、ただただ、そのあとは、静まり返った会堂。

「携香女、携香女よ、汝、マグダラのマリアや、勁《つよ》き女、賢き女、固き女、フリストース（基督）の女弟子」、「朝早く起きて、汝、墓（奴隷主支配の世界）に行きしに、そこに光る聖霊の御使いは、墓（奴隷主支配の世界）の前に立ちて言えり」

「フリストォース（基督）は、フリストォース（基督）は、死（十字架）をもて、死（奴隷社会）を滅ぼおし、墓（奴隷主支配の世界）にあるものに、生命（奴隷制廃止社会）を賜えりと」

ステヒラ（会衆が司祭に呼びかけ訴える韻詞）は、ステヒラはなおも繰り返される、しかし、しかし、その声はただ、ただ、自信なげ。それでもそれでもステヒラは繰り返される、しかし、答えるものは、誰もいない。ただただ静まり返った会堂。

「汝、マグダラのマリア」、「携香女、携香女よ」、「固き女、賢き女、勁き女、フリストース（基督）の女弟子」

「朝早く、汝、起きて、墓（奴隷主支配の世界）に行きしに、そこに光る聖霊の御使いは、墓（奴隷主支配の世界）の前に立ちて言えり」。「フリストォース（基督）、フリストォース（基督）は、死（十字架）をもて、死（奴隷社会）を滅ぼおし」、「墓（奴隷主支配の世界）にあるものに生命（奴隷制廃止社会）を賜えりと」

誰もいない。

五たび六たび、ステヒラ（会衆が司祭に呼びかけ訴える韻詞）は歌われた。しかし、答えるものは誰もいなかった。

七たび八たび、ステヒラは歌われる。しかし、しかし、答えるものは誰もいなかった。

「ただただ光の御使いは、ただ光の御使いの群れは」、「フリストース（基督）、汝、フリストース（基督）が」、「おのれ自らの死（十字架刑）をもて、死（奴隷世界）を滅ぼし」、「墓（奴隷主支配の世界）にあるものに生命（奴隷制廃止社会）を賜えしを見て驚けり」

「おのれ自ら奴隷身分の中へと入り、死（奴隷制社会）の力を滅し」、「アダム（人類）を、おのれ（基督）みずからの死（十字架刑）とともに興し、諸びとを地獄（奴隷主支配社会）より救いしを見て驚けり」

暗い暗い、ランパート（燭台）は一つ、かぼそい光の中で、ステヒラ（会衆が司祭に呼びかけ訴える韻詞）は歌われていた、「なんぞ、なんぞ、携香女、マグダラのマリアや」、「まことにまことに、汝こそはフリストース（基督）の女弟子、なにゆえに汝、いま悲しみの涙に香料をまじえるのや」

困惑、疑惑、困憊、疲労、困憊、疲労、静まり返った会堂。それでも歌は、歌は歌われねばならない。

そこはもう一つ、峠のほとりの教会だった。別の森はあらわれていた。「女弟子、女弟子や、マグダラのマリアや」、そこでもまた沈黙、ただ沈黙。

「光の御使いは、光の御使いは、汝、フリストース（基督）、フリストース（基督）が」、「十字架となりて、死（奴隷身分）の群れの中に入りて、死（奴隷主）の力を滅ぼし」、「ついに諸びと（人類）を、地獄（奴隷主支配社会）より救いしを見て驚けり」

ステヒラ（会衆が司祭に呼びかけ訴える韻詞）は、ステヒラは、そこでもなおも叫ぶ。低く、深く、ステヒラはなおも叫ぶ、墓の前にいる光る国の御使いはなおも叫ぶ、「女弟子、女弟子や」

「携香女、携香女や、なにゆえになんぞ、汝は悲しみの涙に、香料を交えるのや」

「墓見て覚れ、墓見て覚れ、救世主は墓より復活せり」

暗い暗い、暗い聖堂のなかで、ランパートはただ一つ、なおもぼんやりと灯るなか、ステヒラは繰り返される。

「朝早く起きた携香女は、墓（奴隷主支配の世界）に行きしに、光の御使いはすでにその前に立ちて」、「泣くのときは、すでに過ぎたり」、「涙は止めて、涙は止めて、その復活を男弟子たちに告ぐべし」、歌われねばならない、歌われねばならない、繰り返し、繰り返し。その教会ではステヒラは歌われていた。

「涙は止めて、涙は止めて、その復活を男弟子たちに」

突如ふいに、唐突に至聖所内からは、なにやら訳の分からぬざわめき、そして舞い上がる歓声。それまで閉ざされていた正面聖障の扉は、いま半開きにされたかと思うと、再びどっと沸き起こる歓声。すべての聖障は開かれた。六たび七たび、至聖所内からはどっと沸き起こる歓声。

「死（十字架）をもって、死（奴隷制社会）をほろぼおし」、「墓（奴隷身分）にあるものに命（奴隷解放）をたまえり」。八たび九たび、どっと沸き起こる至聖所からの神品たちの歓声。

いま聖堂内の明かりは一気に輝きだす、すべては一気。だがしかし、まだ、それだけでは終わらぬ至聖所内での歓呼、神品たちの喜び。いつまでもいつまでも、終わらぬその歓声に、ついにはしびれを切らす至聖所外の会衆。

永く、永く、それまで沈黙を強いられてきた至聖所内の神品たち、いま彼らの間からは、いつまでもいつまでも続く歓喜と歓声と聖歌の騒ぎ。「イリストース（基督）バスクレッセ（復活）、イリストース（基督）バスクレッセ（復活）」

「実《じつ》に復活！（パイィシス・バスクレッセ！）、実《じつ》に復活！（パイィシス・バスクレッセ！）」、置き忘れられていた会衆の間からもやがてはしびれを切らした歓喜の声はこだましてゆく。天井からは輝きだす燭光の下、トロパリとステヒラは幾たびも繰り返され、高唱はいやが上にも舞い上がっていく。司祭団はゆっくりゆっくりと、やがてはアルテリ（高台）からは下りて来ると、平床の上にある大きな燭台を囲む。そこでまた太くて重いあの聖歌、そしてそれに応ずる会衆の唄。

「イリストォース（基督）、ふうぅぅかつ（復活）し、死（十字架）をもって、死（奴隷制社会）をほろぼおし、墓（奴隷身分）にあるものに命（奴隷解放）をたまえり」

天井から吊るされた燭台のすべてには、光は灯され、喜び溢れるステヒラ（賛詩）とトロパリ（韻詩）の交錯は、ただただ終夜、繰り返されてゆく。香煙は舞い上がり、光溢れるなか、正面聖障上のディエシズ像のみは、しかし、重くて暗くて悲しい。

見上げる者などは誰もいない、ただただ地上には溢れる歓喜、

「フリストース・バスクレッセ！（基督復活！）」、フリストース・バスクレッセ（基督復活！）」、「実《じつ》に復活！　実《じつ》に復活！」

二

いつの間にか司祭団の祭服は明るい緑色へと変わっていた。そこは大きな教会だった、そこでの復活祭、三郎はただ一人、微笑みを浮かべながらすべてを見つめていた。正面には大きな聖障、その左右には二つの副聖障、そしてさらにはまた別に三つもある小聖障、各燭台からは立ちのぼる香煙、そ

れはやがては中天で合流し、また幾つもの綾となっては天蓋の彼方へと消え去っていく。

三

棄てられた小教会、忘れられてしまった小教会、潰されてしまった小教会、鐘楼はとうに崩れ、そこに通じる螺旋階段下の一隅にはただ一群れの老婆たち、つつましくもしゃがれた声。

「イリストォォース（基督）、ふうぅぅっかつ（復活）し、死（十字架）をもって、死（奴隷制社会）をほろぼおし、墓（奴隷身分）にあるものに生命（奴隷解放）をたまえり」、暗い、暗い、そして低い声。

重くて勁《つよ》い、その反対側に対面する男性の低い声はいま誰もいない周辺の壁にこだましては沈んでいく。棄てられた教会、忘れられてしまった小教会、三郎はいまかつては訪れたことのあるその教会の外柵の外れを、なにも知らない方子と二人で馬車で走り去っていく。

ひっそりと、ひっそりと、過ぎ去ってしまった記憶。何も知らない方子はいまその壊れかけた鐘楼を指さす。微笑みながら、まなこを閉じながら三郎は、ただただ馬車は走り去っていく。

四

太い柱の手前、暗い片隅、大きな教会の聖アナスタシアのイコンの前で、蛾虫は一匹、チリチリ、

チリチリ、ロウソクの炎の中を飛び回っている、天蓋の窗《まど》からは漏れてくる強烈な陽光、おや、補祭さんだ、そうか、そうか、今日は彼はここにいるのだ、彼だけが黒い祭服なのだ、ぎこちない足どり、そうか、そうか、そうなのだ。

見上げる向こうには大きな赤い窗、そしてその下にはくすんで汚れてしまった小さな黒い窗。幾つかあるウラジミールの聖母子のイコンが埋め込まれてある黒くて小さな窗。

イコンだよ、イコンだよ、獣闘士の国カルタゴ、明日はない、明日はない、明日か明後日には、もはや生きていてはいけない人間、そしてその人間と、やはりこれも明日はないはずの獣たちとが競技場で繰り広げる決死の死闘、その死にざま、死にぎわを、その苦痛の果てを、観客席で笑いながら見るのを無上の楽しみとしていた国カルタゴ。極西文化の国カルタゴ、そのときはすでに、とうにローマに征服されていたカルタゴ。

極西文化の国カルタゴ、そのときはすでにとうにローマに征服されていた国カルタゴ、しかし、その文化はローマに引き継がれていた。

そのローマ征服下のカルタゴで、その奴隷制否定、そしてその奴隷救済信仰ゆえに、やがては同じく殺されるべきが定めのライオンの前に投げ出されて、見せ物として殉教していった聖女ペルペトゥーラ、そのイコンはそこにあった。

カルタゴはローマに征服された。しかし、そのカルタゴの遺習は征服者ローマによって引き継がれていた、カルタゴでは武装した獣闘士を倒す強い猛獣には名前を与えられ、その栄誉は讃えられていた。そしてそこには武装しながらも必ず殺されるべき人間、敗れるべきスパルタクス（獣闘士）がいた、この奴隷剣士（スパルタクス）、この殺されるべき人間と強い猛獣との死闘、苦悶、その苦痛の果てを、安楽な競技場の椅子の上で鑑賞することが無上の悦びだった。

ローマの皇帝セプティム・セヴェルは、おのが禁圧したキリスト教、そしてその信仰を曲げなかったがゆえに、ペルペトウーラをライオンの檻に入れ、ライオンの餌にしようとしたが、なぜかライオンは聖女を襲わなかった。

猛獣はペルペトウーラを避けて通った、そしてこれを見た競技場内の観衆はただただ激昂、憤慨、楽しみを奪われたと、その楽しみを奪われたことへの怒り、そしてそのローマ市民たちの要求によって、カルタゴの競技場で斬首の刑とされて死んでいったハリスチャンカ（おんな基督教徒）、聖ペルペトウーラ、そのイコンのわきには白い花があった。

白い、白い百合の花だった、聖ペルペトウーラのイコン、かつてこの教会が盛んだった頃には、それは幾つも幾つも堂内狭しと飾られていたが、いまはその大半は日本特務機関員の手によって剥ぎ取られ、聖女ペルペトウーラのイコンはただひとつだけ、なぜかこれだけが残されていた。

白い百合の花はただ一つ、そのかたわらでがっくりと首を垂れ、力なく壁に凭れかかっていた、そしてまた一つ、そっとその横には黄色い百合の花が供えられていた、この大きな教会こそは聖ペルペトウーラにささげられたものだった。

エクテニア（大連禱）

一

「動物愛護のユーラシア史観と動物虐待礼賛の極西史観」、「決して決して交わることのないこの二つの史観」、「そしてこのうち、このうちの極西史観とだけに協調することを決めた明治戊辰体制」、白い、白い雲だった、「そうよ、満州国」、「満州国に明日はあるのかしら」、遠い、遠い空だった。

詠隊は歌う、詠隊はなおも歌う、高く低く、そのトロパリ（会衆の司祭に訴える讃詞）に呼応して、司祭たちのステヒラ（司祭の会衆に答える韻詞）もまた高く低く唱えられていく。

香煙は舞い上がり、それはまた天蓋から落ちてくる光の波ともからまっては、紫の綾ともなって駆け登っていく、「フリストース・バスクレッセ！（基督復活！）」、フリストース・バスクレッセ！（基督復活！）」、司祭たちの柔らかな紅の祭服からのエクテニア（大連禱）は、いつの間にか詠隊からかけ離れてしまった老婆たちのしゃがれた声とも絡まっては再び崩れかけた天蓋へと駆け上り、やがては窓から漏れてくる陽光の中へと消えていく。

チリチリ、チリチリ、聖アナスタシアのイコンの前ではなおも、蛾虫は一匹、ロウソクの周りを飛び回っている、そうか、そうか、補祭さん、まだまだ黒い祭服なのだ、ぎこちない足どりで。

赤いくすんだ東の擦りガラスの窗、その下には煤《すす》にまみれた黒いウラジミールの薄汚れた聖母子画、かつて着せられていた黄金の鎧着は、いまはすべて剥ぎ取られて、ただ力なく首を垂れて壁に寄りかかっている。

二

「そうよ、満州国」、「明日はない、明日はないのよ」、そして方子は身を乗り出すと、そっと馬車の側面を撫でた、白い、白い百合の花。

五十年前、いやいや四十年前、まだまだ帝政ロシアが華やかなりし頃の面影がそこには残っていた。いやそれどころかガソリン不足の昨今、かつての面影どころか、いましもこのような馬車しか現役として走っていかざるを得ないこのフルビン市内外の状況、それが昭和十九年九月、一九四四年の秋の現実だった。

「明日はない、明日はないのよ、満州国」、「いつまで、いつまで、いらっしゃるの」、そして方子はあらあらしく三郎の手を揺り動かした。

「明日はない、明日はないのよ」、一瞬、女はいとおしげに身をひくと、その横顔をじっと見つめた、やがてそれはゆがみ、女は男の唇に強く口づけして言った、「帰りましょう、帰りましょう」、そしてさらにもう一度、激しく揺すった、「帰りましょう、帰りましょう」。
三度、女は激しく男の唇に口づけするとため息をついた、「来年、来年、また来年」、「必ず、必ずお迎えに参りますわ」、遠く、遠く、遠い山の上で白い雲は反射していた。そして馬車の側面には、百合の花の紋章は、深く、強く浮き彫りにされていた。方子の被ったブリム（縁）の幅広帽子はいつの間にか、風になびかされてキャノチェをはためかせて馬車は走っていた。

了

著者プロフィール
米沢 希保（よねざわ まれやす）
昭和13年1月、山形県生まれ。
昭和35年3月、法政大学文学部卒業。
現在東京都在住。

山峡 宗教 神と人間を巡る物語

2020年10月15日 初版第1刷発行

著 者 米沢 希保
発行者 瓜谷 綱延
発行所 株式会社文芸社
〒160-0022 東京都新宿区新宿1－10－1
電話 03-5369-3060（代表）
03-5369-2299（販売）

印刷所 株式会社フクイン

ISBN978-4-286-21524-2